波

対訳・翻訳比較で味わう
『劇詩 Playpoem』の旋律

ヴァージニア・ウルフ

内木宏延 訳

幻冬舎MC

波

対訳・翻訳比較で味わう『劇詩 Playpoem』の旋律

Virginia Woolf
THE WAVES
1931

まえがき

　本文中の脚注 *1* ～ *79* は、『波』の中でもひときわ美しく、ウルフの文体を代表する文章です。本書後半の「対訳・翻訳比較」では、これらを原文と対応させながら、私がどの様な方針で翻訳したのかを解説します。従来の訳注ではありませんので、素直に『波』を楽しみたい読者は、どうぞ読み飛ばして下さい。一方、『波』の美しさやウルフの文体を原文からじかに感じ取ってみたい読者や、翻訳に少しでも関心のある読者は、全体を読み終えた後で結構ですので、是非読んでみて下さい。また、『波』は解釈の自由度が高く、さまざまな翻訳文体が可能です。これを読者に体感していただくため、『波』の代表的翻訳である鈴木幸夫氏訳（1954年）、川本静子氏訳（1976年）、森山 恵氏訳（2021年）の該当箇所を、論評無しで引用させていただきます。

　本書を読む参考にしていただくため、ここで翻訳方針の要旨を記しておきます。第一に、意識の流れに寄り添うため、可能な限り語順やフレーズの順番に忠実に翻訳しました。第二に、意識の流れに臨場感を出すため、“I SEE” など五感を直接示す言葉は、必要な場合を除き訳出しませんでした。第三に、意識の本流に折り重なって流れる支流を 〈　〉 でくくりました。最後に、読者の意識の流れを中断させないため、地名・人名などの訳注は施しませんでした。

　では、ウルフ渾身の『劇詩Playpoem』をお楽しみ下さい。

目　次

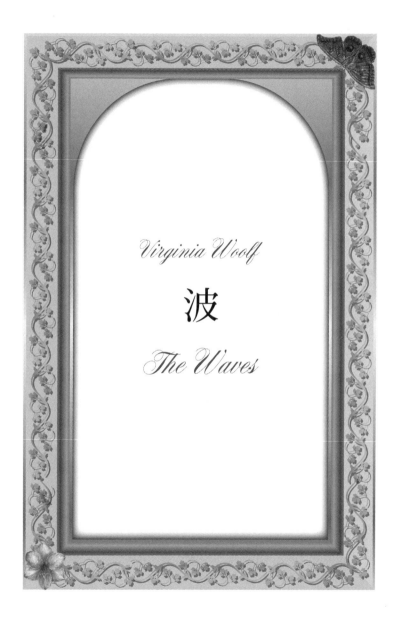

Virginia Woolf

波

The Waves

太陽はまだ昇っていなかった。海と空との境は定かでなく、布に
しわが寄るように、海はかすかにさざ波立っているだけだった。次
第に空が白んでくると、暗い水平線が現れ、海と空とを分かち、灰
色の布には縞模様が現れた。それは海面のすぐ下で豊かな拍動が次々
に生まれ、絶え間なく後に続き、前を追いかけるためであった[1]。

　岸に近づくと縞模様は膨らみ、高く盛り上がり、砕け、薄く白い
水のヴェールが浜辺にさっと広がった。波は立ちどまり、やがてま
た引きながら、ため息のような音を立てた。それは眠る人が無意識
のうちに息をするようであった。次第に暗い水平線が明んできた。
それは古いワインボトルの中で澱が沈み、ボトルの緑色が現れてく
るようであった。水平線の向こう、空もまた、白い澱が堆積したか
のように明るみ、あるいは水平線の下にうずくまっていた女性の腕
がランプを掲げたかのごとく、白や緑、黄色の薄い光の縞が、扇の
羽根のように空に広がった。やがて女性がランプをさらに高く掲げ
ると、大気には光線が現れ、緑色の海面から離れるとたちまち、赤
や黄色の光線となって揺らめきながら燃えさかった。それは炎が煙
を立てながら、かがり火からごうごうと燃え上がるようであった。
次第に、燃えさかるかがり火の光線は融け合ってかすみとなり、そ

うやって生まれた白熱の光は、その上に垂れ込める羊毛のような灰色の空を押し上げ、空には水色の光子がみなぎった。海原はゆっくりと透明になり、さざ波を立ててきらめき、暗い縞模様はほとんど見えなくなった。女性の腕がランプを少しずつ上へ上へと掲げると、ついに炎の一線が姿を現し、やがて水平線の縁には弓なりの炎が燃え、あたり一面の海は金色に燃え上がった。

　光は庭の木々に射し、葉を一枚また一枚と透き通らせた。一羽の鳥が高いところでさえずった。少し間を置いて別の一羽が低いところでさえずった。太陽は家の壁を際立たせ、白いブラインドの上に光の先端を注ぎ、一枚の葉を透かした光が寝室の窓際に青い葉陰を落とした。ブラインドがかすかに揺れたが、室内は薄暗く何も無いようだった。外では鳥が無心にさえずっていた。

「輪だ」バーナードは言った「僕の上。かすかに揺れながら架かっているぞ、光の輪が」 *2*

「薄黄色の光の層が」スーザンは言った「遙かかなた、紫色の水平線まで広がっているわ」

「さえずりが」ローダは言った「チッチッ、チュンチュン、上がったり下がったり」

「球だ」ネヴィルは言った「ぶら下がった水滴に、遠くの丘の広大な中腹が映っているぞ」 *3*

「深紅に光る房よ」ジニーは言った「金の糸で編んであるの」

「何かが足を踏みならしているぞ」ルイスは言った「大きな獣が鎖に繋がれているんだ。ドーン、ドーン、ドーン」

「バルコニーのかどに架かっている蜘蛛の巣を見てごらん」バーナードは言った「水滴がいっぱい付いて白く光っているぞ」

「葉っぱが窓のまわりに集まって、一枚一枚先の尖った耳みたい」スーザンは言った。

「影が小道に落ちて」ルイスは言った「曲がった肘みたいだ」

「光の島が草の上を泳いでいくわ」ローダは言った「みんな木の間をすり抜けて落ちてきたの」

「鳥たちの眼が葉叢の奥で光っているぞ」ネヴィルは言った。

「茎はざらざらした短い毛で被われているから」ジニーは言った「水滴がたくさんくっついたの」

「毛虫が丸まって緑の輪になっているわ」スーザンは言った「中心には丸い足がぐるりと並んでいるの」4

「灰色の殻を背負ったカタツムリが小道をゆっくりと横切りながら、草の葉をぺしゃんこに倒していくわ」ローダは言った。

「そして窓硝子に反射したまぶしい光が、草の上でちらちらと燦めいているぞ」ルイスは言った。

「足の裏が石で冷たいな」ネヴィルは言った「一つひとつ分かるぞ、丸かったり尖っていたり、みんな違うんだ」

「手の甲がひりひりと火照るわ」ジニーは言った「でも手のひらは露で湿ってじめじめしているの」

「雄鶏が鳴いたぞ、まるで白い潮流の中に赤い硬水が噴出するようだ」バーナードは言った。

「鳥たちが歌っているわ、舞い上がったり下りたり、鳴き始めたり止んだり、四方八方から聞こえるの」スーザンは言った。

「獣が足を踏みならしているぞ。象が足を鎖に繋がれているんだ。大きな獣が浜辺で足を踏みならしている」ルイスは言った。

「家を見てごらん」ジニーは言った「どの窓もブラインドで真っ白」

「流し台の蛇口から冷たい水が出始めた」ローダは言った「ボウルの中の鯖に向かって」

「壁に金色のひびが入っている」バーナードは言った「そして窓の下には、指の形をした青い葉陰が落ちているぞ」

「今ミセス・コンスタブルが厚い黒のストッキングをはいているわ」スーザンは言った。

「煙が上ると、眠りが屋根から渦を巻きつつ立ちのぼっていくぞ、朝霧みたいに」ルイスは言った。

「鳥たちはさっきからいっせいにさえずっているの」ローダは言った「あっ、お勝手口が開いた。鳥たちが飛び去っていく。飛び去っていくわ、まるで種をまき散らしたように。けれども一羽だけ、寝室の窓際でさえずっているの」

「ソースパンの底に泡ができて」ジニーは言った「ゆっくり底を離れると、たちまち銀色の鎖になって水面まで上がってくるの」

「ビディがぎざぎざのナイフで、魚のうろこを落としているぞ、まな板のうえに」ネヴィルは言った。

「窓越しに見える食堂は青みを帯びて暗い」バーナードは言った「そして煙突の真上では大気がさざ波だって揺れているぞ」

「ツバメが一羽、避雷針の上に止まっている」スーザンは言った「そしてビディが台所の敷石にバケツを勢いよく置いたわ」

「教会の最初の鐘だ」ルイスは言った「後から後から鳴り響くぞ、キーン、コーン、キーン、コーン、キーン、コーン」

「ほら、テーブルクロスが風になびいているわ、テーブルのふちで白くひらめいて」ローダは言った「丸い形をした白い陶磁器がいろいろ並び、お皿の横には銀のナイフやフォーク、スプーンが置いてあるの」

「突然、蜂が一匹耳元をブーンとかすめたぞ」ネヴィルは言った

「あっという間に飛んで行っちゃった」

「ひりひりと火照っていたのに身震いがするわ」ジニーは言った「日なたを出て日かげに入ると」

「みんな行ってしまった」ルイスは言った「僕一人だ。みんな朝食に家の中へ入ってしまったけど、ひとり壁際に立ち花に囲まれている。始業までにはずいぶん時間があるぞ。花々が深い緑の上に点々と咲いている。花びらはひし形模様のようだ5。茎は地下の暗い穴から伸びている。花たちは、まるで光でできた魚のように、暗い緑色の水面を泳いでいる。一本の茎をつかむと、僕は茎になる。根になり、世界の深奥に降りていく、がれきを含んで乾いた土や湿った土、鉛や銀の鉱脈を貫いて。僕はすっかり根だ。あらゆる振動に震え、大地の重さに肋骨がきしむ。この地上では、僕の眼は緑の葉っぱ、何も見えない。僕は灰色のフランネル服を着て、真鍮（しんちゅう）のヘビ型留め金でベルトを締めた少年、この地上では。ところが地下の世界では、僕の眼はまぶたの無い眼、ナイル河畔の砂漠に立つ石像のようだ。女たちが赤い水瓶（みずがめ）を持って河へ水をくみに通り過ぎていくぞ。ラクダたちが体を揺らし、男たちはターバンを巻いているぞ。僕のまわりには、どしん、どしんと歩く音やわななく音、騒がしい音があふれているんだ。

「目の前では、バーナードにネヴィル、ジニー、スーザンが（でもローダはいないな）、網で花壇をすくい取っているぞ。揺れる花々の上から蝶々をすくい取っているんだ。世界の表面を掃いているみたい。網の中は羽ばたく蝶々でいっぱいだ。『ルイス！ ルイス！

ルイス！』と皆大声で呼んでるけど、僕のことは見えないんだ。生け垣の反対側にいるんだから。葉と葉の間には小さな覗き穴があるだけさ。神様、どうかみんな通り過ぎていきますように。どうか小石の上にハンカチを広げ、捕った蝶々を並べますように。そして捕ったヒオドシチョウやオウシュウアカタテハ、モンシロチョウを数え分けますように。でも、どうか僕は見つかりませんように。僕は生け垣の影でイチイの木のように緑色だ。髪の毛は葉っぱでできているし、地球の中心まで根を張っているのさ。僕の体は茎だ。茎を押すと、切り口の穴から滴が一滴にじみ出し、こんもりとしたままゆっくりと大きくなっていく。今、何かピンク色のものが目をかすめたぞ。とうとう鋭い視線がすき間からそそがれ、ひたと僕を捉えた。僕は灰色のフランネル服を着た少年。彼女が僕を見つけた。首筋に何かが当たった。彼女がキスしたんだ。すべてが粉々に砕けた」

「私は走っていた」ジニーは言った「朝食の後で。そうしたら生け垣のすき間の奥で葉っぱが動いたの。『鳥が巣の中にいるんだわ』と思ったの。葉っぱをかき分け覗いてみたけど、巣の中に鳥はいなかったわ。それでも葉っぱが動き続けたので、驚いちゃったの。私走ったわ。スーザンを通り過ぎ、ローダを通り過ぎ、道具小屋で話しているネヴィルとバーナードを通り過ぎ。泣きながらどんどん速く走ったの。どうして葉っぱが動いたのかしら？　どうして私の心臓や足は動くのかしら？　そしてここに駆け込んだらあなたがいたの。灌木のように緑色で、枝のようにじっと動かず、ルイス、あなたの眼は動いていなかったわ。『死んでるの？』と思ってキスしたの。

そうしたらピンクのワンピースの下で心臓が激しく脈打ったわ。何もいないのに動き続ける葉っぱのように。ゼラニウムや土かびの匂いがするわ。私は踊りさざめくの。光の網のようにあなたに身を投げ、震えながらあなたに覆いかぶさっているの」

「生け垣のすき間から」スーザンは言った「キスするのが見えたの。植木鉢から顔を上げ、生け垣のすき間から見たの。キスするのを。ジニーとルイスがキスしているのを。こんな苦しみはハンカチに包んでしまおう。ぎゅっと丸めてやるの。授業前にブナの森へ一人で行こう。テーブルに座って計算問題なんかしないわ。ジニーやルイスの隣になんか座るものですか。この悲しみを持っていき、ブナの根の上に置いてみよう。それを吟味し、指でつまんでみよう。見つかりっこないわ。木の実を食べ、クロイチゴの茂みごしに卵を見つめるの。そうしたら私の髪はぬれてもつれるわ。生け垣の下で眠り、溝から水を飲み、そこで死ぬの」

「スーザンが通り過ぎた」バーナードは言った「道具小屋の扉の前を、ハンカチをぎゅっと丸めながら通り過ぎたぞ。泣いていなかったけど、眼は〈本当にきれいな眼だ〉飛びかかる前のネコの眼のように細められていたな。彼女について行くよ、ネヴィル。そっとすぐ後をついて行き〈どうするか知りたいんだ〉、突然怒りに駆られ『私はひとりぼっち』なんて思ったら慰めてやるんだ。

「ほら、野原を突っ切って歩いていくぞ、僕たちに気取られまいと無頓着に腕をぶらぶらさせながら。下り坂に来ると、〈見られてるとは思ってないな、〉体の前で両手をぎゅっと握りしめて走り始め

たぞ。爪が丸めたハンカチに食い込んで当たり合ってら。暗いブナ
の森に向かっていく。森に着くと両腕を広げ、泳ぐように日陰に入っ
ていくぞ。けれども日向から来たので何も見えず、木の根元につま
ずいてばたりと倒れてしまった。何しろそこは光が届くや届かずな
んだから。木々の枝が上下に揺れる。ここは波打ち、災難が降って
くる。そして薄暗い。日射しは途切れがちだ。ここには苦悩が満ち
ている。木の根が骸骨のように地上を這い、分かれ目の窪みには枯
れ葉がうずたかく積もっている。スーザンがついに苦悩をぶちまけ
たぞ。持ってきたハンカチはブナの根の上に置いたまま、彼女は倒
れたところにへなへなと座り込んで泣きじゃくってら」

「彼女が彼にキスするのが見えたの」スーザンは言った「葉っぱの
すき間を覗くと彼女が見えたわ。彼女はそこで踊っていたの、ダイ
ヤモンドの燦めきを点々と身にまとい、塵のように軽やかに。けれ
ども私はずんぐりしているわ、バーナード、背も低いし。私はよく
両眼を近づけて地面を見るから、草の中の昆虫が見えるの。このわ
き腹の黄色く温かなものが石のように硬くなったわ、ジニーがルイ
スにキスするのを見たときに。私は草を食べ、溝の中で、枯れ葉の
腐った茶色い水の中で死ぬの」

「君の行くのが見えたんだ」バーナードは言った「君が道具小屋の
扉を通り過ぎるとき、『悲しいわ』って泣き叫んでいたね。僕はナ
イフを下に置いた。ネヴィルと一緒に薪からボートを作っていたん
だ。それに髪の毛はぼさぼさ。なぜってミセス・コンスタブルが僕
に髪の毛をとくように言ったとき、蜘蛛の巣にハエが一匹かかって

いたんだ。それで『逃がしてやろうかな？　それともそのまま食べられてしまうままにしておこうかな？』って思ったんだ。そんなこんなでいつもすぐにできないのさ。僕の髪の毛はぼさぼさで、木切れの削りくずだらけさ。君が泣き叫んでいるのでついていくと、怒りや憎しみを結わえてくしゃくしゃに丸めたハンカチを下に置くのが見えたんだ。でもすぐに治まるさ。ふたりの体はこんなに近いよ。僕が息をするのが聞こえるだろ。それにカブトムシが葉っぱを一枚、背中に乗せて運び去るのも見えるかな。こっちに行くと思えばあっちに行くよ。だから、たったひとつのもの（今はルイスだね）を手に入れたいという君の望みでさえ、カブトムシをじっと見ているうちに弱くなっていくさ。ブナの葉っぱが明るんだり陰ったりするようにね。そしてその後で、君の心の奥深くにうごめいている言葉が、ハンカチの中にくしゃくしゃに丸めたこのつらい気持ちを解きほぐしてくれるよ」

「大好き」スーザンは言った「でも大嫌い。私が欲しいものはただ一つ。私の眼差しは冷たいわ。ジニーの眼差しは千々の光彩を放つの。ローダのは、夕暮れになると蛾のやってくる淡色の花みたい。あなたのは表情に満ちあふれ、決してそれを失わないの。でも、私はもう欲しいものを追いかけているわ。草の中に昆虫がいる。お母さんはまだ私に白いくつ下を編んでくれたり、エプロンドレスのすそ上げをしてくれたりするけど、そして私はまだ子供だけど、大好きで、大嫌いなの」

「でもこうして一緒に座り、身を寄せ合っていると」バーナードは

言った「僕たちは一つに溶け合い、言葉が連なって浮かんでくる。僕たちは霧に包まれ、空想の国を築くんだ」

「カブトムシよ」スーザンは言った「それは黒く見えるわ。それとも緑色かな。私には言葉が一つずつしか浮かんでこないの。でもあなたは絶えず興味が変わり、いつの間にかいなくなり、どんどん高く昇っていきながら、言葉が次々と連なって生まれてくるわ」

「さあ」バーナードは言った「探検しようよ。木々の間に白い家が見えるぞ。僕たちの下、たいそう遠くに建っているよ。つま先だけを地面につけて、泳ぐように沈んでいこう。葉っぱでいっぱいの緑色の空気をかき分けて沈んでいこう、スーザン。走りながら沈むんだ。波がおおい被さるように、ブナの葉っぱがふたりの上に茂っているよ。馬小屋に時計が掛かっていて、金メッキの針が輝いているね。屋根が平らになっていたり高くなっていたり、お屋敷だ。馬小屋番の少年がゴム長靴を履いて、裏庭をぽこぽこいわせながら歩いているぞ。あれがエルヴドンだ。

「さあ、木々の梢をかき分けて地上に降りてきたよ。大気はもうふたりの上で、なだらかで悲しげな、紫色の波を揺らしてはいないね。僕たちは大地に触れ、地上を歩くんだ。あれがご婦人たちの庭の、短く刈りそろえた生け垣だよ。お昼になると彼女たちは、はさみを手に持ってバラを摘みながらそこを歩くんだ。今僕たちは、まわりを塀で囲まれた森の中にいるよ。ここがエルヴドンだ。分かれ道に道しるべが立っていたけど、そこに『エルヴドンへ』と書いてあったんだ。誰もエルヴドンに来たことがないんだよ。シダがとてもき

つく匂い、その下には赤いキノコが生えているね。おっと、眠っていたコクマルガラスを起こしてしまったぞ。人間なんて見たことが無いんだ。今度は腐り落ちた五倍子を踏んづけちゃった。時間が経って赤くなり、滑りやすいや。この森のまわりはぐるっと塀が取り囲んでいる。誰も来やしない。聞こえるかい！ 藪の中でオオヒキガエルがどしんと音を立てたね。あれは太古のモミの実がぱたぱたと落ちる音だな、やがてシダの間で腐っていくんだ。

「片足をこのレンガにかけて塀の向こうを見てごらん。あれがエルヴドンだ。ご婦人がひとり、長窓と長窓の間に腰掛けて書き物をしているよ。庭師たちが大きな箒で庭を掃いているぞ。ここに来たのは僕たちが初めてさ。僕たちは未知の国の発見者なんだ。動いちゃだめ。庭師に見つかったら打たれちゃうよ。イタチみたいに馬小屋の扉に釘付けにされちゃうぞ。ほら！ 動いちゃだめ。塀のてっぺんのシダをしっかりとつかむんだ」

「ご婦人が書き物をしているわ。庭師が掃いている」スーザンは言った「もし私たちがここで死んだら、誰も埋葬してくれないでしょうね」

「逃げろ！」バーナードは言った「逃げろ！ 黒いあごひげの庭師が僕たちを見つけたぞ。打たれちゃう。カケスのように打たれて壁に留められちゃうぞ。僕たちは敵国にいるんだ。ブナの森まで逃げ、木々の下に隠れなきゃいけない。来る時に小枝を折り曲げておいたんだ。そこが秘密の小道さ。できるだけ身をかがめて、後ろを見ずについておいで。彼ら僕たちのこと狐だと思うよ。逃げろ！

「もう安全だ。ふたたび背筋を伸ばして立てるよ。やっと両腕を伸

ばせるんだ、こんなに枝葉が高く差し交わす下、この広い森の中で。
何も聞こえないな。かすかな波の音が空のむこうに聞こえるだけさ。
あれはモリバトが、ブナの梢に掛けた巣を飛び立つ音だ。モリバト
の羽ばたきが空気を打つ。木でできた翼で空気を打つ」

「あなたがだんだん小さくなっていくわ」スーザンは言った「言葉
を連ねながら。まるで風船玉のひものように、高く高く昇っていく
の、葉叢を幾重も超えて、手の届かないところに。今度はのろのろ
歩いているわ。私のスカートを引っぱったり、後ろを見たりしなが
ら、言葉を連ねているの。ああ行っちゃった。庭に着いたわ。生け
垣ね。ローダが小道で、茶色の水盤に浮かべた花びらを前に後ろに
揺すっているわ」

「私の船はみな白いの」ローダは言った「タチアオイやゼラニウム
の赤い花びらはいらないわ。水盤を傾けると静かに動く白い花びら
が欲しいの。これは私の船隊、陸から陸へと滑らかに航行するわ。
小枝を投げ入れるの、それは溺れている水夫を助けるいかだ。石を
落として海底から泡が立つのを見るわ。ネヴィルもスーザンも行っ
ちゃった。ジニーは家庭菜園で、たぶんルイスとスグリの実を摘ん
でいるの。つかの間の孤独。ミス・ハドソンが私たちの習字帳を教
室の机に広げているあいだの、つかの間の自由。落ちている花びら
を全部拾って浮かべたわ。幾つかに雨の滴を落としたの。ここに灯
台を建てようかな、ニワナズナの花総を一本置いて。それから茶色
の水盤を左右に揺すって、船が波に乗るようにするわ。沈没する船
もいるし、絶壁に衝突する船もいるの。航行しているのは一隻だけ。

それが私の船。氷の洞窟に船を進めると、そこではシロクマが吠え、鍾乳石の先端で緑色の鎖が揺れているわ。波は高く、波頭が巻いているの。ほら、マストのてっぺんの灯り。みんな散り散りになり沈んじゃったわ。でも私の船は大丈夫、波に乗り、強風を受けて疾走し、島に着くの。そこではオウムがけたたましく鳴き、つる植物が…」

「バーナードはどこ？」ネヴィルは言った「僕のナイフを持っているんだ。道具小屋でボートを作っていたら、スーザンが扉の前を通り過ぎていった。そしたらバーナードはボートを放り出して、僕のナイフを持ったまま彼女の後を追ったんだ。竜骨を削る切れ味の良いナイフなんだよ。彼はぶらぶらした電線、こわれた呼び鈴の紐みたいな奴だ、いつもブーンと音を立てて。あるいは窓の外にぶら下げた海藻みたいな奴、湿ってるかと思えば乾いてる。彼は僕を見捨ててスーザンの後を追う。もしスーザンが泣いたら、僕のナイフを手に取って彼女に物語を聞かせるんだ。大きな刃は皇帝、欠けた刃はニグロとかね。僕はぶらぶらした物やじめじめした物が嫌いさ。うろついたり物事をごっちゃにしたりするのが嫌いなんだ。おっとベルが鳴った、遅刻するぞ。おもちゃをしまって、教室へ一緒に入らなくっちゃ。広げた習字帳が、緑色のベーズ生地を貼った机の上に並べてあるぞ」

「動詞をどう活用させるかは」ルイスは言った「バーナードが言ってから考えよう。僕のお父さんはブリスベーンの銀行家で、僕にはオーストラリア訛りがあるんだ。待ってバーナードのまねをしよう。彼はイギリス人、みんなイギリス人だ。スーザンのお父さんは牧師、

ローダにはお父さんがいなくて、バーナードとネヴィルは紳士階級の生まれだ。ジニーはおばあさんとロンドンに住んでいる。みんなペンをしゃぶり、習字帳をねじ曲げ、ミス・ハドソンを横目で見ながら、彼女のベストに並んでいる紫色のボタンを数えているぞ。バーナードの髪の毛には木くずが付き、スーザンの眼は赤いな。二人とも顔が上気しているぞ。でも僕は青白い。身だしなみが良く、ニッカー・ボッカーも、真鍮のヘビ型留め金ベルトを締めてきちんとはいている。教科書はそらで言えるし、僕の知識にみんなが追いつく日なんて来ないのさ。ラテン語は好きだし、格変化や性だって知っている。望めば世界中のどんなことだって知ることができるんだ。だけど一番を取って、みんなの前でラテン語の教科書を暗唱するのはいやだな。僕の根は張りめぐらされているんだ、植木鉢のなかの根みたいに、世界中至るところに。一番になって、この大時計を気にしながら暮らしたくないのさ。〈黄色い文字盤で、チクタクと音を立てているぞ。〉ジニーとスーザン、バーナードとネヴィルは、結託して僕のことをいじめるんだ。みんな僕のきちんとした身なりやオーストラリア訛りを笑う。よし、バーナードが小さな声で、たどたどしくラテン語を発音するのをまねしてやるぞ」

「ラテン語は白い色をした言葉だわ」スーザンは言った「海辺で拾う石のように」

「僕が喋ると、ラテン語はしっぽをすばやく左右に動かすんだ」バーナードは言った「しっぽを振る、すばやく動かす。群れになって大気を横切る、こっちかと思えばあっちに。群れになって飛んでいる

かと思えばぱっと別れ、すぐまた一緒になるんだ」

「ラテン語は黄色の言葉、火のような言葉よ」ジニーは言った「夕暮れ時には、燃えるようなドレス、黄色のドレス、橙色のドレスを着てみたいわ」

「それぞれの時制には」ネヴィルは言った「異なる意味がある。この世には秩序が、区別が、そして相違があるんだ。僕はいま世界の縁に足を踏み入れる。まだ始まったばかりさ」

「ミス・ハドソンが」ローダは言った「本を閉じたわ。恐怖が始まろうとしている。チョークを手に持ち、黒板に数字を書くの、6、7、8、それから十字と線を一本。さあ答えは？　みんな見てるわ、分かったみたいね。ルイスが書く、スーザンが書く、ネヴィルもジニーも。バーナードでさえ書き始めたわ。でも私は書けない。数字が見えるだけ。みんな答えを提出している、ひとりずつ。いよいよ私の番。でも答えが無いの。私のほかは出て行くのを許されたわ。ばたんと扉が閉まる。ミス・ハドソンも出て行く。私はひとり残り、答えを探すの。もう数字に意味は無い。意味なんて消えちゃったわ。時計がチクタク音を立てている。二本の針は砂漠を進軍する輸送部隊。文字盤にぐるっと並んだ黒い線は緑のオアシス。長針は先に進軍して水を見つけたの。短針は砂漠の焼けついた石の間を、苦しそうによろめきながら歩いているわ。砂漠の中で死んじゃうの。台所の扉がばたんと閉まる。野良犬の遠吠えが聞こえる。見て、数字の輪の中に時間があふれて来たわ。その中に世界が入っているの。私が輪を描き始めると、世界はその中に入っちゃうわ。でも私自身はその

輪の外にいるの。私は輪を繋げ —— そして —— 封をして完成させるわ。世界が完成したけど私はその外にいるの、そして叫ぶわ、『どうか私を、時間の輪の外にいつまでも放り出したままにしておかないで!』」

「ローダが座って黒板を見つめているぞ」ルイスは言った「教室で。でも僕たちは散歩に出て、こっちでタイムを少し摘んだり、またこっちでニガヨモギの葉をもぎ取ったりしているんだ、そばでバーナードが何か話すのを聞きながら。肩甲骨がローダの背中に浮いているぞ、小さな蝶の羽みたいだ6。そしてチョークで書いた数字を見つめるにつれ、彼女の心は白い輪の中に留まり、やがて白い輪をすり抜け、何も無いところに足を踏み入れるんだ、たったひとりで。数字は彼女にとって何の意味も無いし、それらに対する答えが分からないのさ。みんなのような肉体を持っていないんだ。そして僕は、オーストラリア訛りでお父さんがブリスベーンの銀行家だけど、彼女のことは怖くないぞ、他のみんなは怖いけど」

「さあ四つん這いになって行こう」バーナードは言った「スグリの枝葉が差し交わす下を。そして物語を作ろうよ。黄泉の国に住もう。僕たちの秘密の領土を手に入れよう。そこは、枝付き燭台のように垂れ下がったスグリの実に照らされているんだ、片面が赤く輝き、もう片面が黒く色づいたスグリの実に。ほら、ジニー、もしお互い体を丸めてくっつき合えばさ、僕たちはスグリの葉でできた天蓋の下に座り、つり香炉が揺れ動くのを見ることができるよ。ここは僕たちの宇宙。他のみんなは馬車道を向こうに歩いて行く。ミス・ハ

ドソンとミス・カリーのスカートがさっと通り過ぎていく、ろうそく消しみたいな形だな。あれはスーザンの白いくつ下。あれはルイスの清潔なズック靴、砂利の上にしっかりと足跡を付けていくぞ。朽葉や腐った植物の匂うなま暖かい風が吹いてきた。僕たちは今湿地帯にいるんだ、マラリアのはびこるジャングルに。ウジ虫がたかって真っ白になった象がいるぞ、矢が眼に命中して殺されたんだ。ぴょんぴょん跳ぶ鳥たち——ワシやハゲワシ——の輝く眼がはっきり見えるぞ。僕たちを倒木だと思っているんだ。鳥たちは大ミミズをつつき——よく見るとそれは鎌首をもたげたコブラだ——、化膿した茶色の傷を残したまま放っておくから、やがてライオンに切り裂かれてしまうんだ。ここは僕たちの世界、三日月や星の形をした光に照らされ、半透明の大きな花びらが、紫色の窓のように光の通り道をふさいでいるよ。すべてが不思議。巨大だったりとても小さかったり。花の茎はナラの木の幹ほどもある。木々の葉は広大な大聖堂の丸天井ほど高いところにある。僕たちは巨人で、ここに横たわり、森を震わせることができるんだ」

「私たちの世界はここ」ジニーは言った「そして今よ。でもすぐに出ていくの。もうすぐミス・カリーが笛を吹くわ。私たちは歩くの。そして別れるわ。あなたは学校へ行くの。あなたが教わる男性教師は、十字架を白い紐でぶら下げているわ。私は東海岸にある学校で女性教師から教わるの、彼女はアレクサンドラ女王の肖像画の下に座っているわ。そこが私の行くところ、スーザンもローダも。私たちの世界はここにしかないの、今にしか。今私たちはスグリの木の

下で寝ころび、そよ風が吹くたびに体じゅうが斑になるわ。私の手はヘビの皮膚みたい。私の両膝はピンク色をした島が浮かんでいるよう。あなたの顔は、網ですっぽり覆われたリンゴの木みたいだわ」

「暑さが和らいでいく」バーナードは言った「ジャングルから。木の葉がふたりの上で黒い翼を羽ばたかせるんだ。ミス・カリーがテラスで笛を吹いたぞ。僕たちはスグリの葉でできたテントからそっと出て、まっすぐに立たなくちゃいけない。髪の毛に小枝が付いているよ、ジニー。首には緑色の毛虫が付いている。みんなで二列に並ばなくちゃいけないぞ。ミス・カリーが僕らを早足の散歩に連れて行く間、ミス・ハドソンは机に座り、決算をするんだ」

「退屈だわ」ジニーは言った「大通りを歩くなんて。眺める窓もないし、歩道にはめ込まれた、かすんだ眼のような青ガラスも見られないんだから」

「私たちは二列に並ばなくちゃいけないわ」スーザンは言った「そして整列したまま歩かなくちゃいけないの、ぐずぐずしたり、のろのろしたりせずに。ルイスが先頭に立って私たちを先導するわ、なぜってルイスは用心深いし、ぼんやりしていないもの」

「僕は」ネヴィルは言った「ひ弱すぎてみんなと一緒に行けないと思われているし、すぐに疲れて気分が悪くなるから、この孤独の時間、この会話を免れた時間を使って、家の中のいつも行く場所を一周してみよう。そして思い出してみよう〈思い出せるかな〉、二階の廊下に続く階段の途中、昨晩と同じ段に立ち、スイングドア越しに死人の話が聞こえてきたときに感じたことを。料理人が、かまど

の空気調節弁を出し入れしながら話していたんだ。その男は喉をかき切られていたとのことだ。リンゴの木の葉は夜空にじっと動かず、月がまぶしく輝き、僕は階段を一歩も上ることができなかった。その男は溝で見つかり、血がどくどくと溝を流れ、下あごは死んだタラのように白かったそうだ。僕はこの拘束、この硬直を、『リンゴ林の中の死』と呼ぼう、永遠に。うすねずみ色の雲が浮かび、恐怖に身のすくむ木、怖くてどうしようもない木が、銀色の樹皮を脛当てのように纏っていた７。元気を出そうとしても無駄だった。そこを通ることができなかった。障害物があったんだ。『この訳の分からない障害物を乗り越えられないぞ』と僕は言った。でも他のみんなは通り過ぎていった。しかし僕たちはみな、そのリンゴの木、恐怖に身がすくみ通り過ぎることのできない木のために不幸な運命を歩むんだ。

「やっと拘束と硬直がすぎ去ったから、午後おそく、日ぐれどきに、家の中のいつも行く場所を見て回るのを続けよう、太陽がリノリウムの床に油のような光のしみを付け、壁に当たった強い光が反射するため、椅子の脚が壊れたように見えるころに」

「家庭菜園でフローリーを見かけたのは」スーザンは言った「散歩から帰ってきたときで、洗濯物が彼女のまわりで風をはらんでいたの、パジャマやズボン下、ネグリジェがぱんぱんにね。そしたらアーネストがキスしたの。彼は緑色のベーズ生地でできたエプロンをして、銀食器を磨いていたみたい。紐で口を閉めた小銭入れのように口をすぼめて彼女をつかまえたら、ぱんぱんに膨らんだパジャマが

ふたりに挟まれちゃったわ。彼は雄牛のように無鉄砲で、彼女は苦痛のあまり気絶しちゃったの。細い静脈が彼女の白い頬に赤く浮き出ているだけだったわ。今はお茶の時間で、パンとバターののったお皿、ミルクを注いだカップが配られたけど、私には大地の裂け目から水蒸気がしゅーっと噴き出すのが見えるの。アーネストが大声を上げたように紅茶用湯沸かし器が大きな音を立て、私はパジャマのようにぱんぱんに膨らむわ、こうして柔らかなバターパンを噛み、甘いミルクをぴちゃぴちゃ飲む間でさえ。私は暑さも凍り付く冬も怖くないの。ローダは何か夢見ている、ミルクに浸したパンの耳を吸いながら。ルイスは向かいの壁を、カタツムリのような緑色の眼で見つめている。バーナードはパンをこねて小さな球をいくつも作り、それらを『人間たち』と呼んでいる。ネヴィルは滑らかで迷いの無いお作法でお茶を終えた。ナプキンをくるくると丸め、それを銀のナプキンリングに通したわ。ジニーはテーブルクロスの上で指をくるくる回している、まるで陽光の下で踊り、つま先旋回（ピルエット）しているかのよう。でも、私は暑さも凍り付く冬も怖くないの」

「さあ」ルイスは言った「僕たちはみんな立つ、立ち上がるんだ。ミス・カリーが黒表紙の楽譜をハルモニウムの上に広げる。歌うときに泣かないでいるのは難しいな、自分たちを幼子（おさなご）と呼び、神よ眠れるわれらを守り給えと祈るときに。悲しくて不安に震えるとき、僕はスーザンに、スーザンはバーナードにと少し体を傾け、手を握りながら一緒に歌うと気分が落ち着く。僕は訛りのこととか、ローダは数字のこととか、いろいろ心配はあるけど、いつかきっと克服

するんだ」

「僕らは子馬の群れのように二階へ上がる」バーナードは言った「足を踏み鳴らし、ぺちゃくちゃしゃべり、一人ずつお風呂に入る順番を待つんだ。たたき合い、取っ組み合い、固く白いベッドの上で飛び跳ねる。僕の番だ。さあ行こう。

「ミセス・コンスタブルがバスタオルを巻き、レモン色のスポンジを手に取ってお湯につけると、それはチョコレート色になりお湯がぽたぽた落ちる。そして、自分の下で震えている僕の頭上高くにスポンジを挙げ、それを絞る。背骨の溝に沿ってお湯がどっと流れ落ちる。生き生きとした感覚の矢が背骨の両側を走る。温かな肉に包まれる。体のひび割れは潤い、冷たい体は温まり、洗い流されてまばゆく輝いている。お湯はウナギのように体を流れ下り、覆う。今度は熱いタオルが僕を包むけど、肌ざわりがごわごわだから、背中をこするたびに血が嬉しそうに巡る。芳醇で重厚な感覚が心の頂に湧き上がり、一日が雨のように降ってくる——森が、エルヴドンが、そしてスーザンとハトが。心の壁を勢いよく流れ落ち、一つにまとまりながら、一日が落ちてくる、豊かに、きらきらと輝きながら。僕はゆったりとパジャマを身にまとい、この薄いシーツの下で横になり、薄い光の層を漂う、波をかぶると両眼に流れる、水の膜のような光の層を。それを透かして、遙か遠く、かなたに、かすかに遠く、合唱の始まり、車輪の軋り、犬吠、人の叫び声、教会の鐘、そして合唱の始まるのが聞こえる」

「ワンピースとシミーズをたたみながら」ローダは言った「スーザ

ンになりたいとか、ジニーになりたいとかいう適いっこない望みは脱ぎ捨てるわ。代わりにつま先を伸ばして、ベッドの端に付いている手すりに触れるの。そして納得するわ、それに触れながら、ああ硬いって。もう沈まないし、薄いシーツをすり抜け体ごと落ちていくこともないわ。この貧相なマットレスの上で体を伸ばし、ぶら下がって宙に浮くの。私は今大地の真上にいる。まっすぐに立っていないから、何かにぶつかって怪我することもないわ。すべてが柔らかく、曲がっているの。壁や戸棚が白み、黄色く塗った戸棚のます目が曲がり、その一番上で青白い鏡がかすかに光っているわ。今、心が自由に外へとあふれ出すの。私の無敵艦隊が高波を蹴って航行するのが見えるわ。何かに激しく当たったり衝突したりすることはないの。白い絶壁の下をひとりで航海している。ああ、でも沈んじゃう、落ちちゃう！　あれは戸棚の角、あれは子供部屋の姿見。でもみんな伸びて長くなっているわ。黒い雲のような眠りに沈んでいく。その厚い羽が私の両眼に押しつけられる。暗やみを進むと伸びた花壇が見え、ミセス・コンスタブルがシロガネヨシの後ろを回り走ってきて、私の叔母が馬車で迎えに来たと言うの。私は登り、逃げ、かかとにバネの付いたブーツを履いて木のてっぺんを飛びこえるわ。でも、とうとう玄関ドアの前に止まっている馬車に落ちちゃうの。その中には叔母が座っていて、黄色い羽根飾りを揺らしながらうなずき、眼差しは磨いた大理石のように硬いわ。ああ、夢から覚めたい！　見て、整理だんすよ。この海から逃れさせて。でも大波が次々に襲い、大波の谷間にいる私を押し流すの。私はひっくり返り、転

がり落ち、引き伸ばされるわ、このいつまでも消えない光、果てし
なく続く波、どこまでも続く道の間で。そして人びとが後から後か
ら追いかけてくる」

太陽はさらに高く昇った。青い波や緑色の波が浜辺にさっと扇を広げたように打ち寄せ、穂のような花をつけたエリンギウムを浸し、砂浜のあちこちに浅い光の水たまりを残した。波が引くと、扇の先端にはかすかな黒い縁が残った。霧に包まれ柔らかな輪郭をしていた岩場が堅固な姿を現し、赤い裂け目が露わになった。

　鮮明な縞模様の影が草の上に落ち、花々や葉の先端で震える露のために、庭は一つひとつ燦めく宝石を寄せ集めたように見え、庭というひとつのまとまった姿はまだ現れていなかった[8]。鳥たちの胸には鮮黄色やバラ色の斑点が見え、いっせいに一声ふた声と囀(さえず)った、興奮して、腕を組んではしゃぐスケーターたちのように。それから突然静かになり、ばらばらに飛び去った。

　太陽は、明け方にもまして幅の広い光の羽で家を包んだ。光が窓の隅にある何か緑色のものに触れると、それは一塊(ひとかたまり)のエメラルドに、種のない果物のような澄んだ緑色の洞窟に変わった。光は椅子やテーブルの輪郭を際立たせ、白いテーブルクロスを細い金糸で刺繍した。光が強くなるにつれそこかしこのつぼみが膨らみ、やがて花開いた、花弁に緑色の筋を浮かべ、かすかに震えながら。それはあたかも、開こうとしたために花が揺れうごき、華奢(きゃしゃ)な雌しべが白い花びらに

当たり、かすかな鐘の音が鳴り響くようであった 9 。あらゆるもの
が柔らかくなり形を失った、まるで磁器の皿が流れだし、鋼^{はがね}のナイ
フが溶けるように。その間も激しく打ち寄せる波が海岸を震わせ、
丸太が倒れるようなドーンというくぐもった音を響かせた。

「さあ」バーナードは言った「その時が来たんだ。その日が。辻馬車がドアの前にいる。僕の荷物箱が大きいせいで、ジョージのがに股が一層ひどくなっているな。ぞっとする儀式が終わった、入学祝い、玄関ホールでの別れの挨拶。さあ、母親とはこみ上げてくる感情をぐっとこらえて挨拶し、父親とは握手しながら挨拶するんだ。今度は手を振り続けなければいけないな、振り続けなければ、僕の乗った辻馬車が角を曲がるまで。とうとうそんな儀式も終わった。嬉しいなあ、すべての儀式が終わったぞ。僕はひとり、初めて学校へ行くんだ。

　「どの人間も今という瞬間のためだけに物事をしているようだ。そして同じことは二度としない。二度と。今という瞬間にひたすらせき立てられるのは恐ろしいな。みんな僕が学校へ行くこと、初めて学校へ行くことを知っている。『あの坊ちゃんは初めて学校へいらっしゃるわ』と女中が階段を掃除しながら言っているぞ。泣いちゃいけない。みんなを何気なさそうに見なくちゃいけないんだ。目の前には荘厳な駅の入り口が広々と開き、『満月のような時計が僕を見つめているぞ。』言葉を次々に連ねて、何か確かなものを、僕自身と女中の視線との間に、時計の凝視との間に、僕を見つめる顔、無

関心な顔との間に築かなければいけないんだ。さもなければ泣いてしまうだろうな。ルイスとネヴィルがいるぞ、二人ともロングコートを着て旅行かばんを提げ、改札所の傍らに立っている。二人とも落ち着いているな。でも普段と違って見えるんだ」

「バーナードだ」ルイスは言った「落ち着いているな、くつろいでいる。歩きながらかばんを振っているぞ。バーナードについて行こう、彼はびくびくしていないからな。僕たちは改札所を通ってプラットフォームへと吸い込まれていく、川の流れが小枝や麦わらを橋脚のまわりに引き寄せるように。とても馬力のある深緑色の機関車が止まっている、首がなくて背中と太ももだけのような車体で、蒸気を吐いているぞ。車掌が笛を吹き、信号旗が少し下ろされる。何の苦労もなく、自ら弾みをつけて、そっと押しただけで起きた雪崩のように、僕たちの列車が滑り出す。バーナードは膝掛けを広げ、ナックルボーンズで遊び始めた。ネヴィルは読書。ロンドンが粉々に砕ける。ロンドンがうねり、大波を立てる。どこも煙突や塔だらけだ。白い教会が見える、あそこには尖塔のあいだにマストが一本。そして運河。あそこの広場にはアスファルトの小道が見えるぞ、そこを人が歩いているなんて不思議だな。むこうの丘には赤い家々が幾列も建っている。男の人がひとり、すぐ後ろに犬を連れて橋を渡る。赤い服を着た男の子が雉打ちを始めたぞ。すると青い服の男の子がその子を押しのける。『僕の叔父さんはイギリス一の射手さ。僕のいとこはキツネ狩りの親方なんだぜ。』自慢話が始まる。でも僕は自慢できないんだ、僕の父親はブリスベーンの銀行家で、僕にはオー

ストラリア訛りがあるから」

「ひどい喧噪を経て」ネヴィルは言った「とんでもない人混みと喧噪をくぐり、僕たちは着いた。待ちに待った瞬間、本当に厳かな瞬間だ。僕は入っていく、城主に任命された貴族が、館の大広間に入っていくように。あれは創設者だな、有名な創設者だ、中庭に片足を挙げて立っているぞ。挨拶をしよう。高貴なローマ時代の雰囲気が、この簡素な中庭には漂っているな。教室にはすでに灯りがついているぞ。あれは多分実験室だな、そしてあれは図書館。そこで僕はラテン語の精密さを探求し、見事に書かれた文章をしっかりと味わい、ウェルギリウスやルクレティウスの明確で格調高い六歩格詩を音読するんだ。そして、くすんだりぼやけたりしたところなどまったく無い情熱を込めて、カトゥルルスの愛の歌を詠唱するぞ、大きな本、余白のある四つ折り本を広げながら。僕はまた、草のちくちくする野原に寝そべるんだ。友だちと一緒に、高くそびえるニレの木の下に。

「見よ、校長先生を。ああ、僕の冷笑を買うとは。肉付きが良すぎるし、衣服はあまりにてかてか光って黒ずみ、公園の銅像みたいだ。そしてチョッキの左側、ぱんぱんに張った太鼓腹の左側には十字架がぶら下がっているぞ」

「老クレインが」バーナードは言った「立ち上がって式辞を言うぞ。老クレインが校長先生、鼻は夕日に染まる山のようだし、二重あごに刻まれた青い溝は、樹木におおわれた渓谷のよう、〈旅人がたき火を始めたぞ〉、汽車の窓から見える鬱蒼とした渓谷のようだ。かすかに体を揺らしながら、素晴らしく格調高い言葉で演説している

な。僕は素晴らしく格調高い言葉が好きさ。だけど彼の言葉は騒々しすぎて真実味がないな。とは言え彼は今日まで、自分の言葉は真実だと確信してきたのさ。部屋を出て行くぞ、かなり大きく左右によろめきながら、スイングドアに体ごとぶつかってさ。すると他の先生たちも皆、かなり大きく左右によろめきながら、スイングドアに体ごとぶつかって出て行くぞ。いよいよ僕たちが学校で過ごす最初の夜、姉妹たちともお別れだ」

＊

「いよいよ学校で過ごす最初の夜が来るわ」スーザンは言った「お父さんから離れ、家からも離れて。涙がこみ上げてきて、泣き出しそうになるの。松の木とリノリウムの臭いは嫌。風に痛めつけられた灌木やバスルームのタイルも嫌いだわ。みんなの快活な冗談やうわべだけの表情が嫌いなの。私のリスとハトは男の子に世話してもらうようにしてきたわ。台所の扉がばたんと閉まり、パーシーがミヤマガラスを狙って発砲すると、散弾が木の葉に当たってぱたぱたと音を立てるの。ここにあるものはすべて見せかけ、すべて見かけだけ。ローダとジニーが茶色いサージの制服を着て遠くに座り、ミス・ランバートを見ているわ。彼女はアレクサンドラ女王の肖像画の下に座り、目の前に広げた本の一節を朗読しているの。青い渦巻き模様の刺繍も飾ってある、卒業生の誰かが丹精を込めたのね。唇をすぼめないと、ハンカチをくしゃくしゃに丸めないと、私泣いちゃうわ」

「赤紫色の光が」ローダは言った「ミス・ランバートの指輪に宿り、祈祷書の白いページに付いた黒いしみの上を行ったり来たりしているわ。それは葡萄酒色の、なまめかしい光。もう寄宿舎で荷ほどきが済んだので、私たちは世界地図の下に集まって座っているの。机にはインク壺が付いているわ。ここで課題をインクで書くのね。でもここでは私、誰でもないの。顔がないわ。ここには生徒がたくさんいて、みんな茶色いサージの制服を着ているから、私の個性は奪い取られたの。みんなよそよそしく、仲良くもない。だから顔を探し出すわ、落ち着いて堂々とした顔を。そしてそれに無限の英知を与え、洋服の中に身につけてお守りにするの。それから（これは約束するけど）森の中に小さな渓谷を見つけるわ、そこでなら私がいろいろ集めた、珍しい宝物を並べられるの。これは自分自身に約束する。だから泣かない」

「あの浅黒い肌の女性は」ジニーは言った「頬骨も高いけど、つやつやと輝くドレスを持っているわ、貝殻のような縞模様をした、夜会に着るための。それは夏に着ると素敵なの。でも冬になれば、私は赤い糸で彩られた薄地のドレスを着てみたくなると思うわ。それはきっと火明かりの中で燦めくでしょう。そしてランプに灯がともれば、私は赤いドレスを着るの。それはヴェールのように薄く、私の体を包み込み、つま先旋回（ピルエット）しながら部屋に入っていくとふくらむわ。そして部屋のまん中に置いてある金色の椅子に深く腰を下ろせば、花が咲いたように広がるでしょう。でもミス・ランバートはくすんだ色の洋服を着ているわ。それは純白の襟飾りから滝のように

垂れ下がっているの。そして彼女はアレクサンドラ女王の肖像画の下に座り、白い指をページにしっかりと押し当てているわ。これから私たちお祈りをするの」

「二人ずつ並んで行進する」ルイスは言った「整然と行列を組んで、礼拝堂に入っていく。神聖な建物に入った時に僕たちを包むほの暗さが好きだ。整然と進むのが好きだ。僕たちは列を作って入堂し、席に着く。入堂しながら、僕たちは自意識を脱いでいく。さあ僕の好きな瞬間、ほんのはずみで少しよろめきながらクレイン先生が説教壇に上がり、真鍮の鷲で飾られた書見台に広げた聖書から日課を朗読する。歓喜に包まれ、僕の心は彼の巨体、彼の威厳に包まれ広がっていく。僕の震える心、屈辱に動揺する心にもうもうと立ち込める塵を、彼は静めてくれる――僕たちはクリスマスツリーのまわりで踊っていた。みんなが僕にプレゼントの包みを渡し忘れていると、太った女性が『この子にはプレゼントが無いね』と言って、ツリーのてっぺんから輝く英国国旗を取ってくれた。僕は怒りに震えて泣いた――こんなことを思い出して哀しくなったんだ。今、すべては彼の威厳、彼の十字架によって静められる。そして自分の下には地球があり、僕の根が下へ下へと延び、やがて地球の中心にある何か硬いものに絡みつくという感覚に襲われるんだ。彼が朗読するにつれ、僕は一貫性を取り戻す。行列のひとり、巨大な車輪の輻の一本になる。そして車輪が回転するにつれ、ついに垂直に立つんだ、今、ここで。僕は暗やみの中にいた、隠されていたんだ。でも（彼が朗読するにつれ）車輪が回転すると、このほの暗い空間に

立ち上がっていく。そこには、ひざまずく少年たち、柱、そして真鍮記念碑が見えるだけだ、それもかろうじて。ここに粗野な振る舞いは無い、突然のキスも」

「あの冷酷な男が僕の自由を脅かすぞ」ネヴィルは言った「祈りながら。想像力の血が通っていないから、彼の言葉は舗石のように冷たいまま僕の頭上に落ちてくるんだ。おや、金色の十字架がチョッキの上で呼吸に合わせ上下に動いているぞ。威厳ある言葉も、それを話す人次第で台無しになってしまうな。僕はこの悲しげな宗教をあざけるんだ。臆病で悲嘆に暮れる人影が、青ざめて負傷したまま、イチジクの木が影を落とす白い道を進んでいくなんて話はばかばかしい。道端には、少年たちが砂埃にまみれ、手足をだらりと広げたまま寝ているぞ、裸の少年たちが。そして居酒屋の扉には、ワインを入れて膨らんだヤギの革袋がぶら下がっているんだ。復活祭の頃、お父さんとローマに旅行したことがあったな。キリストの聖母像が、震えて頭を縦に振りながら通りを練り歩いていたっけ。傷ついたキリスト像も、ガラスケースに入れられたまま通り過ぎていった。

「太ももを掻くふりをして体を横に傾けてみよう。そうやってパーシヴァルを見るんだ。いた、他の生徒から抜きん出て、背筋をまっすぐ伸ばして座っているぞ。鼻筋の通った鼻で、かなり深く呼吸しているな。その青くて奇妙に表情のない眼は、まるで異教徒のような無関心で向かいの柱を見つめているぞ。きっと立派な教区委員になるんだろうな。樺でできたむちを持ち、行儀の悪い小僧たちを打ち据えるんだろうな。彼は、真鍮記念碑に刻まれたラテン語その

ものだ。何も見ないし聴かない。僕たちみんなから離れ、異教徒の世界に住んでいる。でも見るよ、手でぱしっとうなじを打ったぞ。そんな仕草に惹かれ、人は一生、彼のことをどうしようもなく好きになってしまうのさ。ダルトン、ジョーンズ、エドガー、それにベイトマン、みんな同じように手でぱしっとうなじを打つけど、様になってないな」

「とうとう」バーナードは言った「うなり声がやんだ。説教が終わったぞ。彼は、扉のところで舞っていた白い蝶々を粉々にしてしまった。彼の耳障りでざらざらした声は、ひげ剃り前の下あごのようだな。酔っ払った船乗りのようによろめきながら席に戻ったぞ。他の先生たちは皆この動作をまねようとするけど、彼らは弱々しくてなよなよとし、灰色のズボンをはいているものだから、結局物笑いの種になるだけなんだ。僕は彼らを軽蔑したりしないぞ。ただ、彼らの滑稽な仕草が僕の眼には哀れに映るんだ。この事を将来の参考となるように、他のいろんな事と共に手帳に書いておこう。大きくなったらいつも手帳を持ち歩くんだ——あいうえお順に並べた、分厚くてたくさんページのあるやつを。それに思いついた言葉を書き込んでいこう。「こ」のページには「粉々になった蝶々」と書いてあるんだ。小説の中で窓敷居に当たる陽光を描写しようとする時、「こ」のページをめくると「粉々になった蝶々」を見つけるのさ。これは役に立つぞ。木々は『窓辺に緑色の葉陰を落とす』。これも役に立つな。でも悲しいかな！　僕は本当にすぐ気が散ってしまうんだ——渦巻きキャンディーのようなヒゲゼンマイに、象牙で装丁されたシー

リアの祈祷書に。ルイスは、まばたきもせず何時間でも自然を凝視することができる。僕はすぐ挫けてしまうんだ、誰かが話しかけてくれないと。『わが心の湖は、オールに水面を乱されることなく、穏やかに波打ち、たちまちねっとりとした眠りに落ちていく。』これも役に立つぞ」

「いよいよこのひんやりした礼拝堂を出て、芝生の黄ばんだ球技場へ行くんだ」ルイスは言った「そして今日の午後は授業が休みだから（公爵の誕生日さ）、みんながクリケットをしている間、長く伸びた草むらで寝転がることにしよう。もし僕が『みんな』になれるんなら、そりゃあクリケットをするさ。脚パッドを締め、打者の先頭に立って球技場を大股で走り回るんだ。ほら見ろよ、みんながパーシヴァルについて行く様を。彼はがっしりしているな。ぎこちなく球技場を歩いて行くぞ。長く伸びた草むらを通り、ニレの巨木が立っているところまで行くんだ。堂々としたその姿は、中世の司令官を彷彿とさせるな。彼が歩いた草むらには光の航跡が残っているようだ。彼の後を一団となって進む僕たちときたら、まるで彼の忠実な僕、そのうち羊のように撃たれてしまうぞ。というのも、彼はきっと見込みのない大事業を企て、戦いのさなかに死んでしまうからさ。僕の心は荒れ狂い、諸刃のヤスリのようにわき腹をすり減らすんだ。一方で彼の堂々とした姿を敬愛し、もう一方で彼のだらしない発音を軽蔑する――彼よりずっと優れている僕――でも嫉妬しているのさ」

「さてと」ネヴィルは言った「バーナードに始めさせよう。僕たち

が仰向けに寝そべっている間、ぺちゃくちゃと物語を喋らせておこう。僕たち皆が見たものを描写させ、それを一つのまとまった話にしてもらおう。バーナードは、物語はどこにでもあると言っていたな。僕は一つの物語。ルイスも一つの物語。ブーツ磨き少年の物語に隻眼（せきがん）の男の物語、タマビキガイを売る女の物語。彼に物語を喋らせておく間、僕は寝そべり、揺れる草の間から、脚パッドを締めた打者の歩きづらそうな姿をじっと見る。まるで世界全体が絶え間なく動き、姿を変えていくようだ——地上では木々が、空では雲が。僕は木の間越しに空を見上げる。すると、空のかなたで試合が行われているような気がしてくる。柔らかく白い雲の間から、『走れ』という叫び声、『今の判定は？』という叫び声がかすかに聞こえてくる。そよ風に乱され、白い雲の塊（かたまり）が切れ切れになって行く。あの青空が永遠に続けば、あの雲間が永遠に続けば、もしこの瞬間が永遠に続けば——

「でもバーナードはしゃべり続けている。沸き立ってくるんだ——イメージが。『ラクダのように』とか『ハゲワシ』とか。ラクダがハゲワシでハゲワシがラクダ。こんなふうになるのもバーナードはぶらぶらした電線で、解き放たれているからさ、そこが魅力なんだけど。そう、彼が話している間、馬鹿げた比喩を繰り出している間、人は陽気な気分になる。自分も沸き立つ泡になったかのように浮遊し、自由になる。気が晴れたと感じるんだ。まるまるとした少年たち（ダルトン、ラーペント、ベーカー）でさえ、同じように気ままな気分になる。彼らはこっちの方がクリケットよりも好きなのさ。

彼らは泡のように沸き立ちながらバーナードの言葉に染まり、羽毛の生えた草が鼻をくすぐるままにさせておくんだ。それから僕たちは皆、パーシヴァルが僕たちの近くでがっしりした体を横たえているのを感じる。彼が奇妙なばか笑いをすると、僕たちも笑っていいと思うのさ。でも彼は今、長く伸びた草の中で寝返りを打ったぞ。たぶん彼は草の茎を口にくわえて噛んでいるんだろう。退屈しているな。僕も退屈だ。バーナードはすぐ、僕たちが退屈していることに気づく。彼はかなり努力しているな。突飛なイメージを喋り始めたぞ。まるで『見て！』と言っているみたいだ。でもパーシヴァルは『いやだ』と言うのさ。というのも彼はいつも最初に嘘っぽさを見抜くからなんだ。そして極めて残忍になるのさ。言葉が徐々に小さくなり、頼りなく消えていくぞ。そう、ぞっとする瞬間が来たんだ。バーナードの活力はしぼみ、もはや話にまとまりはなく、生気を失い、紐をいじりながら黙り込んでしまったぞ。今にも泣き出しそうに口をぽかんと開けているな。というわけで、これは人生の苦痛と破壊と言える――僕たちの友だちが物語を完成できないなんて」

「さあやってみよう」ルイスは言った「立ち上がってお茶へ行く前に、努力の限りを一気に尽くしてこの瞬間を留めよう。この瞬間は永続するんだ。僕たちは別々になる。ある者はお茶に、ある者はテニスをしに、そして僕は作文を見せにミスター・バーカーのところに。この瞬間は永続するさ。論争や憎悪によって（面白半分に比喩を使うやつを軽蔑するんだ――まわりを支配するパーシヴァルがとても嫌さ）粉々に砕かれた僕の心は、突然訪れたひらめきにより

ふたたび一つにまとまる。木々や雲を、この心が完全に統合された
ことの証人としよう。僕、ルイス、ぼくは、これから七十年間この
世界を歩むため、完全な人間として生まれ変わったんだ、憎しみや
論争から解き放たれて。この草むらでこんなふうに輪になって、僕
たちは一緒に座っていたけど、僕たちを結びつけているのは、とて
つもない力を持った、それぞれの心にある衝動なんだ。木々は揺れ、
雲は流れる。もうすぐ、それぞれの内的独白を披瀝し合うんだ。で
も僕たちは、いろいろな感覚に次々と襲われるたびに、銅鑼が鳴る
ような音を出したりはしないのさ。子供時代、僕たちの生活は銅鑼
を打ち鳴らすようだったな。騒ぎや自慢、絶望の叫び、庭で首筋に
当たる衝撃。

「草や木々が揺れる。流れ行く風は青い虚空を渡り、風の吹き過ぎ
た虚空はふたたび静けさを取り戻す。風はまた木の葉を揺らし、風
が通り過ぎると木の葉はふたたび動かなくなる。そして僕たちはこ
こに輪になって座り、腕で両膝を抱えている。これらすべてが何か
別の秩序、より良き秩序を暗示している。そしてその秩序は、永遠
に湧き続ける詩作の泉なんだ *10*。こう思ったのはほんの一瞬だけど、
今夜これを言葉にしてみよう、鋼の輪に鍛えてみよう。でもパーシ
ヴァルがそれを壊してしまうんだ、勢いよくつまずいて草むらを押
しつぶすのと同時に。そのとき子分どもは、彼に付き従って小走り
に歩いているのさ。けれども、僕に必要なのはパーシヴァル。詩作
への意欲をかき立ててくれるのはパーシヴァルだからな」

*

　「何か月間」スーザンは言った「何年間この階段を駆け上がったか
しら、陰鬱な冬の日々に、冷え冷えする春の日に？　今は夏の盛り。
階段を上って白いワンピースに着替え、テニスをするの——ジニー
に私、後からローダも上ってくる。上りながら一段一段数えるわ、
一段数えるごとに何かが終わるの。そして毎晩、終わった今日を日
めくりカレンダーから引きちぎり、くしゃくしゃにしてぎゅっと丸
めるわ。私はこうして復讐するのに、ベッティーとクララはひざま
ずいているの。私はお祈りなんてしないわ。私は一日に復讐するの。
心に浮かぶこの一日に恨みを浴びせるわ。今や君は死んだ、と私は
言うの、学校での一日、憎たらしい一日は。6月は毎日——今日は
25日——ぴかぴかに磨かれ、隅々まで統率されていたわ。銅鑼の
合図、授業、顔を洗いなさい、着替えをして、さあ勉強、食事よ。
中国から来た宣教師の話を聞くの。馬車に乗ってアスファルトで舗
装された道を疾駆し、ホールに行ってコンサートを聴くわ。美術館
で絵も見せられるし。
　「家では干し草が牧草地で揺れているの。お父さんが踏み越し段に
もたれてたばこを吸っているわ。家の中ではドアが次々にばたんと
閉まっていくの、夏の風が誰もいない廊下をさっと吹き過ぎると。
壁に掛かった古い絵も揺れているだろうな。花びらが一枚、花瓶に
生けたバラから落ちるの。荷馬車が牧場の垣根にふさふさした干し
草をまき散らして行くわ。こんな情景が見える、いつも見えるの、

踊り場に掛かっている姿見の前を通り過ぎると。そんな時ジニーは先を歩き、ローダはのろのろと後ろを歩いているわ。ジニーは踊るの。ジニーが、いつも玄関ホールの不細工な焼き付けタイルの上で踊っていたり、運動場で側転をしたり、摘んじゃいけない花を摘んで耳の後ろに挿したりすると、ミス・ペリーの黒い眼には感嘆の色が浮かぶわ。ジニーへのよ、私じゃなくて。ミス・ペリーはジニーを愛しているの。私も彼女のこと好きになったかもしれないけど、今は誰も好きじゃないわ、お父さんと、私のハトとリスの他には。男の子に世話してもらう様かごに入れ、家に残してきたの」

「階段に掛かっている小さな鏡は嫌い」ジニーは言った「頭しか見えないし、頭を切り離しちゃうから。この口は広すぎるし、眼はくっつき過ぎているわ、笑うと歯ぐきがむき出しになっちゃうし。スーザンの頭が映ると、〈恐ろしい表情をして、眼はグラスグリーン色だわ。バーナードが、詩人が好きになる眼だって言っていたな。その眼が細かな白い縫い目を見つめるからだとか、〉私の頭ははみ出しちゃうの[11]。ローダの顔でさえ、ぼんやりとして虚ろだけど整っているわ、子供のころ彼女が水盤に浮かべていた白い花びらのように。だから彼女たちをおいて、すぐの踊り場まで階段を駆け上がる。そこには長い姿見が掛かっていて、全身を映せるの。体と頭が一つになって映っているわ。こんなサージのワンピースを着ていても、それらは元々一つだからなの、体と頭は。見て、頭を動かすとさざ波が細い体全体を伝わって行き、細い脚でさえ、風になびく茎のように揺れるわ。私は揺らめくの、スーザンのこわばった顔とローダ

のぼんやりした顔の間で。飛び跳ねるわ、大地の裂け目を駆け上がってきた一筋の溶岩のように。動き、踊るの。動いたり踊ったりするのは絶対に止めないわ。私は動くの、子供のとき生け垣の中で揺れ、私を驚かせた葉のように。目の前にある縞のついた壁に、どこにでもあるような、水性塗料を塗り黄色の幅木をつけた壁に、自分の踊る姿を映すわ、火明かりがティーポットの表面で揺らめくように。女性たちの冷たい眼差しの中にさえ、私は炎をとらえるの。教科書を読むと、黒ずんだページの四隅が紫色の光で縁取られるわ。けれど、どんな言葉でも意味が変わると分からなくなるの。どんな気持ちでも現在から過去に遡（さかのぼ）ることなんてできないわ。だからスーザンのように途方に暮れながら、眼に涙をためて故郷を思い出したりしないの。あるいはローダのように、シダの間にへなへなと横たわり、ピンク色をした木綿の洋服に緑色のしみを付けながら、海底で開花する植物や、魚がゆっくりと泳ぐ岩礁を夢見たりしないわ。私は夢見ないの。

「さあ急ぎましょう。こんなきめの粗い服は、誰よりも先に脱ぎ捨てさせて。ここに洗い立ての白いストッキングがあるわ。これは新しいシューズよ。髪を白いリボンで束ねるの。それで私がコート中を駆け回る時、リボンがさっとなびくかと思えば首に巻き付き、やがてすっかりもとに戻るでしょう *12*。でも髪は決して乱れないわ」

「あれが私の顔」ローダは言った「姿見の中でスーザンの肩越しに映っている――あの顔が私の顔。でも彼女の後ろにさっと隠れて顔が映らないようにするわ、なぜって私はここにいないから。私に

は顔がないの。他の人たちには顔がある。スーザンにもジニーにも顔がある。二人ともここにいるわ。二人の世界は実在する世界。持ち上げるものには重さがあるの。はいと言うしいいえと言うわ。でも私は移ろい変わり、すぐに見抜かれてしまうの。もし二人が女中に会うと、彼女は笑わずに二人を見るわ。でも私のことは笑うの。二人は、話しかけられたらなんと答えるべきか知っているわ。二人は心から笑うし、本当に怒る。でも私はまず見て、他の人たちがする通りにしなくちゃいけないの、みんながそうした後でね。

「あー、なんて並外れた自信をみなぎらせ、ジニーがストッキングをはいていることかしら、テニスをするだけなのに。見とれるわ。でもスーザンの方が好きなの、なぜってジニーより意志が強いわりには、ジニーほど自意識過剰じゃないから。二人とも自分たちをまねするって、私を軽蔑してるわ。でもスーザンはときどき教えてくれるの、たとえば蝶型リボンの結び方とか。ジニーもいろいろ知ってるけど教えてくれないわ。二人には並んで座る友だちがいるし、部屋の隅でひそひそと話すこともあるの。でも私は、名前と顔にしか心を引かれないわ。そしてそれらを災難よけのお守りのように隠し持つの。玄関ホールの向こうにいる誰か知らない女の子の顔に心引かれ、名前も知らないその子が向かいに座ったりすると、お茶も飲めなくなっちゃうわ。息が詰まり、激しい感情に大きく揺さぶられるの。こんな名前も知らない清純な人たちが、藪の陰から私を見ているのを空想してみる。高く跳んで彼女たちをうっとりさせるわ。夜ベッドの中で、彼女たちをとことん驚かせるの。しょっちゅう私

は矢に射貫かれて死に、彼女たちは涙するわ。もしも彼女たちが、この前の休みにスカーブラへ行ったのと言うのを耳にしたり、荷物箱に貼ってあるラベルからそれを知ったりすると、その街全体が金色に輝き、道という道が光彩を放つわ。だから私は、自分の本当の顔が映る姿見が嫌いなの。一人になると、虚無の中に落ちていくことがよくあるわ。そんなとき私は、こっそりと片足で踏ん張らなきゃいけないの、世界の際から虚無の中に落ちていかないように。頭を硬い扉にぶつけ、自分自身を生身の体に呼び戻さなきゃいけないの」

「私たち遅れちゃった」スーザンは言った「プレーする順番が来るまで待たなきゃいけないわ。草の伸びたこのあたりに陣取って、ジニーとクララ、ベッティーとメイヴィスの試合を見るふりをしましょうか。でも見たりしないわよね。他の人たちがゲームするのを見るのなんて嫌い。最も嫌いなものをみんな思い浮かべ、土の中に埋めてしまうの。このつやつやした小石はマダム・カルロ、彼女も深く埋めてしまうわ。なぜって彼女はへつらったりご機嫌を取ったりするし、六ペンス硬貨をくれて、音階を弾くときにはこれを手の甲にのせて水平に保ちなさいなんて言うからよ。彼女のくれた六ペンス硬貨は埋めたわ。学校を全部埋めようかしら、体育館に教室、いつもお肉の匂いがする食堂、それに礼拝堂も。赤茶色のタイルや、昔の人たちのてらてら光る肖像画も埋めてしまうの——寄付者や学校の創設者たちのね。好きな木があるわ、透明な樹液が樹皮の上で固まっている桜の木とか。それに、屋根裏部屋から遠くの丘を見渡す眺めも好き。こんなお気に入り以外は全部埋めてしまうの、ちょ

うどこの不格好な石ころたちを埋めるようにね、それらはこの海岸のあちこちにいつも転がっていて、遊歩桟橋には日帰りの観光客がいるわ。故郷の海岸では波が延々と続いているの。冬の夜には波の砕ける音が聞こえるわ。去年のクリスマスには、男の人が一人で荷馬車に乗ったまま波にさらわれたの」

「ミス・ランバートが」ローダは言った「牧師と話しながら通ると、みんな笑いながら彼女の背中が曲がっているのをまねるの、彼女が通り過ぎたあとで。でもすべてが変わり、光り始めるわ。ジニーだってミス・ランバートが通るといつもより高く跳ねるの。もし彼女があのひな菊を見たら、それも変わるでしょう。彼女がどこへ行っても、彼女の目に触れるものは変わるの。でも彼女が行ってしまうと、それはもう光り輝かないのかしら？ ミス・ランバートが牧師を連れ、くぐり戸を通り彼女専用のお庭へ入って行くわ。池のほとりに着くと、彼女は葉の上にいる蛙に目をとめるの。するとそれも変わるわ。すべてが荘厳で、すべてがおぼろになるの、彼女が佇むところでは。まるで彼女は木立の中に立つ彫像のようね。彼女がふさ飾りの付いた絹の外套を脱ぐと、赤紫色の指輪が一点、なおも光を放っているわ、葡萄酒色のアメジストの指輪が。人びとが私たちのもとを去ると、彼らのまわりにはこんな神秘が起こるの。彼らが私たちのもとを去るとき、私が池までついて行き、彼らを荘厳なものに変えることができるからよ。ミス・ランバートが通り過ぎるとき、彼女はひな菊を変えてしまう。そして彼女が牛肉を切り分けると、すべてが高揚するわ、いく筋もの炎のように。ひと月ごとに、ものが硬さを失っ

ていくの。私の体でさえ今や光を通し、私の背骨は、ろうそくの炎で溶けかかったろうのように柔らかいわ。私は夢見る、夢見るの」
「ゲームに勝ったわ」ジニーは言った「さああなたたちの番よ。草の上に身を投げ出し、はあはあとあえぐの。なぜって走り回って息が切れているし、勝利の喜びにも浸りたいから。走ったし勝って嬉しいから、体中にあるものがみんな血潮に押し流されるようだわ。私の血はきっと鮮やかな赤色で、勢いよく流れ、肋骨に当たってどくどくと音を立てるの。足の裏がじんじんするわ。まるで針金の輪が足の中で開いたり閉じたりしているみたい。草の葉が一本一本、とてもはっきり見える。でも、額や眼の奥で血潮が激しく鼓動しているから、みんな踊っているの――ネットも草も。あなたたちの顔も蝶のように動いているし、木々も飛び上がったり飛び降りたりしているよう。この宇宙に、変わらないもの、止まっているものなど無いわ。すべてはさざ波立ち、踊っている。すべては素早い動きと勝利の喜び。ただ、ひとり硬い大地に寝そべり、あなたたちのゲームを見ていると、選ばれたいって思い始めるの。ある人に求められ、呼び出されるわ。その人はやって来て私を見つけ、私に魅了され、離れたままでいられなくなり、私の所にやって来るの。そこで私は金色の椅子に座り、ワンピースが私のまわりで花のように膨らんでいるわ。そして小部屋に閉じこもり、二人だけでバルコニーに座り、一緒にお話しするの。
「潮が引いていくわ。木々もふたたび大地に根を下ろし、肋骨に打ちつけていた激しい鼓動も治まり、私の心臓は錨をおろすの、ヨッ

トがセールをゆっくりと白いデッキにおろすように。試合が終わっ
たわ。お茶に行かなくちゃ」

*

「自慢話の好きな少年たちが」ルイスは言った「大勢のチームでク
リケットをしに出かけた。大きな馬車に乗り、合唱しながら行って
しまったんだ。月桂樹のそばの角を曲がる時、彼らはいっせいに頭
の向きを変えるのさ。自慢話が始まるぞ。ラーペントのお兄さんは
オックスフォードでフットボールをやっていたし、スミスのお父さ
んはローズクリケット場で百点を取ったとか。アーチーにヒュー、
パーカーにダルトン、ラーペントにスミス、それからまたアーチー
にヒュー、パーカーにダルトン、ラーペントにスミス──名前が
繰り返し、いつも同じ名前ばかりさ。彼らは志願兵であり、クリケッ
ト選手であり、博物学会の役員でもある。いつも四列縦隊を組み、
帽子に記章をつけ一団となって行進し、将軍の像を通り過ぎる時に
はいっせいに敬礼するんだ。彼らの秩序はなんと威厳に満ち、服従
はなんと美しいことか！ もしも彼らについて行くことができ、一
緒にいられるのなら、僕の知識なんて全部犠牲にするのになあ。で
も彼らはまた、蝶の翅をちぎり取り、それがわなないているのを放っ
ておいたり、血のついた汚いハンカチをくしゃくしゃにして、隅に
放り投げたりするんだ。暗い廊下で下級生を泣かすし。大きな赤い
耳が、帽子の下から飛び出しているぞ。でも、そんな風になりたい
のさ、ネヴィルと僕は。彼らが出て行くのを見て、僕は羨ましくな

る。カーテンの後ろからこっそりと覗き、彼らが同時に同じ動きを
すると嬉しくなるんだ。もしも僕の脚を彼らの脚と取り替えたら、
どんなに力強く走ることだろう！　もしも一緒に、試合に勝ったり
大きなボートレースで漕いだり、一日中馬に乗って駆けたりしたら、
僕はどんな大声を出して、真夜中に歌うことだろう！　いったいど
れ程の勢いで、歌詞が僕の喉からほとばしり出ることだろう！」

「パーシヴァルが行ってしまった」ネヴィルは言った「彼は試合の
ことしか考えていないんだ。馬車が月桂樹のそばの角を曲がる時、
彼は決して手を振らなかった。僕がひ弱すぎてプレーできないこと
を軽蔑しているのさ（僕がひ弱なのをいつも思いやってくれるけど）。
彼が勝敗を気にしているのは知っているくせに、僕が彼らの勝敗に
無関心なものだから軽蔑しているんだ。彼は僕の忠誠心を受け入れ
てくれる。臆病で疑いもなく卑屈な献身を。だけど実は、彼の知性
に対する軽蔑も混じっているのさ。なぜって彼は読書が苦手だから。
でも、僕が長く伸びた草むらに寝そべってシェイクスピアやカトゥ
ルルスを読んでやると、彼はルイスよりも分かってくれる。言葉で
はなくて――でも言葉って何だろう？　僕はすでに韻の踏み方や、
ポープにドライデン、シェイクスピアさえも模倣する術を知ってい
るじゃないか？　しかし一日中立ち続け、陽の光を浴びながらボー
ルに瞳を凝らすなんてできない。ボールが飛んだのを体で感じ取り、
ボールに意識を集中するなんて。だから一生、言葉の表面にしがみ
つくぞ。そのうちできなくなるだろうな、彼と一緒に生活し、彼の
愚鈍さを我慢するなんて。彼は粗野に振る舞い、鼾をかくだろう。

結婚すれば、朝食の時には優しく振る舞うさまが目に浮かぶけど。でも彼はまだ若いんだ。糸一本、紙一枚だって入り込めないぞ、彼と太陽、彼と雨とのあいだには、そして彼と月との間には。月光を浴びながら彼は暑さで裸になり、ベッドでのたうち回るんだ *13*。大通りを馬車に乗って走るいま、彼の顔には赤と黄色のまだら模様が浮かんでいる。彼はコートを脱ぎ捨て、両足を広げて立ち、両手を構えてウィケットを見つめるんだろうな。そして『主よ我らに勝利を』と祈るのさ。彼はただ一つのことしか考えないんだ、勝つことしか。「どうしたら僕は彼らと一緒に馬車に乗り、クリケットをしに出かけられるんだろう？　バーナードなら彼らと出かけられるかもしれないけど、あいつはぐずぐずし過ぎているから無理だろうな。あいつはいつもぐずぐずし過ぎるんだ。救いがたいむら気に妨げられ、彼らと出かけることはできないのさ。手を洗っているとふと手を止め、『ハエが蜘蛛の巣に引っかかっているぞ。助けてやろうかな、それとも蜘蛛に食べさせちゃおうかな？』なんて言うんだ。あいつの心には途方に暮れるようなことが数え切れないほどあるのさ。でなきゃ彼らとクリケットをしに出かけるんだろうけど、草むらに寝そべり、空を見上げ、ボールが打たれると飛び上がるんだろうな。でも彼らはあいつを許すのさ、なぜってあいつは彼らに物語を話すだろうから」

「彼らは走り去っていった」バーナードは言った「でも僕はぐずぐずし過ぎて一緒に出かけられなかったんだ。あの嫌な少年たちは、〈彼らはまたとても美しいから、君とルイスは、ねえネヴィル、彼らを

非常に羨ましく思っているよね、〉頭をいっせいに同じ方向に向け
て走り去っていったぞ *14*。でも、大した違いは無いと思うんだ。僕
の指は、どれが黒鍵でどれが白鍵かなんて気にせず鍵盤の上を滑っ
ていくのさ。アーチーは簡単に百点を取るけど、僕は時々まぐれで
十五点取るだけだ。だけど僕と彼にどんな違いがあるんだろう？
でもちょっと待って、ネヴィル。話をさせてよ。泡がソースパンの
底から、銀色の鎖になって上がってくるんだ、イメージが次々と。
僕はルイスのように、信じられない粘り強さで本の前に座ることなん
てできないのさ。僕は小さなはね上げ戸を開けて、言葉の鎖を出
してやらなくちゃいけないんだ。起こったことは何でもきちんと書
き連ねてあるから、それは支離滅裂じゃなくて、曲がりくねった一
本の糸が、物事をそっと繋ぎ合わせているのに気づくのさ。君に先
生の話をしてあげよう。
「クレイン先生がお祈りを終えてよろめきながらスイングドアを出
ていくとき、たぶん彼は自分が計り知れないほど優れていると確信
しているんだろうな。そして実のところ、ネヴィル、彼が出ていく
と僕たちはほっとするだけでなく、明らかに何かが無くなったよう
な気分にもなるんだ、歯が抜けたみたいに。さて、彼が体を波打た
せながら、スイングドアを出て家へ戻るのについて行くとしよう。
厩の向こうにある自分の部屋で服を脱いでいるのを想像してみよう
よ。くつ下吊りを外す（ささいな物や個人的なことに目を向けよう）。
それから独特のしぐさで（こんなありきたりの言葉を使わないでお
くのは難しいな。でも彼の場合、なぜかしっくりくるのさ）、銀貨

一枚と銅貨数枚をズボンのポケットから出し、化粧台のあちこちに置いていくんだ。両腕を椅子の肘掛けに伸ばし、沈思黙考する（今こそ彼が自分に返る瞬間だ。この瞬間にこそ僕たちは彼を忠実に描写しようとしなくちゃいけないのさ）、ピンク色の橋を渡り寝室に行こうか、それとも渡らないでおこうか？　二つの部屋にはバラ色の光の橋が架かっていて、その光はベッドサイドのランプから続いており、そこではミセス・クレインが髪を枕に置いて横たわり、フランスの自叙伝を読んでいるんだ。読みながら彼女は、気ままで失望したようなしぐさで額にさっと手を伸ばし、『これだけ？』とため息をつくのさ、自分自身とフランスの公爵夫人を比べながら。さて、と先生が言う。あと二年で定年だな。西部にある田舎の庭でイチイの生け垣でも剪定するさ。海軍大将になったかも知れないのにな、あるいは裁判官、校長先生じゃなくて。一体どんな力が、と問うんだ〈ガス灯を見つめながら背中を丸めているぞ、僕たちが知っている背中より大きく見えるな（そういえばワイシャツ姿だ）〉、私をここまで連れてきたんだろう [15]？　どんな巨大な力が？　と考えながら、威厳に満ちた言葉はいよいよ冴え、肩越しに窓を見るのさ。嵐の夜だ。栗の木の枝がゆっくりと上下に動いているぞ。星々が木の間で輝いているな。どんな巨大な善と悪の力が、私をここまで連れてきたんだろう？　と自問し、自分の椅子が紫色の絨毯をけば立たせ、小さな穴を開けてしまったのを見て悲しむんだ。そんなふうに彼はそこに座り、ズボン吊りを揺らすのさ。しかし、人びとについて行き、自室でどう過ごしているかを物語るのは難しいな。もう

この物語は続けられないぞ。僕は一本の紐をもてあそび、ズボンのポケットに入っている四、五枚の硬貨をひっくり返す」

「バーナードの話はおもしろい」ネヴィルは言った「初めのうちは。でも、話がしりすぼみになってつじつまが合わなくなり、あいつがあくびをしながら紐をいじり始めると、僕は自分自身の孤独を感じるんだ。あいつはみんなを一刀両断に描写したりしない。だからあいつにパーシヴァルの話はできないのさ。僕の不条理で凶暴な情熱を、同情と思いやりに満ちたあいつに聞かせることはできないんだ。それさえも『物語』になってしまうだろうし。僕には、肉切り包丁を肉切り台に振り下ろすように物事を一刀両断する人間が必要なのさ。その人間にとっては不協和音だって崇高だし、靴ひもだって崇敬に値するんだ。誰に向かって僕自身の緊迫した情熱を打ち明けることができるんだろう？　ルイスは冷淡すぎるし多才すぎるな。誰もいないぞ——ここには灰色のアーチやくぐもった声で鳴くハト、快活なゲームや伝統、競争が満ち、それらはとても巧妙にまとめ上げてあるから、みんな孤独を感じることがないのさ。それでも歩いていると突然、僕は何かがやって来るという予感に襲われ、立ちすくむ。昨日、開き扉を通って静かな裏庭へ行こうとしていると、フェンウィックが木槌を振り上げるのを見たんだ。芝生のまん中では紅茶用湯沸かし器から湯気が立ちのぼっていた。青い花が何列も咲いていた。その時突然、ぼんやりした神秘的な感覚に襲われた。それは神への崇拝に満ち、混沌を克服した完全性を備えていたんだ。僕がじっと何かに集中し、開き扉のところに立っている姿を見た者は

いなかった。僕が、自分の存在を唯一の神に捧げ、死に、消滅しなければと強く願っているのを推し量る者はいなかった。その時木槌が振り下ろされ、この光景は砕けた。

「何か木を探し求めるべきだろうか？　教室や図書館を抜け出し、幅広の黄色いページを開けてカトゥルルスを読むのも止め、森や野原へ行くべきだろうか？　ブナの林を歩くべきだろうか？　あるいは川辺をぶらぶら歩き、そこで二本の木が恋人達のように一つになり、川面に映っているのを眺めるべきだろうか？　でも、自然は余りに退屈でつまらないな。荘厳で広大な景色、それに水と葉叢があるだけだ。そのうち火明かりや仲間うちの日常、そしてひとりの人間の手足が恋しくなり始めるんだ」

「恋しくなり始めたぞ」ルイスは言った「夜の来るのが。こうしてミスター・ウィッカムの扉の前に立ち、片手を木目の出たオークの羽目板に当てていると、自分がリシュリューの友人、あるいはかぎタバコ入れをみずから国王に差し出しているサン・シモン公爵と思えてくるんだ。それは僕の特権さ。僕の警句が『野火のように宮廷中を駆け回る』。公爵夫人達はイヤリングからエメラルドを引きちぎり、賞賛の意を表す―― しかし、こんな幻想の打ち上げ花火は暗闇で上げるのが最もふさわしい、自分の小部屋で、夜に。今はただの少年で、植民地訛りがあり、拳骨のとんがりをミスター・ウィッカムの木目が出たオーク扉に押し当てているに過ぎないのさ。今日は恥ずべき振る舞いもうまく行ったこともいっぱいあったけど、物笑いになるのが怖くて秘密にしていたんだ。僕は学校で一番できる

生徒さ。でも夜になると、この嬉しくもない体――大きな鼻に薄い唇、植民地訛り――を脱ぎ、自由な時間を生きる。その時、ウェルギリウスの、そしてプラトンの仲間になる。フランスのさる偉大な家系の末裔（まつえい）にも。でも僕はまた、風が強く月明かりに照らされたこの世界を、この真夜中の彷徨（ほうこう）を敢えて捨て、木目の出たオーク扉の前に立つんだ。生きているうちに成し遂げるぞ――神よその遠からざることを――僕には本当に忌まわしいほど明らかな、これら二つの世界に横たわる矛盾を、壮大な規模で融合させるんだ。苦悩が僕を突き動かす。さあノックして、中へ入ろう」

*

「五月と六月は全部ちぎり取ったわ」スーザンは言った「七月も二十日まで。ちぎり取ってくしゃくしゃに丸めたから、そんな月日はもう存在しないの。このわき腹のあたりにはどんよりと溜まっているけどね。自由を奪われた日々だったな、翅（はね）のしなびた飛べない蛾（が）みたいに。あと八日の我慢だわ。八日経てば私は汽車から飛び降り、六時二十五分にプラットフォームに立つの。そして私はみるみる自由になり、ここのがんじがらめの束縛――時間や指示、規律、そしてちゃんと決められた時間に決められた場所にいること――はすべてばらばらに砕け散るわ。馬車の扉を開け、お父さんが懐かしいハットをかぶり、ゲートルを巻いているのを見ると、一日がにわかに活気づくでしょう。私は身震いし、わっと泣き出すの。そして翌朝は明け方に起きるわ。お勝手口から外に出ましょう。ヒース

の荒れ野を歩くの。幻の騎手をのせた立派な馬たちが、蹄の音を轟かせつつ私の後ろから駆けてきて、突然止まるわ。ツバメが草すれすれに飛ぶの。川べりにうつ伏せに寝ころび、魚が葦の茂みを出たり入ったり滑るように泳ぐのを見るわ。私の手のひらには松葉の跡がつくの。私がここでこしらえた得体の知れないもの、何か硬いものをみんな、そこでほぐして取り除くわ。なぜって、何かが私の中で大きくなったからなの、ここで幾冬も幾夏も過ごしているうちに、階段や寝室で。ジニーのように、自分が賞賛されたいとは思わないわ。部屋に入っていくと、みんながうっとりと私を見上げるなんてことは望まないの。私は与え、与えられたい、そして一人きりになって自分の持っている物を広げたい。

「そして帰るわ、風でかすかに震える小道を通り、クルミの葉叢でできたアーチの下を。老婆が枯れ枝をいっぱい積んだ乳母車を押しているのを追い越すの、そして羊飼いも。でも言葉は交わさないわ。帰りがけに家庭菜園を通ると、キャベツの曲がった葉に朝露がびっしりと付き、菜園のむこうには家が見えるけど、窓にカーテンが掛かっていて中は見えないの。それから階段を上って私の部屋へ行き、宝物を〈たんすに鍵をかけて大切にしまっておいたんだ〉ひっくり返すの、貝、卵、珍しい植物を。ハトとリスに餌をやるわ。犬小屋にも行ってスパニエル犬の毛をすいてやるの。そうやって少しずつ、ここで暮らすうちにわき腹のあたりで大きくなった硬いものを解きほぐしていくわ。でもここでは鐘が鳴り、絶えずぐずぐずと歩く」

「暗やみに睡眠、それに夜は嫌い」ジニーは言った「横になって一日が来るのを待ち焦がれているの。一週間がたった一日で、分かれていなければいいのにな。早く起きて——鳥が私を起こすの——横になっていると、戸棚の真鍮製取っ手が次第にはっきりと見えてくるわ、やがて洗面台、タオル掛けも。寝室の中の物が一つひとつはっきりしてくるにつれ、胸がどきどきしてくるの。私の体が形を取りもどし、ピンク色や黄色、茶色に染まる気がするわ。両手で両足や体に触ってみるの。でこぼこしているし、ほっそりしているわ。銅鑼が家中に鳴り響き、ざわめきが始まるのを聞くのが好き——こっちでどすん、あっちでぱたぱた。ドアがばたんと閉まり、水が勢いよく流れるの。新しい一日が始まった、新しい一日よ、と私は叫び、両足を床におろすわ。嫌な思いをする一日、満たされない一日かも知れないな。いつも小言を言われるの。さぼったり笑ったりして、いつも恥をかくわ。でも、ミス・マシューズが私の軽はずみな不注意に文句を言うときでさえ、私は何か動くものを見つけるの——絵の上の輝点〈たぶん太陽かな〉、芝刈り機を引きながら芝生を横切っていくロバ、あるいは月桂樹の葉のすき間を滑っていくヨット——だから私は決して失望しないわ。誰にも邪魔されず、ミス・マシューズに見えないところでつま先旋回するの、お祈りの時間になっても。

「それにね、もうすぐ学校を卒業してロングスカートをはくようになるわ。夜にはネックレスを身につけ、ノースリーブの白いドレスを着るの。パーティーが幾つも、きらきら光る部屋で催されるわ。

そこでひとりの男性が私を見初め、誰にもしたことのないお話をしてくれるの。その人はスーザンやローダよりも私のことを気に入ってくれるわ。私の個性、美質に気づいてくれるの。でも、ひとりの男性だけとお付き合いするのはいや。動けなくされたり、翼を切られたりしたくないわ。私はかすかに震え、揺れる、生け垣の葉っぱのように。そしてベッドの縁に座り、両足をぶらぶらさせながら、新しい一日の始まりにわくわくするの。私の人生はあと五十年、いいえ六十年あるわ。私はまだ自分の可能性に手をつけていない。だって人生は始まったばかりだもの」

「いったいあと何時間経てば」ローダは言った「電気を消してベッドに入り、世界の真上に宙づりになって横たわることができるのかな。一日を終わらせ、自分の木を繁らせて、かすかに揺れる緑の大テントを頭上に張りめぐらせることが。今は繁らせることができないの。誰かが打ち壊してしまうわ。みんな何か尋ね、邪魔をし、倒しちゃうの。

「さあバスルームに行って靴を脱ぎ、顔を洗うわ。でも顔を洗いながら、頭を洗面台に屈めたままで、ロシアの女帝が身につけていたヴェールを肩のあたりまでふわっと垂らしてみるの。王冠のダイヤモンドが私の額で輝くわ。敵意を露わにした群衆の叫びを聞きながら、バルコニーに出るの。よし手を拭こう、ごしごしと。こうすればミス、誰だっけ、は思ってもみないわ、私が握りこぶしを振りながら激高した群衆に向かい『われが汝らの女王なるぞ、国民よ』と叫んでいるなんて。私は挑戦的な態度をとるの、恐れも知らず。私

は勝つわ。

「でもこれは儚い夢。脆い木。ミス・ランバートが吹き飛ばすの。彼女が廊下の向こうに消えていくのを見るだけで粉々に吹き飛んでしまうわ。儚いから私は満足できないの——この女王の夢には。私はひとり取り残され、〈その夢は崩れ落ちてしまったから、〉この廊下でぶるぶると震えているわ。まわりのものが色あせたように思えるの。こんな時は図書館に行って、何か本を取り出し、読んでは眺め、もう一度読んでは眺めてみようかな。生け垣の詩があるわ。生け垣に沿ってさまよい、花を摘もう、緑色のブリオニア、月明かりのようなサンザシ、野バラ、そして曲がりくねったツタを。それらを両手で握りしめ、つやつや輝く机の上に置いてみたいな。水の流れでかすかに震える川べりに座り、スイレンを見よう。その広い葉は光り輝き、川面に突き出たナラの木を照らした、月光のような淡い反射光で。花々を摘もう。それらを編み合わせて花輪を作り、それを抱きしめてプレゼントしよう——ああ！　誰に？　私という存在の中には流れを邪魔する何かがあるの。深いところの流れが何か障害物に当たるわ。急に流れが変わり、渦を巻く。私の中心にある瘤のようなものが抗うの。ああ、これが痛み、これが苦悩！　弱り、衰える。おや、体が温まりほぐれてきたわ。私は解放され、光り輝くの。今や流れが深い潮流のように押し寄せ、大地を肥やし、閉じたものを開き、固く折りたたまれたものを広げ、思うままに氾濫するわ。誰に私は与えるんだろう、今私の中を流れ、私の温かい、スポンジみたいな体から流れ出すすべてを？　花々を集めてプレゼン

トするの——ああ！　誰に？

「船乗りたちが遊歩道をぶらついているわ、それに恋人たちも。バスが海岸線に沿い、街に向かってがたごとと走って行くの。私は与え、豊かにするわ。目の前の美しさを世界に返すの。花々を編み合わせて花輪を作り、手を大きく広げて前に進み、それをプレゼントするわ——でも！　誰にかしら？」

*

「さあ僕たちは受け取ったぞ」ルイスは言った「今日は最後の学期の最後の日——ネヴィルとバーナードと僕の最後の日——だからな。先生たちが僕たちに与えなければならなかったものはすべて受け取った。序奏が終わり、世界が提示されたんだ。先生たちは残り、僕たちは出発する。あの偉大な先生、すべての先生の中で僕が最も尊敬する先生は、少し左右に体を揺らしながら、テーブルやきちんと装丁した蔵書に囲まれ、ホラティウスやテニソンを、キーツとマシュー・アーノルドの全集を講義して下さった。しかるべく歴史に名を刻まれた詩人ばかりだ*16*。僕はそれらを与えて下さった手を尊敬する。彼は揺るぎない信念をもって話をする。彼にとって自分の言葉は真理、僕たちにとってはそうでもないけど。どら声に深い感情を込め、激しく、また優しく、彼は僕たちがもうすぐ旅立つことを話して下さった。彼は僕たちに『男らしく振る舞おうではないか』と話して下さったんだ。（彼が話すと、聖書からの引用も、タイムズ紙からの引用も、同じように壮大に聞こえるな。）こんなことを

成し遂げる奴もいれば、あんなことを成し遂げる奴もいるだろう。二度と会わない奴もいるだろう。ネヴィル、バーナード、それに僕がここでふたたび一堂に会することはないだろうな。人生が僕たちを分かつんだ。でも僕たちは確かな絆を築いた。僕たちの少年時代、責任のない時代は終わったけど、僕たちは確かな繋がりを築き上げたんだ。何よりも、僕たちは伝統を受け継いだ。この石畳は六百年もの間すり減り続けてきた。この壁に名前を刻まれているのは、軍人や政治家、不幸な詩人たちだ（僕の名前も刻まれるだろうな）。すべての伝統、僕たちを守り、一つにしてくれるものすべてに祝福あれ！　僕は何よりもあなた方、黒いガウンをまとった先生方に感謝する。そしてあなた方、亡き人びとにも、そのお導きと庇護に感謝する。でも結局、問題はそのままだ。意見の不一致は未だ解決されていない。花々が窓の外で激しく揺れているな。野鳥が見えるぞ。するとどんな野鳥よりも荒々しい衝動が、僕の熱狂した心から湧き起こってくるんだ。僕の眼は激情をたたえ、唇は固く結ばれている。鳥が飛び、花が揺れる。でも僕にはいつも、低く鈍い、ドーンという波の音が聞こえる。そして鎖に繋がれた獣が浜辺で足を踏みならしているぞ。ドーン、ドーン」

「これが最後の式典だ」バーナードは言った「僕たちの出席する式典はこれですべて終わる。僕たちは奇妙な感覚に襲われている。信号旗を持った車掌が笛を吹こうとしているようだな。すると次の瞬間、機関車が蒸気を吐き動き始めるんだ。みんな何か言ってみたいし、何かに感動してみたいのさ。それがこの場には実にふさわしい。

みんな心に何かを期し、唇をぎゅっと結んでいるな。おっと、蜂が一匹ゆっくり飛んできて、花束のまわりでぶんぶん音を立てているぞ。その花束の匂いをハンプトン総会長夫人がさっきから何度も嗅いで、丁重に挨拶をしてくれたことに対する感謝の気持ちを表しているんだ。もし蜂が彼女の鼻を刺したらどうしよう？　僕たちは皆深く感動しているけど、礼儀知らずで、罪を悔やみ、贖罪を切望し、お互い別れたくないのさ。蜂はみんなの気を散らすし、その気ままな飛翔は、こんな熱烈な気持ちをあざけっているようだ。微かにぶんぶんと音を立て、あちこち飛び回り、ついにカーネーションの花にとまったぞ。僕たちの多くはもう二度と会わないんだ。もう二度とある種の楽しみを味わうこともないだろうな。寝るのも夜ふかしをするのも自由になるので、ちびたろうそくを何本かと官能小説をこっそり持ち込む必要もなくなるからさ。おっと、今度は大先生の頭のまわりをぶんぶん飛んでいるぞ。ラーペント、ジョン、アーチー、パーシヴァル、ベーカー、それにスミス──あいつらのことはすごく好きだった。気が狂った奴はひとりしか知らないな。僕が憎んだ卑劣な奴もひとりだけ。校長先生のテーブルでマーマレードを塗ったトーストを食べた恐ろしく決まりの悪い朝食も、今から思えば楽しかったな。校長先生だけが蜂に気づいていないぞ。もしも自分の鼻にとまろうものなら、先生は堂々とした腕の一振りで払いのけるだろうな。おっとジョークを言ったぞ。声もほとんどかすれてきたな、まだ少しは出るけど。僕たちは離ればなれになるんだ──ルイスもネヴィルも僕も、永遠に。僕たちはとてもつやのある本

を受け取る。小さくて読みにくい字で、学者ぶった献辞が書いてあるぞ。立ち上がる。式が終わった。抑圧からの解放だ。蜂は取るに足らない、誰も関心を寄せない昆虫となり、開いた窓からどこへともなく飛んで行った。明日僕たちは立つ」

「もうすぐみんなお別れだ」ネヴィルは言った「荷物箱と辻馬車が並んでいる。パーシヴァルが山高帽をかぶって立っているぞ。あいつは僕のこと忘れちゃうだろうな。僕の手紙はその辺にほったらかし、猟銃や猟犬にかまけて返事もくれないだろうな 17。詩を送れば、たぶん絵葉書ぐらいは返してくれるさ。でも、そんなだからあいつが好きなんだ。会わないかと誘ってみるとする——時計の下、どこそこ交差点のわきでと約束し、待つけど、あいつは来ないのさ。だからあいつが好きなんだ。知らず知らず、ほとんど全く気づかないうちに、あいつは僕の人生からいなくなるのさ。そして僕はきっと、信じられないけど、他のさまざまな人生の一部になるんだろうな。今日は解放されるだけだ、そんな気がするな、ほんの始まりさ。すでに感じるんだ、大先生のうわべだけの仰々しい儀礼やいつわりの感情は我慢できないけど、僕たちがおぼろげに気づいているに過ぎないことが近くまで来ていることを。これからは自由に、フェンウィックが木槌を振り上げている庭へ入っていこう。僕を軽蔑していたやつらも、僕が独立した人間であることを認めるのさ。でも、僕という存在は不可思議な法則に支配されているから、人間として独立し自分を統べるだけでは不十分なんだ。いつもカーテンをかき分けて一人きりになり、静かに独白したいのさ。だから出発するん

だ、この先どうなるか分からないけど、意気揚々と。耐えがたい苦痛に見舞われるのではと心配になるけど、危険を冒して進むうちに、とてつもない苦しみを経てきっと勝利するだろう。必ず最後には望んだものを見つけるだろう。あそこに立っている、ここの敬虔な創設者の像も見納めだな、ハトが頭のまわりを飛んでいるぞ。きっと頭のまわりを永遠に飛び続け、糞で真っ白にしてしまうんだろうな、オルガンの響く礼拝堂の傍らで。さあ座席に着こう。そして、予約したコンパートメントの隅に自分の席を見つけたら、両眼を本で覆い、一筋の涙を隠すんだ。両眼を覆ってつぶさに思い出すのさ、ただひとりの顔をこっそりと。今日から夏休みだ」

*

「今日から夏休み」スーザンは言った「でも今日はまだ紙に包まれたままだわ。今日という日を吟味したりしないの、夕方プラットフォームに降り立つまでは。その匂いを嗅いでみることさえいやだわ、牧草地から漂ってくるひんやりした草の香りを嗅ぐまでは。でももう、窓から見えるのは学校の牧草地じゃない。学校の生け垣でもない。牧草地にいる男の人たちは本物の仕事をしているの。荷馬車に本物の干し草をいっぱい積んでいるわ。そしてあそこに見えるのは本物の牛、学校にいるのじゃなくて。けれども、廊下に漂うフェノールの匂いや、教室のチョークの匂いが、今でも鼻腔に残っているの。ワックス掛けをしてぴかぴかの床板が、今でも目に焼き付いているわ。だから私は待つしかないの、牧草地や生け垣を、森や野

原を、険しい線路の切り通しを、そこに点在するハリエニシダの木々を、引き込み線に止まる貨車を、トンネルを、女の人たちが洗濯物を干す郊外の庭を、それからもう一度牧草地を、門扉につかまり揺らして遊ぶ子供たちを。そしてすっかり覆い、深く埋めてしまうわ、私がずっと憎んできたこの学校を。

「自分の子供は学校へなんかやらないし、一生のうち一晩だってロンドンで過ごしたりしないの。この広大な駅では、すべての音が反響しながらうつろに鳴りひびくわ。光といえばテントの下の黄色い光みたい。ジニーはここに住んでいる。ジニーは犬を連れて街中の歩道を散歩するの。ここの人たちは、音も立てずに通りを突き進むわ。ショーウィンドウしか見ていないし。人びとの頭が上下に動くの、どの頭もだいたい同じ高さで。通りという通りには電線が張りめぐらされているわ。家はガラス窓だらけ、花綱装飾ときらきら光る模様があふれているの。ほら、どの玄関扉も小窓にレースのカーテン、前には二本の円柱、白い階段。でも今、ふたたびロンドンから遠ざかっていくわ。ふたたび牧草地が始まり、家々、洗濯物を干す女の人たち、木々や野原よ。今やロンドンは輪郭を失い、消滅し、粉々になり、滅びていくわ。フェノールと松脂の匂いもしなくなってきたし。小麦と蕪の匂いがするの。白い木綿の紐で結わえた紙包みを開けましょう。ゆで卵の殻が両ひざの間へ滑り落ちちゃったわ。駅に止まるたびに、大きな牛乳缶を転がしながら下ろすの。女の人たちがキスを交わし、助け合ってかごを下ろしているわ。さあ窓から身を乗り出しましょう。空気が鼻から喉へと流れ込むの——ひ

んやりとして、蕪畑の匂いがする海辺の空気が。そして、あそこに
見えるのはお父さんだわ。こちらに背を向け、農夫と話している。
私は震え、泣くの。ゲートルを巻いたお父さん。私のお父さん」

「隅の席に心地よく座り、北へ向かうの」ジニーは言った「私たち
の乗った急行列車は轟音をとどろかせているけど、とても滑らかに
走っているので、生け垣が平らに見え、丘が引き延ばされたように
見えるわ。信号扱い所を瞬く間に通り過ぎ、大地をかすかに揺らし
ながら走るの。どんな景色も遠くにあると点にしか見えないけど、
近づけば必ず、本来の広々とした景色が見えてくるものね *18*。電信
柱がひっきりなしに消えたり現れたりするわ、一本が切り倒された
かと思うと、次の一本が立ち上がるの。列車は轟音をとどろかせな
がら、さっとトンネルに入ったわ。男の人が窓を閉めるの。窓ガラ
スにきらきらと車内の景色が映っているわ、トンネルの真っ暗闇を
背景にして。その男の人は新聞を下ろし、真っ暗な窓ガラスに映っ
ている私に微笑みかけてくれるの。見つめられると、私の体はすぐ
さま、ひとりでに品を作るわ。私の体は、私の心にお構いなく生き
ているの。真っ暗な窓ガラスがふたたび緑色になったわ。トンネル
を出たの。男の人は新聞を読んでいるわ。でも私たちは、お互いの
体を認め合ったの。すると体同士のすてきな社交界が現れるわ。私
の体も紹介され、金色の椅子が置いてある部屋に入って行くの。見
て――お屋敷の窓という窓、それらに掛けてある白いセンターク
ロスカーテンが踊っているわ。そして男の人たちが小麦畑の生け垣
に座り、青いハンカチを首に結んでいるけど、その人たちもまた、

私のように興奮して有頂天になっているの。私たちが通り過ぎるとき、そのうちの一人が手を振ってくれたわ。お屋敷の庭には木陰や東屋が点在し、若い男の人たちがワイシャツ一枚ではしごに登り、バラの木を剪定しているの。男の人がひとり、馬に乗って野原をゆっくり駆けているわ。私たちが通り過ぎるとき、馬はびっくりして後ろ足を蹴上げたの。すると男の人は振り向いて私たちを見たわ。列車は轟音をとどろかせながら、ふたたび真っ暗闇を走るの。そして私は座席にもたれ、歓喜に身を委ねるわ。トンネルを出るとランプに照らされた部屋に入り、そこにある椅子の一つに深々と座り、たいそう褒めそやされ、ドレスが私のまわりで膨らんでいる気がするの。でも見て、目を上げると不機嫌そうな女の人と目が合うわ。私が有頂天になっているんじゃないかと疑っているの。私の体はその人に面と向かって閉じるわ、生意気にも、パラソルみたいに。私は自分の意志で体を開いたり閉じたりするの。人生が始まろうとしているわ。今まさに自分の人生を生き始めたの」

「今日から夏休みだわ」ローダは言った「そして今、列車が赤い岩場や青い海のそばを通り過ぎるにつれて、この学期が、もう終わっちゃったけど、私の後ろである形を取り始めるの。色が見えるわ。六月は白。野原はヒナギクで真っ白、そこにいる人たちの服も真っ白、テニスコートには白線が引いてあるの。そのうち風が吹いて、すさまじい雷が鳴ったわ。ある晩、雲間に星がひとつ瞬いていたので、その星に祈ったの、『私を粉々にして。』それは夏の盛りで、ガーデンパーティーの後だったわ、私はそこで恥をかいたの。風と嵐が

七月を彩っていた。そしてある時、中庭のまん中に、死人の様に青ざめて、恐ろしげに、灰色の水たまりが横たわっていたわ。その時私は、封筒を手に持ってメッセージを運んでいたの。水たまりに来た、でも渡れなかったわ。自我が喪失してしまったの。私たちは無よ、と言いながら落ちていったわ。羽根の様に吹き飛ばされ、トンネルの奥へとふわふわ運ばれていったの。そのうちとても用心深く、片足を出して水たまりを跨いだわ。片手をレンガ壁に突き立てて。我に返るととても苦しく、私自身を私の体に呼び戻しながら、灰色の、死人の様に青ざめた水たまりを跨いだの。こんな人生に私は身を捧げているのね。

「それで私は夏学期を切り離すの。途切れ途切れに衝撃を与えながら、トラの跳躍の様に突然、人生は姿を現し、暗い波頭を海から持ち上げるんだわ。私たちが繋げられているのはこれ、結びつけられているのはこれなの、私たちの体が野生の馬に縛りつけられているように。それでも私たちはいろいろと工夫し、裂け目を埋め、亀裂を隠してきたわ。車掌さんが入ってくる。男の人が二人、女の人が三人、バスケットの中にネコが一匹、私はといえば窓敷居に肘をついている――これが今ここにあるすべてなの。さわさわと音を立て金色に輝く小麦畑に近づいたかと思うと、たちまち通り過ぎてしまったわ。畑にいる女の人たちは驚くけど、過ぎ去っていく景色の中で耕し続けるの [19]。列車はごうごうと地響きを立て、苦しそうに喘ぎながら、どんどん上っていくわ。ついに荒れ地の頂上に着いたの。そこにいるのは野生のヒツジが二、三頭だけ、毛むくじゃらの

仔ウマも二、三頭いるわ。でも列車の中には便利なものがいっぱいあるの、新聞を置いておけるテーブルや、コップを挿しておけるリングが。私たち、こんなものと一緒に荒れ地の頂上まで来たんだわ。今私たちはてっぺんにいるけど、通り過ぎたあとには静寂が戻るんだろうな。あの荒涼とした頂を振り返れば、そこはきっとすでに静寂に包まれ、空には雲が、何もない荒れ地に影を落としながら、追いつ追われつと流れているんだろうな。静寂が私たちの通り過ぎたあとを包んでいくの。私にとって、これが今という瞬間、夏休みの最初の日。私たちが繋げられている怪物が、今日その姿を少しだけ現したわ」

*

「ついに僕たちは出発した」ルイスは言った「今の僕は宙ぶらりんで、何物にも繋がっていない。僕たちはどこにもいないんだ。僕たちはイギリスを列車で通り過ぎている。イギリスが滑るように過ぎていくぞ。窓の景色が絶えず移り変わっていくな、丘から森へ、柳の垂れる川辺からふたたび町へ。でも、僕には行くべき確かな場所がないんだ。バーナードにネヴィル、パーシヴァル、アーチー、ラーペント、それにベーカーは、オックスフォードかケンブリッジへ、エジンバラ、ローマ、パリ、ベルリンへ、あるいはどこかアメリカの大学へ行くだろう。僕の進路はぼんやりしている、漠然と金儲けでもするのかな。こんなことを考えているから、痛切な影がひとつ、鋭い点となって落ちるんだ、金色に輝く穀物畑に、明るく赤色に染

まる野原に、そして波立つ小麦畑に。そこを渡る風は、畑の境界を越えて何かを波立たせることは決してないけど、風紋は端まで広がっていくな。今日から新しい人生が始まるんだ、車輪の輻が新たに立ち上がってくるように。でも僕の体は漂泊していく、鳥の影のように。牧場に落ちた影のようにさすらうのだろう、すぐに弱くなり、ぼんやりとなり、森が始まるところで消えてしまうんだろうな、額の中にある僕の頭脳を無理やり働かせなければ。だから僕は自分自身に課すのさ、たとえ未完の詩のただの一行でも良いから、この瞬間を記すことを、このわずかな時間を長い、長い歴史の中に刻みつけることを。それはエジプトでファラオ王の時代から始まり、当時の女性たちは赤い水瓶をナイル川まで運んでいたんだ。僕はもう何千年も生きた気がする。でも、もし僕がいま目を閉じたら、過去と現在の出会う場所にいるってことに気づかなかったら、休暇で帰省する少年でいっぱいの三等客室に座っていることの意味が分からなかったら、人間の歴史はこの瞬間の光景を失ってしまうのさ。歴史は、僕を通してものを見ているだろうから、その眼を閉じてしまうんだ――もし僕が今、怠惰や臆病のせいで眠りに落ち、自分自身を過去や暗やみに埋めてしまったら、あるいはバーナードのように何事にも黙って従い、物語を話してばかりいたら、あるいはパーシヴァルやアーチー、ジョン、ウォルター、レイソム、ラーペント、ローパー、スミスのように自慢話ばかりしていたら――名前はいつも同じだな、自慢話の好きな少年たちの名前は。あいつらは皆、自慢話ばかりしているのさ。でもネヴィルは別。あいつは時々、手に持ったフラン

スの小説からそっと目を上げるんだ。そんなわけだから、あいつは
ずっと、ふかふかの絨毯が敷かれ、灯りのついた部屋にそっと入っ
ていくんだろうな。そこには多くの本が置かれ、友人がひとり待っ
ているのさ。でも僕は事務椅子にもたれ、勘定台に座っているんだ。
そんなことをしているとだんだん腹が立ってきて、あいつらをあざ
笑うだろうな。でも羨ましくも思うだろうな、なぜって、あいつら
はイチイの古木が影を落とす安全で伝統的な道をずっと歩んでいけ
るからさ。ところが僕は、労働者階級や事務員風情と付き合い、都
会の歩道をこつこつと音立てて歩くんだ。

「でも今、僕の心は肉体を離れ、どこにも留まることなく野原を通
り過ぎていく――（川。釣り人がひとり。尖塔、村通り、弓形張り
出し窓の宿屋）――すべてが夢のようで、ぼやけて見える。こんな
つらい思いを巡らせても、羨んでも、腹を立てても、僕には何も残
らないのさ。僕はルイスの影、はかない通りすがり。そんな心を占
めるのは夢、そして庭の音、花びらが底知れぬ淵に浮かび、鳥がさ
えずる早朝の 20。だから僕は駆けていき、子供時代の明るい水を浴
びる。その薄いヴェールがかすかに震える。でも、鎖に繋がれた獣
が浜辺でドーン、ドーンと足を踏みならしている」

「ルイスとネヴィルは」バーナードは言った「二人とも黙って座っ
ているぞ。何かに没頭してるな。二人とも、他人の存在を仕切り壁
のように思っているのさ。でも、もし僕が誰かと一緒にいるのに気
づくと、言葉がすぐに煙の輪となって湧いてくるんだ――僕の口
を離れた途端、言葉が輪になり始めるさまを見て欲しいな。マッチ

に火が付いたみたいさ。何かが燃えるんだ。年配の裕福そうな男の人〈旅行者だな〉が入ってきたぞ。すると僕はすぐに彼と話したくなるんだ。僕は本能的に嫌なのさ、彼がよそよそしく打ち解けずに僕らと一緒にいるのを感じるのが。人はみな孤独だなんて信じないぞ。僕たちは一人じゃないんだ。それに、人間生活の真の姿に関する貴重な観察を僕のコレクションに加えたいし。僕の本はきっと何巻にもなり、知られる限りさまざまな男と女が出てくるのさ。だから僕は、部屋や客車でたまたま見聞するものは何でも心に詰め込むんだ、万年筆をインク壺に浸していっぱいにするように。僕はいつも、癒やすことのできない渇きを感じるのさ。おや、かすかな気配を感じるぞ、〈それが何かはまだうまく説明できないけど、そのうちできるさ、〉彼の警戒心が和らぎつつあるな。なんだか彼の孤独にひびが入り始めたんだ。別荘についての感想を話しかけてくれたぞ。煙の輪がひとつ、僕の口から生じて（それは作物についてさ）、彼を丸く囲み、会話に引き込むんだ。人間の声って、相手の気持ちを和らげるものだな――（僕たちは一人じゃない、ひとつなんだ）。こうやって言葉数は少ないけど友好的に、次々に現れる別荘についての感想を述べ合っている間に、僕は彼のイメージを磨き上げ、具体的なものにしていくのさ。彼は夫として寛大だけど誠実じゃない。小さな建築会社を経営し、二、三人の男を雇っている。地元の有力者、すでに市議会議員で、おそらくやがて市長になる。大きな装身具をつけているぞ、根まで見える八重歯みたいだ、素材は珊瑚で、懐中時計の鎖にぶら下げてある *21*。ウォルター・J・トランブルな

んて名前が彼にはふさわしいな。彼はアメリカに行っていた、ビジネス旅行で奥さんと一緒、小さなホテルのダブルルームに泊まり、ホテル代に一か月分の給料が飛ぶ。前歯が金で留めてあるぞ。

「本当のことを言うと、僕には熟考する才能がほとんど無いのさ。すべてにおいて具体的なことが必要なんだ。そのやり方だけなのさ、僕が世界を手に入れられるのは。優れた言葉というものは、しかし、どうも独立した存在意義を持っているようだな。でも、思うに最高の言葉は孤独のなかで生まれるようだ。そんな言葉を生み出すには、仕上げに言葉を冷やし固めなきゃいけないんだろうけど、僕には無理だな、だっていつも温かく溶けた言葉と戯れているからさ。僕の方法は、それにもかかわらず、彼らの方法より優れている点があるんだ。ネヴィルはトランブルの下品さを不快に感じているな。ルイスはといえば、ちらりと見つつ、高慢なツルのように足を高く上げて軽やかに歩きながら、まるで角砂糖を角砂糖ばさみでつまむように言葉をつまみ上げるんだ。本当に彼の眼は――野性的で微笑んでいるけど絶望を浮かべ――僕たちがまだ吟味したことのない何かを湛えているな。ネヴィルとルイスには正確さ、精密さがあり、僕はそれらを賞賛こそすれ、決して身につけることはないのさ。今やっと気づいたんだけど、行動しなくちゃ。もうすぐ乗換駅だ。そこで乗り換えなきゃいけないんだ。エジンバラ行きの列車に乗らなきゃいけないのさ。でも僕はこの事実をちゃんと認識できないんだ――それは僕のさまざまな思いの間に危なっかしく引っかかっているのさ、ボタンや小さなコインみたいに。陽気なじいさんが切符

を集めに来たぞ。切符はあった──確かにあったんだ。でもそれはどうでもいいさ。見つけるか見つけないかだ。札入れを見てみよう。ポケットも全部。こんな邪魔が入るから、意識の流れがいつも途切れてしまい、僕が絶えずやっているように、まさにこの瞬間にぴったり当てはまる完璧な言葉を見つけられなくなるのさ *22*」

「バーナードは行ってしまった」ネヴィルは言った「切符を持たずに。僕たちから逃れていったんだ、何か言葉を考え、手を振りながら。あいつは僕たちと同じぐらい気安く、馬商人や鉛管工と話していたな。鉛管工はあいつのことが気に入り、深い愛情を示したんだ。『もしこんな息子がいたら』と彼は考えていたのさ。『オックスフォードに入れてみせるんだが。』しかしバーナードはその鉛管工をどう思っていたんだろう？ 物語をただ続けたかっただけなのかな？ あいつはひとり語りを決して止めないんだ。子供の頃、パンをこねて小さな球を作って以来ずっとさ。この球は男の人、この球は女の人なんてね。僕たちはみな球なんだ。バーナードの物語の素材さ。あいつはそれらを手帳の「あ」や「い」のページに書き付けておくんだ。あいつは僕たちを本当に良く理解して物語を作るけど、心の奥底で感じていることは捉えていないな。なぜって、僕たちを必要としないからさ。決して僕たちの言いなりにはならないんだ。あそこにいるぞ、プラットフォームで手を振っているな。列車はあいつを残して出発したぞ。接続列車に乗り損ねたんだ。切符をなくしたからさ。でもそんなことは問題じゃないんだ。酒場女に、人間の運命の本質について話でもするんだろうな。僕たちは別れたんだ。もう僕たち

のことなんか忘れ、僕たちはあいつの視界から消えちゃったのさ。列車に乗りながら、名残惜しい気持ちがあふれてくるんだ、苦々しくも甘美な。なぜって、あいつにはどこか可哀想なところがあるからさ。未だ完成途上の言葉で世界に立ち向かおうとしているし、切符はなくしちゃったし。そんなだから愛すべきやつでもあるんだ。

「さて、ふたたび読むふりをしよう。本を持ち上げて、僕の両眼をほとんど隠してしまおう。でも僕は、馬商人や鉛管工がいたんじゃ読書なんてできないのさ。ひとのご機嫌を取る才能もないし。その男を賞賛したりしないし、そいつもまた僕を賞賛したりしないんだ。少なくとも正直でいさせて欲しいな。非難させて欲しいんだ、この馬鹿げた、つまらない、自己満足に浸った世の中を、いま座っている馬の毛でできた座席を、おみやげの遊歩桟橋や遊歩道のカラー写真を。叫び声を上げることだってできるのにな、気取った自己満足に、凡庸なこの世の中に。そこで馬商人は生活し、珊瑚でできた装身具を懐中時計の鎖からぶら下げているんだ。僕の中には、あいつらを完全に粉々にする何かがあるのさ。僕が笑えばあいつらは座席で身をよじるだろうし、目の前で泣きわめくだろうな。いや違う、彼らは不死身さ。勝利するんだ。あいつらのせいで僕はいつも、三等車でカトゥルルスを読むことができないのさ。あいつらがいるから、十月にどこかの大学へ避難するんだ。そこで教師になり、教授たちとギリシャへ行くのさ。そしてパルテノン遺跡の講義をするんだ。馬を繁殖させ、赤い郊外住宅の一軒に住む方が良いんだろうな、ソフォクレスやエウリピデスのしゃれこうべをウジ虫のように這い

回り、大学を卒業した女性を高貴な妻として迎えるよりは。それが
しかし、僕の運命なんだ。苦しむだろうな。僕はもう十八歳で、そ
んなふうに人を軽蔑できるようになったものだから、馬商人に嫌わ
れるのさ。それが僕の勝利、妥協なんかしないぞ。びくびくなんか
しないんだ、訛りもないし。神経をすり減らせて、『僕の親父はブ
リスベーンの銀行家』と言ったら世間がどう思うかなんて気にした
りしないのさ、ルイスのように。

「さあ文明世界の中心に近づいてきたぞ。見覚えのあるガスタンク
だ。公園をアスファルトの小道が横切っているな。恋人たちが枯れ
た芝生に寝そべり、恥ずかしげもなくキスしてるぞ。パーシヴァル
は丁度スコットランドに入る頃だな。列車は赤色の荒れ地をゆっく
り進み、あいつは延々と続く国境の丘とローマ時代の防壁を眺めて
いるんだろうな。推理小説を読んでいるけど、謎はすべて解けたん
だろうな。

「列車が速度を落としたな、さっきより長々と見えるぞ。ロンドン
に、世界の中心に近づいているんだ。そして僕の心もざわついてき
たぞ、不安と喜びで。僕はもうすぐ巡り会う——何に？　どんな素
晴らしい冒険が僕を待っているんだろう、郵便馬車やポーター、タ
クシーを呼ぶ群衆でごった返すこの世界に？　自分はちっぽけな存
在だと思うし、目標も見つかっていないけど、とても嬉しいんだ。
心地よい衝撃と共に列車が止まった。他の人たちが列車を降りてか
ら降りることにしよう。少し静かに座ってから、あの混沌、あの喧
噪の中へ出ていこう。何がやってくるのかは分からない。とてつも

ない喧噪が聞こえてくる。このガラス屋根の下で物音が反響する様
は、海のうねりみたいだ。僕たちは旅行かばんと共にプラットフォー
ムへ放り出される。そして人びとの渦に押されながら離ればなれに
なっていく。僕の自意識はほとんど崩壊する、世の中を軽蔑する気
持ちも。僕は巻き込まれ、地面に放り投げられ、空高く投げ上げら
れる。僕はプラットフォームに降りる。でも、きつく握りしめる全
財産といえば――かばん一つ」

太陽が昇った。黄色や緑色の光の縞が浜辺に降り注ぎ、朽ち果て
た舟の肋材を金色に輝かせ、エリンギウムとその刺々しい葉を鋼の
ように青く光らせた。打ち寄せる波は浜辺にさっと扇を広げ、光が
それを刺し貫かんばかりに降り注いだ。それまで少女は顔を左右に
振り、海原にまき散らした宝石という宝石、トパーズ、アクアマリ
ン、燦めく淡色の宝石の数々を踊らせていたが、今や額もあらわに
眼を見開き、波の上にまっすぐな光の路を通した。波はかすかに震
えながら縞模様に燦めき、その色は次第に濃くなった。波は集まっ
てうねりとなり、緑色の谷間は深く、暗くなった。そこをさまよえ
る魚の群れが横切ったかもしれない。波が砕け、引くと、小枝やコ
ルクが波打ち際に黒い線を描き、わらや木切れも打ち上げられた。
それはあたかも、小舟が沈没して舷側に大穴が開き、船乗りが岸に
泳ぎ着いて絶壁を跳ぶように上った後、大破した舟が打ち上げられ
たまま波に洗われるようであった。
　庭の鳥たちは、夜明けにはあちらの木、こちらの灌木で気まぐれに、
ほんの短い間囀っていたが、今や甲高く鋭い鳴き声でいっせいに囀っ
た。一緒にいることを意識し合うようにいっせいに囀っていたかと

思えば、次の瞬間には一羽だけで、まるで淡い青空に聴かせるように囀った。黒猫が灌木の間で動くと、また料理人が燃えかすを灰の山に捨て、自分たちを驚かせると、鳥たちはいっせいに別の場所へ飛び移った。鳥たちの囀りには恐れが、痛みへの不安が表れていたが、あっという間に喜びに変わった。鳥たちはまた、透き通った朝の空気の中で競うように囀り、ニレの木を越えてさっと舞い上がると、一緒に囀りながら追いかけ合い、逃げ、追い、くちばしでつつき合い、空高く旋回した。やがて追いかけ合いや飛ぶのに疲れると、鳥たちは愛らしく舞い降りてきて、体を巧みに傾けながら、木や塀の上に止まり、じっと動かなくなった。そして明るい色の眼でさっと見回し、頭をあちこちに向け、いろいろなものに気づいては関心を持ち、あるもの、とりわけ一つの対象にじっと意識を集中した。

　たぶんそれはカタツムリの殻だったのだろう。草の中に灰色の大聖堂のように立つその建物は膨らみを持ち、黒い輪が幾重にも焼き付けられ、草のため緑色に陰っていた。あるいは、鳥たちは花々の光彩を見ていたのかもしれない。花壇一面に紫色の光があふれ、紫色に陰った暗いトンネルが茎と茎の間を貫いていた。あるいは、リンゴの木の小さな若葉を見つめていたのか。葉は揺れることもあったがあまり動かず、先端が薄桃色に染まった白い花々の間でじっと輝いていた。あるいは、生け垣の雨滴を見ていたのか。それは葉から落ちずにぶら下がり、家全体やニレの大木をゆがめて映していた。あるいは、太陽を直視したために、鳥たちの眼は金色のビーズになってしまったのか。

あちこちにちらりちらりと目を向けながら、鳥たちはさらに深く、花々の咲く真下を、暗い並木道の向こう、枯れ葉が腐り花々の落ちた光の当たらない世界を見た。その時一羽の鳥が、見事な直線を描いて飛び、正確に舞い降り、みずからを守る術もないミミズの柔らかで巨大な体を鈎爪（かぎつめ）で押さえつけ、何度もつついた後、傷口を化膿するに任せて飛び去った。その向こう、木の根の間では花々が朽ち、前触れもなく死臭が漂った。いろいろなものがふくれ、むくんだ表面には水滴が付いていた。腐った果実の皮は破れ、実がじっとりと露わになったが、その実はまだ固く流れ出すことはなかった。黄色い粘液がナメクジからにじみ出し、どちらが頭なのか良く分からないその体は、時々ゆっくりと左右に揺れた。金色の眼をした鳥たちは葉の間から素早く目を向け、そのような膿や粘液を不思議そうに観察した。時々鳥たちはくちばしの先を、様々なねばねばした物の中へ獰猛（どうもう）に突っ込んだ。

　今や昇る太陽は窓辺にも射し込み、赤い縁取りのカーテンを明るませ、生地の丸や線をはっきりとさせ始めた。光は次第に強くなり、白い輝きが皿に宿り、ナイフも輝きを増した。椅子や食器棚は後ろにぼんやりと見えたので、どちらも別々の家具なのに、分かちがたい一つの物体のように見えた。壁に掛かる姿見は鏡面を白く輝かせた。窓敷居に置いた本物の花は幻の花を伴っていた。しかしその幻は花の一部であった。なぜなら蕾が一つ開いたとき、鏡の中の淡い花もまた蕾を一つ開いたから。

　風が立った。波が海岸でどーんと鳴り響く様は、ターバンを巻い

た戦士たちのようであった。ターバンを巻いた男たちが毒を塗った
投げ槍を持ち、頭上高くで腕をぐるぐる回しながら、草を食む群れ
に、白い羊たちに襲いかかるようであった。

「物ごとがいっそう複雑さを増してくるな」バーナードは言った「ここ、カレッジではさ。ここでの生活は慌ただしさと緊張感が群を抜いているし、生きているだけで感じる興奮が日に日に強く僕をせき立てるんだ。毎時間、何か新しい物が、プレゼントのいっぱい埋まった大きなぬか桶から掘り出されるのさ。僕は何？　自問してみるんだ。これ？　いや、僕はそれ。特に今、こうして部屋を出て、〈あいつらはまだ話しているのさ、〉足音を響かせながらひとり石畳の道を歩き、月が荘厳に、冷たく、古い礼拝堂の上に昇るのを見る時——僕はひとりの単純な人間じゃなく、複雑でたくさんの人間からなることに気づくんだ。バーナードは、みんなの前では泡みたいだけど、ひとりだと内省的になるのさ。それをあいつらは分かってくれないんだ、というのもあいつらは今、間違いなく僕のことを話していて、僕が自分たちから逃げ、自分たちを避けたと言っているだろうからな。本当に分かってくれないんだ、僕がさまざまな人間に替わらなきゃならないってことを、数人の異なる男たちへの入口と出口を用意しなきゃならないってことをさ。その男たちが代わる代わるさまざまなバーナードを演じるんだ。僕はまわりの事が異常に気になるのさ。客車の中で本を読んでいても、疑問に思わずには

いられないんだ、彼は建築業者かな？　彼女は不幸せなのかな？　ってね。今日はっと気がついたんだけど、可哀想なサイムズは、にきびづらのせいで、ビリー・ジャクソンに良い印象を与えるのは無理だと感じていたんだ〈なんと痛々しかったことか〉。痛いほどそれが分かったので、熱心に彼を夕食に誘ったのさ。それをあいつは自分に敬服しているからと思うだろうけど、僕にそんな気持ちはないんだ。それは確かさ。しかし『女性的な感受性と結びついて』（ここには自分自身の伝記作家の言葉を引用しよう）『バーナードは男性的な論理的節度を備えていた。』さて、単一の印象を与える人びとは、しかも、概して良い印象を与える人間は（というのも単純さには美徳があるようだからな）、流れのまん中で姿勢を保っているんだ。（僕にはすぐに、鼻先を上流に向けた魚たちと、勢いよく下流へ流れ去る川の水が目に浮かぶぞ。）キャノン、ライセット、ピータース、ホーキンス、ラーペント、ネヴィル——みんな流れのまん中を泳いでいる魚なのさ。でも、君は分かってくれるよね、君、僕自身、呼べばいつも来てくれるね。（呼んでも誰も来てくれないのは悲惨な経験だろうな。そんなことがあると真夜中に目覚めても空しいし、クラブにいる老人たちの表情も分かるというものさ——彼らは来てもくれない自分自身を呼ぶのを諦めてしまったんだ。）君なら分かってくれるよね、僕が今晩話していたことは、僕という人間のほんのうわべに過ぎないってことをさ。一方その真下では、そして僕が自分自身とまったく異なって見える瞬間でさえ、僕の人格は統合されているんだ。僕には共感する気持ちがほとばしっている

けど、時には穴の中のヒキガエルみたいにじっと座り、まったく冷淡な気持ちで、やって来るものは何でも受け入れるのさ。今、僕のうわさ話をしている君たちの中には、感じながら論理的に思考するという二重の能力を備えたやつはほとんどいないんだ。ライセットは、ほら、野ウサギを追いかけるのは良いことだと思っているし、ホーキンスは、非常に勤勉な午後を図書館で過ごしただろう。ピータースには巡回図書館に若い女友だちがいるしさ。君たちはみな多忙で、何かに夢中になり、引きつけられ、それぞれの才能をすっかり開花させているんだ——でもネヴィルは別さ。あいつの心は余りに複雑すぎるから、どんな活動にせよひとつだけでは奮起させることができないんだ。僕もまた複雑すぎるけど、僕の場合は何かが漂ったままで、それはどこにも繋がっていないのさ。

「さて、僕が身のまわりの影響を受けやすい証拠なんだけど、こうやって部屋に入り、電気を点け、その紙やあのテーブルが目に入り、自分のガウンがだらしなくその椅子の背に掛かっているのを見ると、僕は感じるんだ、自分はあの、かっこいいけど思慮深い男じゃないか、あの恐れを知らず人に迷惑をかける人物じゃないかってね。その男は、外套を軽やかに脱ぎ捨てるとペンをつかみ、すぐに手紙を書き殴るのさ〈その内容はこれから話すよ〉、彼が情熱的に恋している女性に宛ててね。

「いいぞ、すべて好都合だ。僕もその気になってきたな。これまで何度も書きかけた手紙をすぐにも書けそうだ。僕はちょうど入ってきたところで、ハットとステッキを放り投げ、頭に浮かんだ最初の

ことを書き始めるのさ。わざわざ紙をまっすぐに置いたりしないん
だ。きっと見事な素描になるぞ。彼女はきっと、一気に、何も削除
せず書いたと思うに違いないな。でも本当に稚拙な字だ——気を
つけていないからインクのしみが付いちゃったぞ。すべてを犠牲に
しなくちゃいけないんだ、一気呵成（いっきかせい）に、気取らず書くためにはさ。さっ
さっと、流れるように、小さな字を書こう、"y"のはらいをうんと
伸ばし、"t"の横棒もこう——ぐっと伸ばしてね。日付は17日火曜
日だけにしよう、その後に?月と書いてさ。しかし同時に、僕は彼
女に印象づけなきゃいけないんだ、彼は——というのもこれは僕
自身じゃないから——こんなにも素っ気なく、こんなにもぞんざ
いに書いているけど、これは私に対する親愛と尊敬の気持ちをそこ
はかとなく表しているんだわ、ってね。ふたりで話したことにもそ
れとなく言及しなくちゃいけないぞ——想い出の情景をよみがえ
らせるのさ。しかし彼女に思わせなくちゃいけないんだ（これがと
ても重要さ）、僕にはいろいろな考えが次々と、世界で最も軽やか
に浮かんでくるってことをね。溺死人の葬儀のことを書いた後には
（その文章はもう考えてあるんだ）、ミセス・モファットと彼女の言っ
たことを書き（その記録もあるぞ）、最後に何か感想を書くことに
しよう。それは無造作に書いたように見えるけどとても深遠な（深
遠な批評はしばしば無造作に書いてあるものさ）、最近読んでいる
とても変わった本の感想なんだ。彼女が髪の毛をブラッシングする
時やろうそくの火を消す時、『あれはどこで読んだのかしら？ ああ、
バーナードの手紙でだわ』と言って欲しいのさ。一気呵成の勢い、

熱く溶けた雰囲気、溶岩流のように文章が繋がっていくことなんだ、僕に必要なのはさ。僕は誰のことを考えているんだろう？　もちろんバイロン。僕はある種バイロンみたいだ。たぶんバイロンを少し読めば、僕の文章にもバイロンらしさが出てくるだろうな。このページを読んでみよう。だめだ、退屈でまとまりがないぞ。というかよそよそしすぎるな。しかし意味がだんだんと分かってきたぞ。彼のリズムが頭に染みこんできたんだ（リズムこそ書く時には最も重要さ）。さあ、間を置かずに書き始めよう、まさにその抑揚を持った筆致でね──。

「でも単調になってきたぞ。尻すぼみになってきた。調子を上げてバイロンに成りきることなんてできないな。真の自分が見せかけの自分から離れてしまうんだ。そしてもし書き直し始めようものなら、彼女はきっと『バーナードは作家気取りね。自分の伝記作家のことを考えているのよ』と思うだろうな（でもそれは本当さ）。それはやめて、この手紙は明日の朝食後すぐに書くとしよう。

「さて次は、心ゆくまで物語の情景を想像してみるとしよう。ラングレー駅から三マイル、キングズ・ロートンのレストヴァー家に数日間招待されると考えてみよう。夕暮れどきに到着。屋敷はみすぼらしいけど威厳があり、中庭を犬が二、三頭、長い足でひっそり歩いている。玄関ホールには色あせた絨毯が敷いてあり、軍人らしい紳士がパイプをくゆらせながらテラスを行ったり来たりしている。その印象は、高貴な生まれだが貧乏で、いかにも軍人らしいといったところ。書き物机には猟馬のひづめでできたインク壺──お気

に入りの馬だったに違いない。『乗馬はなさるかな？』『はい閣下、好きでございます。』『では、娘が客間でお待ちしておりますので。』心臓の鼓動が胸板に打ち付ける。彼女は低いテーブルの脇に立っている。狩猟から帰ってきたところ。サンドイッチをむしゃむしゃ食べる様子はおてんば娘そのもの。僕は大佐にかなり好印象を与える。利口すぎない男だ、と彼は思う。世間知らず過ぎることもない。ビリヤードもするようだし。それから、その家に三十年間勤める感じの良い女中が入ってくる。お皿の模様は東洋の尾長鳥。モスリンのドレスを着た、娘さんの母君の肖像画が暖炉の上に掛かっている。こうやって物語の背景は、ある程度までは驚くほど簡単に素描できるんだ。でもそれをちゃんと生かすことができるだろうか？　そして彼女の声が聞こえるだろうか——ふたりだけになったとき『バーナード』と呼びかけるまさにその口調が？　そしてその先は？

「本当のところ、僕は他人から刺激を受けることが必要なのさ。ひとりになり、創作意欲が消えてしまうと、自分自身の物語の中で、内容の薄いところがどうも目に付くんだ。真の小説家というのは完璧に単純な人種だから、いつまでも想像し続けられるんだろうな。僕のように、まわりに同化することもないんだろうな。僕のように荒廃した気持ちになることなんてないんだろうな、燃えつきた暖炉の火床に残る灰色の灰を見てね。何かが僕の眼の中ではためき、視界をさえぎるんだ。なにも見えなくなったぞ。だから物語を作るのはおしまいさ。

「思い出してみよう。全体としては良い一日だったな。夕方、魂の

屋根に結ぶ露は丸く、七色に輝くんだ。朝があって、晴れていたし、午後があって、散歩したな。薄曇りの野原の向こうに、尖塔がいくつも立っている景色が好きだ。みんなの肩と肩の間からちらりと見える景色も好きさ。事物が次々と僕の頭脳に飛び込んできたんだ。僕は独創的で鋭敏だったな。夕食の後は芝居がかっていたけど。僕たちが共通の友だちについてぼんやりと気づいていた多くのことに、僕は具体的な形を与えたよね。さまざまな人間にもやすやすと替わることができたな。しかしここで、自分自身に最後の質問をしてみよう〈こうして座り、灰色の火床を見ると、黒炭がむき出しの断崖みたいに横たわっているぞ、〉それらの人間の中のどいつが僕なんだ？ って。その答えはこの部屋抜きでは考えられないな。自分自身に『バーナード』と言うと、誰が来る？ 誠実だけど嘲笑的なひとりの男、幻滅しているが苦しんではいない男。年齢や職業の良く分からない男。ただの自分自身さ。そいつなんだ、いま火かき棒を持ち、がらがらと音を立てながら、おびただしい燃えかすを火床の格子ごしに落としているのは。『ああ』そいつはそれらが落ちるのを見ながら独りごつ。『なんて騒ぎだ！』それからそいつはもの悲しく、しかし慰めも感じながらつけ加える。『ミセス・モファットが来てすっかり掃除してくれるさ──』僕はこの言葉を何度もくり返し独りごつだろうって思うんだ、生きている間じゅうばたばた、どんどんと音を立て、馬車の中でこちら側の扉にぶつかったかと思えば反対側の扉にもぶつかりながらね。『でも大丈夫、ミセス・モファットが来てすっかり掃除してくれるさ。』さてと、寝るか」

「いまこの瞬間、僕のまわりに広がる森羅万象を」ネヴィルは言った「なぜ区別するのか？　何物にも名前をつけてはいけない、そうすることによってそれを変えてしまわないように。あるがままにさせよう、この岸辺を、この美を。そうすることによって僕は、一瞬、喜びに浸る23。日射しが熱い。目の前には川。木々がまだらに色づき、秋の日射しを浴びている。ボートが流れに身を任せ通り過ぎていく、紅葉樹の間を、そして常緑樹の間を。彼方で鐘が鳴る、でもそれは弔鐘ではない。生きとし生けるもののために鳴る鐘だってある。木の葉が一枚落ちる、嬉しさのあまり。ああ、僕は生きとし生けるものに恋している！　見よ、柳の繊細な枝葉が空中に放物線を描くさまを！　そして、その間を一艘のボートが通り過ぎるさまを。それは無精な、何も考えない、力に満ちた若者でいっぱいだ。彼らは蓄音機を聴き、紙袋から果物を出して食べている。彼らがバナナの皮を放り投げると、それはウナギのように川の中へ沈んでいく。彼らのすることはすべて美しい。〈彼らの後ろには調味料入れが置いてあるぞ。そしていろいろな調度品。彼らの部屋はオールや石版画でいっぱいだけど、彼らはそれらをすべて美に変えてしまったんだ。〉そのボートは橋の下を通り過ぎる。次がやってくる。そしてもう一艘。あれはパーシヴァル、クッションにゆったりと座り、巨大で、どっしりと落ち着いている。ちがう、それは彼の取り巻きの一人、彼の巨大さとどっしりとした落ち着きをまねているだけ。彼だけは取り巻きのいたずらに気づいていない。そしてそれを見つけると、彼は人なつこく取り巻きを拳骨でなぐる。彼らもまた橋の下

を通り過ぎた、『噴水のように枝葉の垂れ下がった木々』の間を、黄色やプラム色の繊細な放物線の間を。そよ風が吹き、カーテンが微かに揺れる。葉叢の後ろには、荘重な、しかし永遠の喜びに満ちた建物が見える。それらは窓が多く開放的で、鬱屈とした感じがしない。昔からの芝地にとても古くからあるのに優美な建物たち。いま僕の中に聞き覚えのあるリズムが拍動し始める。眠っていた言葉たちが身を起こし、激しく波立ち、下がっては上がり、ふたたび下がっては上がる。そう、僕は詩人。確かに偉大な詩人。通り過ぎるボートと若者、遠くの木々、『放物線を描く噴水のように枝葉の垂れ下がった木々』。すべてが見え、すべてを感じる。奮い立ち、眼には涙があふれる。しかしこう感じている時でさえ、僕の熱狂はますます高まる。泡のようにはかなく、わざとらしく偽善的になる。言葉、言葉、そして言葉、それらがどんなに速く駆けることか――長いたてがみと尾をどんなに激しく動かすことか。しかし僕には欠陥があるから、それらの背に跨がることができない。それらと共に飛ぶことができない、女性たちや巾着バッグを追い散らしながら。僕にはある欠陥がある――それはどうしようもない消極性。もしこれをそのままにしておいたら、僕の熱狂は泡のようにはかなく、偽りのものになる[24]。でも信じられない、自分が偉大な詩人ではないだろうなんて。昨晩書いたものは何だったのか、もしもそれが詩でないとしたら？ あっという間に書きすぎるのだろうか、器用すぎるのだろうか？ 分からない。自分自身が時々分からなくなる。今の自分を形作っている粒子の大きさを測り、名前をつけ、数え分ける方

法が分からない。

「何かがいま僕から離れていく。何かが離れ、こちらにやってくるあの人影に会いにいく。そしてこの何かのお陰で、その人影が誰なのか見えないうちに、彼のことを知っていると確信する。なんと不思議なことか、たとえ遠くても友人の気配を感じると心がざわつくのは。なんと役に立つ役割を友人たちは演じてくれることか、彼らが僕たちのことを思い出す時に。しかしなんと堪え難いことか、思い出されることは、孤独から解放される代わりに自分自身を不純に、ごちゃごちゃにされ、そしてそれが別の人間の一部になってしまうことは。彼が近づいてくるにつれ自分自身でなくなり、誰かと混じり合ったネヴィルになる——誰と?——バーナードと? そう、バーナードだ。そしてバーナードに向かってなんだ、僕が質問しようとしているのは。僕は誰?」

「なんて奇妙に」バーナードは言った「柳は見えるんだ、君と一緒に見るとさ。僕はバイロンで、その木はバイロンの木だったんだ。涙を流し、雨のように枝葉を垂らし、嘆き悲しむ木さ。今僕たちはその木を一緒に見ているから、それぞれの目に映った像が重なり合って見えているんだ。枝が一本一本はっきり見えるぞ。さて、今感じていることを君に話そう、君のように明晰に話さなくちゃ25。

「君の非難を感じるとともに、影響も感じるんだ。君といると、僕はだらしがない、衝動的な人間になるな。バンダナ柄のハンカチは、いつもクランペットの脂で汚れているのさ。そう、片手にグレイの『挽歌（ばんか）』を持ち、もう一方の手で最後のクランペットをつまむんだ。

そいつはあるだけのバターを吸い込んだから、皿の底にくっついちゃったのさ。これに君は苛立つんだ。にわかに君の苦痛を感じるぞ。はっとそれに気がついたし、君にはぜひとも僕を見直してほしいから、今し方パーシヴァルをベッドから引きずり出したときの様子を話すことにしよう。あいつは室内ばきを脱ぎ散らかし、テーブルには、幾筋もろうの流れ落ちたろうそくが置いてあったな。あいつの足から毛布を引きはがしたときの不機嫌で文句たらたらの話しぶりったらさ。その間、あいつは身を隠そうと何か巨大な繭のように丸まっていたんだ。こんなことをすべて面白おかしく描写して、君は何か個人的な悲しみを見つめているけど（それは覆面の幽霊が僕たちの出会いを取りしきっているからかな）、君には自意識をゆるめ、笑いながら僕の話を楽しんでほしいんだ *26*。僕の魅力と流れるような言葉は、〈意外でもありそれ自身自然なことでもあるけどね〉僕自身をも喜ばせるのさ。そして驚くんだ、物事の本質を言葉で表現する時、いかに多くのことを、言葉で話せるよりも限りなく多く、僕が観察していたかってことにね。話していると、心がどんどん泡立ってくるのさ、つまりイメージが次々に湧いてくるんだ。これこそ、と自分に向かって言うのさ、僕の必要とするもの。でもなぜ、と問うんだ、僕は書きかけの手紙を完成させることができないんだろう？というのも、部屋がいつも書きかけの手紙で散らかっているからさ。君と一緒にいると思い始めるんだ、僕は最も才能に恵まれた人間のひとりだって。青春の喜びに、みなぎる力に、そして未来への予感に満たされているのさ。恐る恐る、しかし情熱的に、花のまわりを

ぶんぶん飛びまわっているような気持ちになるんだ。緋色のカップの底にぶんぶんと降りたり、青い漏斗を並外れた翅の音で鳴り響かせたりするのさ。なんと豊かに僕は青春を謳歌することだろう（君がそう思わせてくれるんだ）。そしてロンドンを。そして自由を。だが待て。君は聴いていないな。君は異議を唱えているぞ、言い表せないほど見慣れたしぐさで、ひざを片手でこすりながらね。そんな徴候から、僕たちは友だちの病気を診断するのさ。『そんなに豊かで満ち足りているからって』と君は言うようだ『僕を置いていかないでよ。』『待って』と君は言うのさ。『僕がどんな苦しみを受けているか聴いてよ。』

「では君を描写してみよう。（君も同じぐらい僕のことを描写したよね。）君はこの暑い岸辺に、この美しい、次第に暗くなってきたけどまだ明るい十月のたそがれ時に寝そべり、ボートが一艘、また一艘、柳の木のくしで梳いたような枝の間を、流れに浮かんで通り過ぎるのを見ている。そして詩人になることを願っている。そして誰かに愛されることも。でも君の知性はこの上なく明晰で、知力は情け容赦なく誠実だから（これらのラテン語は君から教わったのさ。君のこのような資質を見ていると僕は少し不安になり、僕自身の能力の中に、色あせた部分や希薄な要素を見つけてしまうんだ）、君は立ち止まってしまう。神秘的なものに耽ったりしない。バラ色の雲に、あるいは黄色の雲に恍惚としたりしない。

「間違ってない？　僕は君が左手をかすかに動かした意味をちゃんと理解したかな？　もしそうなら、僕に君の詩を贈ってよ。昨晩書

いた詩稿を手渡してよ。それをインスピレーションの奔出[ほんしゅつ]にまかせて書いたものだから、今は少し気恥ずかしいんだね。というのも君はインスピレーションを信じないからさ、君のも僕のも。一緒に帰ろうよ、橋を越え、ニレの木の下を、僕の部屋へ。そこは壁が僕たちを守り、赤いサージのカーテンも掛かっているから、僕たちは締め出せるんだ、まわりの気になる人声を、ライムの木の香りやにおいを、そして僕たち以外の人間を。それは小生意気な女店員たち〈高慢な態度で闊歩[かっぽ]しているな〉、びっこを引きながら歩く、苦労の多い老婆たち、あるいはちらりと盗み見た、ぼんやりとして消えそうな人影——それはジニーかも知れないしスーザンかも知れないぞ。あるいは並木道の向こうへ消えていくローダだったのかな？　ふたたび、君がかすかに引きつっているのを見て、僕は君の気持ちを推しはかるんだ。君を避けていたね。置いてきぼりにしちゃったな、蜂の群れみたいにぶんぶん音を立てながら、絶え間なくさすらっていたんだ、君のように一つの対象を情け容赦なく凝視することもできずにね。でもまた戻ってくるよ」

「目に映る建物がこんなに荘重で優美なのに」ネヴィルは言った「女店員たちがいるなんて我慢できない。彼女たちがくすくす笑ったり世間話をしたりするのを聞くと、僕は不愉快になる。静寂を破られ、至純の歓喜のさ中に、図らずも僕たちの堕落を思い出してしまうんだ。

「しかし今、僕たちは自分たちの世界をとり戻したね、騒がしい通りで自転車やライムの香り、遠ざかっていく人影とつかの間遭遇した後で。ここにいる僕たちは静寂と秩序の支配者、立派な伝統の継

承者。並んだ街灯が灯り、黄色い光の帯が広場の向こうまで伸びている。霧が川から湧き、この古くからある空間に立ち込めてきた。そして古めかしい石碑に優しくまとわりつく。田舎の小道には枯葉が厚く積もり、湿った野原では羊が咳をしているだろうけど、今君の部屋にいる僕たちの服は乾いている。僕たち二人だけで話をするんだ。暖炉の火が一瞬燃え上がり、つかの間ドアノブが輝く。

「君はバイロンを読んでいたんだね。君自身の性格を言い当てているような一節に印をつけていたんだな。冷笑的だけど情熱的な性格、自分自身を硬い窓ガラスにぶつける蛾のように激しい性格を表しているような文章には、すべて印がついているね。君はそこに鉛筆でゆっくりと線を引きながら思ったんだろうな、『僕もこんなふうに外套を脱ぎ捨てるぞ。運命に直面した時には、僕も指をぱちんと鳴らすんだ』って。でも、バイロンは決して君のようにお茶を入れなかったよ。君ときたらティーポットにお湯をいっぱいまで注ぐから、蓋をのせるとお茶があふれちゃうんだ。テーブルの上に茶色の水たまりができている——お茶が本や紙の間を流れていくぞ。それを不器用にハンカチで拭き取っている。それからそのハンカチをふたたびポケットに突っ込んだ——それはバイロンじゃない、君だ。それは本当に君の本質を表しているから、もし二十年後に君を思い出すとしたら〈その頃は二人とも有名になり、痛風の耐えがたい痛みに苦しんでいるのさ〉、きっとこの場面だろうな。そしてもし君が死んだら、僕は泣くだろう。かつて君は若きトルストイだったね。今は青年バイロンだ。多分そのうち若きメレディスになるだろうな。

それから復活祭の休暇にパリを訪問し、黒いネクタイを締めて帰ってくるのさ、これまで誰も聞いたことがないような、忌まわしいフランスかぶれの男になって。そんなことをしたら絶交だぞ。

「僕はひとりの人間——つまり僕自身。僕はカトゥルスをまねたりしない、敬愛しているんだ。僕は学生の中で最もカトゥルスに隷属している。そのためこうやって辞書を持ち歩き、部屋には過去分詞の珍しい用法を記したノートがある。しかし、こんな古代の碑文をずっと刻み続けることはできないのさ、今よりもはっきりと読めるように、ナイフでね。将来、僕が赤いサージのカーテンをすっかり引くといつも、自分の本が大理石の塊のように横たわり、ランプの下で青ざめているのだろうか？ それこそ輝かしい人生だろうな。僕は完璧さをひたすら追い求めるだろう。文章の描く曲線を追い、それが導くところならどこへでも行くだろう。そこがたとえ砂漠でも、流れる砂に埋もれながら、誘惑や魅力には目もくれず。こんな生活を送ればいつも貧乏で、きちんとした身なりもできないだろうな。ピカデリー通りを闊歩する人間から見れば滑稽さ *27*。

「でも僕は神経質すぎて文章をうまくまとめることができないんだ。うろうろと行き来しながら早口にしゃべり、心の動揺を隠すのさ。君の油で汚れたハンカチにはぞっとするな——そのうち『ドン・ファン』の本を汚しちゃうぞ。ほらまた僕のこと聴いてない。バイロンについて何か言葉を探しているのかな。そして君が外套やステッキを使って身振り手振り話をする間、僕はまだ誰にも話したことのない秘密を打ち明けようとしているんだ。お願いだから（君に背を向

けて立ったままだけど)、僕の人生を君の両手で受け止めてくれないか、そして僕は愛する人びとにいつも嫌われる運命なのか教えてくれないか。

「僕は君に背を向けて立ったまま、手を神経質に動かしているのか。いや、手は今まったく動いていない。正確に、本棚にすき間を空け、『ドン・ファン』を差し込む、ほらそこだ。僕はむしろ愛され、有名になりたいんだ、完璧さを追求して砂漠を渡るよりは。でも、人に嫌われる運命なんだろうか? 詩人なんだろうか? 受け取ってくれないか。欲望は声に出すこともなく募り、鉛のように冷たく、弾丸のように恐ろしい。それを僕は女店員たちや他の女性たち、見せかけだけの下品な人生に向ける(僕は真の人生を愛しているからさ)。そしてそれは君を撃つんだ、さあ投げるから——受け止めてくれよ——僕の詩を 28」

「まるで矢のように部屋から飛び出していったぞ」バーナードは言った「彼は僕に詩を残してくれたのさ。ああ友情よ、僕もまたシェイクスピアのソネット集を開き、そこに押し花をしよう! ああ友情よ、君の投げ矢はなんと鋭く突き刺さることか——そこに、ここに、ふたたびそこに。彼は僕を見たんだ、体をくるりと向けてね。そして詩をくれたのさ。僕という存在の屋根に立ち込めていた霧がすっかり晴れ上がっていくぞ。彼のくれた信頼を死ぬまで忘れないでおこう。ゆったりとうねる波がやがて低く轟きながら砕けるように、彼は僕を乗り越えていったんだ。彼という破壊的な存在が——僕を無理やり外に引きずり出し、魂の波打ち際にたくさんの小石を残

していったのさ。屈辱的だったな。僕は小石に変えられてしまった
んだ。僕のありとあらゆる姿が波に持って行かれてしまったのさ。
『君はバイロンじゃない。君は君自身だ。』別の人間によってたった
一つの存在に縮められてしまったぞ——なんと奇妙なことか。

「なんと不思議なことだろう、僕たちから紡がれた糸がその細い繊
維を伸ばし、ふたりの間に横たわる霧のかかった空間に架かってい
ると感じるのはさ。彼は行ってしまったんだ。僕はここに立ってい
るのさ、彼の詩を持ってね。そして僕たちの間にはこの糸が架かっ
ているんだ。しかし今、なんと心地よく、安心できることだろう、
あの相容れない存在がいなくなり、僕がもうこれ以上綿密に分析さ
れることはないと感じるのはさ！　なんて有り難いことだ、ブライ
ンドを下ろして誰も部屋に入れないのは。そして、避難していた暗
い部屋の隅から、よれよれの服を着た親友たち、親しいやつらが戻っ
てくるのを感じるのはさ。ネヴィルはそいつらより優れた力を持っ
ているから、やつらを陰に追いやったんだ。人をばかにした、それ
でいて良く気のつく僕の分身たちは、危機に瀕し、突かれるような
痛みを感じていた瞬間でさえ、僕の代わりに警戒していてくれたの
さ。そいつらが今、群れを成してふたたび僕のところに戻ってきた
んだ。やつらが加われば、僕はバーナードに、バイロンに、これや
それに、さらに別の人間になれるのさ。そいつらのお陰で空気がほ
の暗くなり、おどけたしぐさや批評のお陰で、僕は以前のように豊
かな気持ちになるんだ。そして晴れやかで単純な、ちょっとした心
の動きも陰影を帯びるのさ。というのも、僕はネヴィルが考えてい

るよりも多くの人格からできているからだ。僕たちは、友だちが都合良く考えているだろうほど単純じゃないのさ。でも愛は単純だ。

「みんな戻ってきたな、親密で仲の良い友人たちがさ。ネヴィルは驚くほど細いフェンシング剣で僕の甲冑に刺し跡や裂け目を付けたけど、みんなすっかり治ったぞ。傷はもうほとんど癒えたんだ。そして僕がどんなに歓喜にあふれているか見てほしいな。ネヴィルが無視した分身たちをみんな復活させたからさ。カーテンを開けて窓から外を見ながら感じるんだ、『だからといって彼は嬉しくないだろうな、でも僕は嬉しい』って。（僕たちは友人を基準にして自分自身の資質を測るものさ。）僕の活動範囲はネヴィルが決して行かないところまで及んでいるんだ。あいつら、道の向こうで狩の歌を放歌しているぞ。ビーグル犬を連れて狩り場を駆け回ったことを祝っているんだ。あの少年たち〈帽子をかぶり、馬車が角を曲がる時にはいつもいっせいに頭の向きを変えていたな〉が、今は肩をたたき合い、誇らしげに話しているのさ。でもネヴィルは、邪魔するのをそっと避けながら、こっそりと、陰謀を企てる人間のように、急いで部屋に帰るんだ。低い椅子にどさっと座り、火を見つめているぞ。その火は一瞬、堅牢な建築物のように見えたんだ。もしも人生が、と彼は考えるのさ、あの永遠性を纏うことができたなら、もしも人生があの秩序を持つことができたなら──というのも彼は何よりも秩序を求め、僕のバイロン的だらしなさを嫌悪しているからだ。そういうわけで彼はカーテンを引き、ドアに鍵をかけるのさ。彼の眼は憧れに満ちているな（というのも彼はいま人を愛しているからさ。

そういえば不吉な姿をした愛が僕たちの出会いを取りしきったな）。そして涙があふれてくるぞ。彼は火かき棒を引っつかみ、燃えさかる石炭の中につかの間現れた堅牢な建築物を一撃のもとに破壊するんだ。すべては移ろうもの。若さも愛も。流れに浮かぶボートは柳のアーチをくぐり、今は橋の下だ。パーシヴァル、トニー、アーチー、あるいは誰か、あいつらはインドへ行くだろうな。二度と会わないだろうな。そんなことを思ったあと、彼は控え帳——まだら色紙で装丁された清潔な一冊——に手を伸ばし、長い詩を無我夢中で書き付けるんだ、誰でも良いからその時最も賞賛している詩人をまねてね。

「しかし僕はぐずぐずしたいんだ。窓から身を乗り出し、あたりに耳を澄ましてみたいのさ。ふたたび例の陽気なコーラスがやって来るぞ。あいつら磁器をたたき割っているな——それもまた慣習さ。そのコーラスは、激流が岩を飛び越え、老木を容赦なく痛めつけるように、壮麗かつ奔放に、絶壁をまっ逆さまに流れ落ちるんだ。やつらは転がり続け、走り続けるのさ、猟犬を追い、サッカーボールを追いながらね。そして上下に激しく動くんだ、オールに縛り付けられ、小麦粉袋の束のようにな。それぞれの自意識が完全に溶け合っているのさ——やつらはひとりの人間のように振る舞うんだ。十月の烈風が突然凄まじい音を立てて中庭に吹きすさび、それが通り過ぎると中庭はふたたび静寂に包まれたぞ。また磁器をたたき割っているな——それが慣習さ。年老いて足のおぼつかない女性が買い物袋を持ち、火のように赤い幾つもの窓の下、家路を急いでいる

な。彼女は薄々恐れているんだ、それらの窓が自分の上に落ちてきて、彼女を溝に突き落としはしないかとね。でも彼女は少し足を止めるんだ。それはあたかも、たき火に手をかざし、リューマチで節くれ立った指を温めているようさ。そのたき火は、火の粉を吹き上げ、紙切れを吹き飛ばしながら燃え上がるんだ。その老女は灯りのついた窓に向かい佇んでいるぞ。著しい違いだ。僕には見えるけどネヴィルには見えないということ、僕には感じられるのにネヴィルには感じられないということはさ。だから彼はやがて完璧に到達し、僕は失敗して後に何も残さないんだ、砂まみれの不完全な言葉以外はね。

「ルイスはどうしているだろうな。ルイスならどんな風に、敵意を抱きながらも徹底的な光を当てることだろうな、次第に暗くなるこの秋の夕暮れに、磁器をたたき割る音や狩猟歌の輪唱に、ネヴィルやバイロン、ここでの僕たちの生活にさ？ 彼は薄い唇を心持ちすぼめ、ほおを青ざめさせ、良く分からない通商文書をオフィスで注意深く読んでいるんだ。『僕の親父はブリスベーンの銀行家』――父親を恥じて彼はいつもそう言うけど――事業に失敗したのさ。それで彼はオフィスに座っているんだ。ルイスは学校で一番優秀な生徒だったのにな。でも僕は自分と対照的な人間を探し求めているから、時々彼の眼が僕たちに注がれているのを感じるんだ。彼の陽気な眼、彼の狂気じみた眼が僕たちを足し上げるのさ、彼が仕事場でずっと計算し続けている総計の、取るに足らない項目のようにね。そしてある日、細いペンを取りそれを赤インクに浸すと、足し算が完成するんだ。僕たちの合計が分かるのさ。でもそれだけじゃ不十

分なんだ。

「がしゃーん！ あいつら今度は椅子を壁に投げつけたぞ。そんなことをするから人間は地獄に落ちるんだ。僕の場合だって疑わしいさ。僕は気まぐれな感情に耽っていないかな？ そう、窓から身を乗り出して投げたタバコが、くるくる回りながら地面にそっと落ちるとき、ルイスはこのタバコさえも見ているような気がするんだ。そしてルイスは言うのさ、『それは何かを意味している。でも何だろう？』ってね」

「人びとが次々に通り過ぎる」ルイスは言った「この食堂の窓をひっきりなしに通り過ぎていく。自動車、小型トラック、バス、それからふたたびバス、小型トラック、自動車——みんな窓を通り過ぎる。その向こうには店や家が並び、教会の尖塔も陰鬱に立っている。通りに面してショーケースがあり、菓子パンやハムサンドイッチの皿が並んでいる。すべてが紅茶用湯沸かし器の湯気で少しかすんで見える。食堂の中には、牛肉や羊肉にソーセージやマッシュポテトの肉臭く蒸し蒸しした匂いが、まるでじめじめしたレース生地のように漂っている。僕は本をウスターソースの瓶にもたせかけ、他の人びとに同化しようとする。

「でも僕にはできない。（人びとが次々に通り過ぎる。乱雑な列をなして通り過ぎていく。）本は読めないし牛肉も注文できない、自信がないんだ。繰り返し自分に言い聞かせてみる、『僕は普通のイギリス人、僕は普通の事務員』と。でも僕は隣のテーブルに座っている小男たちを見て、自分が彼らに同化しているのか確かめずには

いられない。自在に表情の変わる顔だな。顔面筋が絶えず動いているけど、こいつらの多彩な感覚に反応していつもぴくついているのさ。猿が木につかまるようにこの場に順応しているぞ。髪にポマードを塗っているのもこの特別な瞬間のためだな。まったくこの場にふさわしいしぐさでピアノを売る話をしているぞ29。広間を塞いじゃっててね。十ポンドでどうだろう。人びとが次々に通り過ぎる。教会の尖塔やハムサンドイッチの皿を背景に通り過ぎていく。僕の意識の吹き流しは勢いを失って揺れ、人びとの無秩序さに絶え間なく引き裂かれもがき苦しむ。だから夕食に集中することなんてできないんだ。『十ポンドでどうだろう。見事なピアノだぜ。でも広間を塞いじゃっててね。』こいつら思い切って手を打ったぞ、脂で羽根をつるつるさせたウミガラスが海に飛び込むように。そんな普通のことを超えるものはすべて価値がないんだ。それが平均、それが標準。そうしている間にも、たくさんの帽子が上下に揺れ、ドアが絶え間なく閉まったり開いたりする。僕の意識には流れ、混乱、壊滅、そして絶望が映る。もしこれがすべてなら、こんなものに価値はない。でも僕はまた、食堂のリズムを感じる。ワルツみたいだな、渦巻きながら出たり入ったり、くるくる回る。ウェイトレスたちは、お盆を器用に持ち、揺れ動きながら出たり入ったり、くるくる回り、野菜を盛った皿や、杏子とカスタードのデザートをのせた皿を、ちょうど良い時間に、それを注文した客のところへ持って行く。普通の男たちは、ウェイトレスのリズムに合わせ（『十ポンドでどうだろう。というのも広間を塞いじゃっててね』）野菜を受け取り、杏子とカ

スタードのデザートを受け取る。とすれば、この連続性のどこに破綻があるのか？ どんな裂け目から不幸が垣間見えるのか？ その円環に破綻は無く、ハーモニーは完璧だ。ここには基本的リズムがあり、人びとを動かす主ぜんまいがある。それは広がり、縮む。そしてふたたび広がる。でも僕は仲間はずれ。もし僕が、まわりの人間のアクセントを真似て話そうとすると、彼らは耳をそば立て、もう一度話すのを待つのさ、出身地を特定するために——もしカナダかオーストラリア出身なら、僕は、愛情を込めて両腕に抱かれることを何より望んでいるのに、異邦人でよそ者なんだ。市井の人びとが僕を守るため、波のように僕を包みこむのを感じたいのに、かなたの水平線を横目でちらっと見るだけさ。絶え間ない混乱の中、たくさんの帽子が上下に揺れているぞ。僕には、さまよい困惑した精神の悲しみが聞こえる（歯の悪い女性がカウンターで口ごもっているな）、『僕たちを人びとの輪に連れ戻して下さい。僕たちは意気消沈し、上下に揺れながら、ハムサンドイッチの皿が並んだショーケースの傍らを通り過ぎるのです』と。よし、僕が君たちを正常な状態に戻してあげよう。

「ウスターソースの瓶にもたせかけた本に意識を集中するぞ。そこには鍛えた鋼の輪、完璧な叙述がある、言葉は少ないけど、詩だ。君たちは皆がみな、詩なんて相手にしていないな。いにしえの詩人の言葉を忘れてしまったのさ。でも僕はそれを君たちに翻訳してあげられないから、その包容力で君たちを結びつけ、悟らせてあげることができないんだ、君たちが目的もなく生きていることや、その

リズムが安っぽくて価値が無いことを。だから僕はそんな堕落を正すことができないんだ。自分たちが目的もなく生きていることに気づかなかったら、君たちはすっかり堕落し、老けてしまうぞ、まだ若いうちから30。僕は懸命に努力して、あの詩を読みやすいように翻訳するんだ。僕はプラトンの、ウェルギリウスの仲間、木目の出たオーク扉をノックするぞ。この鍛えた鋼の込め矢を通り過ぎていくものに立ち向かうんだ。眼の前を意味もなく通り過ぎていく山高帽にホンブルグハット、羽根飾りをつけ様々な色を配した女性用頭飾りの群れに屈服したりするものか。(尊敬するスーザンなら、夏には質素な麦わら帽子をかぶるだろうな。)そして軋み、窓ガラスを滴り落ちる大小不ぞろいの結露、がたんと止まっては動き出すバス、カウンターでのためらい、退屈で人間味のない言葉の連なり。僕がお前たちを正常な状態に戻してあげよう。

「僕の根は降りていき、鉛や銀の鉱脈を貫き、臭いの立ち込めるじめじめした場所を貫いて、オークの木の根が中心で絡まり合った結節に至る。眼は固く閉じて何も見えず、地層が両耳を塞いでいるにもかかわらず、僕はすでに戦争のうわさを聞いた。ナイチンゲールの鳴き声も。鳥の群れが夏を探し求めて渡っていくように、人間たちが幾組も四方八方で群れをなし、文明を求めて旅路を急ぐ気配を感じた。女性たちが赤い水瓶をナイル川のほとりまで運ぶのを僕は見た。庭で目を覚ますと、僕の首筋に何かが当たった。熱いキス、ジニーの。こんな記憶の連鎖は、まるで夜半の大火で混乱した人びとの叫び声や、燃えさかったり黒焦げになったりしながら倒れる柱

の群れを思い出すみたいだ。僕は絶えず眠り、目覚めている。ある時には眠り、またある時には目を覚ます。僕の眼に映るのは、輝く紅茶用湯沸かし器、うす黄色のサンドイッチがいっぱい並んだガラスケース、ラウンドカラーコートを着てカウンターの腰掛けに座る男たち。そして彼らの向こうに見えるのは、永遠。それは、かすかに震える僕の体に、ずきん付きの僧衣をまとった男が、赤く熱した焼きごてで押した烙印。この食堂の向こうでは、鳥たちの翼がひしめき合いながら羽ばたいているけど、その多くは背中に返され、折りたたまれる。あれが過去の姿だ 31。だから僕は唇をすぼめ、顔色は悪く、容貌は不愉快で魅力がないのさ。そして憎しみと悔しさを込めて、バーナードとネヴィルに顔を向けるんだ。あいつら、イチイの木の下を散歩し、肘掛け椅子を受け継ぎ、カーテンをぴったりと引くと、ランプの光が本の上に落ちるのさ。

「スーザンを尊敬するな。なぜって彼女は座って縫い物をするからさ。家の静かな明かりの下で縫い物をする。窓の近くでは小麦がさわさわと音を立て、僕は安心感に包まれるんだ。というのもみんなの中で最も弱く、年下だからさ。子供の僕は、小川が砂利道に刻んだ足下の細い溝を見る。あれはカタツムリ、と言う。それは葉っぱ。カタツムリを見つけては喜び、葉っぱを拾っては喜ぶ。いつも一番年下、誰よりも純真でお人好し。君たちはみな守られている。僕は無防備だ。髪をリース状に編んだウェイトレスがさっと通り過ぎると、彼女はためらうことなく、君たちのところに杏子とカスタードのデザートを持ってくる、まるで姉のように。君たちは彼女の弟さ。

しかし僕は、立ち上がってパンくずをチョッキから払った後、1シリングもの多すぎるチップを皿の縁の下に滑り込ませるんだ。そうすれば僕が行ってしまうまで彼女がそれを見つけることはないだろうし、笑いながらそれを取り上げるときに彼女が浮かべる軽蔑の眼差しも、スイングドアを出て行くまで僕を射貫くことはないだろうから」

*

「風がブラインドを持ち上げるから」スーザンは言った「びんやボウル、敷物、それに穴の開いたみすぼらしい肘掛け椅子がはっきり見えるわ。どこにでもある色あせたリボンが壁紙一面を走っている。鳥たちの合唱は終わったけど、今は一羽だけ寝室の窓辺で歌っている。ストッキングをはいたら静かに寝室のドアを開けるの。それから下に降りて台所を抜け、庭の温室を通り過ぎて野原に出るわ。まだ早朝よ。沼地には霧がかかっているの。今日という日が亜麻の<ruby>経帷子<rt>きょうかたびら</rt></ruby>のように殺風景で硬直しているわ。でもそのうち柔らかく、暖かくなるの。この時間、このまだ朝早い時間には、自分が野原だって思うわ。私は納屋、私は木々よ。私のものなの、鳥の群れは、そして私が危うく踏みつけそうになった瞬間、目の前で飛び跳ねる若い野ウサギも。私のものよ、巨大な翼を物憂げに広げるサギは。そして、前に出した片方の前足を軋ませながら草を食む牛、荒々しく飛びかかってくるツバメ、空に広がるかすかな赤色、そして赤色が消えていくにつれ現れる緑色、静けさの中に響く鐘、野原から馬車

馬を連れ戻す男の呼び声——みんな私のもの。

「別れたり、離ればなれになったりなんて無理。学校に入れられたの。最後の学校はスイスに行かされたわ。リノリウムは嫌い。モミの木や山も嫌い。さあこの平らな大地に身を委ねましょう。空はまだ薄青く、雲がゆっくりと流れている。馬車が道を走ってくるにつれ、だんだん大きく見える。羊たちが野原のまん中に集まっている。鳥たちは道のまん中に集まっている——まだ飛び立たなくても良いのね。木を燃やす煙が立つ。荒涼とした夜明けの景色が次第に薄れていく。さあ一日が始まる。色彩が戻ってくるわ。一日がたわわな作物と共に黄色く波打つの。大地が私の下でどっしりと息づいているわ。

「でも私は誰？　この門にもたれ、セッター犬がくるくる回りながらにおいを嗅ぐのを見ているこの私は？　ときどき思うの（まだ二十歳じゃないけど）、私は女性じゃなくて、この門や、この地面に降り注ぐ光じゃないかって。私は季節、ときどき思うわ、一月、五月、十一月、そして泥、霧、夜明け。私の心は激しく動揺することなんてないの。それに優雅に振る舞ったり、他の人びとと交際したりすることもできないわ。でも今、門の跡が私の腕に付くまでこうしてもたれていると、このわき腹のあたりにどんよりと溜まったものを感じるの。何かが溜まったのよ、学校で、スイスで、何か硬いものが。それはため息や笑いじゃないわ。空を舞うような見事な言葉でもないの。ローダが私たちの肩越しに、私たちの向こうへ眼差しを向けながら通わせてくる奇妙な親愛の情でもないわ。手足と体が調和したジニーの

つま先旋回<ruby>ビルエット</ruby>でもないの。私の伝えるものは荒野よ。優雅に振る舞い、他の人びとと交際することなんてできないわ。道で会う羊飼いたちの眼差しが一番好き。溝にはまった荷馬車の脇で子供たちに授乳するジプシー女たちの眼差しも。私もいつか自分の子供に授乳するの。というのも、もうすぐ暑い真昼になり、蜂がタチアオイのまわりをぶんぶん飛び回るころ、私の恋人がやって来るからよ。彼はヒマラヤスギの木の下に立っているわ。彼がひとこと言うと私もひとこと答えるの。私の中に溜まったものを彼にあげるわ。そして子供ができるの。将来はエプロンをした女中たちや、干し草用のフォークを持った下男たちを抱えるわ。彼らは台所に弱った子羊を連れてきて、かごに入れて温めるの。そこにはハムがぶら下がり、タマネギが輝いているわ。将来は私のお母さんのようになり、言葉数は少なく、青いエプロンを着け、食器棚に鍵をかけるの。

「おなかが空いたわ。セッター犬を呼びましょう。日当たりの良い食堂に並んだクリスプブレッドや食パン、バター、白いお皿が目に浮かぶわ。野原を横切って帰りましょう。この草の道を力強く、同じ歩幅で歩くの、水たまりを避けるため素早く脇にそれたり、草むらのこんもりした瘤<ruby>こぶ</ruby>にさっと飛び乗ったりしながら。水玉がきめの粗いスカートに付いている。靴も湿って柔らかく、色が濃くなっている。今日という日から硬さが消えたわ。大地には灰色、緑色、そして赤茶色の影が落ちている。鳥たちはもう広い道の上にいない。

「私は帰るの、猫やキツネがねぐらに帰るように。彼らの毛は霜で白くなり、足裏の肉球はごつごつした大地を踏んで硬くなっている。

キャベツ畑を通ると葉っぱがきゅっきゅっと音を立て、葉っぱに付いた水滴がぱらぱら落ちる。座ってお父さんの足音が近づいてくるのを待つわ。お父さんはゆっくりと、香草を指に挟んで摘み取りながら小道を下りてくるの。私がカップに次々とお茶を注ぐとき、蕾の花々はテーブルの上でまっすぐに立っている、ジャムのびんやパン、バターに囲まれて。私たちは静かに食べる。

「それから私は食器棚に行き、色鮮やかなサルタナレーズンの湿った袋を取る。そして重い小麦粉袋をきれいに磨いたキッチンテーブルに持ち上げる。こねて、伸ばし、引っ張り、温かい生地の中に両手を突っ込む。冷たい水を注ぐとそれは指の間を流れ、扇のように広がっていく。炉の火はごうごうと音を立て、ハエたちが円を描きながらぶんぶん飛んでいる。干しぶどうやお米、銀色の袋に青色の袋、すべて食器棚に戻す。お肉の塊がオーブンの中に見える。パンが発酵して膨らみ、掛けておいた清潔なタオルが柔らかそうに盛り上がってくる。午後になったら川まで歩いて行くわ。世界中が命にあふれているの。ハエたちが草から草へと飛んでいくわ。花々はたっぷりと花粉を蓄えているの。白鳥たちが整然と列をなして川面をすべるわ。雲たちは今や暖かみを帯び、所どころ日に輝くの。そして丘の上をさっと通り過ぎると、水面<ruby>水面<rt>みなも</rt></ruby>はふたたび金色に燦めき、白鳥の首が金色に輝くわ[32]。牛たちは片方の前足を前に出して草を食みながら、野原をゆっくりと歩いて行くの。草むらに手を入れて白くこんもりとしたマッシュルームを探すわ。それを茎のところで折り、そばに生えている紫色のランも摘み取るの。そして根に土がついた

ままマッシュルームの横に置き、家に帰るわ。お父さんのためにや
かんで湯を沸かすの。ティーテーブルには瑞々しい赤色のバラが生
けてあり、花々の向こうにはお父さんが座っているわ。

「やがて夕方になり、ランプに灯りがともる。そして夕方になりラ
ンプに灯りがともると、人びとはツタにおおわれた家の中で黄色い
火をおこす。私はテーブルの傍らに座り縫い物をする。ジニーやロー
ダのことを思うの。車輪が石畳の上でごとごと音を立てるのが聞こ
える。農作業を終えた馬が重い足取りで家に帰るんだわ。騒々しい
人馬の行き来が夕方の風に混じって聞こえる。暗い庭でかすかに震
える葉叢を見ながら思うの、『みんなロンドンで踊っているわ。ジニー
がルイスにキスしてる。』って」

「本当に不思議だわ」ジニーは言った「みんな眠るなんて、明かり
を消して二階に上がるなんて。みんな洋服を脱いで、白いネグリジェ
に着替えたかな。この通りの家々からすっかり明かりが消えたわ。
煙突の煙出しが夜空に向かい一列に並んでいる。ひとつふたつ街灯
がともっている。街灯って誰も必要としないのにともるものね。通
りにいるのは先を急ぐ貧しい人びとだけ。この通りを行き来する人
はもう誰もいない。一日が終わったの。二、三人の警察官が街角に立っ
ている。でも夜はこれからだわ。私、暗やみの中で輝いているみたい。
シルクのドレスが膝を覆っているの。シルクに包まれた私の両足が
心地よくこすれ合うわ。ネックレスの宝石が襟元の肌にひんやりと
当たるの。靴が窮屈だわ。背筋をきりっとまっすぐ伸ばして座り、髪
が椅子の背に触れないようにするの。装いも済み、準備万端。今はつ

かの間の小休止、暗い瞬間。バイオリニストが弓を構えたわ。

　「そして車が滑らかに止まるの。歩道が細長く照らし出されるわ。玄関扉が開いたり閉じたりするの。客人が次々に到着するわ。誰も話さず、足早に中へ入るの。外套の衣擦れの音が玄関ホールに響くわ。今はまだ序曲、ほんの始まりよ。私はさっと見回し、こっそり覗き、粉おしろいをはたくの。すべてきちんと準備したわ。梳かした髪はゆるやかな曲線を描き、唇には赤いルージュをきちんと引いたの。さあ、階段を上がっていく紳士淑女に加わりましょう、私の社交仲間たちに。そばを通り過ぎて彼らの視線を浴びるわ、私も彼らを見つめるの。一瞬見つめ合うけど、打ち解けたり挨拶したりしないわ。私たちの肉体が意思を疎通するの。これが私の天賦、私の世界よ。すべてが決定され、用意されているわ。召使いたちは、ここにも、そしてここにも立っていて、私の名前を、初めて聞く、彼らの知らない私の名前を聞くと、私を先導しながらまわりに紹介してくれるの。私は入っていく。

　「誰もいない、客人を待ち受ける部屋には金色の椅子が並んでいる。生け花だわ、地面に生えている花より静謐で堂々としているな、壁を背景に緑色や白色の色彩を広げている。そしてとある小さなテーブルには一冊の装丁本。これこそ私の夢見たもの、私の予知したもの。ここは私の故郷よ。厚い絨毯の上を自然に歩くわ。滑らかに磨いた床の上をやすやすと滑るように動くの。私は今、この香り、この輝きの中で開き始めるわ、丸まっていたシダの葉が開くように。立ち止まってこの世界をじっくり吟味するの。あちこちに集まって

いる知らない人たちを見回すわ。光沢のある緑色やピンク色、真珠色のドレスを着た女性たちに混じり、男性たちの体がまっすぐに立っているの。彼らの装いは黒と白、洋服の下の肉体は引き締まり、筋肉の輪郭がはっきりと分かるわ[33]。トンネルの中で車窓に映った人影がよみがえってくるの。それは動くわ。黒と白に装った知らない男の人たちが私を見るの、私が前に身を乗り出すと。絵を見ようとして横を向くと、彼らも横を向くわ。そわそわとネクタイに手をやるの。そしてチョッキに触れ、ポケットチーフに触るわ。本当にうぶね。良い印象を持ってもらおうと躍起なの。無数の表情が自分の中に湧き出してくる気がするわ。いたずらっぽくしてみたり、陽気になったりうつろになったり、はたまた憂うつそうにしてみたりするの。根は張っているけど流れるわ。全身を金色に輝かせ、あちらへ流れていき、ひとりの男性に言うの、『さあこちらへ』って。こんどは黒いさざ波を広げながら、別の男性に言うわ、『ごめんなさい』って。ひとりの男の人が、それまで佇んでいたガラス製飾り棚の前を離れるの。近づいてくる。私に向かってくるわ。今まで経験したことのないわくわくする瞬間。どきどきする。心がさざ波立つの。私は川の中の水草のように流れる。こちらに流れ、あちらへ流れるけど、根は張っているわ、彼が私の所に来るように。『さあこちらへ』って言うの、『さあこちらへ。』青ざめた顔、黒髪ね、近づいてくるその人は愁いに沈み、夢見るようだわ。そして私はいたずらっぽくなり、饒舌で気まぐれになるの。なぜって彼が愁いに沈み、夢見るようだから。彼はここにいる。私のそばに立っている。

「そして少し唐突に、カサガイを岩からはがすように私は運び去られるわ。彼と一緒に身を投げ出すの。奪い去られるのよ。私たち、次第に大きくなる人びとの群れに身を委ねるの。ためらいがちな音楽に合わせたり止まったりするわ。あちこちに岩があってダンスの流れをさえぎるの。流れがぶつかり、震えるわ。出たり入ったりしながら私たちは押し流され、とうとうこの大きな群れに飲み込まれるの。その中で私たちは一つになるわ。私たちは外に出られないの、だってそれを取り囲む壁は曲がりくねり、うごめき、切り立ち、まわりを完全に取り囲んでいるから。私たちの体は〈彼の体は堅固で、私の体はしなやかよ〉、その群れの中で押しつぶされ、一つになるの。その中で私たちは一つになるわ。やがてそれはどんどん伸びていき、滑らかで曲がりくねった襞となって私たちをくるむの、幾重にも。突然音楽が止んだ。血液が体中を駆けめぐっているのに、私の体はじっと立ったまま。部屋がぐるぐると回って見えるわ。やっと止まった。
　「さあこちらへ、それから、少し歩きましょう、めまいがするの、金色の椅子に座るわ。体って、思っていたより頑丈ね。でも思っていたよりくらくらするの。世界中の何物も気にならないわ。この男の人以外は誰も気にしない。でも名前を知らないの。ねえお月様、私たちお似合いじゃない？　私たち仲睦まじく並んで座っていないかな？　私はサテンのドレス、彼は黒と白に装って。社交仲間が今の私を見ているかも。私もまっすぐあなたたち紳士淑女を見返すわ。私はあなたたちのひとり。ここは私の世界よ。さあ、細い脚のグラスをとって一口飲もうかな。ワインは強烈で渋い味だわ。飲むと顔

をしかめずにはいられないの。香りと花々、輝きと暑さが、この辛くて黄色い液体に凝縮されているわ。肩甲骨のすぐ後ろで、何か乾いた感覚が眼を見開いていたんだけど、今は穏やかに目を閉じ、次第に静まり眠りにつくの。これが歓喜、これが安堵ね。喉の奥にあるつっかえ棒がとれたわ。言葉が押し寄せ、群がり、ひしめき合うの。どの言葉かなんて関係ないわ。言葉は押し合い、お互いの肩の上に乗るの。一つ一つの言葉が出会い、勢いよく流れ、やがて言葉の群れになるわ。何をしゃべるかなんて関係ないの。言葉が群れをなし、一羽の鳥が飛び立つように、一つの文章になってふたりを隔てる空間を渡るわ。それは彼の唇に止まるの。ふたたびグラスを満たし、飲むわ。私たちの間にとばりが下りる。別の魂の温もりに触れ、秘密を知ることを許されたの。私たち、一緒に高くまで登り、どこかアルプスの山道にいるわ。彼は道の頂上に立ち、愁いに沈んでいるの。私は身をかがめ、青い花を摘んで彼のコートに挿すわ、彼の背に届くようつま先立ちながら。ねえ見て！　それが私のエクスタシーの瞬間。でも冷めちゃった。

　「今や倦怠感と無関心が私たちを襲うの。他の人びとがそばをかすめて通り過ぎていくわ。私たちの体が秘かに繋がり合っているという意識を無くしちゃった。青い眼をした金髪の男性も好きよ。ドアが開く。次々に開く。私思うの、次にドアが開いたら私の人生がそっくり変わるだろうって。入ってくるのは誰？　なんだ召使いか、グラスを持ってきたわ。次は老人──彼と一緒じゃ私は子供に見えるでしょうね。次は名門のご婦人──お話しするとしたら私、猫をかぶ

るだろうな。私と同世代の女性たちがいるわ。彼女たちを見ると感じるの、抜き放たれた剣のような敵意を、でもそれは正しいことよ。というのも彼女たちは私の社交仲間だからよ。私はこの世界で生まれたの。ここに私の危機があり、ここに私の冒険がある。ドアが開く。さあこちらへ、って私この人に言うわ、全身に金色のさざ波をたてながら。『さあこちらへ』、するとこの人は私に向かってくるの」

「彼らについてゆっくりと歩くわ」ローダは言った「知人を見かけたみたいに。でも誰も知らないの。カーテンをぐいと引いて月を見るわ。しばらく幻想に身をゆだねれば、心の動揺も治まるでしょう。ドアが開くと虎が飛び込んでくる。ドアが開くと恐怖がどっと流れ込んでくる。恐怖が次々に私を追いかけてくる。遠くにある宝物の隠し場所にこっそり行かせて。世界の反対側に小さな池があり、水面（みなも）に大理石の円柱を映しているの。ツバメが翼を暗い水にちょっと浸しているわ。でもここではドアが開き、人びとが入ってくる。私に向かってくる。かすかに微笑んで残酷さと無関心を隠しつつ、彼らは私をつかむ。ツバメが翼を浸し、月の舟がたったひとりで青い海を昇っていくの。この人の手を取り、何か答えなければ。でもなんと答えれば？　私は押し戻され、この不格好でだぶだぶのドレスを着たままひりひりと痛み続け、この人の矢のような無関心と軽蔑を浴びるわ、私は大理石の円柱と小さな池に憧れているのに。そこは世界の反対側にあり、ツバメが翼を浸すの34。

「星空が煙突の煙出しの向こうに少しだけ回転したわ。この人の肩越しに見える窓の外に、どこかふてぶてしいネコがいるの。光の中

でめまいを覚えたり、シルクのドレスを窮屈に感じたりせず、自由に佇み、伸び上がり、ふたたび歩き出したわ。他人の生活をこまごまと聞かされるのは嫌い。でもここに釘付けにされ、聞かなきゃいけないの。計り知れない圧力が私にかかる。幾世紀にもわたり降り積もったものを取り除かなければ動けないわ。百万本の矢が刺し貫く。軽蔑とあざけりが私を刺し貫く。嵐に向かい嘆き悲しんだり、嬉々として霰を全身に浴びたりすることだってできるのに、ここに押さえつけられ、さらし者にされているの。虎が飛び込んでくる。舌がむちをふるいながら、次々と向かってくる。絶え間なく歩き回りながら、私を覆ってちらちら動く。嘘をついてごまかし、身を守らなければいけない。どんなお守りがこの災難から守ってくれるの？　どんな顔をすれば、この火炎地獄の中で涼しくしていられるの？　思い出すわ、荷物箱に貼ってあった名前、お母さんたちの広げた両ひざから垂れ下がっていたスカート、そして背もたれのような急峻な丘が幾つも駆け下る湿地。私を隠して、と叫ぶ。守って。私はあなたたちの誰よりも若く、無力よ。ジニーはカモメのように波に乗り、あちこちに抜け目なく目配せし、あれこれと本心を話しているわ。でも私は偽りを話す。ごまかすの。

「ひとりになれば水盤を揺らすわ。私は自分の艦隊を率いるの。でも今、招待して下さったご婦人宅の窓辺で、こうやって錦織カーテンのふさ飾りをよじっていると、自分がばらばらになっていくわ。自分がもはや一つではなくなるの。ならばジニーはどんな認識を持ちながら踊るの？　スーザンはどんな確信を抱きながら、ランプの

下で静かに身をかがめ、針穴に白い木綿糸を通すの？　彼女たちは言うわ、はいと。そして、いいえって。それからテーブルをこぶしでどんと叩くの。でも私は確信を持てず、震える。野生の茨が影になって揺れる砂漠が見える。

「歩いてみよう、あたかも目的があるかのように部屋を横切り、日よけテントに覆われたバルコニーまで。空が突然の月明かりでおぼろに明るんでいるわ。そしてあれは公園の鉄柵ね。顔の分からない二人連れが、空を背景に彫像のように寄りかかっているわ。やはり変化を免れた世界ってあるのね。この客間を通り過ぎたとき、そこには舌が幾つもちらつき、それらがナイフのように私を切り刻むものだから、私は言葉に詰まり嘘をついたの。そういえばどの顔も特徴が無く、みな美しく着飾っていたな 35。恋人たちがプラタナスの下にしゃがんでいる。警官が街角に立って見張りをしている。男の人が通り過ぎる。やはり変化を免れた世界ってあるのね。でも私は落ち着かず、炎の際につま先立ち、熱い吐息で焦がされ続け、ドアが開いて虎が飛び込んでくるのが怖いから、文章一つすら思い浮ばないの。私の言うことは常に矛盾しているわ。ドアが開くたびに邪魔されるの。私はまだ二十歳よ。もう壊れそう。一生あざ笑われるわ。ずっと翻弄されるの、ここにいる紳士淑女の中で、彼らのぴくぴく動く顔や嘘をつく舌に囲まれ、荒れた海に浮かぶコルク片のように。細長く伸びた海藻のように、ドアが開くたびに遠くへ押しやられるわ。私は岩々の突端で白く砕ける波しぶきよ。それに私は女の子なの、この部屋では」

太陽はすっかり昇り、もはや碧(みどり)のしとねに横たわったまま、海原にまき散らした淡色の宝石を気まぐれに燦めかせることをやめ、顔も露わに波のかなたをまっすぐ見た。波は規則正しくどーんと音を立てて砕けた。それは競馬場を駆ける馬たちが、ひづめで芝を蹴る音に似ていた。波しぶきの上がる様は、騎士たちが大槍や小槍を頭上に投げ上げるようであった。波は鋼のように青く、波頭にダイヤモンドを燦めかせて浜辺に打ち寄せた。寄せては返す波はエネルギーに満ち、強壮で、ピストンを押し出し、引き戻す蒸気機関のようであった。太陽は小麦畑や森に降り注いだ。川は青く波立ち、芝地は水ぎわまでなだらかに下り、緑に萌え、柔らかくふさふさした鳥の羽のようだった。丘はうねりながら整然と連なり、隠れた紐で結びつけられているようだった。それはまた手足の筋肉が引き締まった輪郭を描くようだった。そして丘の中腹を堂々と覆う森は、短く刈り揃えた馬のたてがみに見えた。

　庭の木々は花壇や池、温室を鬱蒼(うっそう)と覆い、鳥たちは熱い陽光の中で歌った、それぞれひとりで。一羽が寝室の窓の下で歌うと、別の一羽がライラックの木の頂で枝先に留まって歌い、さらに一羽が塀の縁に留まって歌った。それぞれの鳥はかん高く、情熱を込め、激

しく歌った。それはあたかも自分の中から歌をほとばしらせるようであった。そして不快な不協和音で別の鳥の歌を台無しにしようと構わなかった。彼らの丸い眼は輝きを帯び、こぼれ落ちそうだった。爪は小枝や手すりをつかんでいた。彼らは何物にも隠れず姿を現し、大気と太陽に向かって歌った。生え替わった羽根は美しく、縞模様や明るい網目模様が浮かび、それらは柔らかな青色の縞模様かと思えば、金色の散らし模様だったり、明るい羽根が一筋入っていたりした。彼らは歌った。まるで朝に駆り立てられ、体の中から歌をほとばしらせるかのように。彼らが飛び立つと、まるで研ぎ澄まされた命の刃が、柔らかな青緑色の光や湿った大地、油まみれの台所に立ち込める煙や湯気、きつい臭いのする羊肉や牛肉、たくさんのペーストリー菓子や果物、台所バケツから放り捨てられ湿ったままの切れ端や皮、それらから微かに湯気の立つごみの山、これらを切り裂くに違いないように思えた。ありとあらゆるびしょ濡れのもの、所どころ湿ったもの、湿り気で丸まったものの上に彼らは降り立った、乾いたくちばしを突き立て、容赦なく、突然に。ライラックの大枝や塀から突然襲いかかった。カタツムリを見つけると、殻を石に打ちつけた。激しく巧妙に打ちつけるとついに殻が割れ、何かねばねばしたものが割れ目から滲み出た。そしてさっと飛び立ち、たちまち空高く舞い上がると、鋭い声で短く囀り、とある木の高い枝に止まった。彼らはそこから、すぐ下の葉や芽、白い花が一面に咲き牧草の生い茂る田園地帯、そして太鼓のようにドーン、ドーンと鳴り響く海〈その音は羽根飾りの付いたターバンを巻く多数の戦士を呼

び集めた〉、こんな物たちを見下ろした。時々彼らの歌は、速い音階で一緒になって響いた。それはまるで、渓流を流れる水がぶつかり、泡立ち、織り混ざり、そしてどんどん速くなりながら同じ河床を流れ下り、常に同じ紅葉樹の枝を洗うようであった。しかし行く手には岩があり、流れは分断される。

　太陽は部屋に鋭い光のくさびを打ち込んだ。光の触れた物はすべて、そこに在ることに熱狂し始めた。皿は白い湖のようだった。ナイフは氷の短剣に見えた。光線の中に突然タンブラーたちが姿を現した。テーブルや椅子は、それまで水底に沈められていたかのように立ち現れ、表面が赤やオレンジ、紫色に輝く様は、熟した果実が果粉を吹いたようだった。磁器にかけられた釉薬（ゆうやく）の縞模様や床板の木目、敷物の織り糸がますます繊細に、美しく見えた。すべてに影が無くなった。壺は緑色に輝き、その色が余りに鮮烈なため眼がすり鉢状の口から吸い込まれ、カサガイのように内側に張り付いてしまうかと思えた。やがてあらゆる形が質量と鋭い輪郭を帯び始めた。椅子の浮き出し飾りが現れ、食器棚の巨体が現れた。そして光が増すにつれ、影の群れは光に押されて追いやられ、集められ、部屋の奥に幾つもの襞を成して吊された。

「なんと麗しく、何て不思議なんだろう」バーナードは言った「華やかで塔やドームのたくさん建つロンドンが、霧に包まれ僕の前に横たわっているのはさ。ガスタンクや工場の煙突に守られて眠るロンドンに、僕たちは近づいていくぞ。ロンドンは蟻塚をふくよかな胸に抱き寄せるんだ。あらゆる叫び声や騒音が静寂の中に優しく包まれているぞ。ローマだってこれ程の威厳はないだろうな。でも僕たちはロンドンに向かっているんだ。すでに母なるロンドンは眠りから覚めようとしているぞ。幾筋もの家並みが霧の中から現れるな。工場や教会、ガラス張りのドーム、公共施設、劇場が次々に姿を現すぞ。北からやって来た早朝の列車が、弾丸のようにロンドンへ打ち込まれるんだ。カーテンを開けて外を見てみよう。無表情だが何かを期待している顔がじろじろ見ているぞ。僕たちは轟音をとどろかせながら瞬く間に駅を通り過ぎるのさ。男たちは新聞を少し強くつかんでいるぞ。列車の巻き起こした風が吹きつける今、吹き飛ばされて死んでしまうことでも想像しているのかな36。しかし僕たちは轟音を立てて走り続けるんだ。もうすぐ街の側面に当たって爆発するのさ。何か巨大で、母の愛と威厳に満ちた動物のわき腹に命中した砲弾のようにね。ロンドンはざわつき、低い音を立てている。

僕たちを待っている。

「一方こうして列車の窓から景色を眺めていると、奇妙な確信が湧いてくるんだ。いま僕はとても幸せだから（婚約したのさ）、僕はこのスピード、ロンドンへ打ち込まれるこの弾丸と一体になっているんだと。今の僕は忍耐や黙従をつらいと思わないのさ。ねえ君、と話しかけるかも知れないな、なぜそわそわとスーツケースを下ろし、夜通しかぶっていた帽子を詰め込むんだい？　今は何をしようと無駄なんだ。ここにいる僕たちはみな、一つの素晴らしい考えに包まれているのさ。大きく厳粛になり、大ガチョウの灰色の翼で磨かれたように均一になるんだ。（今朝は晴れているけど色彩に乏しいな。）なぜなら僕たちの望みはただ一つ——駅に到着することだからさ。でも僕は列車にどしんと止まって欲しくないんだ。一晩中互いに向かい合って座り、みなの気持ちを一つにしてくれたこの親交が終わって欲しくないのさ。憎しみや対抗意識のためみなの心がふたたび揺らぎ始め、別々のことを欲し始めたとも思いたくないんだ。僕たち仲間は今、このばく進する列車に一緒に座り、ユーストン駅に着くというただ一つの望みを共有しているけど、とても有り難かったな。しかし見よ！　終わりだ。望みを達成したのさ。プラットフォームに停車したんだ。みな先を急ぎ、ごったがえし、われ先にとゲートを通りエレベーターに乗ろうとしているぞ。でも僕はそんなに急いでゲートを通り、苦労の多い生活に戻ろうとは思わない。僕は月曜日以来、〈その日彼女がプロポーズを受け入れてくれたんだ、〉自意識が体中にみなぎっているので、コップに挿した歯ブラシを見ても『僕

の歯ブラシ』とつぶやかずにはいられなかったけど、今は握った両手を開き、持ち物を落とすにまかせ、ただこの通りに立ち、何物にも係わりを持たず、バスを眺めていたいんだ。欲望もなく、嫉妬もなく、もし僕の心があと少しのあいだ明晰であるならば、人間の運命に対する無限の好奇心と呼べそうな感情を抱いてね。しかし何も思い浮かばないぞ。到着したんだ。婚約もしている。望むものは何も無い。

「子供が乳房から離れるように満足して列車を降りると、僕は今や自由に、目の前を過ぎゆく物、このどこにでもある一般的な生活に深く没頭できるんだ。（一体どれだけ多くのことが、言わせて欲しいな、ズボンで決まることか。聡明な頭脳もよれよれのズボンをはいていたら全く台無しさ。）みなエレベータードアのところで変にためらうぞ。こっち？　そっち？　それともあっち？　やがてそれぞれの決めた方へ歩き出すんだ。離れていくぞ。彼らはみな、何かをする必要にせき立てられているのさ。約束を果たすとか、帽子を買うとか、粗末な用事のため、一度はあんなに素晴らしい一体感に包まれた僕たち人間がばらばらになってしまうんだ。でも僕には目的がないのさ。野心もだ。おおざっぱな衝動に身をまかせて歩いていくことにしよう。僕の心の表面は、淡い灰色をした小川が水辺の景色を映しながら流れるように街中をすべっていくのさ。思い出せないな、僕の過去、鼻、眼の色、それに自分自身をおおざっぱにどう評価しているかも。ただ、交差点や歩道の縁で危機が迫ると、体を守ろうとする気持ちが突然湧き起こり、僕を捉えて立ち止まらせ、

こうやって目の前のバスに当たらずにすむのさ。やはり僕たちは生きることにこだわっているようだ。するとふたたび無関心が訪れるのさ。車がけたたましく行き交い、どれも同じような顔がこちらへ、向こうへと通り過ぎる中、僕の心は麻痺して夢の世界をただよい、行き交う人びとの顔がのっぺらぼうに見え始めるんだ。人びとは僕の体を突き抜けて歩いているんじゃないかな。しかし、この瞬間って何だろう？　気がつくと自分がこうして巻き込まれているこの一日って？　けたたましい車の音はひょっとすると何かのうなり声かも知れないぞ──森の木々、あるいは野生動物の咆哮。時間がほんの少し、さっと巻き戻ってしまったんだ。僕たちのささやかな前進も帳消しさ。それに、実は僕たちの体は裸だって気がするんだ。ボタンの付いた布で軽く覆われているだけさ。そして今歩いている歩道の下にあるのは、貝殻、骨、そして沈黙。

「しかし本当のところ、僕の夢想、僕のつかの間の前進は、川面のすぐ下を流されていくように、さえぎられ、引き裂かれ、ちくちくと刺され、引っ張られるんだ、自然と湧いてくる他愛ない感情、好奇心や食い意地、欲望など、眠っているときに湧いてくるような無責任な感情にね。（あのかばんが欲しいな──とかさ。）いや、しかし僕は降りていきたいんだ。遙かかなたの地底を訪ねたいのさ。たまには天賦の才能を発揮し、ほとんど行動せずに探検してみたいんだ。きしむ大枝やマンモスの、微かな太古の音を聞いてみたいのさ。そして世界全体を知性の腕で抱きしめるという、不可能な欲望を満足させてみたいんだ──常に行動する人間には不可能さ。僕

は歩きながら、共感の奇妙な揺れや振動で震えていないだろうか？　その共感に命じられるまま、僕は個人的存在から解放され、何かに夢中な目の前の群衆を抱きしめるんだ。何かを見つめる人びとや旅行者たちを、使い走りの少年たちや、自分が死ぬことなど考えずショーウィンドウをこっそり覗いて立ち去っていく少女たちをさ。しかし僕は、自分たちの人生がはかないことを知っている。

「しかし本当のところ、今や人生が僕にとって神秘的なほど長くなったという気持ちを打ち消すことができないんだ。それは将来僕に子供ができるということかな？　この世代、この死すべき運命にある人びとを超え〈彼らはこの通りで、果てしない競争に押し合いへし合いするのさ〉、ひとつかみの種を一面に放り投げることかな？いつかの夏、僕の娘たちがここへ来るだろう。息子たちは新たな畑を耕すだろう。だから僕たちは、風ですぐに乾いてしまう雨の滴じゃないんだ。風で庭を揺らし、森をさざめかせるのさ。僕たちは姿を変え、永遠に芽を出し続けるんだ。そう、こんなことを考えているから、今の僕は自信に満ち、気持ちも安定しているのさ。でなければ余りにばかばかしくて、この混雑した大通りで人びとの流れに立ち向かったり、常に人びとの体を押し分けて進んだり、安全な瞬間を捉えて道を渡ったりすることなどできないな。これはうぬぼれではないんだ。というのも僕には野心がないからさ。思い出せないな、天賦の才能や特質を、そして体、眼、鼻、口の特徴も。だから今この瞬間、僕は自分自身ではないんだ。

「しかし見よ、それは戻ってくるのさ。誰もあのしつこい臭いを消

せはしないんだ。それは建物のひび割れを通り、知らぬ間に忍び込んでくるのさ——自意識というやつは。僕は通りの一部じゃない——そう、僕は通りを観察するんだ。それゆえ二つに分裂するのさ。たとえば、あの裏通り沿いに女性が人待ち顔で立っているぞ。誰を待っているのだろう？　ロマンチックな話じゃないか。あの店の壁には小さなクレーンが取り付けてあるな。どうして、と自問してみるのさ、あのクレーンはあそこに取り付けてあったのだろう？　そして、紫色の服を着てとてつもなく肥満したご婦人を、ご主人が汗だくになって四輪馬車から引っ張り上げるという、1860年代ごろの光景を空想してみるんだ。グロテスクな話さ。つまり、僕には言葉を作り出す天賦の才があり、いろいろなものを泡立てる名人なんだ。そして、無意識のうちにいろいろなものを観察して話を作りながら、僕は自分自身を練り上げ、自分自身を作り上げるのさ。そしてぶらぶら通り過ぎようとすると、『見よ！　あれに注目せよ！』と言う声が聞こえるんだ。誰かが僕に頼んでいると思うことがあるな、いつか冬の夜、僕の観察したすべてのものに一つの意味を与えることをね——いろいろなものを一つに繋ぐ糸、一つの完結した要約をさ。しかし裏通りでのモノローグはすぐにつまらなくなるんだ。僕には聴衆が必要さ。それが僕の落とし穴だ。そのためいつも話の最後に切れ味がなくなり、完成せずに終わってしまうのさ。どこかの汚い食堂に腰掛け、来る日も来る日も同じグラスを注文し、ひたすら同じお酒に——この人生に——酔うことなどできないんだ。言葉を作ったら、それを持ってどこか調度品で飾られた部屋に駆け込むの

さ。そこで僕の言葉は、何十本ものろうそくの光を浴びることだろうな。誰かの視線が注がれていないと、僕はそこで目にとまる気取ったデザインやけばけばしい装飾を描き出すことができないんだ。自分自身であるために（ここで言っておくけど）、僕は他の人びとの視線を浴びることが必要なのさ。だから僕は、何が自分自身なのかを完全に確かめることができないんだ。本物の人間は、ルイスやローダのように、孤独でいるときが最も完全な姿をしているのさ。彼らは照明を浴びたり、さまざまな自分になったりするのをひどく嫌うんだ。昔描いた絵を野原に放り投げ、裏向けにしてしまうのさ。ルイスの言葉は、すき間なく押し固められた氷に包まれているようだ。彼の言葉は、圧縮され、濃縮されて生み出されるから存続するのさ。「僕はそれゆえ、この眠りから覚めて輝きたいんだ。友人たちの顔に照らされ、さまざまな光を放つのさ。さっきからずっと、自意識の消えた、太陽の出ない場所を旅しているんだ。不思議なところさ。そこで聞いたんだ、自分が和らいだとき、自分というものを消し去ることができて嬉しかったときに、ため息のような、聞こえたり途絶えたりする潮流の音をね。その潮流は、僕の浴びる明るい光の輪や、突き上げてくる理性を欠いた怒りを超えてゆっくりと流れていくのさ37。ほんの一瞬、とても大きな平安に包まれたんだ。これを幸福と呼ぶんだろうな。今僕をそこから引き戻すのは、ちくちくと刺すような感覚、つまり好奇心や食い意地（お腹が空いたぞ）、そして自分自身でありたいという抑えがたい欲望さ。いろいろ話をするだろう顔ぶれを思い浮かべてみるんだ。ルイスにネヴィル、スー

ザン、ジニー、そしてローダ。彼らと一緒だと、さまざまな自分になれるのさ。彼らが暗やみから救い出してくれるんだ。僕たちは今晩会うのさ。本当に嬉しいな。有り難いことさ、一人で過ごさなくても済むのは。一緒に食事することになっているんだ。パーシヴァルの送別会さ。彼はインドに行くんだ。時間はまだ先だけど、僕はすでに例の兆し、あの先触れ、つまり目の前にいない友だちの姿を感じるのさ。ルイスが見えるぞ。石を掘った彫刻のようだ。ネヴィル、はさみで切ったような精密な姿。スーザンの眼は水晶の塊のようさ。ジニーは炎のように踊っているぞ。熱く、夢中になって、乾いた大地の上で。そしてローダは泉の妖精、いつも濡れているな。みんな素敵な映像だ——どれも想像の姿さ。こんな目の前にいない友人たちの幻影は、グロテスクで浮腫み、本物のブーツでちょっと蹴るとたちまち消えてしまいそうだ。でも彼らは僕を呼び寄せ、生き生きとさせてくれるのさ。こんなとりとめの無い考えを追い払ってくれるんだ。そろそろ孤独でいることに我慢できなくなってきたぞ——孤独というドレープカーテンが僕のまわりにぶら下がり、蒸し暑くて不健康な気がしてきたな。ああ、こんなカーテンを引き剥がし、生き生きとするためなら！　誰でも良いんだ。僕は気難しくないのさ。道路清掃人で良いんだ。郵便配達人でも、このフレンチレストランのウェイターでも良いのさ。親切なオーナーシェフならさらに良いのだが。そんな彼のにこやかさは自分自身のために取っておいてあるようだ。彼は、誰か特別なお客には手ずからサラダを和えるのさ。どれが特別なお客だろう？　自問してみるんだ。そし

てなぜ？　そして彼は、イヤリングをつけた女性に何を言っている
んだろう？　彼女は友だちだろうか、それとも常連客だろうか？　テー
ブルに着くとすぐ、混乱や不確かさ、可能性、推測が愉快にぶつか
り合うのを感じるのさ。たちまちイメージが湧いてくるんだ。僕は
自分自身の想像力の豊かさに当惑するのさ。ここにある椅子、テー
ブル、そしてランチを楽しむ人びとなら、すべてたっぷりと、自在
に描写できるだろうな。僕の心はあちこちで鼻歌を歌い、あらゆる
ものに言葉のヴェールを掛けるんだ。話すことは、ワインについて
ウェイターと話すときでさえ、爆発を引き起こすことなのさ。打ち
上げ花火が上がる。金色の種が落ちてきて穀物を実らせる、僕の想
像力の豊かな土壌に。この爆発がもたらす全く意外な作用——そ
れが人と交わる喜びだ。僕は、知らないイタリア人のウェイターと
混ざり合ったぞ——こんな僕って何？　この世に安定など無いのさ。
あるものにこんな意味があると誰が言えるだろう？　発せられた言
葉の作用を誰が予知できるだろう？　それは木々の上を飛んでいく
風船だ。知識を話してもむだざ。すべては実験であり冒険。僕た
ちはずっと、おびただしい未知のものたちと混ざり合っているのさ。
何が起こるんだろう？　僕には分からない。でもグラスを置きなが
ら思い出すんだ。僕は婚約している。今晩友人たちと食事をする。
僕はバーナード、僕自身さ」

「八時五分前だ」ネヴィルは言った「早く来たのさ。定刻の十分前
にテーブルの僕の席に座った。期待に満ちた瞬間瞬間を味わうため
に。ドアが開くのを見るとつぶやく。『パーシヴァルか？　いや、パー

シヴァルじゃない。』『いや、パーシヴァルじゃない』と言うのが嬉しいなんてどうかしているな。ドアが開いたり閉じたりするのをもう二十回も見たけど、そのたびごとに胸の高鳴りが強くなるぞ。ここに彼が来る。このテーブルに彼が座る。ここに、信じられないようだけど、生身の彼が来るのだ。ここにあるテーブルや椅子、金属製の花瓶と三本の赤い花、これらが驚くべき変化を遂げようとしている。すでにこの部屋は、スイングドアごと、テーブルに山と盛られた果物や骨付きローストビーフもろとも、揺らめき、夢の中の光景のように見える。何かが起こるのを人が心待ちにする時はそんなものだ。いろいろなものがかすかに揺れている、まだ存在していないかのように。何も置かれていないテーブルクロスの白さがまぶしい。まわりで食事をしている人びとの敵意や無関心は耐えがたいな。視線が合う。お互いに知らないと分かると、じろっと見た後で視線をそらす。そんな視線を浴びるとむちで打たれたような気になる。その中に世の中のありとあらゆる残酷さや無関心を感じるのだ。もし彼が来なかったら、僕はそれに耐えられない。立ち去ってしまうだろう。でも今、誰かが彼を見ているに違いない。タクシーに乗っているに違いない。あるいはどこか店の前を通り過ぎているに違いない。そして一瞬一瞬、彼はこの部屋に、このひりひりと痛む光を、この強烈な存在感を注ぎ込んでくるようだ。そのためいろいろなものが普段の役割を失ってしまった——このナイフの刃は閃光に過ぎず、何かを切る道具ではないのだ。普通のものが消えてしまった。「ドアが開く。けど彼は来ない。あそこでぐずぐずしているのはル

イスだ。自信と臆病さが奇妙に混じっているのは彼らしいな。鏡に映った自分の姿を見ながら入ってくるぞ。髪にさわった。自分の見た目が気に入らないのだ。彼は言う、『僕は公爵——昔から続く家系の末裔。』彼は辛辣で疑い深く、横暴で気難しい（パーシヴァルと比べているのさ）。同時に畏敬すべきやつだ。なぜなら彼の眼は笑っているから。僕に気づいたぞ。こっちに来る」

「スーザンだ」ルイスは言った「僕たちに気づいていないぞ。着飾っていないな。軽薄なロンドンを軽蔑しているからさ。スイングドアのところで一瞬立ち止まり、あたりを見回している。ランプの光に目がくらんだ動物のようだ。歩き出したぞ。彼女の動きはひっそりしているけど自信にあふれ、（テーブルや椅子の間を歩くときでさえ）野獣のようだ。どこを歩けば良いか本能で分かるのかな。小さなテーブルの間を縫いながら、どのテーブルにも触れず、ウェイターに尋ねもせず、それでも隅にある僕たちのテーブルにまっすぐ向かってくる。僕たち（ネヴィル、そして僕）に気づいた。驚くほど確信に満ちた表情になったぞ。まるで獲物を手に入れたかのようだ。スーザンに愛されるとは、鳥の鋭いくちばしで串刺しにされること、農家の庭扉に釘で打ち付けられることなのだろう。しかしふとした瞬間に、くちばしで突き刺されたい、庭扉に釘で打ち付けられたいと思うかもしれないな、みずから進み、躊躇せず。

「ローダが来た。どこからともなく、僕たちが見ていないうちにこっそりと入ってきたな。何度も止まり、向きを変えながら歩いてきたに違いない。ウェイターの後ろに隠れたかと思うと、次は彫刻を施

した柱の陰に隠れ、見つかったときに受けるショックをできるだけ長く先延ばしにし、心乱されずあと少しだけ、水盤に浮かべた花びらを揺すっていたかったのさ。僕たちは彼女を目覚めさせ、ひどく苦しめるのだ。彼女はみんなを恐れ、ひどく嫌っているけど、身をすくめながらそばにやってくる。なぜなら、確かに僕たちは残酷だけど、ここにはいつも親しみのある名前や顔があり、それが輝きを放って彼女の行く道を照らし、彼女がふたたび夢を描くのを可能にしてくれるからさ」

「ドアが開く。次々に開く」ネヴィルは言った「でも彼は来ない」

「ジニーだわ」スーザンは言った「ドアを開けて立っている。すべてが静止したみたい。ウェイターが立ち止まる。ドアのそばのテーブルで食事をしていた人たちも見る。彼女はすべてのものの中心にいるみたい。彼女のまわりでは、テーブルや並んだドア、窓、天井、すべてが輝き出すの。蜘蛛の巣状にひび割れた窓ガラスが、その中心で瞬く星の光に燦めくように。彼女はいろいろなものを一点に引き寄せ、秩序づける。私たちに気づいたわ。歩いてくる。すると彼女が四方に放つ光線はさざ波立ちながら流れ、みんなの上で揺れる。そのため私たちには新しい感覚が満ちてくるの。みんな変わる。ルイスがネクタイに手をやるわ。ネヴィルは、〈さっきから気丈に座って待っているけど苦しそうね、〉いらいらと目の前のフォークをまっすぐにするの。ローダは驚いて彼女を見るわ、まるでかなたの地平線に火が燃え立ったかのように。そして私は、濡れた草や湿った畑、屋根を打つ雨の音や家に吹きつける冬の突風で心を覆い、魂を彼女

から守るけど、彼女の嘲笑が次第に私のまわりに聞こえ、彼女の笑い声が炎のように私に絡みつき、着古した私のドレスや先のすり切れた指の爪を容赦なく照らし出す気がするの。だから私はすぐ、両手をテーブルクロスの下に隠す」

「彼はまだ来ない」ネヴィルは言った「ドアが開いたけど彼じゃない。バーナードだ。コートを脱ぐとき、青いシャツが脇の下まで見えたぞ。あいつらしいな。そしてそれから、ここにいる僕たちと違い、あいつは自分でドアを押し開けずに入ってくる。見知らぬ人でいっぱいの部屋へ入るとは思っていないのだ。鏡も覗かない。髪もぼさぼさだけど気にしていない。僕たちがお互いに違うことや、このテーブルが目的地だということが分かっていないのさ。ここへ来る途中でぐずぐずしているぞ。あれは誰だろう？ と自問するのだ。きらびやかなマントを羽織ったその女性をうっすら知っているからさ。あいつはみんなをうっすら知っているけど、実は誰も知らないのだ（パーシヴァルと比べているのさ）。しかしやっと僕たちに気づくと、手を振りながら親愛のこもった挨拶をする。あいつの一生懸命手を振る姿には優しさ、つまり人類愛があふれているので（ユーモアを交えて『人類を愛すること』はむだじゃないと言っているみたいだ）、たとえそれがパーシヴァルへの挨拶でなくても、〈パーシヴァルは人類愛なんてまったくばかばかしいと片付けてしまうさ、〉誰しも感じるだろう、すでにほかのみんなが感じているように、今日は僕たちのお祭りだ、今日僕たちは一堂に会するのだ、と *38*。でもパーシヴァルがいないと確信が湧かない。僕たちは影、うつろな

幻影、霧がかかって背景が見えない中を彷徨う」

「スイングドアが何度も開く」ローダは言った「知らない人たちが次々に入ってくる。二度と会うことはないだろう人たちが。その人たちは私たちの横をかすめるけど、不愉快そうで、なれなれしく、私たちには無関心で、世界は君たちがいなくても続くのさ、と顔に書いてあるの。私たちは深く沈むことも、自分の顔を忘れることもできない。私には顔がなく、入ってくるときに何も変えないけど（スーザンとジニーは姿勢や表情を変えるわ）、こんな私でさえ震えるの。ひとりぼっちで、どこにも根を下ろせず、心はばらばらで、緩衝地帯や途切れない堀や壁を築き、知らない人たちの体が向かってくるのを防ぐこともできないわ。それはネヴィルのせい、彼の苦しみのせいなの。苦しみのため彼が激しく息をすると、私の存在は飛び散ってしまうわ。すべてが落ち着かず、静まらない。ドアが開くたび、彼はテーブルをじっと見つめ──決して眼を上げようとしない──それからちらっと見て言うの、『彼じゃない』って。でもほら、彼よ」

「ついに」ネヴィルは言った「僕という木に花が咲く。心がよみがえる。重苦しい気持ちがすっかり吹き払われた。障害はすべて取り払われた。あたりにはびこる混沌が終わったのだ。彼は秩序をとり戻した。ナイフの切れ味が戻る」

「パーシヴァルだわ」ジニーは言った「着飾っていないのね」

「パーシヴァルだ」バーナードは言った「髪をなでつけているけど虚栄心からじゃなくて（鏡は覗きこんでいないし）、礼儀の神を鎮めるためさ。彼は昔気質（むかしかたぎ）な男、そして英雄だ。少年たちは一団とな

り、彼の後をついて運動場を横切っていたな。彼が鼻をかむと少年たちもかむけど、様になっていなかったな。それは彼がパーシヴァルだからさ。彼が僕たちのもとを離れてインドへ行こうとしている今、こんなつまらない情景がよみがえってくるんだ。彼は英雄。そう、それは否定できず、彼がスーザンのそばに座ると、〈彼はスーザンが好きさ、〉式典に王がお出ましになったようだ。僕たちはジャッカルのように相手の踵に噛み付きながら吠え立てていたけど、今や落ち着き、自信にあふれ、司令官と共に戦う兵士たちに見えるぞ。僕たちは若さゆえに自分の殻に閉じこもり（最も年上でさえまだ二十五歳になっていないな）、一生懸命生きる鳥のようにそれぞれ自分自身の歌を歌い、若さにつきものの残酷で獰猛なうぬぼれから自分自身のカタツムリの殻をこつこつ叩いて割ってしまい（僕は婚約したのさ）、あるいは寝室の窓辺にひとり止まり、愛を歌い、自分が有名になったとかいう独身らしい出来事を歌っていたんだ、くちばしに黄色い羽毛の生えたひな鳥に向かい、心からの愛情を込めてね。だけど今、こうして互いの近くにいるんだ。そしてこのレストランで止まり木の上を少しずつ移動しながら互いに近づくと〈ここでは皆の関心が折り合わず、通りをひっきりなしに行き交う車でいらいらと気が散り、ガラスを張った玄関ホールのドアが絶えず開くのさ〉、僕たちは無数の誘惑に駆られ、同時に自信が傷つき、痛手を負うんだ――ここに一緒に座りながら、お互いに愛し合い、同時に自分自身の忍耐力にすがっているのさ39」

「さあ孤独の暗やみから出てこよう」ルイスは言った。

「包み隠さず率直に、心の中にあるものを語り合おう」ネヴィルは言った「僕たちの孤独、今この瞬間に対する心の準備は終わったのだ。秘密を守り、隠れ、人目を忍ぶ日々、階段での驚くべき発見、恐怖と歓喜の瞬間が」

「懐かしいミセス・コンスタブルがスポンジを持ち上げると、温かさが体に激しく降り注いだな」バーナードは言った「僕たちはこの変化する、この知覚する肉体の衣に包まれたんだ」

「ブーツ磨き少年が家庭菜園で皿洗い女に言い寄ったの」スーザンは言った「まわりでは洗濯物が風をはらんでいたわ」

「風がそよぐと虎があえいでいるような気がしたの」ローダは言った。

「その男は溝に横たわり、喉をかき切られて血の気が失せていた」ネヴィルは言った「そして二階に行こうとしても階段を一歩も上ることができなかった。恐怖に身のすくむリンゴの木が立ちはだかり、銀色の木の葉はじっと動かなかった」

「生け垣の葉っぱが踊っていたわ、誰も息を吹きかけていないのに」ジニーは言った。

「日射しの強い壁ぎわで」ルイスは言った「花びらが深い緑の上を泳いでいたな」

「エルヴドンでは庭師たちが大きな箒で一生懸命掃いていたぞ。そして女性がテーブルに腰掛けて書き物をしていたな」バーナードは言った。

「きつく巻いたそれぞれの糸玉から、僕たちはすっかり糸を引き出したのだ」ルイスは言った「思い出すな、こうして会うと」

「そしてその時」バーナードは言った「辻馬車がドアの前に来たんだ。そして、みんな真新しい山高帽をぎゅっと目深にかぶって女々しい涙を隠し、通りを走っていったのさ。そこでは女中たちまで僕たちを見ていたな。そしてみんなの名前が白い字で書いてある荷物箱は、僕たちが学校に上がることを世界中に布告していたんだ。箱の中には規則で決められた数のくつ下やズボン下が入っていて、お母さんたちが幾晩もかけてイニシャルを刺繍しておいてくれたのさ。母体からの二度目の分離」

「そしてミス・ランバートにミス・カッティング、ミス・バードは」ジニーは言った「堂々とした女性たちで、白い襟飾りをつけ、石のような色の洋服を着て、謎めいた雰囲気を漂わせ、〈アメジストの指輪が細長ろうそくの清らかな光のように、仄かに光るツチボタルのようにフランス語や地理、算数の広げた教科書の上を這い回っていたな、〉私たちを統率していたの。そして地図や緑色のベーズ生地を貼った掲示板が掛かり、下駄箱には靴が並んでいたわ」

「ベルが時間通りに鳴っても」スーザンは言った「少女たちはけんかをしたり、くすくす笑ったりしていたわ。皆いっせいに椅子を机に入れ、いっせいに椅子を机から引き出したな。床はリノリウム張りだったわ。でもある屋根裏部屋から青々とした景色が見えたの。遠くに見える野原は、あの規則ずくめで偽りの生活のように堕落していなかったわ」

「私たちの頭からヴェールが垂れ下がっていたわ」ローダは言った「私たちが花々を抱きしめると、花輪の中で緑の葉っぱがかさかさ

音を立てたの」

「みんな変わり、見分けがつかなくなった」ルイスは言った「こんなにも違ったいろいろな光に照らされ、それぞれの中にあったものが、（僕たちはみなとても異なっているから）とぎれとぎれに、けばけばしい斑点となって、点々と、表面に現れたのだ、まるで酸のしずくが大きさも間隔もばらばらに、ぽたぽたと板の上に落ちたように。僕はこんなだったし、ネヴィルはそんな風で、ローダも違うし、バーナードもさ」

「その時カヌーが、パステル色の柳の枝の間を滑るように下っていった」ネヴィルは言った「そしてバーナードは、彼らしくまわりに無頓着な様子で、広大な芝生やとても古くからある建物に向かって進んでいたけど、僕のそばまで来ると草の上にどさっと倒れたのさ。激情に駆られるうちに——風だってこれほど猛り狂わないだろうし、稲妻だってこれほど突然走ることはないだろうな——僕は自分の詩を手に取り、それを投げつけ、部屋を飛び出しざまにドアをばたんと閉めたのだ」

「僕は、しかし」ルイスは言った「君たちと音信が途絶えてしまい、毎日オフィスに座って日めくりカレンダーを破り、世界中の船舶仲買人や雑穀商、保険計理士に、十日金曜日とか十八日火曜日がロンドンの金融街でも始まったことを知らせていたのだ」

「その時」ジニーは言った「ローダと私は、肌も露わに鮮やかな色のドレスを着て、数個の宝石が燦めくネックレスを首のまわりに冷たく感じながら、お辞儀をしたり、握手したり、お皿からサンドイッ

チを取りながら微笑んだりしたわ」

「虎が飛び込んできたわ。そしてツバメが翼を暗い小さな池にちょっと浸したの、世界の反対側では」ローダは言った。

「しかしここに今、みんな一緒にいる」バーナードは言った「一堂に会したんだ、今日この時に、まさにこの場所に。僕たちをこの交わりに惹きつけるのは、ある深い、共通の感情。それを呼んでみるのにふさわしい言葉は『愛』だろうか？　『パーシヴァルの愛』と呼んでみようか？　なぜってパーシヴァルがインドへ行くからさ。

「いや、それはあまりに小さく、あまりに特定の人間と結びついた名前だ。広々とした僕たちの感情をこんな小さな言葉で呼ぶことはできないのさ。一堂に会し（北から、南から、スーザンの農場から、ルイスの商社から）、一つのことをするんだ。それは永続しないけど──なぜって、永続するものなんてあるかな？──、多くの眼が同時に見守るのさ。一本の赤いカーネーションがその花瓶に挿してあるだろ。そのたったひとつの花しか、僕たちがここに座って待っているときにはなかったけど、今は七面の花が、多くの花びらを付け、赤から赤紫、紫のグラデーションに染まり、銀色がかった葉をつけ凛と咲いているんだ──すべてがひとつになったこの花に、みんなの眼が独自の光を注いでいるのさ*40*」

「気まぐれな興奮と、どうしようもない無気力感が若いときにはあったけど」ネヴィルは言った「光が今、現実の物に当たっている。ここにナイフとフォークがある。世界がその姿を現したのだ。そして僕たちも。だからみんなで話ができるのさ」

「僕たちはみな違うけど、たぶんあまりに大きく違うので」ルイス
は言った「どう違うかなんて説明できないのだ。でもやってみよう。
僕は入ってくるときに髪をとかした。君たちみんなと同じような容
姿になりたかったからさ。しかしできない。それは君たちのように
一つの人格として完結していないからだ。僕はすでに無数の人生を
生きた。毎日墓を暴く——掘り起こすのさ。自分自身の遺骨を砂
浜で見つけ出すのだ。そこは女性たちが何千年も前にたどり着いた
ところで、その時僕は、歌声がナイル川のほとりに響いたり、鎖に
繋がれた獣が足を踏みならしたりするのを聞いた。君たちが傍らに
見るもの、この男、このルイスは、かつて輝かしかったものの燃え
かすやごみに過ぎない。僕はアラブの王子だった。この優雅なしぐ
さを見給え。エリザベス朝の偉大な詩人だった。ルイ十四世の宮廷
で公爵だった。僕はとてもうぬぼれが強く、自信に満ちている。抑
えようもなく、女性たちにため息をつきながら同情してほしいのだ。
今日は昼食を食べなかったけど、それはスーザンには痩せこけてい
るなと思ってもらいたかったし、ジニーには芳醇な香油にも似た思
いやりの気持ちを伝えてもらいたかったからさ。しかしスーザンと
パーシヴァルには敬服するけど、他の人間は嫌いだ。なぜって彼ら
のためだからさ、こんな突飛な行動をとったり、髪をとかしたり、
訛りを隠したりするのは。僕は小猿で、けたたましく鳴きながら木
の実をかじり、君たちは野暮ったい女どもで、てかてか光る袋をぶ
ら下げ、中には古い菓子パンが入っているのだ。僕はまた檻の中の
虎でもあり、君たちは飼育係で赤く熱した鉄棒を持っているのさ。

つまり、君たちよりも獰猛で強いけど、僕は地上に現れた亡霊で、幾世代にもわたりこの世にいなかったから、きっと疲れ切ってしまうだろうな、君たちに笑われないかと恐怖におののいたり、煤で汚染された強風を避けるため風下に舵を切ったり、鋼の輪のような明晰な詩を作ろうと努力したりしながら。その詩は、だまされやすい男たちと歯の悪い女たち、教会の尖塔と上下に揺れる山高帽の群れを繋ぐのだ。もっともそれらを目にするのは、昼食を食べながら、詩集——ルクレティウスかな？——を調味料入れやグレイビーソースのはねかかった献立表にもたせかける時だけど」

「でも君は決して私を憎まないわ」ジニーは言った「私を見れば必ず、たとえ君が金色の椅子や大使たちでいっぱいの部屋の向こう側にいても、私に会うために部屋を横切り、同情を求めてくるでしょう。私がたった今入ってくると、すべてがそのままの姿で静止したの。ウェイターが立ち止まり、食事をしていた人たちもフォークを上げたまま固まったわ。落ち着き払った雰囲気を漂わせていたのね。席に着くと、君たちはネクタイに手をやり、あなたは両手をテーブルの下に隠したわ。でも私は隠さない。何が起きても平気よ。ドアが開くたびに叫ぶ、『もっと！』って。でも私の想像力は肉体から生まれるの。何も想像できないわ、この体が周囲に投げかける光の向こうには。体が自分より先に進むの。それはまるで、ランタンを持って暗い小道を行くと、いろいろな物が次々と、暗やみから丸い光の中に現れてくるようだわ。あなたたちをまぶしがらせるの。これがすべてだってあなたたちに信じさせるわ」

「でも君がドアを開けて立つと」ネヴィルは言った「すべてを静止させ、賞賛を求める。そしてそれが大きな障害となり、自由に会話できなくなるのだ。君がドアを開けて立つと、否応なしに僕たちは気づく。でも君たちは誰も、僕がやってくるのに気づかなかった。早く着いたのだ。急いで、寄り道せずに来た、ここへ、愛する人のそばに座るために。僕の人生に備わる迅速性は、君たちの人生には無い。僕は臭跡を追う猟犬のようだ。夜明けから夕暮れまで狩りをする。何も完璧さを追求して砂漠を渡ること以外は、名声も、富も、僕には意味が無い。富を築き、名声も得るだろう。しかし欲しいものを決して得ることはないだろう。というのもこの肉体は美しくなく、それにつきものの勇気も持ち合わせていないから。僕の精神の明晰さは、この肉体には強すぎるのだ。目標に到達する前に失敗し、どさっと倒れ、起き上がる気力もない。こんな姿を見たらまわりの人間は不愉快だろうな。僕が人生の危機に出会うと、まわりの人間は同情を覚える、愛情ではなく。だから恐ろしいほどに苦しいのだ。でも苦労して、ルイスのように自分自身を素晴らしい人間に見せようとはしない。僕はあまりに潔癖に、ありのままの自分でありたいと思っているので、あんなふうに人をだまし、見栄を張ることはできないのだ。僕の見るものはすべて――ただ一つを除いては――完璧な明晰さを備えている。それが救済。それこそが僕の苦しみに絶え間のない刺激を与えてくれる。それがあるからこそ声に出して物語るのだ、たとえ沈黙しているときでも。そして僕はある点で思い違いをしているから、人間はいつも変化するものだから、〈欲望

はそうでもないけど、〉そして朝にはまだ、夜になったら誰のそば
に座るのか分からないのだから、決して沈滞しない。僕にとって最
大の不幸から立ち上がり、向きを変え、変わるのだ。小石が、僕の
筋骨隆々として引き締まった肉体を守る鎖帷子で跳ね返る。こんな
ことを続けるうちに、次第に年をとるのだ」

「もしも」ローダは言った「何かを続けるうちに少しずつ年をとり、
変わっていくと信じることができたら、この恐怖は消え去るでしょ
う。でも何も持続しないわ。ある瞬間が次の瞬間に繋がらないの。
ドアが開き、虎が飛び込んでくるわ。あなたたち、私が来るのに気
づかなかったでしょう。並んだ椅子をぐるりと回り、跳びかかって
くる恐怖を避けていたの。あなたたちみんなが怖いわ。私に襲いか
かる衝撃的な感覚が怖いの。なぜって、それをあなたたちのように
やり過ごすことができないからよ——ある瞬間を次の瞬間に繋げ
ることができないの。私にとってそれらはすべて凶暴で、すべてばら
らばらだわ。そしてもしも跳びかかってくる瞬間の衝撃で倒れたら、
あなたたちは私の上に乗り、八つ裂きにするでしょう。目標が見え
ないの。分からないわ、一分一分、一時間一時間をどうやって過ご
し、どうやって苦もなくそれらに意味を与え、やがてそれらが一つ
の分かちがたい塊、つまりあなたたちが人生と呼ぶものになるのを
どうやって待てば良いのかが。あなたたちには目標が見えているか
ら——それはある人の横に座ること？ ある計画？ 美しくなるこ
と？ 私には分からないわ——あなたたちの日々、ひと時ひと時は
過ぎていくの、ちょうど森の木々の大枝を見上げながら、滑らかな

草に覆われた森の乗馬道を、猟犬が臭跡を追って走るように[41]。でも、たったひとつの臭跡すら、たったひとつの肉体すら、私には追いかけるものがないわ。そして私には顔がないの。私は、泡立ちながら砂浜にさっと広がる波、あるいは月光のようだわ。その光は矢のように降り注ぐの。その一本はブリキ缶に、別の一本は棘だらけの葉を鎧のように纏ったエリンギウムに、あるいは骨だけになり朽ちかけた小舟に。私はぐるぐる回りながら大きな洞窟の奥へと運び去られ、紙のようにはためきながらどこまでも続く廊下の奥へと吸い込まれるから、手を壁に押しつけて自分を引き戻さなければいけないわ。

「でも、私は何よりも心の拠り所がほしいから、ジニーとスーザンの後をついてのろのろと階段を上るとき、目標が見えているふりをするの。彼女たちがストッキングをはくのを見ながら、私もストッキングをはくわ。あなたたちが話すのを待ってから、私も同じように話すの。私はここに引き寄せられるようにロンドンを横切り、ある特別な地点、特別な場所へやってきたけど、それは君やあなた、君に会うためじゃなくて、みんなが放つ輝きで私の心に火をともすためよ。あなたたちは一つの分かちがたい人生を何の苦もなく生きているもの」

「今晩部屋に入ってきたとき」スーザンは言った「私は止まり、あたりをじっと見た。動物がその両眼を地面すれすれに近づけるように。絨毯や家具、香水の臭いにむかむかするわ。私は、湿った野原をひとりで歩いたり、門で立ち止まり、セッター犬がくるくる回り

ながらににおいを嗅ぐのを見つつ、『野ウサギはどこ？』と尋ねたりするのが好きなの。一緒にいるのが好きなのは、ハーブをねじり取ったり、火の中につばを吐いたり、サンダルを履いてゆっくりと長い廊下を歩いていく人たちよ、お父さんのような。私に分かる言葉は、愛や憎しみ、怒り、苦痛の叫びだけだわ。今の会話は老婦人の衣服を脱がそうとするようなものね。その衣服は、見たところすでに彼女の体の一部になっているのに。でも今、私たちが話すにつれ、衣服に隠れた彼女の肌はピンクに色づくの。太ももにはしわが寄り、乳房も垂れ下がっているのに。あなたたちが話をやめると、あなたたちはふたたび美しくなる。ありのままでいる幸せ以外のものは決して望まないわ。それでほとんど満足なの。疲れて眠りにつくでしょう。季節ごとに作物の実る畑のように横たわるわ。夏には暑熱が私の上で踊り、冬になると寒さに凍えるの。でも暑さ寒さは自然に繰り返すわ、望もうと望むまいと。子供たちが私を運び続けるの。歯が生え、泣き叫び、学校に行って帰ってくるのは、波が私の漂う海を渡っていくようでしょう。毎日必ず何かが変わるわ。私はあなたたちの誰よりも高く持ち上げられるの、季節の波の背に乗って。ジニーよりも、ローダよりも多くのものを手に入れ、やがて死ぬでしょう。けれども一方で、あなたたちが様々に感情をさざ波立たせながら、数え切れないほどの瞬間、他人の意見や笑いに応じる傍らで、私は不機嫌に押し黙り、心は嵐の空のようで、一面紫色になるわ。なりふり構わず頑固に振る舞うこともあるでしょうけど、それは獣のようでありながらも美しい情熱、そう、母性のためなの。子供た

ちの幸せのためなら何でもするわ。子供の欠点に目を向ける人間を
憎むでしょう。卑劣な嘘をついてでも助けるの。子供たちに命じて
私を守らせるわ、あなたから、君から、そしてあなたからも。そし
てまた、私は嫉妬にさいなまれるの。ジニーが憎いわ、だって彼女
のために自分の手が赤らんでいることや、爪がすり切れていること
を意識するんだもの。私は獰猛なまでに愛するから、もしも私の愛
する人が、逃げられるさ、なんて言葉にしたら死んでしまうわ。彼
は逃げていき、残された私は風船玉の紐をしっかりつかもうとする
の。その紐は葉叢の中に見え隠れしながら、木々の頂を滑っていく
わ。私は言葉が理解できないの」

「もしも生まれながらにして」バーナードは言った「言葉が次々に
繋がっていくことを知らなかったら、僕はことによると、誰にも分
からないけどさ、何者かになっていたかも知れないな。ところが実
際は、あらゆる場面で言葉が繋がっていくので、自分の中に留まる
ことができなくなるんだ。言葉が渦を巻き、煙の輪のようにまわり
に立ち昇るのが見えないと、暗やみに放り出され──消えてしま
うのさ。ひとりでいると無気力になり、燃えかすを火床の格子ごし
に突きながら、陰鬱に独り言を言うんだ、ミセス・モファットが来
てくれるとね。彼女が来てすっかり掃除してくれるさ。ルイスはひ
とりでいると信じがたいほど集中してものを見ることができるから、
彼の記す言葉は僕たちの誰よりも長く残るだろうな。ローダは孤独
を愛している。彼女が僕たちを恐れるのは、自分が存在していると
いう感覚、孤独の中で最も強く感じることのできる存在を僕たちが

粉々に砕いてしまうからさ——彼女がフォークを握る姿を見ろよ——まるで武器を持って僕たちに立ち向かうようだ。でも僕が存在するのは、鉛管工、あるいは馬商人、あるいは誰でも構わないけど、彼らが何かを言って僕を輝かせる時だけさ。その時なんと愛らしく、煙のような僕の言葉が、立ち昇っては降り、風にひらひらと翻りながら降ってくることか、赤いロブスターや黄色い果物の上に。そしてそれらを編み合わせ、一つの美しい情景に昇華させるんだ。しかし見よ、なんて見かけ倒しの言葉たちだろう——本当にひどい言い逃れやとことん色あせたまやかしからできているぞ。だから僕の性格の一部は、他の人間が僕に与えてくれる刺激からできていて、僕自身のものじゃないんだ、君たちと違って。僕には何か致命的な傾向、曲がりくねりでこぼこした銀の鉱脈があるから、軟弱な性格をしているのさ。だからよくネヴィルを学校で激怒させたんだ、置き去りにして。自慢話の好きな少年たちと一緒に出かけたのさ。彼らは小さな帽子にバッジをつけ、よく大きな馬車に乗って出かけていったな——そのうちの何人かが今晩ここにいるぞ。一緒に食事を楽しみ、きちんとした身なりで、この後は完全に歩調を合わせ、演芸場へ繰り出すんだろうな。彼らを愛していたんだ。なぜって、彼らといると自分の存在を確信できるからさ、君たちといるのと同じぐらいね。だから、また、君たちと別れ、僕の乗った列車が出発するとき、君たちも感じるだろうな、いなくなるのは列車じゃなくて僕、バーナードだと。まわりに興味を失い、何も感じられなくなり、切符も持たず、おそらく財布までなくしてしまったこの男だと。スー

ザンは、ブナの葉叢の中に見え隠れしつつ飛んでいく紐を見つめながら叫んでいる、『彼が行ってしまった！　私から離れていってしまった！』と。なぜって、何もつかむものがないからだ。僕は絶え間なく作られ、作り直されるのさ。さまざまな人間がさまざまな言葉を僕から引き出すんだ。

「だからひとりじゃなくて五十人いるのさ、僕が今晩横に座りたいと思う人間は。でも僕は君たちの中でただひとり、ここで寛いでいる。馴れ馴れしい態度もとらずにだ。下品ではないし俗物でもないのさ。その気になっているときに仲間から促されると、しばしば巧みな弁舌で、何か難しい話題を話の中にうまく挿入するんだ。僕の繰り出した小ネタときたら、何もないところからぱっとひねり出したのに、こんなにも皆を楽しませているぞ。僕はものを蓄えないし──古着を入れた物入れしか残さずに死ぬだろうな──どうでも良い世の中の些事には〈ルイスはそれらに大層苦しんでいるけど〉ほとんど関心がないのさ。でも多くを犠牲にしてきたな。僕には鉄や銀の鉱脈が走り、ありふれた泥も堆積しているから、全神経を集中してこぶしを固く握りしめることなんてできないんだ。それができる人間は、他人が刺激を与えてくれなくても存在できるのさ。僕はルイスやローダのように、自分に打ち克つことも勇敢に行動することもできないんだ。決して、話すときでさえ、完璧な言葉を生み出すことはできないだろうな。けれども、過ぎゆく瞬間に対しては、君たちの誰よりも多くのものを与えることになるだろう。君たちの誰よりも多くの部屋に、多くの様々な部屋に入っていくだろう。し

かし僕の外からやって来るものはあっても、中から生まれてくるものはないのだから、忘れ去られるだろうな。僕の声が止むと、君たちはもう僕のことを思い出すことはないのさ、かつて果物を言葉に昇華させた声の木霊としてなら思い出すかも知れないけどね」

「見て」ローダは言った「聴いて。ねえ、光がどんどん鮮やかになっていくわ。一瞬ごとに、輝きと成熟が至る所に宿るの。そして私たちの視線は、この部屋中のテーブルを滑っていきながら、さまざまな色のカーテンを、赤色、橙色、黄土色、あるいは風変わりなパステルカラーをしたカーテンを次々に押しわけ通り過ぎていくようね。カーテンはヴェールのように揺れ、視線が通り過ぎると閉じ、あるものが別のものに溶け込むの」

「そうね」ジニーは言った「私たちの感覚は広がったわ。膜状の神経網が青白くだらりと横たわっていたけど、今や膨らんで広がり、私たちのまわりに浮かんでいるの、細く伸びた糸たちのように。そのお陰で空気を肌で感じることができるし、前には聞こえなかった遠くの音を捉えることもできるわ」

「ロンドンの轟音が」ルイスは言った「僕たちを取り囲んでいる。自動車に小型トラック、バスがひっきりなしに通り過ぎていく。すべてが溶け合い、回転する車輪のような一つの音になる。すべての異なる音が——車輪も、鐘も、酔っ払いや浮かれ騒ぐ人びとの叫び声も——激しくかき回されて一つの音になるのだ、はがね色で円形の。その時汽笛が鳴る。同時に陸地が次第に見えなくなり、煙突の群れが低くなり、船は外洋に向けて進んでいく」

「パーシヴァルが出発しようとしている」ネヴィルは言った「僕たちはここに座り、いろいろなものに取り囲まれ、照明を浴び、いろいろな色を身にまとっている。すべてのものが——手も、カーテンも、ナイフとフォークも、食事をする他の人びとも——互いに混じり合っているぞ。僕たちは壁に守られてここにいる。しかしインドはこの外に横たわっているのだ」

「インドが見えるぞ」バーナードは言った「低い海岸線が長く続いているな。曲がりくねった小道は踏みつけられた泥でおおわれ、今にも壊れそうなパゴダの間を見え隠れしながら続いているぞ。胸壁に銃眼を備えた金色の建物は脆く崩れそうで、まるで東洋博覧会の間だけ設営された建物のようだ。二頭の去勢牛が低い荷車を引きずり、強い日差しで干上がった道をいくぞ。荷車はがたがたと左右に揺れるな。片方の車輪が轍にはまり込んだぞ。すぐに数え切れないほどの原住民が、腰に布を巻いてそのまわりに群がり、興奮してぺちゃくちゃとしゃべっているな。しかし彼らは何もしないんだ。時間は果てしなく過ぎていくようで、何を切望しても無駄さ。あたり一帯に立ち込めるのは、人間が努力することのむなしさだ。奇妙な酸っぱい臭いがするぞ。老人がひとり、溝でキンマの葉を噛みながら、自分のへそをじっと見ているのさ。しかしついに、見よ、パーシヴァルが進み出るんだ。パーシヴァルはノミのたかった牝馬に乗り、日よけヘルメットをかぶっているぞ。西洋では当たり前のやり方を、相変わらず彼らしい乱暴な言葉遣いで命じると、去勢牛のひく荷車は五分とたたないうちに轍を抜け出すのさ。東洋の問題は解決した

んだ。彼が馬に跨がると、群衆は彼のまわりに群がり、彼を見るの
さ。まるで彼が——実際そうなんだが——神であるかのようにね」
「分からないの、秘密があるのかないのか、でもどっちでもいい
わ」ローダは言った「彼はまるで池に落ちた石、まわりにヒメハヤ
が群がるの。ヒメハヤのように、私たちはこっちへ、あっちへと勢
いよく泳いでいたけど、彼が来るとみんな彼のまわりにさっと集まっ
たわ。ヒメハヤのように、大きな石があるのに気づくと、私たちは
嬉しそうに体をうねらせ、渦を巻くの。私たちはいつの間にか安心
感に包まれる。何か美しいものが血中を駆け巡るわ。いち、に、い
ち、に、心臓の鼓動は静穏で、安定し、何か夢うつつの幸福感にあ
ふれ、どこかうっとりとした優しさをたたえているの。そして見て
——地球の最辺縁部が——最果ての水平線上に見えるおぼろな影、
たとえばインドが、私たちの活動する場所になるわ。しぼんでいた
世界が丸くなるの。遠くの国々が暗やみから引き出されるわ。ぬか
るんだ道や鬱蒼としたジャングル、群衆、むくんだ動物の死骸を食
べるハゲワシ、これらが私たちの活動範囲で、私たちの誇らしく輝
かしい国の一部だと思えてくるの。それはパーシヴァルが、ノミの
たかった牝馬にひとり跨がり、人里離れた小道を奥地へと進み、人
気の無い森に野営し、ひとり座って巨大な山々を眺めるからよ」
「パーシヴァルこそが」ルイスは言った「静かに座っていても〈彼
がくすぐったい草の中に座っていると、そよ風で雲が切れ切れにな
り、ふたたび一塊になったな〉僕たちに分からせてくれるのだ、『僕
はこれ、私はあれ』と言おうとすることは、〈僕たちはこうして集

まり、ひとつの肉体や魂の別々の部分であるかのようにそう言うけど〉見せかけに過ぎないと 42。あるものは恐れから無視された。あるものは変えられた、虚栄心から。僕たちは違いを強調しようとした。僕たちはそれぞれ別の人間でありたかったから、自分たちの欠点や特徴を強調した。しかし一本の鎖がぐるぐる、ぐるぐると回っているのだ、はがね色の輪になり、僕たちの真下で」

「憎しみや愛は」スーザンは言った「まさに凄まじい真っ黒な流れなの。私たちの下で渦巻くそれを覗きこむとめまいがするわ。今私たちは岩棚の上にいるけど、下を見ると目がくらむの」

「愛なの」ジニーは言った「そして憎しみなの、スーザンが私に感じるのは。それはかつて私が庭でルイスにキスしたからよ。私はこのとおりきちんとした身なりをしているから、私が入ってくると彼女は思うわ、『私の手は赤い』って。そして隠すの。でも私たちの憎しみは愛とほとんど区別がつかない」

「しかしこの荒れ狂う水は」ネヴィルは言った「〈その上に僕たちは壊れそうな土台を築いているけど、〉よほど安定しているのだ、僕たちの発する狂気じみた、説得力がなく支離滅裂な叫びよりも、何か話そうとして立ち上がり、論理的に考えたつもりで唐突に口にする見せかけに過ぎない言葉、『僕はこれ、私はあれ！』よりも。話すことは見せかけに過ぎない。

「でも僕は食べるんだ。食べるにつれて物事の詳細が少しずつぼやけ、最後にはすっかり分からなくなるのさ。食べ物で押し潰されそうだ。次々に頬ばるローストダックの美味しさといったら、〈焼き

野菜の上に美味しそうに乗っているな、〉温かさ、厚み、甘み、苦みを代わる代わる絶妙に広げながら、口蓋を過ぎ、食道を下り、胃の腑に収まるのさ。体がどっしりと落ち着いたぞ。静けさと重力、心の落ち着きを感じるな。今やすべてが充実しているのさ。本能的に僕の口蓋は、欲し、期待しているぞ、甘さと軽やかさを、何か甘口で、すぐに消えていくものを。そこで冷えたワインを口に含む。するとそれは、ローストダックを味わったときよりも繊細な神経を、手袋のようにぴったりと覆う。この神経は口蓋から垂れ下がって震えているようで、僕の口腔は（飲むにつれて）ドーム状の洞窟へと広がり、ブドウの木は緑の葉に覆われ、ジャコウの香りを放ち、紫色のブドウがたわわに実るのだ。今なら僕はしっかりと見つめることができる、僕の真下で泡立つ水車用水路を。どんな特別な名前でそれを呼ぶべきだろうか？　ローダに話してもらおう。彼女の顔がぼんやりと向こう側の鏡に映っているぞ。ローダ、僕は君の邪魔をしたね。茶色の水盤に浮かべた花びらを揺すっていたとき、バーナードが盗んだポケットナイフのことを尋ねたんだ。愛は彼女にとって渦巻く水ではない。彼女は下を見てもめまいなどしない。彼女は僕たちの頭ごしに遙か彼方を見ている、インドの向こうを」

「そうよ、あなたたちの肩の間から、あなたたちの頭越しに、ある景色を」ローダは言った「ある谷間を。そこに向かって背もたれのような急峻な丘が幾つも駆け下っているわ、たたんだ鳥の羽のように。そこでは、短くて固い芝地の上に灌木が群生し、葉叢が暗いの。そしてその暗がりを背景に、何か影が見えるわ。白いけど石ではな

いし、動いているの、たぶん生き物ね。でもそれはあなたではないし、君でもない、あなたでもないの。パーシヴァルでも、スーザンでも、ジニーでも、ネヴィルでも、ルイスでもないわ。白い腕をひざに乗せて座っていると三角形に見えるの。立ち上がったわ——まるで柱ね。とうとう噴水のように跳躍したわ、そして着地するの。合図は送ってこないし、手招きもせず、私を見ることもないわ。その後ろでは海が荒れ狂っているの。それは私たちの手の届かない所にあるわ。でも私はそこに向かっていくの。そこに行き、空しさを満たすわ。夜を引き延ばし、どんどん夢で満たすの。そして一瞬だけど、ちょうど今、まさにここで、自分の欲しいものに手が届いたから言うわ、『もうこれ以上彷徨（さまよ）わない。ほかのものはすべて試してみただけ、空想に過ぎないの。ここに欲しかったものがあるわ』って。でもこんな巡礼の旅、こんな出発の瞬間は、いつもあなたたちがいる時に始まるの、このテーブルから、この部屋の明かりから、パーシヴァルやスーザンから、ここで今。いつも木立が見えるわ、あなたたちの頭越しに、あなたたちの肩の間から、あるいは窓からよ〈パーティーで部屋を横切り、立って通りを見下ろすときにはね〉」

「でも、あれは彼の室内ばきの音じゃないかな？」ネヴィルは言った「そして声じゃないかな、階下の玄関ホールに聞こえるのは？ ついに見つけたのかな、彼がまだ誰かに気づく前に？ 誰かが待っているのに彼は来ないんだ。約束の時間がどんどん過ぎていくぞ。忘れたんだ。誰か別の人間といるのさ。不誠実だな。彼の愛なんてこんなものさ。ああ、それゆえ苦悩が——それゆえ耐えがたい絶

望が！　しかしその時ドアが開く。彼だ」

「金色のさざ波を立てながら、彼に言うわ、『さあこちらへ』って」ジニーは言った「するとやってくるの。部屋を横切り、私の座っているところに向かってくるわ。私のドレスはヴェールのようで、金色の椅子に座る私のまわりで膨らんでいるの。お互いの手が触れあうと、私たちの体はたちまち燃え上がるわ。椅子、カップ、テーブル——すべてに火がつくの。すべてがかすかに震え、すべてが輝き、すべてが明るく燃えるわ」

（「見てごらん、ローダ」ルイスは言った「みんな夜行性の生き物になったように無我夢中さ。みんなの眼は蛾の羽根のようだ。とても速く動いているので、全く動いていないように見えるぞ」

「角笛とトランペットが」ローダは言った「鳴り響くわ。葉が開くの。牡鹿たちが藪の中でけたたましく鳴くわ。みんな踊り、太鼓を叩くの。投げ槍を持った裸の男たちが踊り、太鼓を叩くように」

「野蛮人たちが踊るようだ」ルイスは言った「広場のたき火のまわりでさ。彼らは残忍で無慈悲だ。輪になって踊るぞ、膨らました獣の膀胱を上下に振りながら。炎がさっとかすめる、彼らの彩色した顔を、そしてヒョウの毛皮や血のついた脚を。彼らはそれらを、まだ生きている体から引き裂いたのだ」

「祭りの炎が高く上がるわ」ローダは言った「おびただしい数の人間が列をなして通り過ぎるの、葉の茂る大枝や花咲く小枝を振り回しながら。彼らの角笛は紫煙をまき散らすわ。そして彼らの皮膚は、たいまつの光に照らされて赤や黄色の斑に映えるの。みんなスミレ

を投げるわ。そして最愛の人たちを花輪や月桂樹の葉で飾るの、あそこの丸い芝地で。そこには背もたれのような急峻な丘が駆け下っているわ。行列が通り過ぎていく。そしてそれが通り過ぎるうちに、ルイス、私たちは転落しつつあることに気づくの。崩壊の予感がするわ。影が傾いてくる。私たちは共謀者よ。二人で世を捨てて冷たい墓の上に身を乗り出し、紫色の炎が下に向かって流れるのに気づくの」

「死がスミレに織り込まれている」ルイスは言った「死、そしてまた死」）

「何て誇らしく私たちはここに座っているんでしょう」ジニーは言った「まだ二十五歳にもなっていないのに！　外では木々に花が咲き、外では女性たちがぶらぶら歩き、外では辻馬車が急に道端に寄り激しい勢いで通り抜けるの。青春の不確かな道のり、暗さと輝きから抜け出して、私たちは前をまっすぐ見るの。何がやって来たって平気よ（ドアが開くわ、ひっきりなしに開くの）。すべては現実、すべては安定し、影や幻影など無いわ。美しさは私たちの表情に表れるの。私には私の、スーザンにはスーザンの美しさがあるわ。私たちの肉体は引き締まり、心地よく冷たいの。私たちの違いははっきりしているわ、降り注ぐ陽光を浴びた岩が落とす陰ほどにも。傍らにばりばりのロールパンがあるの。黄色い焼き色がついて固いわ。テーブルクロスは白く、その上に置かれた私たちの手は少し丸まり、今にも拳骨を作りそうよ。一日、一日とやってくるでしょうね。冬の日々、夏の日々。私たちは自分たちの未来にほとんど手をつけて

いないの。ほら、果物が葉の下でたわわに実っているわ。部屋は最高に輝き、私は彼に言うの、『さあこちらへ』って」

「彼の耳は赤いぞ」ルイスは言った「そして肉の匂いがじめじめしたレース生地のように漂うのだ、市の職員たちが食堂で軽食をとるあいだ」

「僕たちの前には無限の時間があるから」ネヴィルは言った「尋ねるのだ、僕たちは何をするのだろう？ ボンド通りをぶらぶら歩いて行きながらあちこち覗き、ひょっとすると緑色をしているという理由で万年筆を買うだろうか？ あるいは青い石の指輪がいくらか聞いてみるだろうか？ あるいは部屋に座り、石炭が深紅に燃えるのを見つめるだろうか？ 本を手に取り、あちこち拾い読みするだろうか？ わけもなく大笑いするだろうか？ 花咲く牧草地に分け入り、ヒナギクの首飾りを作るだろうか？ ヘブリディーズ諸島行きの次の列車がいつ出発するか調べ、コンパートメントを予約するだろうか？ すべてはこれから起こるのだ」

「君にとってはさ」バーナードは言った「しかし昨日、僕は歩いていて郵便ポストにどかんとぶつかったんだ。昨日僕は婚約したのさ」

「なんて不思議なものに」スーザンは言った「少しだけ盛った砂糖は見えるのかしら、私たちの皿の横に置かれて。それに、斑模様をした洋梨のむき皮や、鏡の豪華な縁飾りも。今まで見たことのない情景だわ。今やすべてのものが定まり、すべてのものが固定されたの。バーナードも婚約したし。何か後戻りできないことが起きたんだわ。輪が海に投げ込まれたの。鎖にも繋がれたわ。私たち、もう

二度と自由に流れることはできないの」

「ほんの一瞬だけ」ルイスは言った「鎖が切れる前、無秩序が戻ってくる前に、僕たちが固定され、露わになり、万力に締め付けられているのを見てごらんよ」

「しかし今、輪が裂け、潮流が動き出し、僕たちは前よりも速く流れる。今や情熱は、深いところ、海底に生える暗い海藻の中で息を潜めるのを止め、湧き上がり、波となって僕たちに襲いかかるのだ。苦痛や妬み、嫉妬や欲望、そしてそれらよりも深いもの、愛よりも強く、もっと秘かなものが。行動の声が話すぞ。聴いてごらん、ローダ（というのも僕たちは共謀者で、手を冷たい墓の上に置いているからね）、飾らず、簡潔で、興奮した行動の声を、臭跡を追って走る猟犬の声を。彼らはほら、わざわざ最後まで文章を話さないのさ。彼らは少ししか話さないのだ、恋人たちのように。傲慢な獣性が彼らを支配しているぞ。太ももの神経が興奮する。心臓が脇腹で激しく鼓動する。スーザンはハンカチをくしゃくしゃに丸める。ジニーの目は炎に揺らめく」

「彼女たちは免れているわ」ローダは言った「摘み取ろうとする指やじろじろ見る眼から。なんと軽やかに彼女たちは向きを変え、見回すのかしら。活力や誇りに満ちた姿をしているのかしら！　なんという活力がジニーの眼には輝いていることでしょう。なんて獰猛に、細部までスーザンは見回すことでしょう、木の根本の昆虫を見つけるほどに！　彼女たちの髪はつやつやと輝いているの。彼女たちの眼は、木々の葉をかすめながら獲物の臭跡を追う動物の眼のよ

うに燃えているわ。輪が壊れてしまったの。私たち、放り出されて離ればなれになるわ」

「でもすぐ、あまりにすぐ」バーナードは言った「こんな自分勝手な歓喜は弱まるんだ。あまりにすぐ、自分自身となるために何かを希求する瞬間は過ぎ、幸福、幸せ、そしてさらに多くの幸せを求める気持ちは消えてしまうのさ。石が沈められ、その瞬間は終わるんだ。まわりに対して、余白が広がるように関心を失っていくぞ。すると僕の眼の中で開くんだ、好奇心に満ちた無数の眼が。誰でもいま、好きなようにバーナードを殺してもいいぞ、婚約しているこの男を。ただしこの余白のように広がる未知の領域には触れないでおいてくれよ、この森のように広がる未知の世界にはな。なぜ、と僕は尋ねるのさ（控えめに囁きながらね）、女性たちはあそこで一緒に食事をしているんだろう？　彼女たちは誰なんだろう？　そして、なぜ彼女たちはまさにこの晩、まさにこの場所に集まったんだろう？隅にいる少年は、神経質に片手をときどき頭の後ろに持っていくけど、たぶん田舎から出てきたんだな。助けを求めているぞ。それに彼を招待してくれた父親の友人の親切にうまく応えることばかり考えているので、いまはほとんど楽しそうじゃないな。明日の朝十一時半ごろだったらとても楽しいだろうに。それに、あそこにいる女性は鼻に三度も粉おしろいをはたいたぞ、面白そうな会話の最中にさ——たぶん恋の話、おそらく親友の失恋話だろうな。「ああ、でも鼻がてかてかしているわ！」と思ったんだろうな。するとパフが出てきて、あちこちはたきながら、人間の心の最も熱烈な感情を

波　*163*

すっかり覆い隠すのさ。しかし、片めがねをかけてひとりでいる男の謎、シャンパンをひとりで飲んでいる老婦人の謎は未解明のままだ。これらの見知らぬ人びとは誰であり、何ものなんだろう？　彼の言ったこと、彼女の言ったことから一ダースの物語を作ることができるだろうな──一ダースの情景が見えるのさ。でも物語ってなんだ？　僕がより合わせるくだらないもの、僕が吹く泡、一つの輪をくぐるもう一つの輪。それにときどき僕は疑い始めるんだ、物語というものがあるのかとね。僕の物語ってなに？　ローダのは？　ネヴィルのは？　事実ならある。例えばこんなものさ。『グレーのスーツを着たハンサムな若者がいて、彼の控えめな様子は他の男たちの騒々しさと奇妙なコントラストを成していた。すると彼はパンくずをチョッキから払い落とし、すぐに堂々として思いやりのある独特のしぐさでウェイターに合図を送った。ウェイターはすぐさまやって来て一瞬あとには戻ってきたが、皿の上には目立たないように折りたたまれた勘定書きが置いてあった。』これが真実、これが事実だ。でも、その向こうではすべてが曖昧で、推測に過ぎないのさ」

「ほらもう一度」ルイスは言った「別れようとしている今、〈勘定は済ませたね、〉僕たちの血の中にある輪が、〈本当にしばしば、鋭く裂けるな。というのも僕たちがそれぞれとても違っているからさ、〉丸く閉じるぞ43。何かが作られたのさ。そう、立ち上がってそわそわと、少し緊張している今、僕たちは祈りながら、手の中にこの共通の感情を握っているのだ、『動かさないで、スイングドアに切りきざませないで、僕たちが作ったもの、ここで球状になっているも

のを、この部屋の明かり、このむき皮、この散らかったパンくず、そして通り過ぎる人びとの中で。動かないで、行かないで。ずっと握っていようよ。』」

「ほんのつかの間、抱きしめていましょう」ジニーは言った「愛、憎しみ、どんな名前で呼ぼうと構わないけど、この球状のものを。その壁はパーシヴァルから、若さと美しさからできているの。そして私たちのとても深いところに沈んでいる何かからもできているので、私たちはたぶん二度とこの瞬間をひとりの男性から作ることはないわ」*44*

「世界の反対側にある森と遠くの国々が」ローダは言った「その中にあるわ。海とジャングル。ジャッカルが吠え、月光が高い峰に降り、ワシが空高く舞うの」

「幸せがその中にある」ネヴィルは言った「そして静けさをたたえた普通のものも。テーブル、椅子、ページの間にペーパーナイフをさした本。そして花びらがバラから落ち、明かりが揺らめく傍らで僕たちは静かに座っているか、たぶん、何かつまらないことを思い出し、突然しゃべり出すのだ」

「普段の日々がその中にあるわ」スーザンは言った「月曜日、火曜日、水曜日。馬たちが野原に上っていき、そして馬たちは戻ってくるの。ミヤマガラスが飛び立ったり戻ったりするわ。そして群れになってニレの木を覆うの、四月であろうと、十一月であろうと」

「やって来るだろうものがその中にあるんだ」バーナードは言った「それは最後の、最も輝かしい滴りで、僕たちはそれが落ちるにまかせ

るのさ。その滴りは天上の水銀のように、高まりゆく壮麗な瞬間へと、パーシヴァルから僕たちの創造した瞬間へと落ちるんだ45。何がやって来るんだろう？　パンくずをチョッキから払い落としながら自問してみるのさ、何が外にあるんだろう？　座って食べ、座って話しながら、僕たちは証明したんだ、自分たちも瞬間の詰まった宝庫を豊かにできることをね。みんな奴隷でないから、跡が残るほどではない軽い打擲を、かがめた背中に絶え間なく受ける必要はないのさ。羊でもないから、飼い主について行くこともないんだ。僕たちは創造者さ。それにみんなで作り上げた何かは、過ぎ去った時の無数の群れに加わるだろうな。僕たちはまた、帽子をかぶってドアを押し開け、混沌の中へではなく、ある世界へと踏み出すんだ。そしてその世界を自分たち自身の力で征服し、それを貫き煌々と永遠に続く道を敷くことができるのさ46。

「見てごらん、パーシヴァル、みんながタクシーを呼びに行っている間、もうすぐ君が見られなくなるだろう景色を。通りは堅固で、数え切れない車輪に踏みつけられ、つやつや光っているな。黄色い天蓋と化した僕たちのとてつもないエネルギーが、燃える布のように頭上につり下がっているぞ。劇場、演芸場、そして人びとの家に灯るランプがあの光を成すのだ」

「尖った雲の」ローダは言った「流れていく空は、磨いた鯨ひげみたいに暗いわ」

「いま苦悩が始まる。恐怖が牙をむいて僕を襲ったのだ」ネヴィルは言った「タクシーが来て、いまパーシヴァルが行く。何をしたら

彼を引きとめられるだろう？　どうやって僕たちを隔てる距離をつなぐことができるだろう？　どうやって炎を燃え立たせ、永遠に燃え続けさせられるだろう？　どうしたら未来永劫伝えられるだろう、僕たち、こうして通りに立ち、街灯の光の中にいる僕たちが、パーシヴァルを愛したことを？　ついにパーシヴァルが行ってしまった」

太陽は真南に昇った。それはもはや少しだけ見える存在、気配や
かすかな光から分かる存在ではなかった。明け方の太陽は、少女が
碧の海のしとねに横たわって額を水玉の宝石で飾り、それの放つオ
パール色の光が、槍のように揺らめく大気を貫き、瞬くようであっ
た。その瞬きはまた、イルカが脇腹を見せて何度も飛び跳ねたり、
刀に似た葉が燦めきながら落ちたりするようでもあった。ところが
今や、太陽の燃えるような輝きに妥協や疑いはなかった。光は岩だ
らけの砂浜に降り注ぎ、岩は炉のように赤く熱せられた。それはま
た潮だまりをひとつずつ照らし、岩の割れ目に隠れる小魚を見つけ
出した。まぶしい砂浜にはさび付いた車輪や白骨がころがり、片方
しかないブーツは靴ひもがなく、鉄のように黒く、砂に埋もれてい
た。光の中であらゆるものが独自の色を発した。砂丘は無数の燦め
きを放ち、野草は緑色に燦めいた。光はまた、不毛の光景が広がる
砂漠に降り注いだ。そこでは風が吹き荒れて溝ができたり、吹き集
められた砂が荒れ果てた道程標のように盛り上がったり、発育の悪
い深緑色の木々があちこちにごちゃごちゃと固まっていたりした。
金色のモスクはつややかに輝き、南の村では、今にも壊れそうな、

ピンクと白のカードで作ったような家並みがまぶしく、垂れ乳で白髪の女たちは、陽を浴びて川床にひざまずき、しわの寄った布を石に叩きつけていた。汽船が鈍いエンジン音を立てながらゆっくりと外洋を進んでいたが、太陽は容赦なく照りつけ、黄色の日よけテント越しに乗客たちにも降り注いだ。彼らはまどろんだり甲板を行ったり来たりしながら、眼に手をかざして陸地を探した。しかし来る日も来る日も、甲板の左右に広がる海はねっとりと波打つばかりで、船は彼らを乗せ、単調に海原を進んでいった。

太陽は南の丘に林立する尖った岩の群れに照りつけ、深い、石ころだらけの川床にぎらぎらと射し込んだ。川床の水は高い吊り橋の真下で涸れかかっていたので、洗濯女たちは、焼け付いた石ころの上にひざまずいても洗濯物をほとんど水に浸すことができなかった。そして痩せたラバの列が、灰色の石ころだらけの道を、一歩一歩確かめながらざくざくと踏みしだいて進んだ。狭い肩の両側には荷かごがぶら下がっていた。真昼には太陽の暑熱で丘が灰色になった。まるで何かが爆発して地表が傷つき焦げたかのように。一方、もっと北、曇った雨の多い国では、丘は鋤の背で均したかのように平らで、内側に光を宿していた。それはまるで看守が、その奥深くで、緑色のランプを持って部屋から部屋を見回るようだった。微粒子に霞む灰青色の大気を突き抜け、太陽はイギリスの野原に照りつけ、沼地や池、杭にとまった白いカモメを輝かせた。そして雲の影はいっそう際立ち、こんもりとした木々の森や青い小麦畑、風渡る干し草畑をゆっくりと滑っていった。太陽は果樹園の壁に照りつけ、でこ

ぼこでざらざらのレンガは、どれも銀色の斑模様が際立ち、紫色や燃えるような赤色に見えた。まるで触るには柔らかく、触れば熱く焼けた灰になってしまうに違いないと思うほどだった。壁を背にしてスグリが実をつけていた。つややかな赤い実の房は、ウェーブを描きながら滝のようにぶら下がっていた。プラムは木いっぱいに葉を茂らせ、細長い草の葉はいっせいに風になびき、滑らかな緑色の炎のようだった。木漏れ日は地面まで届かず、根本に暗い影ができた。光があふれるばかりに降り注ぎ、木々の緑は溶け合って、緑色をした一つの塊になった。

　鳥たちは情熱的に囀ったが、聴いているのはラムズイヤーの葉っぱ一枚だけで、そのうち囀るのをやめた47。彼らは嬉々として、藁や小枝の切れ端を木々の高い枝にできた暗い節へ運んだ。体を金色や紫色に輝かせ、彼らは庭の木々に止まった。庭では円錐形のキングサリや藤の花々が揺れながら垂れ下がり、金色や薄紫色に輝いた。というのも今や真昼、庭にはさまざまな花が咲き乱れ、草花の下にできたトンネルでさえ緑色や紫色、黄褐色の光に満ちた。それは、太陽の光が赤い花びらや幅の広い黄色の花びらを通して射し込んだり、和毛の密生した緑色の茎にさえぎられて縞模様の影を落としたりするからだった。

　太陽が家にまっすぐ照りつけ、白い壁はまぶしく輝いたが、両脇の窓は暗かった。窓ガラスには葉を茂らせた枝が鬱蒼と映り、光の差し込まない丸い影が幾つもできていた。鋭いくさびのような光は窓敷居を輝かせ、部屋の中には、青い輪を描いた皿、取っ手が曲線

を描くカップ、膨らみのある大きなボウル、十文字模様の絨毯、そして厳めしい角や線でできた飾り棚や本棚が見えた。それらがかたまって見える後ろには一帯に暗やみが立ち込めていた。そこには、もっと多くのものが暗やみから解放されるのを待っているのか、それともさらに暗く深い闇しかないのかは分からなかった。

　波は砕け、浜辺にさっと広がった。波は次々に盛り上がっては崩れ落ち、その勢いで波しぶきが跳ね上がった。波は深い青色をしていたが、その背はダイヤモンドをちりばめたような燦めきに縁取られ、その光り舞う様は、疾走する立派な馬の背筋（はいきん）が波打つようであった。波は崩れ落ち、引き、ふたたび崩れ落ちた。ドーン、ドーンと大きな獣が足を踏みならしているようだった。

「彼は死んだ」ネヴィルは言った「落ちたのだ。乗っていた馬がつまずいた。そして振り落とされたのだ。世界に張った帆が急に向きを変え、僕の頭に当たった。すべては終わったのだ。世界を照らす光が消えてしまった。そこに立っている木を僕は通り過ぎることができない。

「ああ、この電報をくしゃくしゃに握りつぶすべきか——そうすれば世界を照らす光をよみがえらせることができるのか——こんなことは起きなかったと言うべきなのか！ でもなぜあちこちに顔を向けるのだ？ これは真実だ。事実なのだ。彼の乗った馬がつまずき、彼は振り落とされた。木々や白い柵が残像を引きながら、空に向かってざーっと流れた。彼は目が回り、心臓の鼓動を聞いた[48]。そして強く打ちつけられた。世界が墜落したのだ。彼は深く息をした。そしてその場で死んだ。

「点在する納屋を眺めながら夏の日々を田舎で過ごし、いろいろな部屋で一緒に座って過ごしたな——すべて今は偽りで、過ぎ去った実在しない世界の出来事だ。僕の過去は僕から切り離されてしまったのだ。人びとが走り寄ってきた。そして彼を近くの東屋へ運んだ。乗馬用ブーツを履いた男たちや日よけヘルメットをかぶった男たち

がいた。知らない男たちに囲まれて彼は死んだ。孤独と静寂の気配がしばしば彼を包んでいたな。彼は良く僕を置いてきぼりにしたっけ。それで彼が帰ってくると、『ほらあそこ、彼が来る！』と言ったものさ。

「女たちがのろのろと窓を通り過ぎていく。まるで通りには穴が開いていないかのように、そして葉の硬直した木も立っていないかのように〈僕たちはその木の前を通ることができないのだ〉。僕たちはその時、モグラ塚につまずいてもおかしくない。僕たちは限りなく卑屈で、眼を閉じたままぐずぐずと通り過ぎる。でもどうして僕は屈服などしよう？　どうして片足を上げ階段を上ろうとなどしよう？　ここに僕は立っている。ここに、電報を持ったまま。過去が、夏の日々や、一緒に座って過ごしたいろいろな部屋が流れ去っていく、まるで焼け焦げた紙の所どころに残る炎の斑点が燃え尽きるように。どうして人に会い、旧交を温めなどしよう？　どうして話したり食べたり、ほかの人びとと知り合いになったりなどしよう？　この瞬間から僕は孤独に生きるぞ。もう誰も僕とは知り合いでないのだ。三通の手紙が残っているけど、『もうすぐ大佐と輪投げ遊びをするんだ、じゃあこれで』、といった具合に彼は僕たちの友情に幕を下ろし、群衆を押し分けて進みながら手を振っているのさ。こんな道化芝居をこれ以上堅苦しく称賛しても意味が無いな。でも、もし誰かが『待て』とさえ言ってくれたら、馬の首紐を穴三つ分きつく締めておいてくれたら──彼はあと五十年、本領を十分に発揮しただろうに。そして法廷に座り、まるで馬にひとり跨がり軍隊

の先頭に立つように、極悪非道の暴政を非難しただろうに。そして僕たちの所へ帰ってきただろうに。

「今なら分かるんだ、誰かがにやりと笑ったり、策略を巡らせたりするのが。何かが僕たちの後ろであざ笑っているぞ。あの少年は、もう少しで足を踏み外しそうになりながらバスに飛び乗ったな。パーシヴァルは落ち、死に、埋葬された。そして僕は人びとが通り過ぎるのを見ている。みんなバスの手すりにしっかりとつかまり、自分たちの命を守ろうと決意しているぞ。

「僕は片足を上げ階段を上るつもりはないのだ。しばらく恐怖に身のすくむ木の下に立っていることにしよう。僕ひとり、喉をかき切られた男のそばで。でも、階下では料理人がかまどの空気調節弁を出し入れしているのさ。階段は上らないぞ。僕たちは破滅へと向かっているのだ、僕たちすべては。女たちがショッピングバッグを持ち、のろのろと通り過ぎていく。人びとがひっきりなしに通り過ぎる。でもお前たちが僕を破滅させることはないのさ。今、この瞬間、僕たちは仲間だ。僕はお前たちを抱きしめるぞ。来るがいい、苦悩よ、僕を餌食にしろ。お前の牙をこの体に突き刺すのだ。真っ二つに引き裂くがいい。嗚咽がとまらないな、嗚咽が」

「あまりに理解できない組み合わせなので」バーナードは言った「事態があまりに錯綜（さくそう）しているので、こうして階段を下りながら、どちらが悲しくて、どちらが嬉しいのか分からなくなってくるぞ。息子が生まれ、パーシヴァルが死んだ。僕は柱列に支えられ、さらに両側をまったく異なる感情で補強されているのさ。でも、どちらが悲

しくて、どちらが嬉しいのだろう？　考えてみるけど分からないな。ただ分かるのは沈黙が必要だってこと、そしてひとりになって出かけ、少し時間をかけて考えてみることさ、僕の世界に何が起こったのか、死が僕の世界に何を引き起こしたのかを。

「するとこれは、パーシヴァルが二度と見ることのない世界だ。見てみるとしよう。肉屋の主人が隣人に肉を届けているぞ。ふたりの老人が歩道をよろめきながら歩いているな。スズメたちが止まっているぞ。そして現実が機械のように動き出すのさ。僕はその律動や振動に気づくけど、所詮その中に僕の役どころはないんだ、だって彼がそれを二度と見ることはないからさ。（彼は血の気が失せ、包帯を巻かれてどこかの部屋に横たわっている。）だから今がチャンスで、何が真に重要かを見つけ出すのだ。そのためには慎重でなければいけないし、嘘もついちゃいけないのさ。彼に感じていたことと言えば、彼がいつも中心に座っていたことかな。もう決して僕はその場所へ行かないぞ。その場所には誰もいないからさ。

「そうそう、これは確かだと思うけど、中折れ帽をかぶった男たちにバスケットを持った女たちよ——君たちは、君たちにとってとても貴重だっただろう何かを失ったのだ。君たちは、君たちが従っただろうリーダーを失ったし、君たちのひとりは幸福と子供を失ったのさ。彼は死んだけど、生きていたら君にそれを与えただろうな。彼は折りたたみ式ベッドに横たわり、包帯を巻かれ、どこか暑いインドの病院にいるけど、苦力たちは床にしゃがみ込んで紐を引き、天井につるした大うちわを揺すっているのさ——大うちわの名前

を思い出せないな。しかしこれは重要なんだけど、『君はもう苦しまなくても良いね』と言ったんだ。するとハトたちが屋根に舞い降りて息子が生まれたのさ、まるでパーシヴァルの生まれ変わりであるかのように49。覚えているけど、少年の頃、彼は不思議なほど超然とした態度を取っていたな。そして僕は話し続けるんだ（両眼に涙があふれてくるけど、そのうち乾くさ）、『でもこれは、誰も望み得なかった素晴らしい人生なんだ。』僕は言うのさ、〈得体の知れないものに話しかけているんだけど、その顔には眼がなく、大通りの向こう、中空に浮かんでいるぞ、〉『これが君の実現できる最高の人生だったのかい？』50それなら僕たちは勝利したんだ。君は全力を尽くしたぞ、と僕は言うんだ。あの無表情で冷酷な顔に話しかけているんだけど（彼はまだ二十五歳で、八十歳までは生きただろうから）こんなことを言っても空しいな。僕は、横たわって涙を流しながら、一生悲嘆に暮れたりはしないぞ。（こんな見出しを僕の手帳に記そう、無意味な死を押しつける者らへの軽蔑。）さらにこれも重要なんだけど、僕は、彼がくだらない、ばかばかしい生活を送っていると想像することもできるだろう。そんな生活なら、彼は自分が努力することのむなしさなんて感じないだろうな、立派な馬に跨がりながら。僕はこう言えるに違いないさ。『パーシヴァルって、ばかげた名前だな。』けれども言わせて欲しい、男たちに女たちよ、地下鉄の駅に急いでいるけど、君たちは彼を尊敬しなければならなかっただろう。君たちは隊列を組み、彼の後に従わなければならなかっただろう。なんて奇妙なんだろう、群衆をかき分けて進みな

ら、人生をくぼんだ眼で、そして情熱的な眼で眺めるのは。

「でもすでに合図が始まったぞ、僕を誘い、引き戻そうとしている
な。好奇心は短い時間しか姿を消していなかったのさ。人は、機械
のように動く現実の外側で、多分三十分以上生きるのは無理だ。人
間どもの体が、今気づいたんだけど、すでに普通に見え始めたぞ。
しかしそれらの背後にあるものが違うんだ——遠景が。歩道に置
かれたあの新聞広告掲示板の向こうには病院が見えるのさ。細長い
部屋で黒人たちが紐を引いている。やがて彼らは彼を埋葬する。し
かし掲示板には有名女優が離婚したと書いてあるので、僕はすぐに
聞くんだ、どの新聞？　でも小銭が出てこないので、新聞を買えな
いのさ。今は邪魔が入るのが許せないんだ。

「聞いても良いかな、もし君に二度と会うこともなく、あのがっち
りした姿を見つめることもないのなら、これから僕たちはどうやっ
て気持を伝え合うんだい？　君は中庭を横切って行ってしまった
んだ、どんどん遠くへ。そのため僕たちを繋ぐ糸はどんどん細くな
るのさ。しかし君はどこかにいるね。君の何かが残っているんだ。
君は裁判官さ。つまり、もしも僕が自分自身の中に新しい鉱脈を発
見したら、それを君にそっと見せるよ。僕は尋ねるのさ、君の評決
は？　君は裁決する人間であり続けるだろうな。でも、後どれぐら
いさ？　事態は難しくなりすぎて説明できなくなるだろうし、新し
い状況も生まれるだろうな、すでに僕には息子もできたし。僕は今、
ひとつの経験の絶頂にいるのだ。これからは下り坂さ。もう二度と
叫ぶ自信は無いな、『なんて運が良いんだ！』とは。有頂天になって、

飛翔するハトが舞い降りたと喜ぶのはおしまいさ。混沌と些末な日常が戻ってくるぞ。もはやショーウィンドウ一面に書いてある名前には驚かないさ。もう、なぜ急ぐのか？　とか、なぜ列車に乗るのか？　とは思わないぞ。日常の連続が戻り、ある出来事が次の出来事に繋がっていくのさ──これが普通の状態だ。

「そうさ、しかし僕は依然、普通の状態に腹が立つんだ。日常の連続を無理やり受け入れる気には、まだならないぞ。歩くんだ。精神のリズムを変えてまで、止まったり、見たりはしないのさ。歩くぞ。この階段を上り、美術館に入ろう。そして僕と同じように、日常の連続から自由になった精神の影響に浸るんだ。さっき浮かんだ疑問に答える時間はほとんど無いぞ。活力が衰え、気力も無くなってきたからな。絵が並んでいるぞ。三連祭壇画だ。無表情な聖母たちが円柱の間に描かれているな。彼女たちが、絶え間なく動く心の眼や、包帯を巻いた頭、紐を引く男たちに安らぎを与えますように。そして僕が、その下にある何か見えないものを見つけられますように。庭園だ。そしてヴィーナスは花々に囲まれ、聖人たちや青い服を着た聖母たちもいるぞ。幸運にもこれらの絵は何も語りかけてこないな。小突かないし、指し示しもしないのさ。だからこれらを見ていると、僕の中で彼の存在が膨らみ、さっきまでとは違う彼が戻ってくるんだ。あの美しさを思い出すな。『ほらあそこ、彼が来る』と言ったものさ。

「描かれた線や色彩を見ていると危うく思い込んでしまいそうだ、僕もまた勇敢になれるって。でも、いともたやすく言葉が湧いてく

るので、たちまち魅了され、次にやってくるものを愛するのさ。そしてこぶしを握りしめることはできないけど、ぐずぐずと迷いながら言葉を編み、まわりに起きたことを描写するんだ。そう、僕はとりもなおさず虚弱だから、彼が僕にとって何だったのか思い出したのさ、それは僕の対極にいる存在。彼は根っからの正直者だったから、こんな誇張表現は通じなかったんだ。そして彼には生まれながらの適応力が備わり、正に生きる術を熟知していたから、長年生きてきて、落ち着いた雰囲気を漂わせてきたようだったな。それは彼がまわりに無関心だったと言うこともできるけど、そして確かに自分自身の出世には興味が無かったけど、彼はまたとても情け深かったんだ。子供がひとり遊んでいる──ある夏の夕暮れ──家々のドアが開き、閉じるだろう、いつまでも開いたり閉じたりするだろう。そしてそれら越しに見える光景に僕は涙を流している。なぜってそれらは僕たちのものになり得ないからさ。だから僕たちは孤独で、だから僕たちは寂しいんだ。心の中にあるあの場所に眼を向けてみるけど、そこには誰もいないぞ。自分自身の虚弱さに息が詰まりそうだ。もはや彼はそこにいず、僕の虚弱さを叱ってくれることもないのさ。

「見よ、それならば、青い服を着た聖母のほおに伝わる涙を。これは僕の出す葬式だ。僕たちが彼の葬儀に集まることはないのさ。ただめいめいが挽歌を捧げるだけで、最後のお別れも無いんだ。ただ激しい感覚に襲われているだけさ、それぞれが別の場所で。これまでに語られたどんな言葉も、僕たちの感覚を言い表してはくれない

ね。だから僕たちはナショナルギャラリーのイタリア絵画室に座り、言葉の断片を拾い集めているんだ。ティツィアーノはいったい、こんなネズミに囁かれるような苦しみを感じたことがあるのかな。画家たちは几帳面な、絵に没頭した生活を送り、一筆一筆描き加えていくものさ。彼らは詩人とは違うんだ——罪を背負わされた人間とは。彼らは鎖で岩に繋がれてはいないのさ。だから絵の中には静謐さと崇高さがあるんだ。でもこの深紅色を描くとき、ティツィアーノは悩み苦しんで胃が痛かったに違いないな。間違いなくこの絵の男は、出世して大きな権力を得、莫大な富を築いた後失脚した、あの家系の末裔だ。しかし静寂が僕を包み込むぞ——心の眼が絶え間なくせがむのさ。心にのし掛かってくる苦しみがとぎれとぎれになり、弱まったな。もうほんの少ししか、本当にぼんやりとしか物事の見分けがつかないぞ。僕の鐘は押し潰されてしまったから、それを鳴らし、どうでも良い騒々しい音を出して皆をいらいらさせることもないのさ。僕は眼の前の壮麗さに圧倒されているんだ。襞のある深紅の衣服と対照的な緑色の裏地、ずらりと並んだ柱、橙色の光をたたえた空を背景に立つ、黒い、尖った耳のような葉をつけたオリーブの木々。矢のような感覚が次々と背骨から全身に走るぞ、しかしそれらはてんでばらばらだ。

「でも何かが僕の印象に入り込んでくるぞ。何かが深いところに埋もれているんだ。一瞬、僕はそれをつかみ取ろうと思ったな。しかしそれは埋もれたままにしておくんだ、隠れたままに。それを育て、心の奥底に隠したまま、いつの日か実を結ばせるとしよう。長い人

生の後に、漠然としているけど、神の啓示の瞬間に、それに手を置くだろうな。でも今、その考えはこの手の中で壊れてしまうんだ。さまざまな考えは生まれても生まれても壊れてしまうものだけど、ごく稀に完全な球状になることがあるな。でもそれらは壊れて僕の上に降ってくるんだ。『線や色彩よりもそれらは生きながらえるから…』」

「あくびが出るな。僕はもう、思う存分感覚に浸ったのさ。心を張り詰め、疲れ果てたんだ。長い、長い時間——二十五分、いや三十分——だったな。その間僕は一人きりで、機械のように動く現実の外側に身を置いていたのさ。感覚がなくなり、心がこわばってきたぞ。どうしたら僕は自分の感覚をよみがえらせ、思いやりの気持ちを取り戻せるのかな？ ほかにも苦しんでいる人間がいる——多くの人間が苦しんでいるんだ。ネヴィルが苦しんでいるぞ。パーシヴァルを愛していたからな。でも僕はもうこれ以上、ひとりで心を張り詰めるのに耐えられないんだ。誰かと一緒に笑い、一緒にあくびをし、一緒に思い出したいのさ、彼の頭をかくしぐさは独特だったって。その誰かは、彼が一緒にいて寛げ、好きだった人間が良いな（スーザンじゃないんだ。彼はスーザンを愛していたけど、むしろジニーの方が好きだったのさ）。彼女の部屋に行けば懺悔（ざんげ）もできるだろうな。こう尋ねることができるのさ、彼は君に言わなかったかい、あの日彼がハンプトンコートに行こうと誘ってくれたのに僕が断ったことを？ こんなことをいろいろ思い出すと、僕は真夜中に飛び起きて、深い悲しみに襲われるだろうな——こんな罪を

人は懺悔するんだろうな、世界中どこの市場でも帽子を脱いで。あの日ハンプトンコートに行かなかったことを。

「しかし今、僕のまわりに生活が戻って欲しいんだ、それに本やちょっとした装身具、そして商人たちのいつもの呼び声も。こんなに疲れ果てた後は、それらを枕に敷くのさ。そして眼を閉じるんだ、こんな驚くべき発見の後は。だからまっすぐ階段を降り、最初のタクシーを呼び止め、ジニーの家に行くとしよう」

「水たまりがあるけど」ローダは言った「渡れないわ。丸い大きな砥石(といし)が勢いよく回転する音が聞こえるの、頭のすぐ近くに。その風がごうごうと顔に吹きつけるわ。手当たり次第やわらかな生き物に触ってみたけど役に立たなかったの。もしも手を伸ばして何か硬いものに触ることができなければ、どこまでも続く廊下のかなたへ、永遠に吹き飛ばされてしまうわ。それならば何に触れば良いの？どんなレンガや、どんな石に？　何に触れば巨大な割れ目を安全に跨ぎ、自分の体に戻ることができるの？

「今やあたりは暗くなり、紫色の太陽も傾いたわ。美に包まれていた姿は、今ではひどく傷ついているの。背もたれのような急峻な丘が駆け下る渓谷に立っていた姿は崩れ去ってしまったわ。私がみんなに予言した通りね。あの時みんなは、階段から聞こえる彼の声や彼の古い靴、そして一緒にいる時が好きだって言っていたな。

「さあオックスフォード通りを歩くわ、稲妻に引き裂かれた世界を想像しながら。きっとオークの木が真っ二つに引き裂かれて赤い木目(もくめ)がむき出しになり、花の咲いた枝が落ちているの。オックスフォー

ド通りに行き、パーティーのためにストッキングを買うわ。稲光の
下でありきたりのことをするの。むき出しの地面に生えているスミ
レを摘み、花束にしてパーシヴァルにあげるわ、私から彼への贈り
物として。さあ見て、パーシヴァルが私に与えてくれたものを。通
りを見るの、もうパーシヴァルはいないけど。家々は基礎がしっか
りしていないので、息をぷっと吹きかけただけで倒れてしまうわ。
大胆気ままに車たちが疾走し、轟音を立て、私たちを追跡して死へ
と追いやるの、ブラッドハウンド犬のように。私はただひとり、敵
意を露わにした世界にいるわ。人間の顔を見るとぞっとするの。で
もこれが私のお気に入りよ。誰かの目に留まって暴行され、小石の
ように岩壁へ投げつけられたいわ。工場の煙突やクレーンの群れ、
トラックの列が好きなの。顔が次々に通り過ぎるのも好きだけど、
どの顔もゆがんでいて冷淡ね。かわいらしく振る舞うことが嫌になっ
たわ。人目を避けることにもうんざりよ。荒々しい海に乗り出し、
そして沈むの。でも誰も私を助けてくれないわ。

「パーシヴァルは、死によって私にこんな世界を贈ってくれ、こん
な恐怖を露わにし、私をひとり残してこんな屈辱を受けるままにし
たの――顔また顔、皿洗いの配るスープ皿みたいに次々と現れるわ。
粗野で、物欲しげで、無頓着なの。贈り物の小箱を幾つもぶら下げ
たショーウィンドウを覗き込んでいるわ。物欲しそうな眼をして、
軽く触れたかと思うと、あらゆる物を壊してしまうの。私たちの愛
でさえ汚したままにしておくわ、たった今、自分たちの汚い指で触っ
たのに。

「このお店でストッキングを売っているの。中に入ったら、美がもう一度あふれ始めたって思うかもしれないな。美しさが囁くように売り場の通路をやって来て、飾ってあるレースを通り抜け、きれいな色のリボンでいっぱいのバスケットに囲まれ、息づいているの。あら、温かなくぼみが喧噪のまん中に穿たれているわ。静寂の小部屋ね。そこに私たちは避難し、美の翼に守られ、私の知りたい真実から逃れられるの。痛みが和らいでくるわ、店の女の子が静かに引き出しを開けるにつれて。するとその時、彼女が話しかけるの。その声で目が覚めるわ。海の底、海藻のただ中へ真っ逆さまに落ちるの。羨望や嫉妬、憎悪や妬みが慌てて逃げていくわ。砂浜の蟹みたいね。まだ話しかけてくるわ51。でもこれらが私たちの仲間よ。お金を払って包みを受け取るわ。

「ここはオックスフォード通り。ここには憎しみや嫉妬、慌ただしさや無関心が泡立っているから、生きることが狂気じみて見えるの。でもこれらが私たちの仲間よ。友だちと座って食事するのを想像してみようかな。ルイスを思い浮かべてみるの。夕刊のスポーツコラムを読みながら、嘲笑されるのを恐れているわ。俗物ね。彼は言うの、〈人びとが通り過ぎるのを見ているわ、〉もしもついてくるなら私たちを導いてあげようって。服従すれば、私たちを命令に従わせるだろうな。そうやって彼はパーシヴァルの死を解決し満足するのよ、調味料入れ越しに家の向こうの空を見つめながら。バーナードはと言えば、赤い眼をして肘掛け椅子にどすんと座るわ。そして手帳を取り出すの。『し』のページに『友人の死に際して使うべき言

葉』と書き入れるわ。ジニーは、つま先旋回しながら部屋を横切り、バーナードの座っている椅子の肘に腰掛けて尋ねるの、『彼は私を愛していたかしら?』『スーザンより深く?』スーザンは、故郷で小作人と婚約しているけど、電報を前に一瞬立ち尽くすわ、お皿を持ったままで。それから、かかとで蹴飛ばしてオーブンの扉をばたんと閉めるの。ネヴィルは、見つめた窓が涙に滲んでいたけど、景色を涙に滲ませたまま尋ねるわ、『窓辺を通り過ぎるのは誰だろう?』──『どんな美少年?』これは私からパーシヴァルへの贈り物。しおれたスミレ、黒ずんだスミレ。

「さてどこに行こうかな? 美術館に行けば、指輪がガラスケースの中に飾ってあったり、飾り棚や女王の召されたドレスが飾ってあったりするかしら? それともハンプトンコート宮殿に行き、赤レンガの壁に囲まれた中庭を見ようかな? そこにはいかにも宮殿らしく、イチイの木々が黒いピラミッドのように刈り込まれ、石畳の左右に並んで立っているの。まわりには緑の芝生が広がり、花々が咲いているわ。そこで美を取り戻し、かきむしってぼさぼさになった私の魂を整えようかな? でもひとりぼっちで何ができるの? ひとりになったら誰もいない芝生に立って言うだろうな、ミヤマガラスが飛んでいるって。誰かがバッグを持って通り過ぎるの。庭師が手押し車を押しているわ。一列に並ぶと汗の臭いがするでしょうし、汗と同じくらい不快な臭いもするの。そしてきっと他の人びとと一緒に吊り下げられるわ、大きな骨付き肉の塊が他の塊と一緒に吊り下げられるように。

「コンサートホールよ。お金を払って中に入り、音楽を聴くんだけど、まわりの人びとは眠そうね。みんな暑い午後に昼食をとった後でここへ来たからなの。牛肉とプディングを食べたから、一週間は食べなくても生きていけるわ。だから、ウジ虫のように何かの背中に群がり、そのまま運ばれていくの。みんな品があり、でっぷりと肥っているわ——帽子の下には白髪が波打ち、細身の靴を履き、バッグを持ち、ほおはきれいに剃り、あちこちに軍人ひげが見えるの。洋服のどこにも塵ひとつ付けてないわ。体を揺らしながらプログラムを開き、友人たちに短い挨拶を送りながら、席に着くの。セイウチたちが岩の上に取り残されたみたいね。体が重すぎて海までよちよちと歩いて行けないようだわ。波が自分たちを持ち上げてくれるのを願っているけど、重すぎるの。その上、あまりにたくさんの乾いた小石がみんなと海との間にころがっているわ。みんな食べ物でお腹をいっぱいにして寝転んでいるの。暑さで動けないし。するとその時、豊満な体をつやつやした海緑色のサテンに包みこんだ女性が助けにやって来るわ。彼女は唇を真一文字に強く結び、激情を漂わせつつ、体いっぱいに息を吸いこむと、ちょうどぴったりの瞬間に声を放つの、まるで目の前のリンゴに彼女の声が矢となって飛んでいくように、『ああ！』と。

「斧が木を真っ二つにしたわ。中心部は温かく、引き裂ける音が樹皮の内側をかすかに震わせるの。『ああ！』と女性が恋人に叫んだわ、舞台はヴェニス、自分の窓から身を乗り出して。『ああ、ああ！』と叫んだの。そしてもう一度叫ぶわ、『ああ！』と。彼女がみんな

に聴かせたのは叫び。でも叫びだけ。それに叫びって何？　すると
その時、カブトムシの姿をした男たちがバイオリンを持って登場す
るの。待ち、拍子を取り、あごで合図を送り合い、いっせいに弓を
引くわ。そしてさざめきや笑いと共に〈オリーブの木々や、無数の
舌みたいな灰色がかった葉が踊っているようね〉、船乗りがひとり、
小枝を口にくわえ、背もたれのような急峻な丘が幾つも駆け下る岸
に飛び移るの。

「『みたいね』に『ようだわ』に『ようね』──でも、ものごとの
外観の下にあるものって何かな？　稲妻が木を引き裂き、花の咲い
た枝が落ち、パーシヴァルが、死によって私にこんな世界を贈って
くれたからには、ものごとの本質を見てみたいの。正方形があり、
長方形があるわ。奏者たちは正方形を取り、それを長方形の上に置
くの。とても正確に置くわ。そうして完璧な家を建てる。外には
ほとんど何も残っていないわ。目の前に整然とした構造物が見える
の。客席では、完璧ではないけど何かが提示されるわ。私たち、そ
れほど才能が豊かではないけど、無いわけでもないの。みんな長方
形を作り、正方形の上に立てたわ[52]。これが私たちの勝利、慰めなの。
「甘美なこの充足感はあふれ出し、私の心の壁を流れ下るわ。そし
て自由にものごとを理解できるようになるの。もうこれ以上さまよ
わないで、と声に出るわ。これで終わりよ。長方形が正方形の上に
置かれたの。その上に渦を巻いたオブジェも載せたわ。みんな小石
の上をどうにか運んでもらい、海に入ることができたの。奏者たち
がまた出てきたわ。でも顔の汗を拭いているの。もうそんなに小綺

麗ではないし、魅惑的でもないな。ここを出ましょう。これから何か別のことをして午後を過ごすわ。巡礼の旅に出るの。グリニッジに行くわ。路面電車やバスにも恐れず飛び乗るの。みんなよろめきながらリージェント通りを歩いているわ。さっき女の人にぶつかったと思ったら今度は男の人にぶつかったけど、私は傷つかないの。ぶつかっても怒ったりしないわ。正方形が長方形の上に立っているの。みすぼらしい通りに入ったわ。通りに面した市場ではどの人も値切ろうとしているの。あらゆる種類の鉄棒やボルト、ねじが並んでいるわ。通りはごった返して歩道から人びとがあふれ、みんな生の肉を太い指でつかむの。整然とした構造物が見えるわ。私たちは家を建てたの。

「そしてこの花は、野原に自生する草に囲まれ咲くのよ。そこは牛たちが踏みにじり、風に吹き荒らされ、ほとんど荒れ果て、果実は実らず花も咲き乱れないの。これは私が持ってきたもの、オックスフォード通りの歩道から根こそぎ抜いた、私のささやかな花束、ささやかなスミレの花束。あら、路面電車の窓からマストが何本も見えるわ、立ち並ぶ煙突の向こうに。川ね。インドに航海する船たちがいるのかな。川べりを歩きましょう。この道をぶらぶらするの。老人がひとり、ガラス張りの停留所で新聞を読んでいるわ。このテラスをぶらぶらして、船たちが引き潮に乗って進むのを見るの。女性がひとりデッキを歩いているわ。彼女のまわりで犬が一匹吠えているの。スカートが風になびいているわ、そして髪も。みんな海に出ようとしているの。私たちを残し、やがて見えなくなるわ、この

夏の夕暮れに。さあ解き放ちましょう。今自由にしてあげるわ。つ
いに今、抑えられ、引き戻されていた欲望を解放し、使い果たし、
燃やし尽くすの。私たち、馬に乗って一緒に砂漠の丘を駆けるわ。
そこではツバメが翼を暗い水にちょっと浸し、円柱が崩れずに並ん
でいるの。海岸に打ち寄せる波をめがけ、地球の最果てに白く泡立
ち打ちつける波のさ中へ、私のスミレを投げるわ、私からパーシヴァ
ルへの贈り物を」

太陽はもはや真南の空にいなかった。その光は傾き、斜めに降り注いだ。今、太陽がひとひらの流れる雲の縁と重なると、雲は燃え立ちひとひらの光になった。光の島は熱く燃え立ち、そこに足を置くことができなかった53。やがて別の雲が太陽に捉えられ、雲は次々に燃え立った。そして雲の下の波は、羽根に火の付いた投げ矢に射貫かれたが、それらの投げ矢はかすかに震える青空を気まぐれに飛び交った。

　木のてっぺんの葉は太陽に焼かれ干からびた。それらは気まぐれなそよ風にかさかさと乾いた音を立てた。鳥たちはじっと止まっていたが、頭だけは素早く左右に動かしていた。今や鳥たちは歌うのを止めていた。それはまるで彼らが音で満腹になったかのようであり、みなぎる真昼が彼らを飲み込んでしまったかのようでもあった。トンボが葦の先にじっと止まっていたが、やがて宙に青い軌跡を描き、遠くへと飛び去った。遠くにかすかな物音がしたが、美しい羽根をときどき震わせ、地平線上を上へ下へと飛び回っていたのであろう54。川の流れにも葦は揺れ動かなかった。それはあたかも葦のまわりでガラスが固まったかのようだった。するとその時ガラスが揺れ動き、葦はさっと倒れた。物思いに耽り、頭を地面に這わせな

がら、牛が野原に佇み、さも大変そうに片足を前に出し、やがてもう片方を動かした。家近くのバケツに蛇口から水がぽたぽた落ちていたが、ふと止んだ。バケツがいっぱいになったかのように。やがて蛇口から一滴、一滴、また一滴と続けて水がしたたり落ちた。

　窓には燦めき輝く斑点が散らばり、肘のように曲がった枝が影を落としていたが、その向こうには静けさに満ちた場所が見え、そこは純粋に澄みわたっていた。ブラインドは窓縁まで上げられて赤く輝き、部屋の中では短剣のような光が椅子やテーブルに落ち、漆やニスにひびを入れた。緑色の壺は膨らんでとても大きく見え、光り輝く窓が側面に伸びていた。光は暗やみを奥へと追いやり、部屋の隅や浮き出し飾りに惜しげもなく降り注いだが、暗やみはなお、形のない塊となって立ち込めていた。

　波は次々に盛り上がり、背が次第に丸みを帯び、やがて砕けた。石や小石が巻き上がった。波は岩のまわりに激しく押し寄せた。そして波しぶきが高く上がり、それまで乾いていた洞窟の壁に撥ねかかった。海から離れたところには潮だまりが残り、引き波に取り残された魚が尾びれを激しくばたつかせていた。

「署名をしたぞ」ルイスは言った「もう二十回も。ルイス、そして
またルイス、さらにまたルイスって。明快で揺るぎなく、はっきり
したものとして、そこに在るんだ、僕の名前は。明快ではっきりし
ているのは僕も同じさ。でも、経験の莫大な遺産が僕の中には詰まっ
ているんだ。何千年も生きてきたのさ。僕はまるでキクイムシだな。
とても古いオークの梁を少しずつ囓り、虫食い穴を開けたんだ。し
かし今の僕は簡明さ。すっかりまとまっているんだ。天気のいい朝
だな。

「太陽が晴れ渡った空に輝いているぞ。でも十二時になったからと
言って雨が降るわけでも日が照るわけでもないのさ。それはミス・
ジョンソンが僕の手紙をワイヤーかごに入れて持ってくる時間なん
だ。白い便せんに次々と僕の名前を刻むのさ。葉がさわさわと音を
立て、水が溝を流れ下り、濃い緑を背景にダリアや百日草の花が点々
と咲いている。僕、あるときは公爵、またある時はプラトン、そう
ソクラテスの仲間。とぼとぼと、浅黒い肌の男たちや黄色い肌の男
たちが、東へ、西へ、北へ、そして南へと移動する。永遠に続く行
列。女性たちがアタッシュケースを持ってストランド通りを行くの
は、彼女たちがかつて水瓶を持ってナイル川へ行ったのに似ている。

こんな物のすべて、丸められ密に詰め込まれた葉のような、幾重にも折りたたまれた僕の人生を、この瞬間に要約しているのが僕の名前なんだ。便せんにすっきりと気取らずに刻まれているな。今やすっかり一人前の男さ。晴れの日も雨の日もまっすぐ立っているぞ。僕は手斧のように激しく落下して、オークの木を切らなければならないんだ。僕の重さをまっすぐぶつけるぞ。というのも、もしもあちこち脇見をしてそれてしまったら、僕は雪のように落ちるだけで無駄になってしまうからさ。

「タイプライターや電話にほとんど恋しているんだ。手紙や電報、それに短いが丁寧な電話での指令をパリやベルリン、ニューヨークに送り、僕の中にあるたくさんの人生を一つにしたのさ。僕の勤勉さと決断力のお陰で、あそこにかかっている地図の上に何本も線が引かれ、世界のさまざまな地域がひとつに結びつけられたんだ。十時きっかりに自分の部屋に入るのが好きさ。紫色を帯びてつや光りするダークマホガニーの室内が好きだし、テーブルとその角ばった縁、そして滑らかに動く引き出しも好きだ。受話器のマイクが漏斗のように伸びていて、僕の囁き声を拾ってくれるのも好きさ。そして壁に掛かっている日めくりカレンダーや予定帳も。プレンティス氏が四時、エアーズ氏は四時半きっかり。

「呼ばれてバーチャード氏の個室に行き、中国と交わした契約を報告するのが好きだ。肘掛け椅子とトルコ絨毯を受け継ぎたいな。張り切っているのさ。僕の前に広がる暗やみを征服し、混沌に満ちていた世界の果てに貿易を広げるんだ。進み続け、混沌から秩序を生

み出していけば、チャタムやピット、バーク、そしてロバート・ピール卿が立った場所に到達するかも知れないな。そうやって僕はあのしみを消し、昔の屈辱を消し去るんだ。クリスマスツリーのてっぺんから国旗を取ってくれた女性、僕の訛り、むち打ちなどの折檻、自慢話の好きな少年たち、そして親父、ブリスベーンの銀行家。

「お気に入りの詩人を食堂で読んでいたな。そして、コーヒーをかき回しながら、事務員たちが小さなテーブルで賭けをするのに耳を傾け、女性たちがカウンターで口ごもるのを見ていたのさ。僕は言ったんだ、すべてのものに意味があるだろうって。例えば一枚の茶色い紙がたまたま床に落ちたってさ。こうも言ったんだ、彼らの旅もやがて目的地が見えるだろうって。彼らは週に二ポンド十ペンス稼ぐんだろうな、厳めしい主人の命令を受けながらさ。そして夜になれば、誰かの手やゆったりした部屋着が僕たちを包み込むんだろうな。僕がこの世の中に走る亀裂を治し、そこにうごめく奇怪なものたちを理解すれば、それにより彼らが弁解したり謝ったりしなくても良くなれば、〈両方とも僕たちの気力を削ぐものさ、〉通りや食堂にいる彼らに取り戻してやれるだろうな、彼らがこの世の中で困窮し、この石ころだらけの浜辺でくじけたときに失ったものを。少しばかりの言葉を集めて鍛え、僕たちのまわりに鍛えた鋼の輪を作るぞ。

「しかし今、それに割ける時間は少しも無いんだ。ここには休息が無いし、かすかに揺れる葉叢が木陰を作ってくれることもないのさ。それに東屋も無いから、太陽の光から逃れたり、恋人と座って涼しい夕方を過ごしたりすることもできないんだ。ずしりと世界が僕た

ちの肩に乗っているのさ。世界の光景は僕たちの眼を通して立ち現れるんだ。もしも僕たちがまばたいたり脇見をしたり、振り返ってプラトンの言葉に触れたり、ナポレオンや彼の征服劇を思い起こしたりしたら、世界をさりげなく傷つけることになるのさ。これが人生だ。プレンティス氏が四時、エアーズ氏は四時半。僕のお気に入りは、エレベーターが上昇するときの滑らかな音や、僕の階で止まるときのがたんという音、どっしりした男性が廊下を歩いて行くときの頼もしい足音さ。そんなわけで僕たちは一致団結して努力し、船を地球の最果てまで送るんだ。船は洗面所やジムを備えているのさ。ずしりと世界が僕たちの肩に乗っているんだ。これが人生さ。進み続ければ、椅子と絨毯を受け継ぐだろうな。そしてサリーに家を構え、温室を作るんだ。そこで珍しい針葉樹やメロン、花の咲く木を育て、ほかの貿易商たちを羨ましがらせるのさ。

「でも僕は相変わらず屋根裏部屋に住んでいるんだ。そこで僕はいつもの小さな本を開き、雨に濡れたタイルが光り、やがて警察官の雨合羽みたいに輝くのを見るのさ。そこからは、貧民たちの家の壊れた窓や痩せ猫たち、売春婦が割れた鏡を覗きこみ、街角に立つために化粧するのが見えるんだ。そこにはローダがときどきやって来るのさ。僕たちは恋人同士なんだ。

「パーシヴァルが死んでしまったな（彼はエジプトで死に、ギリシャで死んだんだ。すべての死は一つの死さ）。スーザンには子供ができたし、ネヴィルはめきめきと頭角を現したんだ。人生は過ぎていくな。雲は僕たちの家の上を絶え間なく流れていくのさ。僕はこれ

をしてあれをすると、ふたたびこれをしてそれからあれをするんだ。出会いと別れを繰り返し、僕たちはさまざまな形を集め、さまざまな模様を織り上げるのさ。しかし、こんな感興は板に釘で打ち付けてしまい、僕の中にいる多くの人間の中からひとりの人間を作り上げなければ、今ここに生きる決心をし、さまざまな縞模様や斑模様の集まりであること、たとえば遙か山並みに散らばる雪の冠のようであることを止めなければ、そしてミス・ジョンソンにオフィスを通り過ぎざま映画のことを聞いたり、紅茶を注いだお気に入りのカップを手に取るついでに僕の好きなビスケットも受け取ったりしなければ、僕は雪のように落ちるだけで無駄になってしまうだろうな。

「でも六時になり帽子に手を触れて守衛に挨拶するとき、〈いつも大げさすぎる礼儀を示すんだ、というのも僕は受け入れてもらうことを切望しているからさ、〉そして風に向かい上体を曲げながら、コートのボタンを上まで留め、あごを青ざめさせたまま雨が眼に入るのも構わず進むとき、かわいらしいタイピストをひざに乗せて抱き合いたいなあ、とか、好物は肝臓とベーコンだ、なんて思うのさ。そんなわけでよくテムズ川までぶらつくんだけど、そのあたりの狭い通りにはパブがたくさんあり、通りの向こうを船影が通り過ぎ、女たちが言い争っているんだ。しかし僕は独りごとを言って平静さを取り戻すのさ、プレンティス氏が四時、エアーズ氏は四時半って。手斧は角材の上に落ちなければならないんだ。オークの木は芯まで割れなければならないのさ。ずしりと世界が僕の肩に乗っているんだ。ペンと紙があるぞ。ワイヤーかごの中の手紙に署名するのさ、

ルイス、ルイス、そしてまたルイスと」

「夏が来て、そして冬」スーザンは言った「季節が過ぎていくわ。セイヨウナシが実り、やがて木から落ちるの。枯れ葉が一枚、木のてっぺんに残っているわ。でも湯気で窓が曇っているの。火のそばに座ってやかんが沸騰するのを見ているわ。セイヨウナシの木が、幾筋も水滴の伝う窓ガラス越しに見えるの。

「ねんね、ねんね、と優しく歌うわ、夏であろうと冬であろうと、五月であろうと十一月であろうと。ねんねと歌う私——私、美しい声じゃないし音楽も聞かないけど、素朴な音なら聞くな、犬が吠えたり、鈴が鳴ったり、車輪がざくざくと砂利を踏みしだいたりするときのね。私は火のそばで歌うわ、まるで古い貝殻が砂浜でつぶやくように。ねんね、ねんね、と言うとき、私は声で警告しているの、誰であれ、牛乳缶をごろごろ転がしたり、ミヤマガラスを撃ったり、ウサギを撃ったり、何であれびっくりするような音を出して静穏を打ち壊す人びとに、この枝編み細工の揺りかごに近寄らないでって。揺りかごに守られた柔らかな手足は、ピンクの上掛けの下で丸まっているわ。

「もう無関心ではいられないし、無表情な眼、つぶらな瞳もしていないの。昔はものが細部まではっきりと見えていたな。私はもう一月でも、五月でも、他のどんな季節でもなく、一本の細い糸にすっかり紡がれて揺りかごに巻きつき、私自身の血からできた繭の中に赤ちゃんのひ弱な手足をくるんでいるの。ねんね、と言うとき、私の中に今までないほど野性的で暗い激情が吹き上がるのを感じるわ。

そしてどんな侵入者や誘拐犯でも、この部屋に押し入り眠るわが子を起こしたら、一撃で打ち倒すの。

「一日中エプロンを着け室内ばきを履き、家の中を静かに歩き回るわ。癌で死んだお母さんもそうしていたな。夏が来るのも冬が来るのも、もう荒れ地に芽吹く草やヒースの花で知ることはないの。ただ窓ガラスが湯気で曇るのや、窓ガラスに霜がつくのを見て知るだけだわ。ヒバリが空高く音の環を振りまき、それが空からリンゴの皮のようにくるくる降ってくると、私は身をかがめ、赤ちゃんにお乳をあげるの。昔ブナの森を歩いていると、カケスの羽根が青く燦めきながらくるくると落ちてきたわ。そして羊飼いやジプシーの傍らを通り過ぎるときには、溝にはまって傾いた荷馬車の脇に女がしゃがんでいるのをじろじろ見たの。でも今は、はたきを持って部屋から部屋を回るわ。ねんね、と言うとき、眠りが羽毛のように降ってきて一面を覆い、このひ弱な手足を包んでくれることを願うの。そして獣が爪を引っ込め、稲妻も轟かさぬまま通り過ぎることを求めながら、私自身の体でくぼんだ暖かな場所を作り、子供が眠れるように守ってあげるわ。ねんね、と言うの、ねんね。そうでなければ窓辺に行き、ミヤマガラスが高いところに掛けた巣を見るわ、それからセイヨウナシの木も。そして『私の眼が閉じていても彼の眼が見てくれるんだ』と考えてみるの。『私は自分の体を離れて彼の眼と合体し、インドを見るわ。彼はきっと帰ってくるの。そして記念品を持ち帰り私の足もとに置くわ。彼は私の持ち物を増やしてくれるの』

「でも今は決して夜明けに起きたりしないから、キャベツの葉につ
いた紫色の朝露や、バラの花についた赤い朝露をじっと見ることは
ないわ。セッター犬がくるくる回りながらにおいを嗅ぐのを見てい
ることもないし、夜に横たわったまま、葉っぱが星を隠し、星が動
いても葉っぱはそのままじっとしているのを見つめることもないの。
お肉屋さんが呼んでいるな。牛乳は日陰に置いとかなくちゃね、酸っ
ぱくなるといけないから。

「ねんね、と言うの、ねんね。あら、やかんが沸騰している。ぐら
ぐらという音がどんどん大きくなり、とうとう注ぎ口から蒸気が噴
出したわ。こんな風に人生が私の血管を満たすの。こんな風に人生
が私の手足を通って流れ出すわ。こんな風に私は前へと押し流され、
やがてこう叫ぶかも知れないの、〈夜明けから夕暮れまで開いたり
閉じたりしながら体を動かしているからかな、〉『もうこれ以上欲し
くないわ。私はありのままの幸せに十分満足しているの。』でももっ
とたくさんの幸せがやってくるわ。もっとたくさんの子供たち、揺
りかご、台所にはかごや熟しつつあるハム、真っ白に輝くタマネギ、
そしてレタスやジャガイモの苗床。葉っぱみたいに強風に吹き飛ば
されるの。濡れた草をかすめたかと思えば、次の瞬間にはくるくる
舞うわ。ありのままの幸せに十分満足しているの。だからときどき
お願いするわ、この充足感が私から移り、静寂につつまれたこの家
がもっとどっしりと豊かになりますように。こんなお願いをしなが
ら皆で座って本を読んだり、手に持った針の穴に糸を通そうとした
りするの55。ランプが暗い窓ガラスの中で輝いているわ。火がツタ

におおわれた家のまん中で燃えているの。常緑樹の木立の中に明る
く照らされた通りが見えるわ。風が小道をかすめ通ると行き交う車
の音が聞こえるの。そしてとぎれとぎれの話し声や笑い声も。あら、
ジニーがドアの開くたびに叫んでいるわ、『いらっしゃい、いらっしゃ
い！』

「でも本当は物音一つせず、私たちの家は静寂に包まれたままなの。
ただ畑がドアのすぐ向こうでそよいでいるだけ。風がニレの木の枝
を揺らし、蛾がランプにぶつかり、牛が低い声で鳴き、屋根の梁が
みしっと音を立て、そして私は針に糸を通しながらつぶやくわ、『ね
んね』」

「いよいよこの瞬間が来たのね」ジニーは言った「今私たちは会い、
一緒にやってきたの。さあお話ししましょう、物語を紡ぎましょう
よ。彼は誰？　彼女は？　私はとても好奇心が強いし、何がやって
来るかなんて知らないわ。もしもあなたが、〈初めて会ったわね、〉
私にこんなことを言ったらどうしましょう、『長距離バスが四時に
ピカデリーから出るんだ、』ためらわずどうしても必要なものを帽
子用の紙箱に放り込んで、すぐに駆けつけるだろうな。

「さあここに座りましょう、切り花の下ね、ソファの脇に絵が掛かっ
ているわ56。私たちのクリスマスツリーに真実を次々と飾り付けて
いきましょうよ。人びとは本当に早く行ってしまうから、みんなを
つかまえましょう。あそこにいる男の人、ほら飾り棚のそば。彼は、
とあなたは言うわ、磁器の壺に囲まれて生活しているんだ。一つ割っ
てごらんなさいよ。一千ポンドを粉々にしてしまうわ。それにね、

彼はローマである女性を愛したけど、振られたの。だから壺を愛したわけ、下宿屋の古いがらくた、砂漠の砂から掘り出したがらくたも同然なのにね。それに美というものは毎日壊されなければならないのに、そうでないと美しいままではいられないのに、彼はじっとしているから、彼の生活はたくさんの磁器に埋もれて活気をなくしているわ。でも不思議ね。なぜって昔、青年のころ、彼はじめじめした地面に座り、兵隊たちとラム酒を飲んでいたからよ。

「すばやく真実を加えないといけないわ。手際よく、おもちゃをツリーに付けるようにね、指をきゅっとひねって固定するの。彼は身をかがめているわ、〈その様子ったら、〉アザレアの上にさえよ。あの老婦人にさえ身をかがめるの。なぜってダイヤモンドのイヤリングをしているし、所有する農園を子馬の馬車に乗って監督してまわり、誰を助けるようにとか、どの木を伐採するようにとか、明日誰を首にするようにとかを指図するからよ。（私、好きなように生きてきたわ、言っておかなくちゃね、ずっと何年もよ。もう三十過ぎだけど、常に身を危険にさらしながら、シロイワヤギのように絶壁から絶壁へ飛び移るの。どこであろうと長い間住んだりしないし、この人と決めてお付き合いすることもないわ。でもそのうちあなたも見ると思うけど、もし私が片手を上げたら、誰かがすぐにその場を離れてやって来るの。）そしてあの男の人は裁判官ね。そしてあの男の人は億万長者。そしてあの男の人は、ほら片めがねをかけている、彼の家庭教師だった女性の心を矢で射貫いたの、十歳の時によ。その後、彼は馬で砂漠を渡り公文書を届けたの。そして革命に

参加したけど、今は資料を集めているわ。母方の一族史を書くため
よ。長い間ノーフォークに続く家系なの。あの小男はあごが青ざめ、
右手が萎えているわ。でもなぜ？ みんな知らないの。あの女性は、
とあなたは控えめにささやくわ、ほら、仏塔みたいな真珠のイヤリ
ングをぶら下げている、彼女は純愛を貫き、ある大物政治家の人生
を照らしたんだ。でも彼が死んで以来、彼女は霊魂と交信して運勢
を占い、コーヒー色の肌をした若者を養子にしたのさ。その若者を
救世主って呼んでるんだ。ねえあの天神髭の男の人、騎兵隊の将校
みたいね、放蕩の限りを尽くし生きてきたわ。（すべて自叙伝に書
いてあるの。）でもある日、彼は見知らぬ人に列車の中で会ったのよ。
その人はエジンバラとカーライルの間で聖書を読み聞かせ、彼を悔
い改めさせたの。

「こうやって数秒のうちに、手際よく、巧みに、私たちは他人の顔
に刻まれた象形文字を解読するわ。この部屋は、すり減ってぼろぼ
ろになった貝殻たちが海岸に打ち上げられるみたいね。ドアが開き
続けるわ。部屋が知識や苦悩、さまざまな野心、おびただしい無関
心、いくらかの絶望でどんどんいっぱいになるの。協力し合えば、
とあなたは言うわ、僕たちは大聖堂を建て、政策を命令し、男たち
に死刑を宣告し、たくさんの官庁の事務を統括する事だってできる
んだ。みんなの経験を一つにすればとても深い経験になるのさ。私
たちの間には子供がたくさんできるわ、男の子も女の子もね。そし
てその子たちを教育するの。学校に上がったらはしかにかかるでしょ
うね。育て上げたら家を相続させるわ。あれやこれやのやり方でみ

んな今日という日を、この金曜日を作り上げるの。ある人は法廷に行き、別の人は金融街へ行くわ。ほかにも託児所に行ったり、行進して四列縦隊に並んだりするの。無数の手が縫い物をしたり、レンガ運びを担ぎ上げたりするわ。人びとの営みは限りないの。そして明日その営みがまた始まるわ。明日はみんな土曜日を作り上げるの。ある人はフランス行きの列車に乗り、別の人はインド行きの船に乗るわ。この部屋に二度と入って来ない人もいるでしょうね。今晩死ぬ人だっているかもしれないわ。父親になる人もね。私たちからありとあらゆる建物や政策、冒険、絵画、詩歌、子供、工場が湧き出すの。人生はやって来る。そして過ぎていく。僕たちは人生を作り上げるんだ。そうあなたは言うわ。

「でも私たちは肉体の中に生きているから、肉体がひとりでに想像の翼を羽ばたかせて物ごとの輪郭を捉えるの。岩山が明るい陽光に輝いているわ。でも私、こんな現実の光景をどこかの洞窟に持って行き、両眼を覆って、その光景の中に散らばる黄色いものや青いもの、黄土色をしたものをひとつの確かなものに統合することなんてできないの。長い間座ったままでなんかいられないわ。飛び上がって行かなくちゃいけないの。たぶん長距離バスがピカデリーから出るわ。眼の前の現実をすべて——ダイヤモンドも、萎えた手も、磁器の壺も、その他もろもろのものを——落としてしまうの。猿が木の実を毛に被われていない手のひらから落とすようにね。人生はこんなものとかあんなものとか、とてもあなたに言えないわ。押し進んで、さまざまな人間がひしめく群衆の中に飛び込むの。激し

く揺さぶられるわ。投げ上げられ、たたき落とされるの、男の人たちの中で、海原の船のようにね。

「なぜって今、この肉体が、〈私の仲間よ、いつも合図を送っているわ、無作法で陰険に『ごめんなさい』とか、清らかに『さあこちらへ』とか、感覚のおもむくまま放った矢が素早く飛んでいくようにね、〉誘っているからなの。誰かが体を動かしたわ。手を上げたのかな？　視線を送ったのかな？　イチゴ模様を散らした黄色いスカーフがひらひらと舞って知らせたのかな？　壁際を離れたわ。ついてくる。私、森の中を追われているの。すべてが生きることに無我夢中で、夜の闇を動きまわり、オウムが木の枝越しにけたたましく鳴き続けているわ。あらゆる感覚が研ぎ澄まされてくるの。ざらざらした風合いを感じながらカーテンを押し開けるわ。鉄の手すりは手のひらを置くと冷たくて、塗装が所どころ剥げかかって水ぶくれみたいね。今や暗やみが冷たく満ちて、私を飲み込んでしまうの。私たちは外にいるわ。夜が開き、夜を蛾があてどなく彷徨い、夜に隠してもらった恋人たちが冒険の旅に出るの。バラの香りがするわ。スミレの香りも。夜が隠したばかりの赤色と青紫色が目に見えるようね57。砂利の上を歩いているわ。今度は芝生の上ね。家々の高い裏壁を巻き取ってよ、明かりが漏れて邪魔だから。ロンドン中が燦めく明かりで落ち着かないの。ねえ、私たちのラブソングを歌いましょうよ──さあ、こちらへ、来て。ほら、私の清らかな合図は、トンボが羽をぴんと張って飛んで行くようね。チュック、チュック、チュック、とナイチンゲールのように歌ってみるの。彼女の歌は音

がぎっしり詰まっていて、鳴き声も細すぎるわ。大きな枝がぶつかり合って引きちぎれ、獣の枝角が折れる音が聞こえるの。それはまるで森の獣たちがみんな獲物をめがけ、いっせいに後ろ足で高々と立ち上がるや、茨の藪に飛び込んだかのようだわ。そのうちの一本が私に刺さったの。深く私の中に突き刺さったわ。

「そしてビロードのような花々や葉が〈ひんやりと冷たいのは水の中に立ててあったせいね〉、私をくまなく洗い、ぴったりと覆い、死んでしまったこの肉体が腐らないようにしてくれるの」

「なぜ見るんだい」ネヴィルは言った「時計がマントルピースの上で時を刻むのを？　時は過ぎていくね、その通りさ。そして僕たちは年を取っていくんだ。しかし君と座っていること、ただ君とだけ、ここロンドンで、この暖炉に照らされた部屋で、君はそこ、僕はここ、これがすべてさ。世界は果ての果てまで略奪され、高原という高原から花々が摘み取られ、集められてしまったから、そこにはもう何も残っていないんだ。火明かりが上下に揺らめきながらカーテンの金色の縁取りに映っているね。果物が火明かりに縁取られて重そうにぶら下がっているよ。火明かりは君のブーツのつま先を照らし、君の顔も赤く浮かび上がらせているね——でもそれは火明かりで、君の顔じゃないんだ。あれは壁際に並んだ本で、あれはカーテン、あれはたぶん肘掛け椅子なのにさ。しかし君がやって来るとすべてのものが変化するんだ。カップとソーサーだって変化したのさ、君が今朝入って来たらね。疑うべくもなく、と新聞を脇へ押しやりながら思ったのさ、僕たちのみすぼらしい人生は、何もなければ見苦

しいままだけど、愛に見守られているときだけは光彩を放ち意味を持つんだ。

「起きて朝食を取ったところだったな。僕たちには丸一日あり、天気が良くて暖かく、特にすることもなかったから、公園を通ってテムズ川北岸通りに出て、ストランド通り沿いにセント・ポール大聖堂まで歩いたね。それから店に寄って傘を買ったんだ。ずっと話しながら、時々止まって景色を眺めたね。でもこんなことが続くんだろうか？　と自問してみたんだ、トラファルガー広場のライオンのそばでね。そのライオンは昔からそこにいて、これからもずっといるんだろうな。──そんなふうに僕は昔の生活を思い出すんだ、情景を次々とね。ニレの木が立っていて、そこにパーシヴァルが寝そべっているんだ。永遠にずっと、と僕は誓ったのさ。その時いつもの疑念が突然湧き起こったんだ。君の手をつかんだけど、君は僕のもとを去ったのさ。地下鉄の駅に下りていくのが、まるで死ににいくようだったな。僕たちは切り刻まれ、切り離されたんだ、駅への階段ですれ違ったすべての顔と、低く反響しながら吹き上がってくる風に。その風は、遠く砂漠の丸い大岩の上でうなっているようだったな。自分の部屋に座り、一点を見つめていたんだ。五時になり、君が約束を守らなかったことに気づいたのさ。僕は受話器を引っつかんで電話をかけたけど、ブルルル、ブルルル、ブルルルという間抜けな呼び出し音が君のいない部屋に聞こえるばかりで、僕の心は叩き潰されてしまったんだ。その時ドアが開いて君が立っていたのさ。あれは僕たちがこれまで会ったうちでも最高の瞬間だったな。

でもこんな出会いや別れが、最後には僕たちを打ち砕いてしまうんだ。「今はこの部屋が僕にとって重要な場所に思えるのさ、何か永遠に続く夜からすくい取ったような。糸は外では絡み合い交わり合っているけど、僕たちのまわりでは、二人をすっかり包んでいるんだ。ここでは僕たちが中心さ。お互い静かにしていられるし、話すとしても声を出さなくていいんだ。君は気づいたかい、そのことに、そしてあのことに？　とお互いに話すのさ。彼はあんなことを言ったな、その意味は…。彼女はためらったけど、間違いなく疑っていたんだ。とにかく僕は声を聞いたのさ、誰かが夜遅く階段ですすり泣くのを。彼らの関係は終わったんだ。こうやって僕たちは自分たちのまわりに極細の糸を際限なく紡ぎ、ひとつの世界を構築するのさ。プラトンとシェイクスピアは入れることにしよう。まったく無名の人びと、重要さなどまったくない人びともだ。チョッキの左側に十字架をつけた男たちは嫌いさ。礼拝も哀歌も、悲しげにわななくキリストの姿とその横で震え悲しむもうひとりの姿も嫌いだ。ほかにも嫌いなのは、ゆったりとしたイブニングドレスを着たり、星形勲章や装飾品を身につけたりしてシャンデリアの下に集う人びとの、仰々しくまわりには無関心で、いつも場違いな場面で熱弁をふるう姿さ。でも、生け垣の小枝に咲く花、平らな冬の野原に沈む夕陽、あるいはまた、老婦人が両手を腰に当てて肘を張り、バスケットを膝に乗せてバスの席に座っている姿──僕たちはそんなものを指さして、ほかの人びとに見るように言うんだ。別の人に見るように指さすことができるのは本当に素晴らしい心の慰めなのさ。そしてその後で

話をせず、心の中の暗い小道を進み過去に分け入ったり、本の世界を訪ねたりして、枝を払いのけ果実をもぎ取ることもだ。そして君はそれを受け取り驚嘆するのさ、ちょうど僕が君の体の何気ない動きに目を止め、その滑らかさと力強さに驚嘆するようにね——君が窓をさっと開けるときの手つきの鮮やかさには本当に驚くよ。なぜって、悲しいかな！　僕の心は少し障害があるから、すぐに疲れるんだ。目標を前に気力を失ってしまうのさ。こんな姿、まわりには不愉快だろうな。

「ああ！　僕は日よけヘルメットをかぶり、インドをあちこち馬に乗って訪ね、その後バンガローに帰るという日々を過ごせなかったんだ。はしゃぎ回ることもできないな、君のようにね、ちょうど半裸の少年たちが船のデッキでホースの水を掛け合うようにさ。僕にはこの火が、この椅子が必要なんだ。誰かにそばに座っていて欲しいのは、一日中何かを追い求め、嫌というほど苦痛を味わい、誰かの話を聞き、誰かを待ち、誰かに疑いを抱いて過ごした後さ。口論と和解の後には、人目を避けて静かに過ごしたいな——ただ君とだけいて、こんな一日の騒動を静めるんだ。というのも、僕はネコと同じぐらいきちんと毎日の習慣を守るからさ。僕たちは立ち向かわなければならないんだ、ごみだらけでゆがんだ世の中に、そこでぐるぐると渦巻き、建物から吐き出されてあたりを踏み荒らす群衆に。ペーパーナイフでさえまっすぐ小説のページに滑り込ませなきゃいけないのさ。それに手紙の入った箱は緑色の絹紐できちんとくくらなきゃいけないし、燃えかすも炉床箒ですっかりきれいにしなきゃ

いけないんだ。あらゆることをしなくちゃいけないのさ、恐怖に満ちたゆがみを叱責するためにね。古代ローマの厳格さと美徳を備えた作家を読もうじゃないか。完璧さを追求して砂漠を渡ろうよ。そう、でも僕が愛するのは、高貴なローマ人たちの美徳と厳格さをそっと織り込むことなんだ、灰色に輝く君の瞳や、揺れる草や夏のそよ風、そして笑い、叫びながら遊ぶ少年たちに——船のデッキでホースの水を掛け合う裸のボーイたちにね。だから僕は、冷めた目の探求者じゃないのさ、ルイスのようなね、完璧さを追求して砂漠を渡るからにはさ。さまざまな色が常にページを染め、雲が次々にその上を通り過ぎるぞ58。そして詩とは、僕は思うんだ、ただ君の声が話すことだけなのさ。アルキビアデスにアイアース、ヘクトール、そしてパーシヴァルは君でもあるんだ。彼らは乗馬を愛し、放縦に命を危険にさらしたけど、偉大な読書家とは言えなかったな。でも君はアイアースでもパーシヴァルでもないんだ。彼らが鼻にしわを寄せたり額を掻いたりするときも、君のまさにあの仕草じゃなかったのさ。君は君なんだ。そのことが僕を慰めてくれるのさ。なぜって、僕には多くのものが欠けているし——僕は不格好で虚弱だ——、世界は腐敗し、青春は飛ぶように去り、パーシヴァルは死んでしまったし、つらいことや腹の立つこと、嫉妬することが数え切れないほどあるからなのさ。

「しかしもしもある日、君が朝食の後に来なかったら、もしもある日、鏡の中の君がひょっとすると別の人のことを見ているんじゃないかと思ったら、もしも電話の呼び出し音がブルルル、ブルルルと

君のいない部屋に聞こえるだけなら、僕はその時には、言語に絶する苦悩の後で、僕はその時には——人間の心は限りなく愚かなものだから——もうひとりの君を探し、その君を見つけるだろうな。それまでの間、時計がかちかちと時を刻むのを一撃のもとに止めようじゃないか。もっとこっちに来なよ」

太陽は今や西の空に傾いた。雲の島々は厚みを増し、ゆっくりと移動しながら太陽を隠すと、岩々が突然黒くなり、かすかに震えるエリンギウムの青色が消えて銀色に変わった。そして風に流される雲の影は、灰色の布地のように海原を渡っていった。波はもはや海から離れた潮だまりを浸すことはなく、黒いものが点々と打ち上げられ、砂浜に沿って思い思いに描かれた波線にも届かなかった。砂浜は真珠のように白く、なめらかに輝いていた。

　鳥たちはさっと舞い下りたかと思うと、旋回しながら空高く舞い上がった。中には気流に乗って飛び、向きを変えるやその気流を突っ切るものたちもいたが、彼らは数え切れないほどの群れなのに、まるでひとつの体であるかのように飛んだ。鳥たちは網のようにいっせいに下降し、木々のてっぺんに舞い降りた。こちらでは一羽が群れから離れ、沼地へ飛んでいき、白い杭にぽつんと止まった。そして羽を広げふたたび閉じた。

　花びらが何枚か庭に落ちていた。それらは貝殻の形をして地面に横たわっていた。一枚の枯れ葉がもはや木の枝先に留まるのを止め、風に吹き飛ばされ、転がったり止まったりしながら花の茎に当たった。一面に咲く花々が光の波を浴びていっせいに明るんだ。その輝

きは唐突でつかの間しか続かず、まるで魚のひれが、緑色の鏡のような湖面を突然切り裂くようであった。時々突風が吹き、あたり一面の葉という葉をいっせいに揺らした。そして風が止むと、長い葉はそれぞれ元の形に戻った。花々は鮮やかな色の花盤を陽に輝かせていたが、風に強く揺さぶられると陽光を投げ捨ててしまった。そして花々の中には、重すぎて元通りに立つことができず、かすかにうつむいたままのものもあった。

　午後の太陽は野原を暖め、物陰は青みを帯び、小麦畑は赤く輝いた。深みのある光沢が漆のように野原一面を覆っていた。荷馬車に馬、ミヤマガラスの群れ――その中で動くものは何であれ、金色の光の中に飲み込まれていった。牛が片足を動かすと、赤みを帯びた金色のさざ波が立ち、二本の角は光で描かれたように見えた。亜麻色の毛がまっすぐ伸びた麦穂が、茎ごと生け垣に引っかかっていた。それらは荷車から野放図に飛び出していたので払い落とされたのだ。牧草地から荷車を引いてきた馬は足が短く、原種のように見えた。こんもりと盛り上がった雲は、すいすいと空を流れながらも決して切れ切れになることはなく、丸々とした自分自身を形作る水の粒をひと粒も逃さなかった。今まさに通り過ぎざま、雲は網をさっと投げるようにして村全体を生け捕りにした。そして通り過ぎてしまうと、村をふたたび自由に飛び立たせてやった。遥か彼方の地平線には、灰青色をした無数の粒子に取り囲まれて、一枚の窓ガラスが燃えていた。それはまた、一本の尖塔や木がすっくと立っているようでもあった。

赤いカーテンと白いブラインドが風に揺れ、窓縁をぱしっと打った。それらがはためくたび、さまざまな幅の光が射し込んだが、その光は所どころかすかに茶色を帯びていた。そして突風に揺れるカーテンから射し込んだ光は自由奔放に揺らめいた。光が当たると手前の飾り棚は茶色に、奥の椅子は赤く浮かび上がった。手前にある緑色の壺の側面に輝く窓がちらちらと揺れた。

　一瞬すべてのものが揺れ、曲がり、不確かで曖昧になった。それはあたかも大きな蛾が部屋中を飛び回り、宙に舞う羽根で、計り知れないほど堅牢な椅子やテーブルを翳らせたかのようだった。

「そして時は」バーナードは言った「滴となって滴り落ちるんだ。魂の屋根で生まれた滴が滴り落ちるのさ。僕の心の屋根で時間から滴が生まれ、滴り落ちるんだ。先週、立って髭を剃っているとき、その滴が落ちたのさ。ひげ剃りを手に持って立ちながら突然気づいたんだ、僕は習慣的にこうしているに過ぎないってね（こうやって滴は生まれてくるのさ）。そして僕の両手を賞賛したんだ、皮肉を込めて、良くこんなことをやり続けているなって。剃って、剃って、剃って、と言ったのさ。剃り続けるんだ。そのとき滴が落ちたのさ。一日中ずっと仕事をしていても、時々、僕の心は虚ろになり、つぶやいたんだ。『何が失われたんだろう？ 何が終わったんだろう？』そして『もう終わり、済んでしまったな』とつぶやいたのさ。『それはもう終わり、済んでしまったな』、こんな言葉で自分を慰めたんだ。みんな僕の虚ろな表情や、とりとめのない会話に気づいたのさ。文章が終わりの方で尻すぼみになったんだ。そしてコートのボタンをかけて家に帰ろうとしたとき、今までよりも芝居がかって言ったのさ、『青春が終わったんだ』

「不思議だなあ、危機のたびに場違いな言葉が出しゃばってきて、僕を助け出そうとするのは——手帳を携えて古い文明の中に生き

ている罰さ。こんなふうに滴が落ちるのは、僕の青春が終わったこととは無関係なんだ。こんなふうに滴が落ちるのは、時間がだんだん細くなって点になるからさ。時間、それは晴れた日の躍動する光に覆われた牧草地、時間、それは真昼の野原のように広大なもの、でもそれはやがて垂れ下がるんだ。時間はだんだん細くなって点になるのさ。澱（おり）がいっぱい溜まったガラスの漏斗から滴が落ちるように、時間も落ちるんだ 59。これらが真の循環、これらが真実の出来事さ。その時大気の輝きがすべて消えてしまったかのように、むき出しの底まで見えるようになるんだ。習慣の隠していたものが見えるのさ。普段、僕は何日もベッドでごろごろするんだ。外で食事をした後、鱈（たら）のようにあくびをするのさ。無理に文章を終えようとはしないんだ。そして僕の身のこなしも、いつもはとても気まぐれなのに、機械のような正確さを獲得することがあるのさ。今回は、旅行会社を通りがかりざま、中に入って買ったんだ、落ち着き払い、機械のように正確な立ち居振る舞いで、ローマ行きのチケットを。

「いま僕は石のベンチに腰掛けて庭園に佇み、永遠の都を眺めているのさ。そしてロンドンで五日前に髭を剃っていた小男は、もはや古着の塊にしか見えないんだ。ロンドンもまた崩れ落ちたのさ。ロンドンには倒れた工場と数個のガスタンクしか残っていないんだ。同時に僕は、眼の前の壮麗な行列にも加わっていないのさ。すみれ色の飾り帯をした聖職者たちや、絵のように美しい子守女たちが通り過ぎるぞ。外見にしか意識が向かないんだ。ここに座っている僕は回復期の患者みたいだな。一音節の言葉しか知らない白痴の男の

ようにも見えるぞ。『陽、熱い』と言ってみるのさ。『風、冷たい。』
自分自身がぐるぐると運ばれるのを感じるんだ。地球のてっぺんに
いる昆虫みたいにさ。そして誓ってもいいけど、ここに座っていると、
地球の硬さや自転を感じるんだ。地球の自転と反対方向に進もうな
んて少しも望んでいないのさ。この感覚器官をあと六インチ先まで
伸ばすことができたら、ある風変わりな領域に触れるだろうという
予感がするんだ。でも僕の吻はとても短いのさ。だからといって僕
は、世界から孤立してしまった今の状態を決して長引かせたくない
んだ。そんなのは嫌さ。嫌悪さえするんだ。五十年間同じ場所に座
り、瞑想にふけるような人間にはなりたくないな。荷車に縛り付け
られていたいのさ、玉石の上をごとごとと進む、野菜を積んだ荷車に。
「本当のことを言うと、僕はひとりの人間や無限なものの中に満足
を見出すような人間じゃないんだ。ふたりだけの部屋は退屈だし、
大空もそうさ。僕の存在が輝くのは、そのすべての切子面が多くの
人びとに晒されている時だけなんだ。それが叶わないと、僕は穴だ
らけになり、焼け焦げた紙のようにだんだん縮んでしまうのさ。あ
あ、ミセス・モファット、ミセス・モファット、って言うんだ、来
てすっかり掃除してくれ給え。いろいろなものが僕から落ちてしまっ
たな。ある種の願望は消え失せてしまったし、友だちも失ったのさ。
何人かは死によって——パーシヴァルだ——別の何人かは、僕が
単純に道を渡ることができなかったせいでね。僕にはそれほど才能
が無いんだ、かつて思っていたほどにはね。ある種の事がらは僕の
活動範囲を超えたところにあるのさ。いま理解しているよりも難し

い哲学上の諸問題は決して理解できないだろうな。ローマより遠い
ところには旅行できないんだ。夜眠りに落ちるとき、ときどき苦痛
と共に心に浮かぶのは、タヒチの野蛮人たちが燃え立つかがり火の
もと槍で魚を突いたり、ライオンがジャングルで急に現れたり、裸
の男が生の肉を食べたりするのを見ることは決してないだろうとい
うことさ。それにロシア語を学んだり、ヴェーダを読んだりするこ
ともないだろうな。歩いていて郵便ポストにどかんとぶつかること
も二度と無いだろうさ。（しかし今でも、夜の間ずっと数個の星が
流れ落ちるんだ、美しく、あの時の激しい衝撃からね。）でも考え
ているうちに、真実に近づいてきたぞ。何年もの間、ひとり満足し
て甘く囁いてきたのさ、『僕の子供たち…僕の妻…僕の家…僕の犬。』
鍵を開けて家の中に入り、いつもの慣れ親しんだ儀式を済ませ、僕
を温かく覆ってくれるいろいろなものに包まれたものだな。でも今、
あの美しい帳は落ちてしまったんだ。もう財産なんか欲しくないの
さ。（言っておくけど、イタリア人の洗濯女の立ち姿ときたら、イ
ギリスの公爵令嬢と同じぐらい上品なんだ。）

「しかし考えてみるとしよう。滴が落ちる。次の段階に到達したの
さ。ひとつの段階が終わるとまた次の段階。でもなぜどの段階にも
終わりがあるんだろう？　そしてそれらはどこに至るんだろう？
どんな結末に？　というのもそれらは荘厳な式服を着てやってくる
からな。こんな難問に出会うと、信心深い人びとは助言を求めるん
だ、あのすみれ色の飾り帯をして好色そうな、群れをなして僕の傍
らを通り過ぎていく連中にさ。しかし僕たちにとって、教師という

連中はひどく腹の立つ存在なんだ。ひとりの男が立ち上がりこう言うとしよう、『見給え、これが真実なり』するとすぐに僕は、砂色のネコが後ろで魚を一匹くすねるのに気づくのさ。ほら、お前はそのネコを忘れているぞ、って言うんだ。そういえばネヴィルは、学校で、薄暗い礼拝堂で、先生のつけている十字架を見ると激怒していたな。僕は、いつも気が散っているのさ、ネコとか蜂にね。〈蜂がまわりでぶんぶん音を立てている花束を、ハムデン夫人がとても熱心に嗅ぎ続けていたな。〉だからたちまち物語を作り上げ、十字架の四隅を消し去るんだ。僕は無数の物語を作り上げたな。数え切れない手帳たちに言葉をびっしり書き付けたのさ。真の物語を見出したときに使おうと思ってね。その唯一の物語にはこれらの言葉がすべて役立つんだ。しかしそんな物語はついぞ見出していないのさ。そして自問し始めるんだ、物語ってあるのかな？

「さあこのテラスから真下の群衆を見てごらんよ。一般大衆の活力と騒ぎを見るんだ。あの男はラバに手こずっているな。ぶらぶらしていた親切な男たちが五、六人、手を貸しているぞ。ほかの人びとは見向きもせず通り過ぎていくのさ。彼らには糸束の糸と同じぐらいたくさんの関心事があるんだ。広々とした空を見てごらんよ、ふっくらとした白い雲が次々に流れていくね。想像してごらん、カンパニア州の平らな土地に点々と立つ里程標、水道橋や壊れたローマ時代の舗道、そして墓碑の群れをさ。そしてカンパニア州の向こうには、海が見え、その向こうにはまた陸地が広がり、そしてふたたび海に出るんだ。やろうと思えば、そんなあらゆる眺望の中のどんな

細部でもちぎり取れるのさ——ラバの引く荷車とかね——そして
それを信じられないほど簡単に描写できるんだ。でもなぜラバに手
こずる男を描写するんだろう？　それにまた、階段を上ってくるあ
の女性の物語だって作れるのさ。『彼女は暗いアーチ道の下で彼に
会った…彼は「終わったんだ」と言いながら、止まり木にシナオウ
ムが止まっている鳥かごから振り向いた。』それともシンプルに『そ
れが最後だった』かな。でもなぜ僕の勝手気ままな作り話を押しつ
けるんだろう？　なぜこれを強調し、あれの形を整えて小さな人物
たちをこね上げるんだろう？　男たちが仕切った箱に入れて通りで
売っているおもちゃのようなさ。なぜこれを選ぶんだろう、あそこ
にあるすべての細部から——たった一つの細部を？

「ここで僕の人生は脱皮しかかっているんだ。けれども世間の言う
ことは、『バーナードは十日間ローマで過ごしている』だけだろうな。
このテラスを足早に行ったり来たりしているのさ、たったひとりで、
特に当てもなくね。でもよく見てごらん、僕が歩いていると、点や
短い線が繋がり合って線になり始める様を、いろいろなものが、何
もしなくてもそれぞれ違っていた個性を失いつつある様をさ。さっ
きあの階段を上ってくる時にはあったのにな。大きな赤い植木鉢は
今や赤みを帯びた縞になり、黄緑色の波に飲み込まれるんだ。世界
が僕の後ろに過ぎ去ろうとしているのさ、出発する列車から見える
生け垣の連なった土手や、出航する汽船から見える海の波のように
ね。僕もまた動いているんだ。そして世間の順序だった動きに巻き
込まれつつあるのさ、出来事が次々に起こるときにはね。どうも避

けようがなさそうだな、木が現れたあと電柱が現れ、やがて生け垣の切れ目が現れるのはさ。そして動きながら、世間にとり囲まれ、巻き込まれ、関わっていると、いつものように言葉が泡立ち始めるんだ。そしてこの泡を、僕の頭に付いているはね上げ戸から解き放ちたくなるのさ。だからあの男に会いに行くんだ。彼の後頭部は少しばかり見覚えがあるのさ。学校で一緒だったんだ。間違いなく会うだろうな。きっと昼食を共にするのさ。話をするだろうな。でも待てよ、ちょっと待つんだ。

「こんな現実逃避の瞬間を軽蔑してはいけないぞ。こんな瞬間はめったに来ないのさ。タヒチにだって行けるかも知れないな。この欄干から身を乗り出すと、遙か彼方に荒涼とした海が見えるんだ。魚のひれが波間を切って進むぞ。このありのままの視覚的印象は理性的に考えて生まれるわけではなく、突然湧き出し、ネズミイルカのひれが水平線上に見えるかもしれないのさ。しばしば視覚的印象は、こんなにも簡潔に何かを伝えるんだ。それを僕たちは将来発見して、言葉に昇華させるのさ。だから僕は、『ひ』のページに『荒涼とした海に見えるひれ』と記すんだ。僕は、何か究極の物語を発表するため絶え間なく心の余白にノートをとっているから、これにも印をつけておくのさ。いつか来る冬の夜を待ち望みながらね。

「さあ、どこかへ昼食をとりに行くとしよう。そこで僕はグラスを持ち上げ、ワイン越しにものを見るんだ。いつもよりさらに世界から孤立して観察するのさ。そしてきれいな女性がレストランに入ってきて、テーブルの間を僕の方へ歩いてきたら、僕は独りごとを言

うだろうな、『見よ、荒涼とした海と格闘しながら彼女が進んでいく航跡を』ってね。意味の無い観察だけど、僕にとっては荘厳で鉛色に染まり、世界が崩壊し、海が破滅に向かいなだれ落ちるときの運命的な音がするんだ。

「では、バーナード（お前を呼び戻すのさ。お前、僕の手がける大事業のいつもの仲間よ）、この新しい一章を始めようじゃないか。そして見守ろうよ、この新しい、この未知なる、奇妙な、要するに正体不明でぞっとする経験——新しい滴——が生まれるのを。それはまさに形を成そうとしているんだ。ラーペントがあの男の名前さ」

「この暑い午後に」スーザンは言った「この庭で、息子と一緒に散歩するこの野原で、望んだことの頂点を極めたわ。門のちょうつがいが錆びついているけど、息子が持ち上げて開けてくれるの。子供時代の激しい感情、ジニーがルイスにキスするのを見て庭で流した涙、教室での怒り、〈松の木の臭いがしていたな、〉異国の地での孤独、〈あの時ラバたちが先の尖った蹄（ひづめ）でぱかぱかと音を立てながら帰ってきたわ。そしてイタリアの女性たちが泉のほとりでおしゃべりをしていたの。みんなショールを肩にかけ、カーネーションを髪に編み込んでいたな、〉そんなものがみんな、こうして無事に暮らし、いろいろなものを所有し、家族と仲良く生活することで報われるの。これまでの年月は幸福に満ち、実り豊かだったわ。目に映るものはすべて私のものよ。種から木々を育てたの。私の作った池では、金魚がスイレンの丸い葉の下に隠れているわ。いちごやレタスの苗床に網をかけたり、セイヨウナシやプラムの実を白い袋に包んで口を

縫い、スズメバチから守ったりしたの。息子たちや娘たちは、かつては果物のようにベビーベッドの中で網をかけられていたけど、今やその網を破り、私と一緒に歩いているわ。背も私より高くなり、草の上に影を伸ばしているの。

「私は守られ、ここに根を下ろしているわ、私の育てた木々のようにね。『私の息子』と言ったり、『私の娘』と言ったりするの。そして金物屋の店主でさえ、釘やペンキ、鉄条網で散らかったカウンターから顔を上げ、ドアの前に止まった私たちの車に感心するわ。それはみすぼらしいけど、虫取り網やクリケットの脚パッド、ミツバチの巣箱でいっぱいだからよ。子供たちと一緒に、クリスマスには実の付いたヤドリギの束を時計の上にかけ、ブラックベリーやマッシュルームの重さを測り、ジャムを詰めた瓶を数えるの。そして一年に一度、子供たちを客間のブラインド窓の前に立たせ、背を測ってあげるわ。それに白い花でリースを編み、銀色の葉の植物を編み込むの。亡くなった人びとのためよ。それにカードを添えて羊飼いの死を悼んだり、亡くなった荷車引きの奥さんにお悔やみを伝えたりするわ。死期の迫った婦人たちの枕元に座ることもあるの。みんな最後の恐怖をつぶやき、私の手をきつく握るわ。いつも行く部屋は耐えがたいところなの。私のように生まれ育ち、早くから農家の庭やうずたかく積まれた家畜の糞、母屋の土間に気ままに出入りする雌鶏に慣れ親しんでいないとね。良く訪ねていく母親は、二部屋の家に育ち盛りの子供たちと住んでいるわ。窓が暖房で結露し、下水口が匂っていたな。

「自問してみるの、こうしてはさみを持って花々の中に佇みながら、どこが陰ったりするかしら？　どんな衝撃を加えれば、手間ひまかけて集積し、力いっぱい押し固めた私の人生がぐらぐらになるかしら？　ってね。でも、時々ありのままの幸せにうんざりするわ、果実が実ったり、子供たちがオールや鉄砲、頭蓋骨、賞品にもらった本やいろいろな記念品を家中に散らかしたりすることにね。五体満足なのが嫌になるの。自分らしい仕事の腕前や勤勉さ、器用さにうんざりするし、なりふり構わぬ母性本能にも嫌気がさすわ。母親が守るのは、長テーブルに集めて注意深く見守るのは、彼女自身の子供たち、いつも自分の子供たちなの。

「そんな時だわ、春がやって来るのは。寒くてにわか雨が多いけど、突然黄色い花が咲くの──そんな後、青い傘をつけた電灯の下で肉を見たり、お茶や干しぶどうの重い銀色の袋を抱きかかえたりすると、思い出すわ、太陽が昇り、ツバメたちが草すれすれに飛び交っていた様子や、バーナードが口にした言葉をね。あの時、私たちはまだ子供で、私たちの上で葉っぱが揺れていたな。幾重にも重なり合い、日差しを漉して透き通るように明るく、すき間から青空がちらちらと見え、骸骨のようなブナの根に木漏れ日を幾筋も揺らめかせていたわ。そこに座り、泣きじゃくったの60。ハトが飛び立ったわ。飛び起きて言葉の後を追ったの。それはぶらぶら揺れる風船の紐みたいにたなびき、どんどん高く、枝から枝へと遠ざかっていったわ。するとボウルにひびが入るように、堅固だと思っていたわたしの朝が砕けたの。そして小麦粉の袋を下ろしながら思ったわ、人

生が私をぐるりと取り囲んでいる、ガラスのような川面が葦を閉じ込めるように。

「こうしてはさみを持ってタチアオイをちょきんと切ると思い出すな、エルヴドンに行って腐り落ちた五倍子を踏んづけたこと、ご婦人が書き物をしていたこと、庭師たちが大きな箒を持っていたことをね。私たち、息を切らして走り戻ったわ、撃たれてイタチのように壁に釘付けにされないようにね。でも今は食べ物を量り、保存するの。夜になると肘掛け椅子に座り、縫いかけの生地に手を伸ばすわ。夫のいびきが聞こえるの。通り過ぎる車のライトで窓がまぶしく輝くと顔を上げ、私の人生が波のように激しく揺れ、砕けるのを感じるわ、動けないでいる私のまわりでね。そして叫び声が聞こえ、他人の人生が、橋脚のまわりの麦わらのように渦巻いているのが見えるの。並縫いで白い綿布を縫っていく間ずっとよ。

「時々パーシヴァルを思い出すわ。私を愛していたな。インドで馬に乗っていて落ちたの。時々ローダも思い出すわ。不安な叫び声を聞いて真夜中に目覚めるの。でも大抵、私は満ち足りた気持ちで息子たちと歩くわ。タチアオイの枯れた花を切るの。かなりずんぐりして、年のわりには髪も白いけど、澄んだ眼、つぶらな瞳をして、私の畑を行ったり来たりするわ」

「ここに立っているの」ジニーは言った「地下鉄の駅に。ここで魅力的な場所がすべて交わるわ──ピカデリー通り南側地区、ピカデリー通り北側地区、リージェント通り、ヘイマーケット。ほんの一瞬だけど歩道の下、ロンドンの中心に立っているの。無数の車輪

が勢いよく流れ、無数の足が押し寄せているわ、頭のすぐ上によ。文明の大通りがここで合流し、ふたたびあちこちに向かうの。活気の中心にいるわ。でも見て――あそこの鏡に私の体が映っているの。なんて寂しそうで、なんてうちしおれ、なんて老けたんでしょう！もう若くないわ。もう行進には加わっていないの。おおぜいの人びとが階段を下りていくわ、恐ろしい急勾配ね。大きな車輪が情け容赦なくあたりをかき回し、人びとを地下へとせき立てるの。たくさんの人びとが死んだな。パーシヴァルも死んだわ。私はまだ動いている。生きているの。でも誰が来てくれるかしら、私が合図を送ったとしても？

「小さな動物ね、私って。恐怖のあまり脇腹が波打つほど深く息をしながら、ここに立っているわ。胸がどきどきするし、震えが止まらないの。でも恐くないわ。脇腹をむち打つの。くんくんと鳴きながら物陰に逃げこむ小動物じゃないわ。ほんの一瞬、自分の姿を見つけたのが、心の準備ができる前だったから、〈いつもはちゃんと自分を見るために備えるの、〉怖じ気づいただけよ。でも本当は、もう若くないの――今すぐ手を挙げても誰も来てくれないだろうし、スカーフも私の横に落ちて、誰かに合図を送ることはないだろうな。夜、突然のため息を聞くこともないだろうし、暗やみの向こうから誰かがやって来る気配を感じることもないと思うわ。暗いトンネルの中で、私を見つめる人影が列車の窓ガラスに映ることもないだろうな。窓に映った顔を見つめても、その顔は別の顔を探していると思うの。本当はね、一瞬だったけど、直立した人びとの体が音もな

く、宙に浮くようにエスカレーターを下りていくのが、縛り上げられ、身の毛もよだつ姿で、死人の群れが下りていくように見えたの。それに大きなエンジンがあたりをかき回し、情け容赦なく私たちを、私たちすべてを先へ先へとせき立てるから、こうして身をかがめ、避難所に逃げ込んだのよ*61*。

「でも今、誓ってもいいけど、慎重にガラスの前でいつものささやかな準備をしたから、そして私の身支度は整ったから、もう怖くないわ。見事なバスを思い浮かべるの。赤や黄色で、止まったり発車したり、時間どおりきちんと走っているわ。馬力のある美しい自動車を思い浮かべるの。歩く速さに速度を落としたかと思うと、たちまち凄い加速で走り去って行くわ。男たち、女たちを思い浮かべるの。みんな支度を調え、覚悟を決め、前に向かって突き進んでいるわ。これが凱旋の行進よ。これが勝利を収めた軍隊なの。みんな軍旗や真鍮の鷲印を掲げ、戦功を讃えた月桂冠をかぶっているわ。彼らの方が立派なの、腰に布を巻いた野蛮人や、髪の毛のじめじめした女たちよりも。彼女らの乳房は長く垂れ下がり、子供たちがその長い乳房を引っぱっているわ。ここに集まってくる目抜き通り——ピカデリー通り南側地区、ピカデリー通り北側地区、リージェント通り、そしてヘイマーケット——は、ジャングルに通した勝利の砂道よ。私もまた、小さなエナメル革の靴を履き、とても薄い紗のハンカチを持ち、赤いルージュを塗り、そして眉は細く描いて、勝利への行進に加わるの。

「ほら、こんな地下にも衣服が陳列してあるわ、いつ見ても輝いて

いるの。地中でさえ、虫だらけでびしょ濡れのままにはしておかないものなのね。紗や絹がショーウィンドウの中で光を浴びているわ。そしてランジェリーには、細かな縫い目を無数にちりばめた見事な刺繍がしてあるの。深紅色、緑色、青紫色、あらゆる色に染められているわ。思い浮かべるの、人びとが準備し、丸めてあった生地を広げ、伸ばし、染料に浸す様子を、そして岩盤を爆破し、トンネルを通す様子を。エレベーターが昇降するわ。列車が停止し、発車するの、海の波と同じくらい規則正しくね。これが私の属する世界よ。私はこの世界で生まれたから、その軍旗について行くわ。どうして避難所に逃げ込んだりできるの？　だって人びとは本当に壮大な冒険心にあふれ、大胆で、好奇心も強く、奮闘の真っただ中でも余裕があるので、ちょっと立ち止まり、思うまま壁に戯れ言を書き殴ることができるのよ。だから私は顔にパウダーをはたき、赤いルージュを塗るの。眉の角はいつもより鋭く描くわ。地上に出てまっすぐに立つの、ピカデリーサーカスの雑踏でね。さっとタクシーに手を挙げると、ドライバーはなんとも言えずいそいそと、私の合図に反応してくれるわ。なぜって私がまだ魅力的だからよ。今でも通りで男の人たちがお辞儀してくれるの、そよ風が吹くと小麦が静かになびき、赤茶色に波立つようにね。

「家まではタクシーで帰るわ。花瓶いっぱいに贅沢で豪華な、派手な花々を活けるの。たくさんの花々はどれもうつむき加減よ。あそこに椅子を置き、もう一つを手前に置くわ。タバコにグラス、それに何か派手な装丁の、まだ読んでいない新刊書を準備しておくの、

バーナードが来るのに備えてね。それともネヴィル、ルイスかな。でも多分、それはバーナードでも、ネヴィルでもルイスでもなく、誰か新しい、誰か知らない、誰か階段ですれ違ったひとよ。すれ違いざまに振り向いてささやいたの、『いらっしゃい』って。彼は今日の午後来るわ。誰か知らないひと、誰か新しいひと。沈黙した死者たちの軍隊はそのまま降りていかせるの。わたしは前に向かって行進するわ」

「もう部屋は必要ないんだ」ネヴィルは言った「壁や暖炉の火明かりもさ。もう若くないな。ジニーの家を通り過ぎるときも嫉妬なんてしないのさ。むしろ玄関前の階段で少し神経質そうにネクタイを直している青年に微笑みかけるんだ。上品な青年がベルを鳴らしたって構わないし、彼女に会ったって平気さ。僕だって彼女に会えるんだ、会いたければね。そうでなければ通り過ぎるのさ。もう昔のように邪念に苦しむこともないな――嫉妬や陰謀、敵意は洗い流されてしまったのさ。だけど僕たちは輝かしい青春も失ってしまったんだ。若い頃はどこにでも座ったな、すきま風の入る玄関ホールに置いてあったむき出しのベンチとかさ、ドアがしょっちゅうばたんと閉まっていたっけ。それに半裸で転げ回っていたな、少年たちが船のデッキでホースの水を掛け合うようにさ。今なら断言できるけど、僕が好きなのは、人びとが一日の仕事を終えて地下鉄からどっとあふれ出してくる情景なんだ。考えていることが同じで、乱雑な、数え切れない群衆さ。僕はもう自分の果実を摘み取ったんだ。だから冷静にものを見るのさ。

「結局、僕たちには責任がないんだ。僕たちは判事じゃないのさ。
親指絞めや手かせ足かせで仲間を拷問にかけるよう頼まれてなどい
ないし、薄暗い日曜日の午後、説教壇に上がって人びとに教えを説
くよう頼まれてもいないんだ。一輪のバラを眺めるか、シェイクス
ピアを読む方がましさ。僕は今シャフツベリー通りでシェイクスピ
アを読んでいるんだ。道化師がいるぞ。こっちには悪役だ。今度は
山車に乗ったクレオパトラの登場さ、屋形船の上で輝いているな。
神の罰を受けた人間たちもうごめいているぞ。梅毒で鼻の溶けた男
たちが警察裁判所の壁際に立ち、両足を火に包まれ呻いているんだ。
これが詩なのさ、たとえ僕たちが言葉にしなくてもね。彼らは自分
たちの役どころを確実に演じているな。彼らが口を開こうとする瞬
間、何を言おうとしているのか分かるんだ。そして彼らが話す神聖
な瞬間を待つのさ。その言葉は台本にあったものに違いないけどね。
この芝居を見届けるためだけでも、このままずっとシャフツベリー
通りを逍遙する値打ちがあるな。

「さて、通りを離れてと、どこかの部屋に入ったけど、人びとが話
しているぞ。と言うか、無理に話をする様子がほとんどないな。男
が話し、女が話し、誰か他の人も話しているけど、いろいろなこと
が散々話題に上った後だから、物ごとを語りつくすには一言話せば
十分といった感じさ。議論、笑い声、永年の不満――それらが空
中を落ちていくから、空気がよどむんだ。本を一冊手に取り、どこ
でも良いから半ページ読むとしよう。ティーポットの注ぎ口が壊れ
たままだな。子供が踊っているぞ、母親の服を着てさ。

「しかしその時ローダが、いやルイスかも知れないな、何か精進の最中で苦悩に満ちた霊魂が通り過ぎ、ふたたび出ていくんだ。彼らは筋書きが欲しいのだろうか？　根拠が欲しいのだろうか？　彼らには不十分なのさ、こんなありふれた情景なんて。彼らは満足できないんだ、物ごとがまるで書かれてあるかのように話されるのを待つだけなんて、文章が一塊の粘土をぴったりと適切な場所に押し重ね、個性を形作っていくのを見ているだけなんて、あるいは何かの群れが空に形を描いて飛んで行くのを突然見つけるだけなんてさ。しかしもしも彼らが暴力を欲しているのなら、僕は人の死と殺人と自殺をすべて同じ部屋で見たことがあるんだ。人はやって来て、人は出ていくのさ。階段からすすり泣きが聞こえるぞ。糸の封を切り、結び目を作って、女がひざの上で白い亜麻布を静かに縫い続ける音を聞いたことがあるんだ。なぜ求めるのかな、ルイスのように、根拠を？　あるいはなぜローダのようにどこか遠い木立へ飛んでいき、月桂樹の葉をかき分けて大理石像を探すのかな？　よく言うじゃないか、人は嵐に向かって羽ばたかなければいけないって、この嵐の向こうには太陽が輝いていると信じてさ。そこでは柳の木に覆われた小さな池に太陽の光が真上から降り注いでいるんだ。（いまは十一月、貧しい人びとがマッチ箱を差し出しているぞ、指が風で霜やけになっているな。）こうも言うじゃないか、真実はそこで完全な姿をして現れるだろうって、そして美徳も、ここではのろのろと、見通しのきかない路地を歩いて行くに過ぎないけど、そこでは完璧なものになるだろうって。ローダが飛んで行くぞ、首を思い切り伸

ばし、衝動的で熱狂的な眼をして、僕たちを通り過ぎるのさ。ルイスは、いまではとても裕福なのに屋根裏部屋へ帰り、窓から〈まわりの屋根は屋根板が剥がれかかってでこぼこしているんだ〉彼女が見えなくなったあたりを見つめるのさ。でも必ずオフィスに座り、タイプライターや電話に囲まれ、全精力を傾けるんだ、僕たちを教育し、再生させ、これから生まれる世界を改革するためにね。

「しかし今この部屋では、僕はノックもせずに入るけど、物ごとがまるですでに書かれたもののように話されているな。本棚を見てみよう。そして本を選んだら、どこでも良いから半ページ読むのさ。話す必要はないんだ。でも聞いているのさ。驚くほどまわりに注意しているんだ。確かに、この詩を読むのは骨が折れるな。ページはあちこち汚れ、泥が付き、破れかかり、色あせた葉とか、バーベナやゼラニウムの切れ端が挟まっているぞ。この詩を読むには無数の眼が必要さ。たとえば真夜中の大西洋で、船上の明かりの一つひとつが、疾走する海面を突然照らし出すようにね。でも、そこにはひとひらの海藻が漂っているだけだろうな。あるいは突然波が裂け、怪物がむっくと立ち上がるかも知れないぞ[62]。嫌悪したり嫉妬したりしてはいけないし、さえぎってもいけないのさ。我慢強く、決して注意を怠らず、かすかな物音も、蜘蛛の繊細な足が葉の上で立てる音であろうと、水がありふれた排水管の中で立てる含み笑いのような音であろうと、聞き取らなければいけないんだ。何ものも拒絶してはいけないのさ、不安や恐怖の中でもね。このページを書いた詩人は（この詩を読んでいる傍らで人びとが話しているぞ）詩作を

やめたんだ。コンマやセミコロンが一つもないな。各行もちょうど良い長さで書かれていないぞ。多くはまったく意味不明だな。物ごとには懐疑的でなければいけないけど、警戒心を捨て、ドアが開いたらすべてを受け入れなければいけないのさ。それに時には泣き、そしてまた、すすや樹皮、固く堆積したものなら何でも、金べらで断固削り落とさなければいけないんだ。というわけで（まわりが話しているうちに）網を深く、深く下ろし、静かに引き寄せ、彼の言葉や彼女の言葉を水面まで引き上げ、詩を作るとしよう。

「おや、話し声が途切れたぞ。行ってしまったな。僕ひとりさ。満ち足りた気持ちでいられるだろうな、暖炉の火が燃え続けるのを見てさえいればね。壮麗な建物に見えたり、溶鉱炉に見えたりするんだ。いまは薪から吹き上がった炎が絞首台に見えるぞ。それはまた地獄、あるいは幸福の渓谷にも見えるな。今度はヘビがとぐろを巻いているぞ、真っ赤な体に白いうろこを纏っているな。果物がカーテンの中で実り、オウムが上からくちばしでつつこうとしているぞ。ぴしっ、ぱちっ、炎が音を立てているな。森の奥で虫たちが鳴いているみたいだ。ぴしっ、ぱちっと炎が音を立てているけど、外では木々の枝が大気をざわめかせ、ほら、一斉射撃のような音を立て、木が倒れたぞ。これがロンドンの夜の音さ。そうするうちに待ち望んでいたひとつの音が聞こえるんだ。一段一段と階段を上り、近づき、ためらいながら僕の部屋の前で止まるのさ。僕は叫ぶんだ、『入れよ。そばに座りな。なるだけ僕の近くに座りなよ』昔の幻覚に襲われ、僕は叫ぶんだ、『もっと近くに来なよ、近くに』」

「オフィスから戻ったぞ」ルイスは言った「コートをここに掛け、ステッキはそこに置くんだ——リシュリューもこんなステッキを持って歩いていたと想像するのが好きさ。こうやって僕は自分の権威を脱ぐんだ。最近、つや光りした会議室のテーブルでは取締役の右側に座っているのさ。僕たちの事業が成功したことを示す地図が、目の前の壁に掛かっているんだ。僕たちの船で世界を結び合わせたのさ。世界中に僕たちの航路を張り巡らせたんだ。僕はすごく立派なのさ。オフィスの若い女性たちは皆、僕が入っていくと挨拶してくれるんだ。今は好きなところで食事ができるし、うぬぼれではなく想像するんだけど、もうすぐサリーに家を構え、車を二台持ち、温室で希少種のメロンを育てるのさ。でも僕は今でも戻る、今でも僕の屋根裏部屋に帰ってくるんだ。そして帽子を掛け、例の変わった試みをひとりで再開するのさ。僕がそれを始めたのは、先生の部屋の前で木目の出たオーク扉をノックして以来だ。小さな本を開けよう。詩を一つ読むのさ。一つの詩で十分だ。

　　　ああ西風…

　　ああ西風よ、お前が敵意を抱くのは僕の座るマホガニーのテーブルに靴を包むゲートル、そしてまた、残念だけど、下品な僕の愛人だな。小柄な女優で、英語を正確にしゃべれたためしが一度もないんだ——

ああ西風、あなたはいつになったら吹くのですか…

「ローダなら、ひどくぼんやりとして、うつろな眼はカタツムリの
体のように淡い色をしているから、お前を滅ぼしたりしないさ、西
風よ、彼女が星の輝く真夜中に来ようと、一日のうちで最もつまら
ない真昼時に来ようとね。窓辺に立ち、煙突の煙出しや割れたまま
の窓を見るんだ、貧民街のさ──

　　ああ西風、あなたはいつになったら吹くのですか…

「僕の任務、僕の責任は、いつも他の人間たちより重かったんだ。
ピラミッドが僕の双肩にのしかかっていたのさ。だから膨大な仕事
をこなそうとしたんだ。乱暴で手に負えない、ひどいやつらをこき
使ったのさ。オーストラリア訛りがあるから、食堂で席についても、
まわりの事務員たちに受け入れてもらうのに苦労したな。でも決し
て忘れたことはないんだ、僕のまじめで真剣な信念とか、解決しな
ければならない矛盾や不条理をさ。子供のころ僕はナイル河の夢を
見たんだ。そこから目を覚ますのはとても嫌だったけど、木目の出
たオーク扉をノックしたのさ。宿命を背負わずに生まれてこれたら
もっと幸せだったろうな、スーザンやパーシヴァルのようにね。僕
はこの二人に最も敬服しているんだ。

　　ああ西風、あなたはいつになったら吹くのですか、

そして春雨を降らせてくれるのですか？

「人生は僕にとって恐ろしいものだったな。僕はまるで巨大な吸盤、
何かねばねばした、何にでも粘着し、何でも食べようとする口みた
いさ。生きている肉体から、その奥深くにひっかかっている石を取
り出そうとしたんだ。日常の幸せがどんなものかほとんど知らなかっ
たけど、今の愛人を選んだのは、彼女のロンドン訛りを聞いて寛い
だ気持ちになるためだったのさ。しかし彼女は汚れた下着を床に脱
ぎ散らかすだけだったし、下働き女や店の小僧どもが一日に何度も
僕を呼びとめ、僕の上品ぶった、偉そうな歩き方をあざ笑ったんだ。

　　ああ西風、あなたはいつになったら吹くのですか、
　　　そして春雨を降らせてくれるのですか？

「僕がずっと背負っている宿命って何だろう？　それは先の尖った
ピラミッドで、ここ何年も僕の肋骨をきしませているのさ。それは
僕が、ナイル河と、水瓶を頭に乗せて運ぶ女たちを記憶しているこ
と、それは僕が、遠い過去から続く夏と冬に縦糸となって織り込ま
れているのを感じること〈夏は小麦畑を風が渡り、冬は小川が凍っ
たんだ〉。僕はたったひとりの、通りすがりの存在じゃないのさ。
僕の人生は、ほんの一瞬だけ輝く閃光じゃないんだ、ダイヤモンド
の表面が燦めくようなさ。地下を曲がりくねりながら進むぞ、まる
で看守が、ランプを持って部屋から部屋を見回るようにね。僕がずっ

と背負っている宿命は、たくさんの糸のような、細いのや太いの、切れていたりずっと伸びていたりする糸のような、僕たちの長い歴史、僕たちが騒々しくさまざまに生きた時代を記憶していること、そしてそれらを織り上げなければいけないこと、一本の綱に編み上げなければいけないことさ。理解しなければいけないことは常にもっとあるんだ、耳を澄まさなければいけない不協和音とか、懲らしめなければいけない裏切りとかさ。荒れ果て、煤で汚れているな、ここから見える屋根、煙突の上に付いている笠、剥がれかかった屋根板、こっそり歩く猫、そして屋根裏部屋の窓はさ。割れた窓ガラスの上や、剥がれかかってでこぼこした屋根板の間を注意深く進んでも、そこに見えるのは貧弱で飢えた顔だけだ。

「こう考えてみようじゃないか、僕がこんな物すべてに存在する意味を与えるって——一つの詩を一ページに書き、そして死ぬのさ。保証してもいいけど、そうなるのは嫌じゃないんだ。パーシヴァルは死んだ。ローダは僕と別れた。しかし僕は生きるぞ、そしていつか痩せこけて萎び、握りが金色のステッキで地面をこつこつと叩きながら、まわりから大いに尊敬されつつ、この都会の歩道を歩くんだ。たぶん僕は決して死なないのさ。でも、あの途切れることなく永遠に続く綱でさえ決して完成できないんだ——

　　　ああ西風、あなたはいつになったら吹くのですか、
　　　そして春雨を降らせてくれるのですか？

「パーシヴァルは花盛りで、葉も青々としていたな。今はもう大地に横たわっているけど、彼から伸びた枝という枝が今でも夏の風にそよいでいるのさ 63。ローダ、彼女と僕はまわりの人間がしゃべっている時でも沈黙し合っていたんだ。彼女はしりごみして顔をそむけていたな、馬の群れがいっせいに、つややかな背中を整然と波打たせて青々とした牧草地を駆けてくる時にはさ。その彼女はもう行ってしまったんだ、砂漠の熱波みたいにね。太陽の光でこの都会の屋根板が剥がれかかり、でこぼこになる時、彼女のことを思うのさ。枯れ葉が地面にかさかさと落ちる時にも、老人たちがやって来て、尖ったステッキで小さな紙切れを突きさす時にもね〈僕たちが彼女を突きさしたみたいにさ〉——

　　　ああ西風、あなたはいつになったら吹くのですか、
　　　そして春雨を降らせてくれるのですか？
　　　神様、私は恋人と愛し合いました、
　　　そしてふたたび私のベッドで眠るのです！

　さあ本に戻ろう、今こそ僕の試みを再開するんだ」
「ああ、人生、どんなに私はあなたを恐れてきたことでしょう」ローダは言った「ああ、人間たち、どれ程私はあなたたちを憎んできたことでしょう！　どうしてそんなに小突き合い、邪魔し合い、なんて醜い姿でオックスフォード通りを行き交い、地下鉄の中ではなんてむさ苦しい格好で座り、向かい側の人間たちをじろじろ見ていた

の！　今この山を登っていても、〈頂上からはアフリカが見えるで
しょうね、〉私の心には茶色の紙包みとあなたたちの顔が焼き付い
ているわ。私はみんなに汚され、堕落してしまったの。それにあな
たたちはとても嫌な臭いがしたわ、チケットを買うためドアの外に
並んでいる時にね。みんなの着ている服は灰色なのか茶色なのかはっ
きりせず、帽子に青い羽根飾りをつけている人さえ一人もいなかっ
たな。他人のまねをせず、勇気を出して自分の個性を主張する人な
んて一人もいなかったわ。どれだけ魂の犠牲をあなたたちは私に要
求したの、一日をなんとか切り抜けるため、どれだけの嘘、屈従、
鬱憤、巧みな会話やこびへつらいを！　どうしてあなたたちは私を
一つの場所、一つの時間、一つの椅子に縛りつけ、そしてあなたた
ち自身が向かい側に座ったの！　どうしてあなたたちは私から、時
間と時間のあいだに広がる余白をひったくり、薄汚い塊に丸め、紙
くずかごに放り投げたの、そんなべとべとした手でよ。でもそれが
私の人生だったわ。

「けれども私は屈したの。あざけりの言葉もあくびも手でおさえた
わ。通りへ出て溝でびんを割り、怒りをぶちまけたりはしなかった
の。激情にわないていても平静を装ったわ。あなたたちのするこ
とを私もしたの。スーザンとジニーが例の仕草でストッキングをは
けば、私も同じようにはいたな。人生が本当に恐ろしかったから、
何か景色をさえぎるものを次々にかざしたわ。これを通して人生を
眺め、あれを通して人生を眺めるの。そこにバラの葉を繁らせ、あ
そこにはブドウの葉を繁らせましょう——通り全体を覆ったわ、オッ

クスフォード通りもピカデリーサーカスもよ、燦めき、さざ波立つ私の心で、ブドウの葉やバラの葉でね。荷物箱も思い出すの、学校が休みに入るとき通路に置いてあったわ。そっとラベルを盗み見て、名前から顔を想像したの。ハロゲート、だったかな、エジンバラ、だったかな、その街が金色に輝きながら波立ち、女の子が〈名前を思い出せないわ〉歩道に立っていたの。でもそれは名前だけだったわ。ルイスとは別れたの。抱擁が恐かったからよ。フリースや洋服で濃紺色の刃物を覆い隠そうとしたわ。昼がすぐ夜になるよう懇願したの。待ち遠しかったな、戸棚がだんだん見えなくなり、ベッドが柔らかくなり、浮かんだまま漂いながら、木が長くなったり、顔が伸びたり、荒れ地にある草の生えた土手で、ふたつの人影がつらい別れの言葉を交わしたりするのを見るのがね。言葉を扇形にさっと投げたわ、鋤で耕したむき出しの大地に種を蒔くようにね。いつも願ったの、夜を引き延ばし、それを夢でどんどんいっぱいにすることをよ。

「あの時コンサートホールで、音楽から大枝を切り取り、みんなで建てた家を目の当たりにしたわ。正方形が長方形の上に置かれたの。『すべてが入っている家ね』と言ったわ、パーシヴァルが死んだ頃、バスの中で人びとの肩にぶつかってよろめきながらね。でもグリニッジに行ったの。川べりの道を歩きながら祈ったわ、世界の果てで永遠に雷鳴を響かせられますようにって、そこには草木一本生えていないけど、あちこちに大理石の円柱がぽつんと立っているの。花束を波立つ海に投げ込んだわ。そして言ったの、『私を飲み込んで、そして世界の最果てまで押し流していって。』波が砕け、花束は枯

れたわ。今ではほとんどパーシヴァルを思い出すこともないの。

「こうしてスペインの丘を登っていくと、やがて思うだろうな、この
のラバの背中は私のベッドで、私は死の床にいるってね。今の私と
底なしの深淵の間には薄いシーツ一枚しかないの。マットレスの中
の塊が私の下で柔らかくなっていくわ。私たちはよろめきながら登
り——歩き続けるの。歩いてきた道はずっと登りだったわ。この
道は頂上に続き、そこには木がたった一本生えていて、傍らに小さ
な池があるの。夕暮れの美しい大気の中、静かに波を切る様に進ん
だわ。夕方って、遠くの丘が互いに迫り、鳥が翼をたたんだ様に見
えるものね64。ときどき赤いカーネーションを摘んだり、干し草を
一握り抜いたりしたわ。一人で草地に寝ころぶと何か古い骨の様な
ものが指先に触れ、思ったの、風が吹き下ろしてこの高地をかすめ
たら、ひとつまみの塵以外は何も残っていませんように。

「ラバはよろめきながら登り続けるわ。丘の稜線は霧のようにそび
え立っているけど、頂上からはアフリカが見えるだろうな。ベッド
が私の下で崩れ落ち始めたわ。シーツの所どころに黄ばんだ穴が開
き、私はそこから落ちてしまうの。敬虔な女性が白馬のような顔を
してベッドの端に立ち、告別のお祈りをした後、くるりと向きを変
えて行ってしまうわ。だとすれば誰が私と一緒に来てくれるの？
花だけかな、ブリオニアと月明かりのようなサンザシだけね。そ
れらをふわりと束ね、花輪を作って贈ったの——ああ！　誰に？
いよいよ崖っぷちの道ね。眼下にはニシン漁船団の明かりが見える
わ。崖が見えなくなったの。かすかにさざめき、暗くさざ波立ちな

がら、無数の波が眼下に広がっているわ。私は何にも触れていない
の。何も見えないわ。沈んだ後波間を漂うかも知れないな。きっと
海がどーっ、どーっと耳元で鳴り響くの。白い花びらは海水で見え
にくくなるだろうな。つかの間浮いているかと思うと沈んでいくの。
波は私を翻弄し、やがて飲み込もうとするわ。何もかもが凄まじい
水しぶきとなって落ちかかり、私をばらばらにしてしまうの。
　「それにしてもあの木は枝ごとに葉がびっしりと茂っているわ。あ
れは堅固な輪郭をした農家の屋根ね。あそこに膨らませた袋のよう
なものがぶら下がり、赤や黄色に塗ってあるけど、まるで人の顔だ
な。やっと地面に下りたわ。暗がりを一歩一歩確かめながら進み、
スペインの田舎宿の固いドアを押し開けるの」

太陽は沈もうとしていた。硬い石のようだった昼間が砕け、光は
その破片を貫いて差し込んだ。赤や金色の光が波を貫いて突き進ん
だ。それらは光速の矢であったが、矢羽根に暗やみを纏っていた。
不規則に光線が燦めき、やがて風景に滲んだ。それは沈んだ島々か
らの信号のようであったし、遠慮のない陽気な少年たちが月桂樹の
林の中から投げた矢のようでもあった。しかし波は、海岸に近づく
につれて光を失い、ゆっくりと崩れながらあたりに音を響かせた。
それは壁が崩れ落ちるようであり、その灰色の石でできた壁は、一
筋の光すら通さなかった。

　そよ風が立ち、木の葉を次々にそよがせた。そのように揺さぶら
れると、葉叢は褐色に固まったままでいることをやめ、灰色や白色
にざわめいた。そうして木は葉叢を波打たせ、またたき、こんもり
と動かないままでいることをやめた。タカが木のてっぺんの枝に止
まっていたが、瞬きをすると空高く舞い上がり、風を受けて遥かか
なたへ飛んでいった。すると野生のチドリが沼地で悲鳴を上げ、逃
れ、旋回し、さらに離れたところでひとり囀った。汽車や煙突から
出た煙は、たなびきながら次第に広がり、ふんわりした雲の一部と
なって海や野原の上にかかった。

すでに小麦は刈り取られていた。今やひんやりとした空気の中に切り株が残っているだけで、流れるように波打っていた小麦畑は跡形もなかった。ゆっくりとオオフクロウがニレの木から飛び立ち、体を揺らしながら、まるで斜めに張った綱の上を滑るように、ヒマラヤスギの高いところまで飛んで行った。丘の上を雲の影がゆっくりと、大きくなったり小さくなったりしながら通り過ぎた。荒れ野の頂にある池には何も映っていなかった。柔らかな毛に覆われた顔がそこを覗くことはなかったし、蹄でぱしゃぱしゃと水に入ることも、ほてった鼻先を水につけることもなかった。一羽の小鳥が、それまで灰色の小枝に止まっていたが、くちばしいっぱいに冷たい水を含み、喉をふるわせながら少しずつ飲んだ。収穫の音はしなかったし、車輪の音もしなかった。聞こえるのは突風のうなりだけで、帆を孕ませたヨットのように草の表面をかすめた。一本の骨が転がっていた。それは雨でたくさんのあばたができ、太陽の光で色あせていたが、長い年月のせいで輝き、海が磨き上げた小枝のように見えた。木は、春には赤茶色の花で満開になり、夏の盛りには柔らかな葉を南風にたわませていたが、今や鉄のように黒く、むき出しであった。

　陸地はとても遠かったので、輝く屋根や燦めく窓はもはや見えなかった。陰りゆく大地はとてつもない勢力を持ち、そのような脆い足かせ、カタツムリの貝殻のように邪魔なものは飲み込んでしまっていた。今やそこにあるものは、変幻する雲の影、たたきつけるような雨、一本の槍のように射し込む太陽の光、あるいは突然襲ってくる暴風雨だけだった。孤独にそびえる木が、オベリスクのように

遠く丘の場所を知らせていた。

　夕暮れの太陽は、熱をすっかり放出してしまい、火の玉のような輝きを放散させてしまったので、椅子やテーブルは今までよりも柔らかで暖かみのある色彩を帯び、茶色と黄色のひし形模様で象眼されたように見えた。影を引くとそれらはさらに重くなったように見え、あたかも色彩が、傾いたために片方へ流れてしまったかのようであった。手前にはナイフとフォーク、コップが置いてあったが、それらは長くなり、大きくなり、何か驚くべきものに変化した。金色に丸く縁取られた鏡に映る光景は動かず、その眼の中で永遠に存在するかのようであった。

　その間にも影が砂浜に伸び、夕闇が深まった。鉄のように黒いブーツは深い青色を湛えた。岩の群れは硬さを失った。古いボートのまわりに溜まった水は暗く、まるでムール貝がその中に浸されているようであった。波の残した泡は青白くなり、ぼんやりと見える砂浜のあちこちで、真珠のように白く微かに輝いた。

「ハンプトンコート」バーナードは言った「ハンプトンコート。ここで僕たちは会うんだ。見給え、ハンプトンコート宮殿の赤い煙突と四角い胸壁を。『ハンプトンコート』と言う時の声の調子ときたら、僕はもうすっかり中年さ。十年や十五年前なら、『ハンプトンコート？』と疑問符をつけて言っただろうな——ここはどんなところだろう？ 湖や迷路があるのかな？ あるいは期待を込めて言うんだ、ここで僕に何が起ころうとしているんだろう？ 誰と会うんだろう？ でも今、ハンプトンコート——ハンプトンコート——この言葉が銅鑼のように鳴るのさ、みんなに電話をかけたり葉書を出したりして、とても苦労して予定したこのひと時にね。その音は次々に輪となって広がり、朗々と響き渡るんだ。そしてさまざまな情景が浮かんでくるのさ——夏の午後、何艘ものボート、スカートをつまみ上げている老婦人たち、冬の日の紅茶用湯沸かし器、三月に咲くラッパズイセン——これらがすべて波間に浮かんでくるんだ、あらゆる情景は海の底深くに沈んでいるからね。

「ホテルに入るドアのところに、〈僕たちの会う場所さ、〉彼らがもう立っているぞ——スーザン、ルイス、ローダ、ジニー、そしてネヴィルが。みんなもうお揃いだ。たちまち、彼らに加わったら、意識の

流れ方が変わるだろうな、別の模様にさ。いま何の役にも立たない
もの、おびただしい情景を浮かび上がらせているだけのものは、抑
えつけられ、干からびてしまうだろうな。そんなふうに強制される
のは嫌だ。五十メートルも離れているのに、すでに僕という存在の
秩序が変化し始めたぞ。彼らという共同体の持つ磁力が僕に影響を
与えるのさ。近づいたな。みんな僕を見ていないぞ。やっとローダ
が僕を見たな。でも彼女は人に会うときの衝撃を恐れているから、
僕のことは知らないふりをするんだ。ついにネヴィルが振り向いた
ぞ。突然、手を挙げてネヴィルに挨拶しながら叫ぶんだ、『僕もシェ
イクスピアのソネット集に押し花をしたよ』そして心が激しく波立
つのさ。僕の小さなボートは、激しく揺れる三角波の上で不安定に
上下するんだ。万能薬なんて無いな（記しておこう）人に会う衝撃
を和らげてくれるさ。

「ばらばらに、何気なく立っているみんなに加わるのも落ち着かな
いな。ゆっくりだけど、ぞろぞろどたどたとホテルに入り、コート
や帽子を脱いでいるうちに、こうして会うことが心地よくなってく
るんだ。さあ、みんな縦長で飾り気のない食堂に集まったぞ。ここ
から公園が見渡せるな。その緑の空間は、まだ落日に照らされてい
て幻想的に見え、木と木の間には金色の光の束が一本差し込んでい
るぞ。そしてみんな座るんだ」

「こうして並んで座ると」ネヴィルは言った「この狭いテーブルに
さ、まだ最初の感動は治まっていないけど、みんな何を感じている
んだろう？　正直に今、包み隠さず率直に、やっと会えた旧友同士

にふさわしく、こうして顔を合わせながら何を感じているんだろう？
それは悲しみ。ドアは開かないし、彼は来ないんだ。そしてみんな
いろいろあるのさ。今や僕たちはみな中年だから、さまざまな苦労
を抱えているんだ。重荷を下ろそうよ。あれからどうしていた？
とみんな尋ねるのさ、僕もね。お前は？　バーナード、君は？　スー
ザン、君は？　ジニー、そしてローダとルイスは？　試験結果がド
アに張り出されたんだ。みんながロールパンをちぎり、魚料理やサ
ラダを自由にとって食べる前に、内ポケットを探ってみよう、ちゃ
んと証明書が入っているな——僕の優秀さを証明するため、いつ
も持ち歩いているのさ。合格したんだ。内ポケットにそれを証明す
る書類を入れているのさ。でも君の眼は、スーザン、〈蕪や小麦畑
がいっぱい映っているようだね、〉僕の邪魔をするんだ。内ポケッ
トの書類は——僕が合格したことを証明する叫びなんだけど——
微かな音を立てるのさ、男が人気のない畑で手をたたき、ミヤマガ
ラスを追い払う時のようなね。たちまちその音はすっかり消えてし
まったな、スーザンに見つめられたからさ（僕が手をたたいて反響
させたんだ）。そして聞こえるのはただ、耕した畑の上を風が激し
く吹きすぎる音だけさ、それと鳥の鳴き声——たぶん興奮したヒバ
リの。ウェイターは僕の音を聞いただろうか？　それともあの、
人目を忍ぶ永遠の恋人同士たちが？　彼らは逍遥の途中で躊躇しな
がら木々を眺め、まだ木陰が十分に暗くないから、自分たちのうつ
伏せになった体を隠してはくれないな、と思うんだ。誰も聞いてい
ないのさ。手をたたいた音は消えてしまったんだ。

「では何が残るんだろう？　書類を取り出し、証明書を声に出して読んで、僕が合格したことを君に信じてもらえないならさ。残るものと言えばスーザンが明るみに出すものだ、彼女の緑色の眼、透き通ったつぶらな瞳を厳しく向けてね。いつも一人はいるんだ、みんな集まり、場がまだ和んでいないとき、まわりに飲み込まれるのを嫌がる人間がさ。だからその自意識を自分自身の自意識の下にひざまずかせたくなるものなんだ。今の僕にとってそれはスーザンさ。だからスーザンに良い印象を与えるように話すんだ。聞いてよ、スーザン。

「誰かが朝食のときに入ってくると、僕の部屋のカーテンに刺繍してある果物でさえたわわに実っているから、オウムたちがそれをつついたり、親指と人差し指でつまんでちぎり取ったりできるのさ。早朝の薄いスキムミルクは、乳白色にほのかな青色やバラ色が差すな。そんなとき君のご主人は——その男はむちでゲートルをぴしゃりとたたき、そのむちで不妊の雌牛を差しながら——ぶつぶつと文句を言うんだ。君は何も言わないね。何も見ないし。それが習慣となっているから君は何も見えないのさ。そんなとき君は誰とも言葉を交わさず、心も通わせず、あたりはくすんだ灰褐色になるね。僕はそんなとき、まわりと温かく、多彩に交わるんだ。僕には毎日の繰り返しというものがないな。その日その日が危険と向かい合わせなのさ。表面は滑らかでも、僕たちはみな、その下は骨なんだ、とぐろを巻くヘビのようにね。タイムズ紙を読んでいるとしよう。あるいは議論しているとしようか。それはひとつの経験なのさ。冬

になったとしよう。雪が降って屋根に厚く積もり、僕たちはみな赤いほら穴に閉じ込められるんだ。水道管が破裂したぞ。黄色いブリキのバットを部屋のまん中に置くのさ。それから慌てふためいてたらいを幾つもかき集めるんだ。あそこを見ろよ――今度は本棚の上で破裂したぞ。そうやって叫びながら笑うのさ、惨状を目の当たりにしてね。堅固なものを壊してしまおう。何も所有しないでおこうよ。夏ならどうだろう？　みんなで湖までぶらぶら歩いて行き、シナガチョウが平たい足で水際までよちよちと歩くのを見るかも知れないな。あるいはあばら骨と背骨のような街の教会と、その前で揺れている新緑を見るだろうね。（手当たり次第に選んでいるんだ、すぐ分かる光景をさ。）それぞれの光景はふと思い立って落書きしたアラベスク模様で、人びとと親しく交わることの危険と素晴らしさを表しているんだ。雪、破裂した水道管、ブリキのバット、シナガチョウ――これらは空高く揺れ動くしるしで、振り返ってみると僕はそれらに、それぞれの愛の姿を見出したのさ。一つひとつなんと違っていたことだろう。

「君は僕がこんなことを考えている間にも――というのも僕は君の敵意を消したいからなんだ、僕をひたと見つめる緑色の眼をさ、それに君の着古した洋服や荒れた両手など、君の母親としての素晴らしさを象徴するものは何でもね――カサガイのように同じ岩に張り付いていたんだな。でも本当はさ、僕は君を傷つけたくないんだ。ただ君の登場で弱まってしまった僕の自尊心を取り戻し、ふたたび輝かせたいだけなのさ。もう変われないな。僕たちはそれぞれ

の人生の真っただ中にいるんだ。以前、ロンドンのレストランでパーシヴァルと会ったときには、みんな沸き立ち、エネルギーに満ちていたな。何にでもなれたのさ。僕たちは今や選んでしまったんだ。あるいはときどき思うんだけど、それぞれに進むべき道が定められたのさ──トングが僕たちの両肩をつまみ上げたんだ。僕も選んだのさ。人生を焼き付けたんだ、自分の外側にではなく、自分の内側、まだ加工されていない、白い、むき出しの生地の上にね。そして心に焼き付いたさまざまな考えや顔、物ごとのせいで心を曇らせ、傷ついているけど、それらはとても捉えがたいので、匂いや色、手ざわり、形はあるけど名前がないんだ。君たちにとって僕は単なる『ネヴィル』さ。みんな僕の人生はちっぽけで、大したことは成し遂げられないと思っているんだろ。しかし僕自身にとって僕は計り知れない存在なんだ。僕という網目はいつの間にか世界の真下に張りめぐらされているのさ。この網は、その中に入った獲物とほとんど区別がつかないんだ。クジラを引き揚げるぞ──巨大な海獣に白いクラゲ、形もなく漂うだけのものもさ。それらを見つけ、理解するんだ。目の前に広げてあるものは──一冊の本。底まで見えるのさ。核心部──深奥まで見えるんだ。どんな愛が震えながら燃え上がるか知っているし、いかに嫉妬が四方八方に緑色の閃光を放つかも、いかに複雑に愛と愛が交わっているかもね。愛は絆を作るけど、残忍にそれを引き裂きもするのさ。僕は絆で結ばれたけど、引き裂かれてしまったんだ。

「でも昔は、今とは別の輝かしい瞬間があったな。ドアが開いたの

でみんな注目するとパーシヴァルが入ってきたときとか、ロビーに置いてある硬いベンチの端に、何も気にせずみんなでどさっと座ったときとかさ」

「ブナの森があったわ」スーザンは言った「エルヴドン、金メッキした時計の針が木立の間から輝いて見えたな。モリバトたちが葉叢から飛び立ったの。見上げると木漏れ日が、強さや位置を変えながら幾筋も差し込んでいたわ。ハトたちは私から逃げたの。でも見て、ネヴィル、〈私はあなたをはねつけるわ、自分を見失わないためにね、〉テーブルの上の私の手を。健康な色のグラデーションを見てよ、ほら拳骨のとんがりの、ほら手のひらの。私の体は毎日きちんと使われてきたの、道具が良い職人に使われるようにね、頭のてっぺんからつま先までよ。刃物は滑らかで良く切れ、まん中がすり減っているわ。（私たちは戦っているのよ、野原で戦う獣や、枝角をぶつけ合う牡鹿のようにね。）あなたの蒼白で柔らかな肉体を通して見ると、リンゴや果物の房でさえ、きっと薄い膜で覆われたように見えるわ、まるでそれらがガラスの下に置かれたようにね。椅子に深く腰掛け、ひとりの人と、その人とだけ、〈でもその人は変わっていくのよ、〉過ごしているから、あなたには肉体のほんの表層しか見えないの。神経に膠原繊維、血液がどんよりと、あるいは速く流れる皮下静脈だけよ。でも全体像は見えないわ。あなたには庭に建つ家が見えないの、野原を走る馬も、整った町並みもね。なぜってあなたは、繕い物に瞳を凝らす老婆のように前屈みになっているからよ。でも私の生きてきた人生はいくつもの塊からなり、一つひとつが頑丈で巨

大なの。胸壁や塔、工場やガスタンクからできているわ。家は遠い昔からあり、伝統的様式で建ててあるの。これらのものはがっちりと突出したまま、私の心に刻まれているわ。私はしなやかでないし、もの柔らかでもないの。こうしてみんなと座りながら、みんなの柔らかさを私の硬さで浸食し、銀灰色にちらつき微かに震える蛾の羽根のような言葉を消してしまうわ、緑色に瞬く私の澄んだ眼差しでね。

「さあ、わたしたち枝角をぶつけ合ったわ。避けて通れない序奏よ。旧友同士の挨拶ね」

「金色の光の束も木と木の間からゆっくりと消えていったわ」ローダは言った「そして木と木の向こうには緑色の帯が見えるの。それは遠くまで伸びていて、夢の中で見たナイフの刃のようね。先へ行くにつれてだんだん細くなる、まだ誰も足を踏み入れたことのない島のようにも見えるな。車のライトがちらちらと瞬き始めたわ。並木道をこちらに向かってくるの。今なら恋人たちも暗やみに入っていけるわ。木々の幹がふくらんで見えるの。恋人たちのせいで卑猥に見えるな」

「昔は違ったんだ」バーナードは言った「昔は流れを断ち切ることができたな、しようと思えばすぐにね。今はどれだけたくさん電話をかけたり、どれだけたくさん葉書を出したりしなければいけないんだろう？　こうやってスケジュールを空けてみんなでハンプトンコートに集まり、同窓会を開くのにさ。なんと早く毎日が過ぎていくんだろう、一月から十二月まで！　僕たちはみな、絶えず激流のような出来事に押し流されているけど、それらはまったくいつも通りに

起こるから、影を落とすことがないんだ。だから僕たちはあれこれ比較しないし、本当に稀にしか、自分のことやみんなのことを思い浮かべることもないのさ。このように何も意識していなくても、時には世間との軋轢からできる限り自由になり、雑草をかき分け、くぼんだ河床の起点に足を踏み入れるんだ。僕たちは魚のように飛び跳ねなければいけないのさ、空高く、ウォータールー発の列車に間に合うためにね。でもどんなに高く飛び跳ねようと、ふたたび流れの中に落ちてしまうんだ。今はもう決して、南太平洋諸島行きの船には乗らないだろうな。ローマ旅行が僕の旅の限界だ。僕には息子たちや娘たちがいるのさ。自分の場所にはめ込まれているんだ、パズルみたいにね。

「でもこの体だけさ──ここにいるこの初老の、みんながバーナードと呼ぶ男だ──もう元に戻せないほど縛り付けられているのはさ──そう僕は信じたいんだ。でも今は、若い頃に比べれば物ごとに関心が湧かないな。あの頃は子供のように猛烈な勢いでぬか桶を掘り起こし、ひっかき回して探さずにはいられなかったんだ、自分自身を発見するためにね。『見て、これは何？ そしてこれは？ これはきっと素晴らしいプレゼントかな？ あれで全部かな？』こんな具合だったのさ。今では包みの中に何が入っているか知っているんだ。だからあまり関心がないのさ。僕は自分の心を空中に放り投げるんだ。男が扇形にさっと種を蒔くようにね。それは紫色の夕焼け空を落ちていき、平らかに輝く、むき出しの耕作地に落ちるのさ65。

「ひと連なりの言葉。不完全な言葉。そもそも言葉って何かな？それらは僕にほとんど何も残してくれなかったから、テーブルの上に置くものがないんだ、スーザンの手の横にね。ポケットから取り出し、ネヴィルの証明書と一緒に置くものがさ。僕は法律の権威ではないし、医学の権威でも、財政の専門家でもないんだ。ただ体中を言葉に覆われているのさ、湿った麦わらのようにね。そして光を放つんだ、燐光を発するのさ。そして僕が話すと、君たち一人ひとりが感じるんだ、『自分にも火が付いたぞ。輝いているな』ってね。少年たちも感じたものさ、『それはおもしろい言葉だ、それも素敵な言葉だ』ってね、言葉が次々と、この口から泡のように沸き立つとさ。運動場のニレの木の下だったな。彼等も泡立ったけど、僕の言葉を口ずさみながら逃げていったんだ。でも僕はひとりになると寂しくなるのさ。ひとりになると落ちぶれてしまうんだ。

「だから家から家へと訪ね歩くのさ、中世の托鉢修道士みたいにね、彼らは奥さんたちや娘さんたちをロザリオやバラードでだましたんだ。僕は旅人、行商人さ、宿代はバラードで払うんだ。僕はどんなもてなしも受け入れ、すぐ満足する客さ。最も良い部屋の四柱式ベッドで眠ることも良くあるけど、次の日には納屋の干し草の上で眠るんだ。ノミは気にしないし、絹布団にも文句はないのさ。どんなところでもまったく大丈夫だ。それに品行方正でもないな。というのも、人生は短く、誘惑に満ちているという気持ちがあまりに大きいから、自制できないのさ。でも僕はみんなが思うほど無節操じゃないんだ。〈そんな風に評価されるのは——みんながそう思う通りだ

けどね──流 暢に物語るからさ。〉軽蔑心や辛辣さという短刀を
いつも隠し持っているんだ。しかし僕は気持ちがそれやすいのさ。
物語を作ってしまうんだ。どんな物からでもおもちゃをひねり出す
のさ。娘がひとり、小さな家の入口に座っているぞ。待っているん
だ。誰を？ 誘惑されたのかな、それとも誘惑なんかされていない
のかな？ 校長先生が絨毯に開いた穴を見つけたぞ。ため息をつい
たな。奥さんは、ウェーブのかかった、今なお豊かな髪を指で梳き
ながら、何か考えているぞ──とかね。手を振ったり、街角でた
めらったり、誰かが溝にタバコを落としたり──すべてが物語さ。
でもどれが本当の物語だろう？ それが僕には分からないんだ。だ
から僕は自分の作った言葉を洋服のように戸棚へ掛けておくのさ。
誰かがそれを着てくれることを期待してね。こんなふうに期待した
り、あんなふうにあれこれ考えたり、この言葉を走り書きしたら次
は別の言葉を走り書きしたりと、僕は人生に固執しないんだ。僕は
蜂のようにひまわりから払いのけられるだろうな。僕の哲学は、常
に降り積もるけど、一瞬ごとに流れ出し、水銀のようにたちまち四
方八方へ飛び散ってしまうのさ。でもルイスは、〈狂気じみた眼を
しているけど厳格なたたずまいだな、〉彼の屋根裏部屋で、彼のオフィ
スで、変わることのない結論を導き出したのだ、理解しなければな
らないことの本質についてさ」

「切るんだ」ルイスは言った「僕が紡ごうとしている糸を。君たち
の笑い声がそれを切る、君たちの無関心が、そして君たちの美しさ
が。ジニーはその糸を切ったのさ、何年も前に庭で僕にキスしたと

きにね。自慢話の好きな少年たちも学校で僕のオーストラリア訛り
をあざけり、それを切ったんだ。『これが僕の言いたいことさ』と
言ってみる。それから僕は苦痛に捕らわれる——虚しさに。『聞い
て欲しいんだ』と言ってみる、『ナイチンゲールを、それはあたり
を踏み荒らす足のあいだで鳴いているぞ。征服と移住の足音の中で。
信じて欲しいんだ——』それから僕はぐいと引っぱられ、真っ二
つに引き裂かれるのさ。壊れたタイルやガラスの破片の上を、恐る
恐る進むんだ。さまざまな光が当たるから、ありふれたものがヒョ
ウ柄のように、奇妙に見えるぞ。この和解の瞬間が、〈僕たちは一
堂に会しているんだ、〉この夕方の一瞬が、〈ワインを飲む傍らで葉
が揺れ、若者たちが白いフランネルを着てクッションを持ち、川か
ら上がって来るぞ、〉僕には悲惨に見えるんだ。それは地下牢のよ
うに暗く、人間が人間に拷問や悪逆非道の限りを尽くすのさ 66。でも僕の五感はとても鈍感だから、拷問や悪逆非道も、僕の重大な告
発を紫色の一塗りでは決して消し去ることができないぞ。僕の理性
は、こうしてここに座っているときでさえ、僕たちを告発し続けて
いるんだ。どうしたら解決できるだろう？ 〈と自問してみるのさ、〉
和解できるだろう？ どうしたら、目のくらむほどまぶしい、目の
前を飛び回る亡霊たちを整列させ、すべてをひとつに繋げることが
できるだろう？ だから僕はじっくり考えるんだ。でも君たちはそ
の間、僕のすぼめた口や黄ばんで不健康な頬、いつものしかめ面を
悪意に満ちて見るんだろ。
　「でもお願いだから僕のステッキとチョッキにも気づいてよ。僕は

硬いマホガニーの机を受け継いだんだ。何枚も地図のかかった部屋に置いてあるのさ。我が社の汽船は、贅を尽くした船室で他社もうらやむ評判を勝ち得たんだ。屋内プールもジムもあるのさ。今では白いチョッキを着て、約束をする前には手帳を調べるんだ。

「こんなふうに見下し、皮肉を込めながら、僕は君たちの注意をそらしたいのさ、この震える、壊れやすい、限りなく若くてむき出しの魂からね。というのも僕はいつも一番若く、誰よりも世間知らずで不意打ちを食らうし、君たちの気づかいや同情、その裏にある不快感や嘲り（あざけ）を予感する人間だからさ——鼻に煤がついていやしないか、ボタンが外れていやしないかとびくびくするんだ。僕は今までに受けたあらゆる屈辱に苦しんでいるのさ。だけど僕はまた無慈悲で、大理石のように冷たいんだ。どうして君たちが、生きてきて良かった、と言えるのか分からないな。君たちのささやかな興奮や子供じみた有頂天ぶりも、〈やかんが沸騰したときとか、心地よい風がジニーの水玉模様のスカーフを持ち上げ、それが蜘蛛の巣のように漂うときとかのさ、〉僕にとっては、突進してくる雄牛の前に投げられた絹の飾りリボンのように見えるんだ。君たちを非難するぞ。でも僕の心はみんなを慕うのさ。君たちと一緒なら死の苦難にも耐えられるだろうな。だけど一人でいるときが最も幸せだ。僕は金色や紫色の衣服を着る贅沢にふけっているのさ。しかし僕は煙突の煙出しの向こうに見える景色が好きだ。疥癬（かいせん）にかかったわき腹を、崩れかかってでこぼこした煙突の壁にこすりつけるネコたち、割れた窓、そしてレンガ造りの教会の尖塔から聞こえる割れた鐘の音がさ」

「目の前にあるものを見るわ」ジニーは言った「このスカーフ、ワインレッドの水玉模様。このグラス。このマスタード瓶。この花。さわったり、味わったりするものが好き。雨が雪に変わり、さわれるようになるのが好きなの。そして私は向こう見ずで、あなたたちよりずっと度胸があるから、自分の美しさを出し惜しみしたりしないわ、自分が枯れるんじゃないかと心配してね。それをごくりと飲み干すの。私の美しさは肉体からできているわ、物質からよ。私の想像力はこの体が羽ばたかせるの。それがもたらす光景は、繊細に紡いであったり、真っ白だったりしないわ、ルイスのようにね。君の痩せたネコや、崩れかかってでこぼこした煙突の煙出しは嫌いよ。君の屋根の貧相な美しさにはうんざりするわ。男の人たちや女の人たちは、制服を着ていたり、かつらをつけガウンをまとっていたり、山高帽をかぶっていたり、首のまわりが美しく開いたテニスシャツを着ていたり、数え切れないほどさまざまなデザインのドレスを着ていたりするけど（私はいつも洋服という洋服に注目しているの）、それらを見ると私は嬉しくなるわ。私はそれらと一緒に渦を巻くの、出たり入ったり、出たり入ったり、部屋の中へ、大広間の中へ、ここでも、あそこでも、どこでも、それらが行くところならどこでもよ。この男の人は馬の蹄を持ち上げているわ。この男の人は、大切にしているコレクションの引き出しを無造作に開けたり閉めたりしているな。私は決して一人じゃないの。私には多くの仲間がついてくるわ。私の母は軍隊についていったに違いないな、私の父が船乗りだったからよ。私って子犬みたいね、軍楽隊の後について道を小

走りに歩いていると、止まって木の幹を嗅ぎ、茶色いしみの匂いを嗅ぐの。すると突然道を突っ切り、雑種犬を追いかけるわ。それから片足を上げて気を引くの、その犬が肉屋から漂う、うっとりするような肉の香りを嗅ぐあいだね。こんなふうに動き回ったから、私は見知らぬ場所を幾つも訪ねることができたわ。男の人たちが、〈一体何人かしら、〉壁ぎわから急に現れ、私の所にやって来たな。ただ片手を挙げさえすればいいの。投げ矢のようにまっすぐ、彼らは密会の場所にやって来たわ——それはたぶんバルコニーの椅子、あるいはおそらく街角のお店。あなたたちが人生で出会う苦悩や対立も、私の場合は夜ごとに解決したの、時には食事の席に着いたときテーブルクロスの下で指一本触れただけでね——私の体はほんとうに液体になり、指一本触れただけなのに丸々とした滴になったわ。それは次第に大きくなり、かすかに震え、燦めき、エクスタシーとなって落ちるの。

「鏡の前に座ってきたわ、あなたたちが机に座り、書きものをしたり数字を足したりするようにね。そうやって、寝室という聖堂に置いてある鏡の前で、自分の鼻や頬を評価してきたの。私の口は広く開きすぎるから、歯ぐきが見えすぎるな。見てきたわ。気づいてきたの。そして選んできたわ、どんな黄色や白色が、どんな輝きやくすみが、どんな曲線や直線が似合うかをね。私って、ある人にとっては気まぐれで、別の人にとっては頑固なの。それに、銀色のつららのように棘のある態度だったり、ろうそくの金色の炎のように官能的だったりすることもあるわ。振り下ろしたむちのように凶暴に、

自分という存在の果ての果てまで走ってきたの。彼のシャツの胸当ては、あの隅にいるときは白かったわ。それから紫色に変わったの。煙と炎が私たちのまわりを包んだわ。凄まじい大火事のためよ——でも私たちはほとんど声を出さなかったの。暖炉の前の敷物に座って、それぞれの心にある秘密を包み隠さずささやきあったわ。貝殻の中に向かってささやくようにね。寝静まった家の誰にも聞こえないようにするためよ。でも私は料理人が一度物音を立てるのを聞いたし、一度なんか、時計が時を刻む音がふたりには足音に聞こえたの——私たちは灰燼に埋まり、遺骨は残らず、骨はすべて燃えつきたわ。ロケットに入れておく髪の毛の房も残らなかったの、愛人との想い出に残しておくようなね。今や私は白髪交じりになり、すっかりやつれたわ。でも私は真昼に私の顔を見るの、鏡の前に座り、たっぷりと射し込む日差しの中でよ。そして正確に認識するわ、自分の鼻や頬を、そして口が広く開きすぎるから、歯ぐきが見えすぎることもね。でも私は恐れないの」

「街灯が並んでいたわ」ローダは言った「それに木々はまだ葉を落としていなかったの、駅からここへ来る途中でね。今でも葉叢が私を隠してくれたかも知れないな。でもその影には隠れなかったわ。まっすぐあなたたちの所へ歩いてきたの、遠回りして昔のように五感の受ける衝撃を避ける代わりにね。でもそれは単に、自分の体にある種の芸当を仕込んだだけなの。私の心は仕込まれていないわ。私はあなたたちを恐れ、憎み、愛し、妬み、そして軽蔑するけど、みんなに加わっても決して幸せじゃないの。駅からの途中、木々や郵便

ポストの影に入ろうとはしないでいるとき、遠くからでさえ、あなたたちのコートや傘を見て気づいたことがあるわ、みんななんてしっかりと、一瞬一瞬がひとつに統合された時間に埋め込まれて存在しているんでしょう、そして何かに専念し、しっかりした考え方を持ち、子供たちに囲まれ、その道の権威として名声を獲得し、愛に包まれ、交友関係も広いんでしょう。でも私には何もないの[67]。私には顔がないわ。

「この食堂で、あなたたちには牡鹿の枝角（アントラー）やタンブラーが見えるでしょ。塩入れやテーブルクロスの黄色いしみもね。『ウェイター！』とバーナードが言うの。『パン！』とスーザンが言うわ。するとウェイターがやってきて、パンを持ってくるの。でも私には伏せたカップの側面が山みたいに見えるし、枝角も一部しか見えないわ。それにあそこの水差しの側面が輝いているけど、まるで暗やみにできた裂け目みたいね。すべてが驚きで恐ろしくなるの。あなたたちの声は森の中で木々がきしむ音のようね。みんなの顔、そそり立つ鼻やくぼんだ両眼も非現実的に見えるわ。どんなに美しく見えるでしょうね、真夜中に公園の鉄柵に寄りかかってじっと立っている、遠くのあなたたちは！ その後ろには白い三日月型の海が広がり、漁師たちが世界の縁で網を引き、投げているわ。太古の木々の頂の葉叢を風が波立たせるの。（でも今、私たちはハンプトンコートに座っているわ。）オウムたちが金切り声を上げ、ジャングルの強烈な静寂を破るの。（路面電車の発車する音が聞こえるわ。）ツバメが翼を真夜中の池にちょっと浸すの。（私たちは話の最中よ。）そんな世界

を私はつかみ取ろうともがいているの、こうして一緒に座っていて
もね。だから私はハンプトンコートの苦行を耐え忍ばなければいけ
ないの、今はまだ七時三十分ちょうどよ。

「でも、眼の前のロールパンやワインを私は楽しみたいし、あなた
たちの顔、そのくぼんだ両眼やそそり立つ鼻は美しいし、テーブル
クロスや黄色いしみが、何の妨げもなく思いやりの輪となってどん
どん広がっていき、最後には（そんなふうに私は夢見るの、地球の
端から落ちていきながらよ、夜、ベッドごと浮かんだまま漂ってい
るときにね）世界全体を包み込むようなことは決して起こり得ない
から、あなたたち一人ひとりのおどけた話を聴かなければいけない
の。だから私は思わず飛び上がらずにはいられないわ、あなたたち
が私を引っぱって、子供たちのことや詩のこと、霜焼けやその他何
でも、自分たちがしたり経験したりすることを話すときにはね。で
も私はだまされないの。こんなふうに四方八方から呼びかけられた
り、引っぱられたり詮索されたりがすべて終わったら、私はひとり
でこの薄いシーツを貫き、渦巻く炎の中へ落ちていくわ。でもあな
たたちは私を助けてくれないだろうな。昔の拷問吏たちより残酷だ
から、私が落ちるのを放っておき、落ちた私をばらばらに引き裂く
の。でも、心の壁が薄くなる瞬間があるわ。その瞬間すべてが和ら
ぎ、私はひょっとしたらこんなことを想像してみるかも知れないの、
私たちがとても大きなシャボン玉を膨らまし、太陽がそれに沈み、
それから昇るようになるんじゃないかって、そして私たちは真昼の
青と真夜中の漆黒を連れて解き放たれ、今ここから逃れられるんじゃ

ないかって *68*」

「一滴また一滴と」バーナードは言った「沈黙が落ちるんだ。それは心の屋根で生まれ、真下の池に落ちるのさ。永遠にひとり、ひとり、ひとり——沈黙が落ち、波紋を一番遠い縁までさっと広げるのを聞いてごらんよ。むさぼり食って満腹だ、すっかり中年の満足に浸っているのさ。僕は、ひとりだとだめになってしまうけど、沈黙が落ちるのをそのままにしておくんだ、一滴また一滴とね。

「しかし今沈黙が落ちると、僕の顔に穴が開くのさ。鼻がだんだん無くなっていくぞ、まるで雨の中、中庭に立っている雪だるまみたいだ。沈黙が落ちるにつれ僕はすっかり溶け、特徴が無くなり、他人とほとんど区別できなくなるのさ。でもそんなことはどうでも良いんだ。何か問題でもあるかな？　良い料理だったじゃないか。魚、仔牛のカツレツ、ワイン、どれもエゴイズムの鋭い刃を丸くしてくれたぞ。不安は治まったのさ。僕たちの中で最も自信過剰なやつでさえ、たぶんルイスだ、みんなが何を考えているかなんて気にしていないぞ。ネヴィルの苦悩も治まったな。みんなが成功しますように——そんなことを彼は考えているのさ。スーザンは子供たちみんなの安らかな寝息を聞いているぞ。ねんね、ねんね、と囁いているんだ。ローダは自分の船団を揺すって着岸させたな。沈没しようが、無事に錨を下ろそうが、もう気にしていないのさ。僕たちは覚悟したんだ、世界がまったく公平に暗示してくれるどんなことでも考えてみようってね。今思いを馳せてみたんだけど、地球は太陽の表面から偶然はじき飛ばされた小石に過ぎないのさ。そして宇宙の

深淵のどこにも生命は存在しないんだ」

「この沈黙の中にいると」スーザンは言った「まるで葉一枚すら落ちず、鳥一羽すら飛ばないみたいだわ」

「まるで奇跡が起きたみたいね」ジニーは言った「そして生きることが今、ここでは猶予されているようだわ」

「そして」ローダは言った「私たち、もうこれ以上生きなくても良いみたいね」

「でも聞いて欲しいんだ」ルイスは言った「世界が、無限に続く宇宙の深淵をつらぬいて動いているのを。それは鳴り響くのさ。歴史は流れ星のように過ぎていったんだ。僕たちの王や女王たちもね。僕たちは過ぎ去ったんだ。僕たちの文明、ナイル文明、そしてすべての暮らしがさ。僕たち一人ひとりという滴は分解し、消滅し、時間の深淵の中に消えていったんだ、暗やみの中に」

「沈黙が落ちる、沈黙が落ちる」バーナードは言った「でもほら、聴いてごらんよ。チック、チック。ブーッ、ブーッ。世界が僕たちを呼び戻したぞ。僕は一瞬、暗やみをうなるように吹く風の音を聞いたんだ、僕たちが生きることに関心を失ったときにさ。そうしたらチック、チック（時計だ）、それからブーッ、ブーッ（車だ）。僕たちは着岸したのさ、上陸したんだ。こうして六人がテーブルに座っているぞ。僕がわれに返ったのは自分の鼻を思い出したからさ。立ち上がって『戦え』と叫ぶんだ、『戦え！』自分自身の鼻の形を思い出しながら、このスプーンでこのテーブルを叩くのさ、戦いを挑むようにね」

「この果てしない混沌に抵抗しようよ」ネヴィルは言った「このぼんやりした愚鈍な世界に。木陰で子守女に言い寄っているあの兵士は、満天の星より賞賛に値するのさ。でもときどき、瞬く星がひとつ、澄みわたった空に現れ、それを見て僕は思うんだ、世界は美しいなって。そしてウジ虫のような僕たちは、官能的欲望で木々の形さえゆがめてしまうってね」

（「でもね、ルイス」ローダは言った「なんて短い時間しか沈黙は続かないんでしょう。もうみんなは、お皿の横にナプキンをたたんで置き始めたわ。『誰が来るの？』とジニーが言うわ。でもネヴィルはため息をつくの、パーシヴァルはもう来ないって思い出したのかな。ジニーが鏡を取り出したわ。自分の顔を画家のように眺め、鼻筋をパフでひと掃きするの。そして一瞬考えてから、自分を最も引き立たせる色のルージュを引いたわ。スーザンは、そんなふうに人前で化粧するのを見ると軽蔑するしぞっとするから、コートの一番上のボタンを掛けるの、でもはずしたわ。何の準備をしているのかな？　きっと何かね、でも何か違った事よ」

「みんな独り言を言っているぞ」ルイスは言った「『もう時間だ。けどまだ元気さ』とか言っているんだ。『僕の顔は、果てしなく続く暗やみをバックに見えなくなるのさ』みんな言いたいことを最後までしゃべらないな。『もう時間だ』まだしゃべり続けているぞ。『庭園がもうすぐ閉まるな』そしてみんなとここを出て、ローダ、仕方なくみんなと一緒に歩くだろうけど、きっと僕たちは少し後ろをついて行くんだ」

「何だか内緒話のある共謀者ね」ローダは言った。)

「これは本当で、間違いなく事実なんだけど」バーナードは言った「今僕たちの歩いているこの通りで、ひとりの王が、馬もろともモグラ塚につまずいて倒れたんだ。でも、なんて奇妙に見えるんだろうな、果てしない宇宙の深淵が渦を巻いている手前に、金のティーポットを戴冠したちっぽけな人物を置いてみるとさ。そんな人物たちがいたという確信はすぐに戻ってくるけど、彼らが戴冠していたものも存在したという確信はなかなか戻ってこないんだ。わがイングランドの歴史——つかの間の光芒。その中で人びとはティーポットを戴冠し言うのさ、『われは王なり！』ってね。違うな。こうしてみんなと歩きながら、僕は時間感覚を取り戻そうとしているけど、向こうには流れるような暗やみしか見えないから、その自信もなくしてしまったんだ。この宮殿は優美に見えるな、空に一瞬浮かんだひとひらの雲のようさ。精神のたくらみなんだ——王たちを王座に据えるのはさ、次から次へと、王冠を戴かせてね。でも僕たち自身は、こうして六人が横に並んで歩いているけど、何に抵抗しているんだろう？　こんなふうに僕たちの中では光がてんでばらばらに明滅し、それをみんな脳とか感情とか呼んでいるけど、どうやったらこの氾濫と戦えるんだろう？　永遠に続くものなんてあるんだろうか？　僕たちの人生も流れ去っていくんだ、暗い通りの向こうへとね。与えられた時間が過ぎたら、そのまま消えていくのさ。ネヴィルが僕の頭めがけて詩を投げつけてきたことがあったな。突然、自分は永遠に生き続けるという確信が湧いてきたから言ったんだ、『シェ

イクスピアの知っていたことなら僕だって知っているぞ。』でも昔の話さ」

「不合理でばかげているけど」ネヴィルは言った「こうしてみんなで歩いていると、歴史が戻ってくるんだ。犬がおしっこをしているな、誇らしげに跳ねるように歩く途中でさ。現実が機械のように動いているんだ。時代を経ているからあの門構えは古めかしいな。三百年という年月が、あの犬を目撃するうちに消えた一瞬より意味深く思えてきたぞ。ウイリアム王が馬に跨がり、かつらを付けているな。そして王室の貴婦人たちは、刺繍の入ったパニエスカートの裾を引きながら芝生を歩いているぞ。確信し始めているんだけど、こうしてみんなで歩きながらさ、ヨーロッパの運命は計り知れないほど重要なんだ。そして、今でもばかげたことに思えるけど、すべてはブレンハイムの戦いから始まっているのさ。そう、僕は宣言するぞ、みんなでこの門を通りながらさ。今この瞬間に、僕はジョージ王の臣民になったんだ」

「こうしてみんなで通りを進みながら」ルイスは言った「僕はジニーに少しもたれ、バーナードはネヴィルと腕を組み、スーザンが僕と手を繋いでいると、どうしようもなく泣けてくるんだ、自分たちを幼子と呼び、神よ、われらの安らかな眠りを守り給えと祈りながらさ。一緒に歌うのは楽しいな、手を強く握り合い、暗やみを怖がりながらね、傍らでミス・カリーがハルモニウムを弾くんだ」

「鉄の門が閉まったわ」ジニーは言った「時間が牙をむいてむさぼり食うのをやめたの。私たちは宇宙の深淵に打ち勝ったわ、ルージュ

で、パウダーで、薄いハンカチでよ」

「握るの、しっかりと握るわ」スーザンは言った「この手をかたく握って離さないの。誰の手でも良いわ。愛情を込めようが、憎しみを込めようが、そんなのどっちでも良いの」

「しんとした気配、霊的な気配が私たちを包むわ」ローダは言った「そして私たちには、このつかの間の安らぎが与えられるの。(不安を感じないなんて珍しいことよ。) 心を隔てる壁が透明になるわ。レンの造った宮殿は、まるで弦楽四重奏曲が、一階正面席に打ち上げられ、干からびてしまった人びとを潤すように、長方形を作るの。そして正方形が長方形の上に置かれると、私たちは言うわ、『これが私たちの家よ。目の前に整然とした構造物が見えるの。外にはほとんど何も残っていないわ』」

「花が」バーナードは言った「赤いカーネーションがレストランのテーブルに置いてある花瓶に挿してあったな、パーシヴァルと一緒にみんなで食事したときにさ、あの花が六面の花になったんだ、六つの人生からできている花さ」

「神秘的な光が」ルイスは言った「あのイチイの木立を背景に見えるぞ」

「多くの痛みとたくさんの落雷からできているわ」ジニーは言った。

「結婚や死、旅行、友情」バーナードは言った「都会と田舎、子供たちにその他もろもろ、こんな多面体が目の前の暗やみから切り取られたんだ。そして多面体の花が咲いたのさ。少し止まろうよ。そして僕たちの作り上げたものを見ようよ。それをイチイの木立を背

景に輝かせてみようよ。一つになった人生だ。ほらあそこ。もう終わってしまった。消えてしまったぞ」

「みんな消えていくぞ」ルイスは言った「スーザンはバーナードと。ネヴィルはジニーと。君と僕はさ、ローダ、この墓石の傍らにしばらく佇むんだ。どんな歌を僕たちは聞くんだろう？　どのカップルも木立を見つけた今さ。そこでジニーは、手袋をはめた手で指さしながら、スイレンに気づいたふりをするんだ。そしてスーザンは、いつもバーナードのことが好きだったから、彼に言うのさ、『台無しになった私の人生、無駄に過ごした私の人生』ってね。そしてネヴィルは、ジニーの小さな手を取り、〈爪がさくらんぼ色に塗ってあるんだ、〉湖のほとりで、月の光に照らされた水辺で、『愛、愛』と叫ぶのさ。すると彼女はオウムのように、『愛、愛？』と答えるんだ。どんな歌を僕たちは聞くんだろう？」

「みんな消えていくわ、湖の方に」ローダは言った「芝生の上をこっそりと歩いて行くけど、何だか落ち着いていて、まるで私たちの同情に訴えようとしているみたいなの、自分たちは子供のころ好き合っていたんだから当然でしょ――邪魔しないでってね。魂の中で潮が動き、向こうへと流れるわ。みんな私たちふたりを見捨てずにはいられないの。暗やみがみんなの体をすっかり包んだわ。どんな歌を私たちは聞くんでしょう――フクロウの歌？　ナイチンゲールの、それともミソサザイの？　汽船の汽笛ね。露面電車の給電レールから火花が散るわ。木々が重々しく風になびき、しなうの。ロンドンの空が明るいわ。年老いた女性がひとり、静かな家路ね。男性がひ

とり、遅くなった漁師かな、釣り竿を持って段丘を下りてくるわ。どんなに微かな音や動きも私たちは見逃さないの」

「鳥が一羽、巣へと帰っていくぞ」ルイスは言った「夜が眼を開け、眠りにつく前に灌木のあいだを一瞥するんだ。どうやって僕たちはひとつに纏められるんだろう？　みんなが僕たちに送り返してくる、混乱してさまざまなものが混じり合ったメッセージをさ。そして四人だけじゃないんだ、今は亡き多くの人びと、少年たちに少女たち、大人になった男性たちや女性たち、どの王の時代か分からないけど、ここを彷徨った人びとのメッセージもさ」

「おもりが夜の中に落ちていったわ」ローダは言った「そして夜を引きずりおろしたの。だからどの木も影を纏って大きいわ。でもその影は木がその後ろに引く影じゃないの。断食月を過ごす都市の屋根屋根に雨のたたきつける音が聞こえるわね。トルコ人たちはお腹を空かし、気分も不安定なの。みんな鋭い、雄ジカのような声で叫んでいるわね、『開けろ、開けろ』って。露面電車が線路をきしらせる音や、給電レールが火花を散らす音を聴いてごらんなさいよ。ブナや樺の木立が枝をざわつかせているわね。まるで花嫁が絹のネグリジェを脱ぎ落とし、ドアの前に立って『開けて、開けて』と言っているみたいだわ」

「すべてのものが生きているようだ」ルイスは言った「今夜はどこにも死の足音が聞こえないのさ。愚鈍さがあの男の顔に、老いがあの女の顔に現れているぞ。それらは相当ひどいから、みんなそう思うだろうけど、不死の魔法にはかからず、死を招き入れてしまうだ

ろうな。しかし今夜、どこに死があるのだろう？　粗雑なもの、が
らくた、これやあれ、すべてはガラスのように砕け散り、青色の、
赤く縁取られた潮流に飲み込まれたんだ。その潮流は、海岸を洗い、
数え切れない魚を育み、僕たちの足下で砕けるのさ」

「もしも私たちが一緒に登ることができるなら、十分高いところか
ら知覚することができるなら」ローダは言った「そして何ものにも
触れず、支えも必要としないままでいられるならね――でもあな
たは、かすかに聞こえる賞賛の拍手や嘲笑の手拍子に動揺するし、
私は、妥協するのがとても嫌で、善悪を人が口にするのにも憤慨す
るから、ふたりとも孤独と過酷な死しか信じていないわ。だから別
れたの」

「永遠に」ルイスは言った「別れ別れさ。僕たちは諦めたんだ、シ
ダの茂みで抱き合ったり、愛、愛、愛と湖のほとりで囁いたりする
のをさ。そして皆から離れ、秘密を交換し合った共謀者のように、
墓の傍らに立っているんだ。でも見て、ふたりでここに立っている
今、水平線にはさざ波が沸き立っているよ。網がどんどん引き上げ
られるぞ。ついに海面まで来たな。海面は白く沸き返り、銀色の小
魚がぴちぴちと震えているよ。今や飛び跳ね、のたうち回っている
ぞ。小魚たちは船から浜辺に降ろされたんだ。生命が獲物を草の上
にぶちまけたのさ。人影が僕たちの方へやって来るぞ。男たちだろ
うか、それとも女たちだろうか？　みんなまだ身に纏っているんだ、
絶えず揺らめく襞布のような潮流をね。その中に浸かっていたのさ」

「ほら」ローダは言った「あの木を通り過ぎながら、元の大きさに

戻っていくわ。ただの男たちに、ただの女たちよ。驚きと恐れが消えていくの、みんなが襞布のような潮流を脱ぐにつれてね。かわいそうに思うの、月明かりの下に現れるとね。まるで生き残った兵士たちのようだわ。私たちの代わりに、毎晩（ここかギリシャで）戦いに出かけるの。そして毎晩戻ってくると、全身に怪我を負い、顔も傷だらけよ。月明かりがふたたびみんなに降り注いだわ。顔が見えるの。スーザンとバーナード、ジニーとネヴィルになったわ。私たちの知っている人たちよ。私の幻想はどうしてこんなに縮んでしまうの！　幻想の花はどうしてこんなにしぼんでしまい、あとに残るのはなんという屈辱かしら！　身に覚えのある戦慄が私を貫くわ、憎悪と恐怖よ。そして引っかけられて動けなくなる気がするの、みんなが私たちに投げつける鉤(かぎ)でよ。挨拶を送ってきて、私たちだと分かると、指で引っぱってじろじろ詮索するわ。でもみんなはただ喋りさえすればいいの。そして最初に喋る言葉は聞き覚えのある声音(こわね)だけど、期待するものとは永遠にずれているし、みんなの手が動くと、過ぎ去った数え切れない日々が暗やみにフラッシュバックするわ。だから私の決意はぐらつくの」

「何かが揺らめき踊っているぞ」ルイスは言った「幻影が戻ってくるんだ、みんながこちらに向かって通りを歩いて来るとさ。心がさざ波立ち、疑問が次々に湧いてくるんだ。僕は君をどう思っているんだろう——君は僕をどう思っているのかな？　君は誰？　僕は誰？——そんな疑問が湧いてくるものだから、ふたりはふたたび不安な気持ちに揺れるのさ。鼓動が速くなり、眼がぱっと輝くんだ。そ

272

してまったく狂気じみた自意識が、〈それがないと人生はぱたんと倒れ、終わってしまうけどね〉、ふたたび頭をもたげるのさ。みんなもうそばにいるぞ。南国の太陽がこの墓の上につかの間現れ、ふたりは岸を離れて、凶暴で残酷な海原の潮流に突っ込んでいくんだ。神様、どうか僕たちの役を無事演じさせて下さい、戻ってくる彼らを出迎えるときに──スーザンとバーナード、ネヴィルとジニーを」

「僕たちは何かを破壊してしまったぞ、こうして戻ってきて」バーナードは言った「たぶんひとつの世界だ」

「でも僕たちはほとんど息をしていないな」ネヴィルは言った「疲れ果てているのにさ。僕たちは消極的で疲れ切った精神状態にいて、望むことと言えば、生まれてきた母親の胎内に戻ることだけなんだ。他はすべて不愉快で、無理強いされた、疲れるだけのことなのさ。ジニーの黄色いスカーフは、この灯りの下で見ると蛾の羽根みたいな色だ。スーザンの眼差しが和らいでいるぞ。みんな川とほとんど区別がつかないな。誰かのタバコの火だけがみんなの中で際立っているぞ。そして悲しみに染まるのはこの充足感、それを僕たちは君に取っておくべきだったけど、布地を引き裂いてしまったんだ。衝動に負けて絞り出したのは、ただ、悲しみよりも苦くて暗い色の果汁だけさ、それは甘美でもあったけど69。でも今は疲れ切っているんだ」

「私たちの火が消えたら」ジニーは言った「ロケットの中に入れておくものは何も残らないわ」

「それでも私は口を開けているの」スーザンは言った「若鳥のよう

にね。お腹を空かせ、私から逃れてしまった何かを求めるわ」

「しばらくここにいようよ」バーナードは言った「行く前にさ。川のほとりの段丘をゆっくり歩こうよ。ほとんど僕たちしかいないな。もう寝る時間だ。みんな家に帰ってしまったな。なんてほっとする眺めなんだろうね、小さな商店主の寝室から灯りが漏れているよ、川の向こう側さ。ひとつ——またひとつ。彼らは今日、どれぐらい稼いだんだろうね？　家賃を払い、灯りと食べ物、子供の服を買うにはちょうど十分なだけさ。しかしちょうど十分なんだ。慎ましく生きるのがどれほど意味のあることかを、小さな商店主の寝室から漏れる灯りは僕たちに教えてくれるんだろう！　土曜日が来て、映画でも見に行くにはちょうど十分な稼ぎさ。おそらく灯りを消す前に、彼らは小さな庭へ行き、木造の小屋にうずくまっている大ウサギを見るだろうな。それは日曜日のディナーに食べるウサギなんだ。それから灯りを消し、眠るのさ。何千という人びとにとって眠りとは、温かさと静寂、素敵な夢に包まれる一瞬の楽しみに他ならないんだ。『手紙は出したぞ』と青果商は考える。『日曜紙にだ。サッカーくじで五百ポンド当たってみろよ？　そうしたらウサギを絞めるのさ。人生は楽しいな。人生はいいもんだ。手紙は出したぞ。ウサギを絞めるのさ』そして彼は眠りに落ちるんだ。

「それは続くのさ。聞きなよ。引き込み線で貨車が次々に衝突するような音がするぞ。それは僕たちの人生の中で、幸せな出来事が次々に繋がっていく音なんだ。がたん、どたん、ごとん。しなければ、せねば、ねば。行かなければ、眠らなければ、目覚めなければ、起

きなければ——こんなまじめで有り難い言葉なんて嫌いだと言う
けど、それをみんなしっかりと心に刻むし、それがなければ自堕落
になるだろうな。どれほど僕たちは崇拝するのだろう、引き込み線
で貨車が次々に衝突するようなあの音を！

「川のはるか下流からコーラスが聞こえるぞ。自慢話の好きな少年
たちの歌だ。大型観光バスに乗って遠出から帰ってくるのさ。混雑
した汽船のデッキで一日を過ごしたんだ。まだ歌っているぞ、昔歌っ
ていたとおりだな、中庭を横切りながら、冬の夜に、あるいは夏、
窓を開け、酔っ払い、家具を壊し、縞模様の小さな帽子をかぶって、
大きな馬車が角を曲がる時、彼らはいっせいに同じ方向を向いたん
だ。僕も彼らに加わりたかったな。

「コーラスや渦巻く川面、かすかにざわめくそよ風のために、僕た
ちは次第に何も考えられなくなってきたな。少しずつ自分自身が崩
れ落ちつつあるのさ。ほらあそこ！ 今度は何かとても重要なもの
が崩れ去ったぞ。僕はアイデンティティーを保てないんだ。眠いな。
でもみんな行かなくちゃいけないんだ。列車に間に合わなきゃいけ
ない。歩いて駅に戻らなきゃいけない——しなければ、せねば、
ねば。僕たちは並んでとぼとぼ歩く肉体に過ぎないのさ。僕は足の
裏と疲れた太ももでしか自分の存在を感じられないんだ。何時間も
歩いてきた気がするぞ。でもどこを？ 思い出せないな。僕は丸太
のように滝をするすると滑り落ちるんだ。僕は判事じゃないのさ。
意見陳述を求められてなどいないんだ。こんなに暗くちゃ、家々も
木々もみな同じに見えるな。あれはポスト？ あれは歩いている女

性？　駅に着いたぞ。そしてたとえ列車が僕を真っ二つにしたとしても、列車が通り過ぎたら元に戻るんだ。ひとつになり、もう二度と引き裂くことはできないのさ。それにしても奇妙なんだけど、僕はまだウォータールー行きの復路乗車券を右手の指で固くつかんでいるんだ、いまだにさ、眠っているのにな」

ついに太陽が沈んだ。空と海の境界が消えた。波は砕け、白く扇を広げながら岸辺の奥まで達した。そして波音のこだまする洞穴の奥に白い波影を届けると、小石をざわめかせながら引いていった。

　木が枝を揺らし、舞い散る葉が地面に落ちた。そこに葉は静々と積もった。まさにその場所で葉は朽ちるのを待つのであろう。暗やみや薄暗がりを庭に放つのは割れた器であった。それはかつて赤い光をたたえていたのに。暗い影のために、茎と茎の間にできたトンネルは真っ暗になった。ツグミは鳴くのをやめ、キクイムシは狭い穴の中に這い戻った。ときどき白茶けて押しつぶされた麦わらが一本、古い鳥の巣から吹き飛ばされ、暗い草の中に落ちた。そのまわりには腐ったリンゴが落ちていた。すでに道具小屋の壁は翳り、クサリヘビの皮が釘からぶら下がっていた。その中にヘビはもういなかった。部屋の中にあるすべての色は輪郭を失い、溶け出していた。精緻な絵の具のひと刷きはふやけ、したたり落ちそうになった。戸棚や椅子は茶色い形を失って溶け出し、ぼんやりした大きな塊になった。床から天井まで、大きなカーテンのように揺れる暗やみが垂れ下がっていた。鏡もかすんでいたが、まるで洞穴の入口が、垂れ下がるつる植物で翳っているようであった。

連なる丘は実体を失い、抜け殻のように見えた。わずかに届く光は斜面を柔らかく浮かび上がらせ、目に見えず闇に沈んだ道の位置を教えた。しかし、折りたたんだ翼のように連なる丘のどこにも光るものは見えなかった。そしてあたりは静まりかえり、ただ一羽の鳥だけが、さらに奥地の木を求めて飛びながら鳴いた。断崖の端では、森を通り抜けてきた風のざわめきと海鳴りが一緒に聞こえた。打ち寄せる海水は、絶海を渡るとき何千という滑らかな波の谷間で冷やされ、冷たかった*70*。

　まるで大気の中に暗やみの波が生まれるように、暗やみは先へ進み、家々や連なる丘、木々を覆った。それは海の波が沈没船の左右の舷側を洗うようであった。暗やみは通りを洗い、人影一つひとつのまわりで渦巻き、それらを飲み込んだ。暗やみはまた恋人たちを完全に覆い隠し、ふたりは鬱蒼と青葉の繁るニレの木が落とす暗やみに抱きしめられた。暗やみは草の生えた乗馬道や表面にしわの寄った芝地を波のように進み、ぽつんと茂る茨とその根本に転がるカタツムリの抜け殻を覆った。駆け上がった暗やみは、高原のむき出しの傾斜を吹き過ぎ、浸食されすり減った岩山の尖峰（せんぽう）に至った。そこでは硬い岩の上に万年雪が積もっているが、谷間では春になると雪解け水がほとばしり、秋になればブドウの葉がいっせいに黄色くなる。そして若い女性たちはベランダに腰掛け、万年雪を見上げるのである、日差しを扇でさえぎりながら。それらの尖峰もまた暗やみに覆われた。

「ついに要約する時が来た」バーナードは言った「今こそ君に私の人生の意味を説明してあげる時だ。お互いに知らないから（一度君に会ったことがあるけどね、たぶん、アフリカ行きの船に乗っている時にだ）、自由に話せるかな。私は今、何かがつかの間私に付着し、丸みや重さ、深さを獲得し、完成するという幻覚にとらわれているんだ。これが、さしあたり私の人生だと思えるんだ。できることなら、それをそっくり君に渡してあげるのにな。ひと房のブドウをちぎるようにそれをちぎるのに。『受け取り給え。これが私の人生だ』と言うのだが。

「だが残念なことに、私の見ているものは（この丸いものは人影でいっぱいだ）君には見えないな。私は見えるだろ、向かい側のテーブルに座り、かなり疲れた顔をした初老の男、こめかみも白髪交じりだ。こうしてナプキンを取って広げ、自分でグラスにワインを注ぎ、そして私の後ろではドアが開き、人びとの通り過ぎるのが見えるだろ。しかし君に分かってもらうためには、私の人生を渡すためには、物語を話さなければいけないんだ——そしてとてもたくさん、本当にたくさんあるんだけど——子供時代の物語、学校時代や恋愛、結婚、死の物語、ほかにもたくさんの物語さ。どれひとつとして真

実ではないがな。でも子供のように、私たちはお互いに物語を聞か
せるんだ。そして物語を飾るために、私たちは滑稽だけど派手で美
しい言葉をでっち上げるのさ。どれ程物語に飽き飽きし、どれ程う
まい言葉にもうんざりしていることか！　それらの言葉は見事に堂
に入った姿で降ってくるけどな。それにまた、すっきりと描かれた
人生というものをどれ程疑っていることか、メモ用紙半分に描写さ
れているような人生だ。私は恋人たちの交わすような短い言葉が欲
しくなったのさ、片言の、はっきりしない言葉、歩道をとぼとぼと
歩くように話す言葉だ。時々どうしようもなくやって来る屈辱や成
功の瞬間にもっとふさわしい描写を探すようになったのさ。嵐の日
に溝に横たわっていると、雨が降り続いているんだが、ものすごく
たくさんの雲が流れてきて空を覆うんだ、切れ切れの雲、雲の房が
な。その時私を喜ばせるのは、混乱、空の高さ、冷淡さ、そして激
しさだ。大きな雲はいつも変化しているな。そしてその動き。何か
激情に駆られて不吉なものが、こちらに向かって疾走してくると、
渦を巻くんだ。やがてそびえ立ち、たなびき、千切れ、消えるのさ。
しかし私は忘れ去られ、ちっぽけで、溝の中だ。物語も、描写も、
だから私には少しも見えないのさ。

　「だがしばらくの間、こうして食事をしながら、あれこれの情景に
思いを馳せてみようじゃないか、子供たちが絵本のページをめくり、
子守が指さしながら『これは牛、これはボートよ』と言うようにね。
ページをめくろうじゃないか、そして私が書き加えるよ、君に楽し
んで欲しいからね、余白に注釈をな。

「まず初めに、保育園があったんだ。窓が庭に通じ、その向こうは海。何かがぱっと輝くのを見たな——間違いなくそれは戸棚の真鍮の取っ手。それからミセス・コンスタブルがスポンジを自分の頭より上に持ち上げ、それを絞ると、走ったんだ、右側も左側も、上から下まで背骨を貫く、感覚の矢がな。そういうわけで、息をしている間はずっと、生きている間はね、もしも椅子やテーブル、あるいは女性にぶつかったら、私たちは感覚の矢に貫かれるんだ——庭を歩いたり、このワインを飲んだりするとね。時々本当に、窓に明かりが灯り子供が生まれたばかりの家を通り過ぎるとき、私は彼らに、生まれたばかりの赤子の真上でスポンジを絞らないよう懇願したいくらいなんだ。それに庭があったな。そしてスグリの葉でできた天蓋は、あらゆるものを包み込むように思えたんだ。花々が深い緑の上に浮かんで火花のように燃えていたし、ネズミが一匹、ウジ虫にびっしりとたかられ、ルバーブの葉の下で死んでいたな。ハエが一匹、保育園の天井をぶーん、ぶーん、ぶーんと飛びまわり、お皿が何枚も並んでいて、子供にはちょうど良い大きさのパンとバターがのっていたんだ。こんなことはすべて一瞬のうちに起きるけど、永遠に残るものさ。顔が次々に浮かんでくるな。角を曲がり走ってくるぞ。誰かが『やあ』と言う。『ジニーがいる。ネヴィルだ。ルイスは灰色のフランネル服を着て、ヘビ型留め金のベルトを締めているな。ローダもいるぞ。』彼女は水盤を持っていて、その中で白い花々の花びらを航海させていたんだ。泣いていたのはスーザン、道具小屋にネヴィルと一緒にいたあの日さ。その時私は自分

の冷淡さが消えて無くなるのを感じたんだ。ネヴィルは平然としていたな。『だから』と私は言ったんだ。『僕は僕自身、ネヴィルじゃない。』素晴らしい発見だったな。スーザンが泣いていたから、私は後を追ったんだ。彼女のハンカチは濡れていたし、小さな背中をポンプの取っ手のように上下に波打たせ、叶わなかった願いに泣きじゃくっていたから、私の心は締め付けられたのさ。『あれには誰だって我慢できないよ』と言ったんだ、骸骨のような硬い木の根の上に彼女と並んで座りながらね。その時私は初めて敵というものの存在に気づいたんだ。それらは変化するけどいつも目の前にいるのさ、私たちの戦う集団はね。大人しくまわりに流されながら生きるなんて考えられないんだ。『それが君の生きる道、世界』と人は言うさ、『僕の道はこれ』ってね。だから『探検しようよ』と叫んで飛び上がったんだ。そしてスーザンと一緒に駆け下りていくと、馬小屋番の少年が大きな長靴を履いて、裏庭をぼこぼこいわせながら歩いていたのさ。さらに下の方へ、深い葉叢をかき分けて進むと、庭師たちが大きな箒で庭を掃いていたな。ご婦人は座って書き物をしていたんだ。私は立ちすくみ、死んだように凍り付いて思ったのさ、『あの箒のひと掃きだってさえぎることはできないな。彼らはどんどん掃いていくぞ。あのご婦人がじっと書きものをしているのも邪魔することはできないな』ってね。庭師たちに掃くのをやめさせたり、ご婦人を追い払ったりできないのは不思議なことだ。そこに彼らはそのままいたのさ、私がこれまで生きてきたあいだずっとね。それはまるで、目が覚めるとストーンヘンジにいて、巨石にぐるりと取

り囲まれていたようなものだ。つまり目の前にいる敵、これらの印象的な人間たちにね。するとモリバトが木立から飛び立ったんだ。そして生まれて初めて人を好きになり、言葉が連なって浮かんできたのさ――モリバトの詩――たった一行の詩がね。というのも私の心に穴が穿たれたからなんだ。心の壁が突然透明になり、すべてが見えるようになったというようなことかな。その日のあともパンとバターが続き、ハエが保育園の天井をぶーんと飛び回ることもたくさんあったんだ。天井には光の島がかすかに揺れ、波立ち、それらは虹色をたたえた乳白色をしていたな。一方、尖った指のようなシャンデリアの下飾りが、マントルピースの角に青い水たまりのような影を滴らせていたんだ。来る日も来る日もお茶の時間になると、私たちは座りながらこんな光景を見つめていたのさ。

「でも私たちはみな違っていたんだ。ロウが――背骨を覆う清らかなロウが溶けたのさ、私たちそれぞれ別の部分でね。ブーツ磨き少年がグースベリーの藪の中で女中に言い寄っていたときのうなり声、物干しロープでぱんぱんに膨らんでいた洗濯物、溝で死んでいた男、月明かりに荒涼と立つリンゴの木、ウジ虫がびっしりとたかったネズミ、青い影を滴らせるシャンデリアの下飾り――私たちの真っ白なロウはこんなもの一つひとつに縞をつけられ、染められたんだ、それぞれ別々にな。ルイスは人間の肉体に備わる本質が嫌になったんだ。ローダは私たちの冷酷さを嫌悪していたし、スーザンはいつも孤独だったな。ネヴィルは秩序を求めたし、ジニーは愛を求めた、といった具合かな。私たちはひどく苦しんだんだ、それぞれ別々の

肉体になるにつれてね。

「でも私は保護されていたんだ、子供には消化しきれないこれらの出来事からね。だから多くの友人よりも長生きし、少し太り、髪も白くなったんだ。胸甲の上からこすられていたようなものさ。なぜなら世の中の全景だからなんだ、〈しかも屋根からではなく、四階の窓から眺めたそれさ、〉私を喜ばせるものはな。ひとりの女性がひとりの男性に話す言葉には興味がないんだ、たとえその男が私自身でもな。こんな私が学校でいじめられるなんてことがあったと思うかね？　みんなが私を窮地に陥れるなんてことができたと思うかな？　校長先生がよろめきながらチャペルに入堂してきたんだ。まるで強風のなか戦艦のデッキを歩き、メガホンで命令を叫ぶようだったな。偉い人というものはいつも芝居がかるものだからね──私はネヴィルのように彼を憎んだりしなかったし、ルイスのように崇(あが)めたりもしなかったんだ。みんなとチャペルに座りながら手帳を付けていたのさ。並んだ柱が影をつくり、真鍮記念碑がたち、少年たちは祈祷書に隠れてけんかをしたり、切手を交換したりしていたな。さびついたポンプのような音。校長先生ががなり立てていたな、不滅についてとか、男らしくふるまえとかさ。そしてパーシヴァルは太ももを掻き、私は物語のために手帳を付けていたんだ。そして手帳の余白に肖像画を描いていたから、ますますみんなとは違う人間になったのさ。私が会った人物をひとりふたり紹介するとしよう。

「パーシヴァルはその日チャペルに座り、自分の前をまっすぐ見つめていたな。彼にはまた、手でぱしっとうなじを打つ癖があったん

だ。そのしぐさはいつも注目の的だったのさ。だから私たちは皆、手でぱしっとうなじを打つんだけど——うまく行かなかったな。彼の美しさは独特で、あらゆる愛撫を寄せ付けなかったのさ。けれども決して早熟ではなかったので、私たちを啓発するために書かれたものは何でも読んだんだ、批評などせずにね。そして彼らしく堂々と落ち着き払って、〈（ラテン語が自然と出てくるぞ、）そのお陰で本当にたくさんの意地悪や屈辱を免れていたな、〉ルーシーの亜麻色のお下げ髪とバラ色のほおこそ最高の女性美だと考えていたんだ。そんなふうに保護されていたから、彼の好みは後年、非常に上品なものになったのさ。しかし彼にも音楽があって当然だ、粗野な賛美歌とかがな。窓越しに狩猟の歌が聞こえてきて当然だ、あっという間に過ぎ去る青春の輝き——丘々に響き渡り消えていく音がね。びっくりするようなことや思いがけないこと、説明できないこと、調和を台無しにしてしまうこと——そんなことが突然思い浮かぶんだ、彼のことを考えるとね。彼を観察すると、このちっぽけな脳が錯乱するんだ。並んだ柱が倒れ、校長先生が宙に浮き、私は突然意気揚々となるのさ。彼は振り落とされた、馬に乗って競争しているときに。そして私が今夜シャフツベリー通りを歩いてくると、卑しくてほとんど白痴のような顔がいつものように地下鉄の出入り口からあふれ出してきたし、くすんだ褐色の肌をしたたくさんのインド人たち、飢餓や病気で死にそうな人びと、だまされた女たち、そしてむち打たれた犬たちや泣き叫ぶ子供たち——これらがすべて、私には心の支えを失ってしまった存在のように見えたんだ。彼は正

義を成し遂げただろうな。祖国を守ってくれただろうな。不惑を迎えれば政府の高官たちに衝撃を与えただろうに。これまでに私の思いついたどんな子守歌も、彼を安らかな眠りにつかせることはできなかったんだ。

「しかしもう一度スプーンを浸してすくい上げさせてくれないかね、私たちが楽天的に『友だちの性格』と呼ぶささいな対象をもう一杯──ルイスさ。座って説教者を見つめていたんだ。意識が一点に集中しているのは表情から分かったな。唇を固く結んでいたし、瞬きもせずにいたんだ。突然その眼にはあざけりが浮かんだけどな。それにまた霜焼けに苦しんでいた、血のめぐりが悪かったせいでね。生まれ故郷を離れ、悲しく、身寄りもなかったので、時々心を許したときに、故郷の砂浜に波が激しく打ち寄せる様子を話してくれたものだ。そんなときにも少年たちは残酷な視線を、赤く腫れ上がった指関節に注いでいたな。そうさ、でも私たちはまたすぐに、彼がいかに辛辣で賢く、厳格であるかということに気づいたんだ。なんと自然に、ニレの木の下に横たわってクリケットを見るふりをしているとき、私たちは彼に認めてもらうのを期待したことか、そうなることはほとんど無かったけどね。彼が優れていることにみんな憤慨していたんだ、パーシヴァルの優秀さはみんな敬愛していたのにな。上品ぶり、疑い深く、足をツルのように上げながら歩いていたけど、素手の拳骨でドアをたたき壊したという逸話もあったんだ。しかし彼という存在の峰はあまりにむき出しのまま、あまりに石ころだらけで、みんなを和ませるような霧に隠れることはなかったな。

みんなと打ち解け合える人なつこさが無かったのさ。いつも超然として、謎めき、畏怖すべき精密な直感力を持つ生徒だったんだ。私の作った詩句は（私なりに月を描写したんだけど）認めてもらえなかったな。その一方、彼は絶望的なまでに私を羨ましがったんだ、私が召使いたちと打ち解けられることをね。こんな彼の性格は、自己肯定感が挫けたから生まれたんじゃないんだ。それは規律を尊重する気持ちの表れだったのさ。だから成功した、最後にはね。彼の人生は、でも、幸福ではなかったな。しかし見給え――瞳が白くなってきたぞ、私の手のひらに横たわっているうちにだ。突然、人びととは何かが分からなくなってきたな。だから池に戻すんだ、そこで彼は輝きを取り戻すのさ。

「次はネヴィル――仰向けになって夏空を見つめていたな。彼は私たちのまわりを、一片のアザミの綿毛のように漂っていたんだ。よく日当たりのよい運動場の隅をぶらぶらしていたな。何かを聞こうとしていたわけではなかったけど、まわりに無関心というわけでもなかったのさ。彼を通してなんだ、ラテン語の古典を渉猟（しょうりょう）する機会を得たのは、精読したことは一度もなかったけどね。それにまた粘り強く考える習慣をいくらか身につけたのも彼のお陰だ、その習慣は私たちを救いようがないほど偏った人間にするけどね――例えば十字架について、それは悪魔の印であるという考えさ。私たちはこうした考えを中途半端に愛したり憎んだり、あいまいな態度だけど、彼にとってそれは弁解の余地がない裏切り行為だったんだ。体を揺らしながら格調高く話す校長先生は、私の想像の中では、座っ

てズボン吊りを揺らしながらガスストーブに当たっていたけど、彼にとっては拷問道具に他ならなかったのさ。だから、いつもだらだらしている彼とは思えない情熱を込めて、カトゥルルスやホラティウス、ルクレティウスをむさぼり読んだんだ。そうしながらのんびりと静かに横たわっていたけど、あたりに注意を払い、うっとりとクリケットプレーヤーたちを見つめていたな。一方彼の精神はアリクイの舌のようにすばやく器用に動き、ねばねばしていたから、古代ローマの文章からあらゆる修辞や工夫を探し出したんだ。そしてひとりの人間を、傍らに座るひとりの人間をいつも探し出したのさ。「そしてロングスカートをはいた先生の奥さんたちが、きぬずれの音をさせながらよくやって来たんだ、みんな山のように大きくて威嚇的だったから、私たちは手ですばやく帽子にさわったものさ。そして果てしない退屈な時間が流れていたんだ、途切れることなく、単調にね。何ものも、一匹の魚や、一頭のイルカさえ、そのひれで、あの鉛色の荒涼とした波間を切り進むものはいなかったんだ。たまさか何かが起こり、あの重苦しく耐えがたい退屈を吹き払うことはなかったな。学期が続いた。私たちは成長し、変わっていった、というのも、当然だけど、動物だからさ。決していつも自覚しているわけじゃない、息をして、食べ、眠るんだ、無意識のうちにね。私たちはただ一人ひとりで存在するだけでなく、ものごとの分離できないどろりとした塊の中でも生きているんだ。ひとすくいで馬車いっぱいの少年たちがかき集められ、クリケットやサッカーに行くのさ。軍隊がヨーロッパ中に進撃するぞ。私たちは公園やホールに集まり、

反逆者たちを一人残らずせっせとつるし上げるんだ（ネヴィルやルイス、ローダがそうさ）、彼らは他人から独立した自己を築き上げているからね。そして私はといえば、ほかとはまったく違うメロディーをひとつふたつ、例えばルイスやネヴィルが歌うのに耳を傾けるけど、古くて、ほとんど歌詞がなく、ほとんど無意味な歌を単調に繰り返すコーラスが、夜、中庭の向こうから響いてくるのにもたまらなく惹かれるんだ。ほら、そんな歌が私たちのまわりで鳴り響いているだろ、車やバスが人びとを劇場に連れて行くのさ。（聞いてごらん、車がひっきりなしに猛スピードでこのレストランの前を通り過ぎていくぞ。時々川の下流で汽笛が鳴るな、汽船が外洋に向けて進んでいくんだ。）旅商人が列車の中でかぎタバコをくれたら、私は受け取るのさ。私が好きなのは、たっぷりとして不格好な、あたたかい、それほど気が利いていないけどきわめて寛いだ、どちらかというと粗野な物ごとなんだ。たとえばクラブやパブにいる男たちの会話、ズボン下をはいて上半身裸の鉱夫たちの話——あけすけな、まったく気取らない、心に浮かぶ目標と言えば夕ご飯に恋愛、お金、そしてまずまずの生活を送ることしかない人間たちのな。偉大な希望や理想、何であれそんな類いのものは出てこない話、謙虚で、なんとかうまくやっていくことしか考えない人間たちの話。私はそんなものがことごとく好きだ。だから私は彼らに加わったんだけど、ネヴィルはむくれていたし、ルイスは、〈その気持ちは痛いほど良く分かるな、〉そっぽを向いて立ち去ったのさ。

「このように、決して均等にではなく、でたらめに、しかし大きな

筋を残しながら、私のろう引きのチョッキが溶け、ここに一滴、あそこにもう一滴と滴を落としたんだ。今、こうして心の壁が透明になると、不思議な牧草地が見えてくるのさ、最初は月のように白く、輝き、誰も足を踏み入れたことがないんだ。バラやクロッカスの咲く牧草地だけど、岩があってヘビもいるのさ。斑模様で黒ずんでいるな。不愉快な生き物だ、絡みついてつまずかせるぞ。思わずベッドから飛び起きて窓を勢いよく押し開けると、なんという羽音を立てて鳥たちが飛び立つことか！　君も知っているだろ、あの突然の羽ばたき、あのけたたましい鳴き声、喜びの歌、そして混乱をさ。ほとばしり泡立つ鳴き声、そして露という露が燦めき、震え、まるで庭は一つひとつ燦めく宝石を寄せ集めたようで、それぞれが瞬くように光り、庭というひとつのまとまった姿はまだ現れていないんだ。そして一羽の鳥が窓辺で鳴く。そんな歌を聞いたのさ。そんな幻想を追ったんだ。ジョーンたちだったか、ドロシーたちだったか、ミリアムたちだったか、名前は思い出せないが、大通りを歩いて行き、高くなった橋のまん中で止まると、川をじっと見下ろしていたのさ。すると彼女たちのあいだから、ほかとはまったく違う人間がひとりかふたり飛び立つんだ。自意識過剰な若さをみなぎらせ、窓辺で歌っていた鳥たちさ。カタツムリを石に打ちつけ、くちばしでねばねば、べとべとしたものをつついたんだ、一心に、熱心に、情け容赦なくね。それがジニーにスーザン、ローダさ。彼女たちは東海岸だったか、南海岸だったかで教育されたんだ。お下げ髪を長く伸ばし、びっくりした子馬のような表情をしていたな、思春期特有のね。

「ジニーが最初にこっそりと門まで歩いてきて、砂糖を食べたんだ。誰かの手のひらからとても器用につまみ取ったんだけど、彼女は両耳を後ろに倒していたのさ、まるで噛みつこうとしているみたいにね。ローダは野生動物みたいだったな——誰もローダをつかまえられなかったのさ。怯えていたし不器用でもあったんだ。最初にすっかり女性になり、純粋に女性らしくなったのはスーザンだったな。私の顔にやけどするほど熱い涙を落としたのが彼女なんだ。恐くて美しい、どちらでもあり、どちらでもない涙をね。彼女は生まれつき詩人に崇拝される人間だったんだ、なぜって詩人は安らぎを求めるものだからね。座って縫い物をしながら『大嫌い、でも大好き』と言う女性をな。そんな女性は楽に生活しているわけでも裕福でもないけど、その性格を形づくっているのは、際立っているのに慎ましやかな美しさをたたえた、気取りのない優雅さなんだ。そんな優雅さを、詩を作る人間たちはことのほか崇拝するのさ 71。彼女のお父さんは部屋から部屋へ、敷石を敷いた廊下をのろのろと歩いていたな、ガウンをひらひらさせ、すり切れたスリッパを履いてね。静まりかえった夜には、一マイルも向こうからごうごうと滝の落ちる音が聞こえてきたんだ。老いさらばえた犬は、ほとんど椅子の上によじ登ることもできなかったな。そして慎みのない女中の笑い声が家の最上階から聞こえてきたんだ、ミシンのはずみ車をぐるぐる、ぶんぶんと回しながら笑っていたのさ。

「そんなことを私は話したんだ、苦悩の最中にあってさえね、そのときスーザンは、ハンカチをよじりながら『大好き、でも大嫌い』

と叫んでいたな。『行儀の悪い女中が』と話したんだ、『階上の屋根裏部屋で笑っているぞ。』そしてそんなささやかな脚色を見ても、なんていい加減にしか、私たちが自分自身の経験と結びついていないかが分かるんだ。どんなにつらいときでも、片隅に良く気のつく仲間が座っていて、指さし、囁くのさ、あの夏の朝、小麦畑が窓際まで迫っている家で私に囁いたようにね、『柳の木が川べりの芝地に生えているな。庭師たちが大きな箒で掃き、ご婦人が座って書き物をしているぞ』とね。そんなふうにしてあいつは私を、私たち自身の困難な状況の向こうへ、外側へと導いてくれたんだ、象徴的な場所へ、従っておそらくは永遠に続く場所へとな。もっとも、私たちが眠り、食べ、息をすることに、ほんとうに動物的で、精神的でもあるけど騒々しい生活のなかに、何か永遠性があるのならだがね。「柳の木が川べりに生えていたな。なめらかな芝生にネヴィルと、ラーペントと、ベーカーにロムジー、ヒューズ、パーシヴァル、そしてジニーと座っていたんだ。繊細な、まっすぐに垂れ下がる枝越しに〈小さくてぴんと立った耳のような葉が付いていて、春は緑色に染まり、秋はオレンジ色に色づいていたな〉、ボートが見えたんだ、建物が、急ぎ足の老婆たちが見えたのさ。マッチを一本一本芝生に突き刺したな、物ごとの理解が一段また一段と進んだことをはっきり印すためにね（それは哲学だったかも知れないし、科学だったかも、自分自身だったかも知れないな）。その一方で、私の知性を縁取るふさ飾りは空中を漂い、遠くの感覚を捉えたんだ、それらをやがて精神が吸い込み、吟味するのさ。鐘の音、さまざまなざわめき、

消えていく人影、自転車に乗った女の子。その子が自転車に乗った
ままカーテンの隅を持ち上げたように見えたんだ。カーテンが隠し
ていたのは、ごちゃごちゃして見分けのつかない生の混沌、それが
シルエットになった友人たちや柳の木の向こうで荒れ狂っていたの
さ 72。

「その木だけさ、私たちが絶え間なく流れていくことに抗っていた
のはな。というのも私は絶えず変身していたんだ。ハムレットだっ
たり、シェリーだったり、名前を思い出せないが、ドストエフスキー
の小説の主人公だったりしたのさ。ある学期のあいだずっと、信じ
られないだろうけど、ナポレオンだったこともあるんだ。しかし主
にバイロンだったのさ。何週間ものあいだずっと、私が演じていた
のは、大股で部屋に入ると手袋やコートを椅子の背に投げつけるこ
とだったんだ、少し顔をしかめながらね。いつも本棚まで行き、神
聖な特効薬を新たにすすっていたのさ。だから私の中には凄まじい
数の言葉があふれてきて、それをそのまま、本当に不似合いな人に
――いまは結婚し、忘却の彼方にある女の子に投げつけたんだ。
あらゆる本や部屋中の窓腰掛けには、私をバイロンにしてくれたそ
の女性宛の手紙が、何通も書きかけのまま雑然と積み重なっていた
のさ。というのも、他人の文体で手紙を書き終えるのは難しいから
ね。すっかり興奮して彼女の家に着いたんだ。そして愛のしるしを
交換したけど結婚はしなかったのさ。そこまで踏み切るには間違い
なく時期尚早だったからね。

「ここでふたたび音楽が欲しいんだ。あの熱狂的な狩の歌、パーシ

ヴァルの音楽ではなくて、苦しそうな、喉を詰めた、本能のおもむくままの歌、それでいて空に駆け上がる、ヒバリのような、良く響く歌さ。その歌が取って代わるのは、元気がなく、ばかばかしいこの独白——なんて慎重すぎるんだ！　なんて分別がありすぎるんだ！——初恋の天翔る瞬間を描写しようとしているのにさ。華麗にポルタメントする歌声がたちまちその日を覆うんだ。彼女が来る前と来た後の部屋を見給え。外では無邪気な人間たちがそれぞれの生き方をつらぬいているぞ。彼らは見もしないし聞きもしないんだ。でも彼らは進み続けるのさ。こんな晴れやかな、けどねばねばする空気の中に身を置くと、人はあらゆる動作をなんと意識することだろう——何かがくっつくのさ、何かが手に貼りつくんだ、新聞を手に取るときでさえね。はらわたをえぐり取られた人間がいるぞ——引っぱり出され、クモの巣のように紡がれ、イバラの木のまわりに巻きつけられて苦しそうだな。そんな人間にはまったく目もくれずに雷鳴が轟き、灯りが吹き消されるぞ。それから計り知れない無責任な喜びが戻ってくるんだ。野原は永遠の緑に輝くようで、純真な風景が現れるのさ、夜が明けたばかりの光に照らされたようなね——たとえば、坂を上ったハムステッドの緑地帯さ。そして顔という顔が明るく照らされ、すべてが重なりあうんだ、優しい喜びに満ちた静寂の中でね。そして神秘的な達成の感覚に包まれるけど、やがてあの耳障りな音を立てる、ツノザメの肌のようなざらざらした感覚に陥るんだ——おののきの感覚が黒い矢のように突き刺さるのさ、彼女が手紙を出しそこねたときや、やって来ないときにはな。勢い

よく湧き出してくるのは、毛を逆立て角の生えた疑念、恐怖、恐怖、恐怖——しかしなんの役に立つんだ？　こんな連続した文章を苦労して作り上げてさ。必要なのは連続したものではなく、一発の怒鳴り声、一回の唸り声なのにだ。そして何年か後、中年になった女性がレストランでマントを脱いでいるのに出くわすとはな。

「それより話を戻そう。もう一度言ってみようじゃないか、人生は中身の詰まった個体で、地球儀のような形をし、指でくるくる回せるとね。敢えて言ってみようじゃないか、私たちは明白で理にかなった物語を紡ぐことができるので、ある問題が片付いたら——例えば恋愛かな——滞りなく次の問題に進めるとね。ヤナギの木が立っていたという話をしていたな。びっしりとしだれる枝やしわだらけで曲がった樹皮を見たときの印象は、私たちの幻想の外側にあるけれどもそれを抑えつけることはできない存在、幻想によってつかの間変化するけれども、絶えず安定し、じっと動かず、私たちの人生にはない厳格さを持っているように見える存在だったんだ。それゆえヤナギは批評し、基準となるのさ。だからなんだ、私たちが流れ、変化していくとき、ヤナギが観ているように思えるのはさ。例えば、ネヴィルが私と芝生に座っていたことがあったんだ。それにしても、あのとき見たものほど明晰なものが他にあるだろうか？　そう思うな、彼の視線を追うと、枝の向こうに、平底船が川面に浮かび、青年が紙袋からバナナを出して食べていたんだ。あの光景は非常に鮮明に切り取られていたな、際立った彼の視覚がそれを隅々まで捉えていたので、つかの間、私もそんなふうに見ることができたのさ。平底

船、バナナ、青年、ヤナギの木の枝越しに見えたもの。やがて消え
てしまったけどな。

「ローダがあたりをうろうろしながら、ぼんやりした表情でやって
来たんだ。彼女は何でも利用しただろうな、ガウンを風になびかせ
ている教授でも、芝靴を履いて芝地をならしているロバでも、後ろ
に隠れるためならね。どんな恐怖がちらつき、隠れ、燃え上がって
いたんだろう？　灰色の、びっくりしたような、夢見る彼女の眼の
奥底にはさ。私たちは残酷で執念深いものだけど、彼女ほどひどく
はないんだ。私たちは根本的に優しいのさ、必ずね。そうでないと、
私がほとんど知らない誰かとこうして自由に話すように話をするこ
とは不可能だろうな——私たちは話せなくなってしまうだろうな。
ヤナギの木は、彼女が見ると灰色の砂漠の縁に生え、そこで歌う鳥
は一羽もいなかったんだ。その葉は、彼女が見るとしなび、彼女が
通り過ぎると苦痛にあえいで激しく揺れたのさ。路面電車やバスが
通りで不快な轟音を立て、岩盤の上を走り、泡汗をかきながら走り
去っていったぞ。たぶん柱が一本、太陽の光を浴び、彼女のいる砂
漠に、池のほとりに立っていただろうな。そこには野獣たちがこっ
そりと水を飲みにやってくるんだ。

「それからジニーがやって来た。彼女は閃光のごとく燃え上がり、
木全体がぱっと輝いたんだ。彼女は、花びらにしわのあるケシみた
いだったな、熱があって飢えていたから、花粉を吸い込みたがって
いたのさ 73。すばやくあたりを見回し、仕草はぎこちなかったけど、
衝動的なところがまったく無く、覚悟を決めてやってきたんだ。だ

から小さな炎がたっていたな、ジグザグと、乾いた大地の裂け目にさ。彼女が来るとヤナギの木が踊り始めたけど、それは幻想ではなかったんだ。というのも、存在しないものを彼女が見ることはなかったからさ。それは一本の木だったんだ。川が流れ、午後、私たちはここにいる、私はサージのスーツを着て、彼女の洋服は緑色。過去も未来もなかったな。あるのはただ光の輪の形をしたこの瞬間、そして私たちの肉体。やがてお決まりの絶頂、恍惚。

「ルイスは、草の上に腰を下ろすと慎重に広げたんだ（誇張じゃないぞ）、ゴム引きのレインコートを四角にね。それを見ると誰でも彼が来たってことが分かるのさ。畏敬の念を抱いたな。私の知性が賞賛したのは、彼の高潔さ、探究心、霜焼けのためぼろ切れでくるんだ骨張った指で、ダイヤモンドのような不変の真理を探していたのさ。私は、燃えかすのマッチを入れたマッチ箱を幾つも、彼の足もとの芝生に穴を掘って埋めたんだ。容赦なく手厳しい彼の舌は、そんな私の無精を非難したのさ。そして下劣な空想で私を魅了したな。物語る主人公たちは山高帽をかぶり、数十ポンドでピアノを売る話をしていたのさ。空想する景色の中では路面電車が線路をきしらせ、工場は悪臭のする煙を吐き出していたんだ。みすぼらしい通りや街に足繁く通っていたけど、そこでは女たちが酔って寝ころんでいたのさ、全裸で、クリスマスの日にベッドカバーの上でな。彼の言葉は、散弾製造塔の中を落ちていく溶けた鉛のようで、水面に当たり水しぶきを上げたんだ。彼が見つけるのは一語、月を描写するのに一語だけだったな。やがて起き上がり、行ってしまったんだ。

私たちもみな起き上がり、立ち去ったのさ。しかし私は、立ち止まってヤナギの木を見たんだ。そして秋になり火のように黄色くなった枝を見たとき、何かが沈殿したのさ。私が沈殿し、やがて雫が一滴落ち、私が落ちた——つまり、経験し終わったことの中から私が生まれたんだ74。

「私は立ち上がり、歩き去った——私、僕、ぼく、バイロンでも、シェリーでも、ドストエフスキーでもなく、わたし、バーナード。自分自身の名前を一、二度繰り返しさえしたんだ。ステッキを振りながらある店に入り、買ったのさ——音楽を愛しているわけじゃないんだが——銀の額縁に入ったベートーベンの肖像画をね。音楽を愛しているわけじゃなく、人生の完全な姿が、その達人たち、その冒険者たちが、そのとき現れたからなんだ、昔の立派な人間たちが長い列をなしてな。そして私は継承者になったんだ、私、後継者、わたし、受け継ぐことを奇跡的に指名された人間。そういうわけで、ステッキを振りながら、両眼を潤ませ、誇らしくというのではなく、むしろ謙虚な気持ちで、通りを歩いて行ったのさ。そのとき最初の羽音が舞い上がったんだ、そして喜びの歌、けたたましい鳴き声。そして今や、人は入っていく、家に入っていくのさ、感情を表すことのない、頑固な、生活の臭いがする家にな。そこは伝統に満ち、物があふれ、がらくたが溜まり、宝物がテーブルの上に飾ってあるんだ。代々贔屓(ひいき)にしている洋服屋を訪ねたら、私の叔父を覚えていたな。人びとが後から後からやって来たけど、誰一人際立っていなくて、私にとってかけがえのない顔とは違い(ネヴィルにル

イス、ジニー、スーザン、ローダの顔さ）、あいまいで特徴がなかっ
たり、めまぐるしく特徴が変わるので、どれが本当か分からなかっ
たりしたんだ。そして顔を赤らめ、一方でまわりをさげすみながら、
ありのままの歓喜と懐疑が同居する奇妙極まりない気分で、私は衝
撃を受けたのさ、いろいろなものが入り混じった感覚、複雑で心を
かき乱す感覚をな。まったく心の準備ができていないうちに人生の
衝撃を受けるのさ、そこら中、至るところで、同時にね。何てうろ
たえるんだろう！　何て恥ずかしいんだろう、次に何を言ったら良
いか少しも分からないなんてさ、その後に訪れるつらい沈黙、乾い
た砂漠のようにぎらぎらと輝き、小石一個一個がはっきりと見える
んだ。言わなくても良かったことを言うのも恥ずかしくてたまらな
いし、まっすぐで清廉潔白、誠実であろうと意識することもさ。そ
んなふうになれるなら、滑らかなペニー硬貨をどっさりと、誰でも
喜んで差し出すだろうけど、誠実になんてなれなかったんだ、あの
パーティーではね、そこでジニーはすっかり寛いでいたのさ、金色
の椅子に座り光り輝いていたな。
「そのとき、さる女性が印象的な仕草で言うんだ、『ついていらっ
しゃいな』とね。そして静かで落ち着いた小部屋に連れていき、光
栄にも親しく話すことを許してくれるのさ。名字で話しかけていた
のがクリスチャンネームに変わり、やがてニックネームになるんだ。
インドやアイルランド、モロッコはどうすべきかしら？　老紳士た
ちがその質問に答えるのさ、勲章をつけ、シャンデリアの下で立っ
たままな。気がつけば驚くほど情報を仕入れているのさ。外ではさ

まざまな力が分かちがたく一つになって咆哮しているけど、この部屋の中で私たちは静かに落ち着き払い、意識は晴れ渡り、ここでなら、この小さな部屋でだったら、今日を何曜日にでも変えられると心から思うんだ。金曜日にでも土曜日にでもね。柔らかな魂の表面に殻ができて真珠のように輝き、さまざまな感覚がそれをくちばしでつつくけど割れないのさ。私にはそれがほとんどの人たちより早くできたんだ。だからすぐにセイヨウナシを切れるようになったのさ、ほかの人たちが果物を食べ終わった後でもね。文章を書き終えられるようにもなったんだ、静まりかえって物音一つしない中でね。それにそんな頃なのさ、完璧でありたいという誘惑に駆られるのはな。スペイン語だって学べる、と思うんだ、糸を右足の親指に結びつけ、早起きしてさ。予定帳の狭い欄にぎっしりと書くんだ、八時ディナー、一時三十分昼食とな。シャツにくつ下、ネクタイをベッドの上にきちんと並べておくのさ。

「しかしそれは間違いなんだ、この極端な正確さ、こんなふうに整然とした、軍隊のような前進はね、単に便利なだけのもの、嘘さ。絶えずその下の深い所には見えるんだ、私たちがちょうど約束の時間に到着し、白いチョッキを着て、儀礼的に堅苦しくしているときでさえね、激しく流れていく破れた夢や童謡、通りの叫び声、書き終えていない文章、そしてさまざまな情景がさ——ニレの木、ヤナギの木、掃く庭師たち、書き物をする女性たち——こんな物たちが浮いたり沈んだりするんだ、女性の手を取って階下の晩餐に導くときでさえな。テーブルクロスの上にあるフォークをまっすぐに

置き直すあいだも、無数の顔が現れてしかめ面をするのさ。スプーンですくい上げられるものは何もないんだ、出来事と呼べるものは何もな。しかしまた豊かで淀みがなく、深いのさ、この流れはね。そこに身を浸しながら、ひと口食べるごとに手を止めて、花瓶をじっと見つめたものさ。〈たぶん赤い花が一輪挿してあったな。〉そのとき、なるほどと思ったんだ、突然の啓示に打たれたのさ。あるいはこうも言ったものだ、ストランド通りを歩きながら、『あんな言葉を探しているんだ』とね。ちょうどそのとき、美しく壮麗な、幻の鳥や魚、雲が、輪郭を赤く燃え上がらせて浮かび上がり、私を苦しめていた考えをきっぱりと封じ込めてくれたのさ。その瞬間からずっと小走りに歩きながら、とても楽しい気分になって、ショーウィンドウに飾られたネクタイやなんかをじっくりと品定めしたんだ。

「人生という結晶、球体は、人はそう呼ぶけどな、さわれるほど硬くて冷たいとはとても言えず、ごく薄い空気の層に覆われているだけなんだ。私がそれを押したら、全部爆発するだろうな。私がこの大釜からそっくりそのまますくい上げる文章と言えば、糸で繋がった六匹の小魚たちだけなんだ。それらは簡単に捕まえることができるけど、他の無数の魚たちは飛び跳ねながらばしゃばしゃと音を立て、大釜を煮え立つ銀のように沸き立たせ、指のあいだをすり抜けていくのさ。顔が次々に思い浮かぶぞ、顔また顔——それぞれの魅力を私という泡の表面に押しつけるんだ——ネヴィル、スーザン、ルイス、ジニー、ローダ、そしてほかの無数の顔がさ。本当に不可能だな、それらを正しく並べるのはさ。ひとつの顔を切り離すこと

や、それらに統一感を与えることもだ——今度もまた音楽に例えることができるな。なんという交響曲だろう、協和音のあとに不協和音が続き、メロディーが高音部で奏でられるかと思うと、込み入ったベースラインが底辺でうごめき、やがて大音響になったんだ！みんな好き勝手なメロディーを演奏していたな、バイオリン、フルート、トランペット、太鼓、そのほかどんな楽器もさ。ネヴィルといれば、『ハムレットを語り合おうよ』となったんだ。ルイスとなら、科学。ジニーとなら、愛。それから急に思い立ち、〈何かに腹を立てた瞬間だったな、〉休暇を取ってカンバーランドへ行き、静かな男とまる一週間、とある宿屋で過ごしたんだ。雨が窓ガラスを流れ落ち、来る日も来る日も夕食はマトン料理だったな。でもあの一週間は固い石のように残っているんだ、まだ言葉にしていない感覚が怒濤のように押し寄せてくる中でもね。ドミノゲームをしたのものときだったな。そのあとで私たちは硬いマトン肉に不平を言ったんだ。それから丘陵地帯を歩いたな。帰ってくると小さな女の子が、ドアのあたりで中をこっそり覗いていたけど、私を見るとあの手紙を渡してくれたんだ。それは青い便箋に書いてあり、私をバイロンにしてくれた女性が郷士と婚約したことを知ったのさ。ゲートルを巻いた男、むちを持った男、夕食のとき太った雄牛についていつも演説していた男——私は嘲るような叫び声を上げ、ものすごい速さで流れる雲を見たんだ。そのとき感じたのは、こうなったのも自業自得だということ、それから自分の中にあるさまざまな欲望、自由になりたいとか、逃げ出したい、何かに責任を持ちたい、終わり

にしたい、続けたい、ルイスのようになりたい、自分自身でありたい、いろいろさ。そしてゴム引きのレインコートだけを着て出かけたけど、太古から続く丘陵のふもとで不機嫌になり、まったく雄大な気分にはなれなかったんだ。だから宿屋に戻ると肉を非難し、荷物をまとめてふたたび戻っていったのさ、押し寄せる怒濤の中へ、苦悩の中へとね。

「それでもやはり人生は楽しいし、人生はまずまずのものだ。火曜日が月曜日のつぎにやって来るだろ、それから水曜日がやって来るのさ。心が年輪を重ね、自意識が確固としてくるんだ。そして心の痛みもそんな成長の中に吸い込まれていくのさ。開いたり閉じたり、閉じたり開いたり、次第にうるさくなり逞しくなりながら、青年期特有の性急さや熱狂も少しずつ世の中に貢献するようになり、やがて自分の存在そのものが膨らんだり縮んだりするように思えてくるんだ、時計の主ぜんまいのようにね。なんと早く時は流れていくんだろう、一月から十二月へとさ！　私たちは激流のような物ごとに絶えず押し流されるけど、それらはとても親しみのあるものになっているから、私たちに影を落とすことはないんだ。私たちは浮かび、私たちは漂う…

「しかし、人は跳ばなければいけないから（君にこの物語を話すためにはだ）、私は跳ぶよ、ここで、この瞬間にね。そして今、まったくありふれた物の上に降り立つんだ──たとえば火かき棒や火ばしさ。ちょうど私はそれらを見たんだ、しばらくして、私をバイロンにしてくれたあの女性が結婚したあとでね、私が第三のミス・

ジョーンズと呼ぶことになる女性が光を当ててくれたのさ。彼女は、ここ一番のドレスを着て誰かが夕食に来るのを期待するような女性だ。そのために薔薇を一本摘むのさ。彼女のことを考えると、人は『落ち着け、落ち着け、これは何か重要な問題だぞ』と感じるんだ、髭を剃りながらね。それから人は『彼女は子供たちにどうやって接するのかな？』と自問するんだ。見ていると彼女は少し不器用に傘を開くけど、モグラがわなにかかると嫌な顔をしていたな。そして結局、彼女なら朝食のパンを（私は結婚生活で果てしなく続く朝食のことを考えていたのさ、髭を剃りながらね）まったくつまらない物にはしないだろうと思ったんだ——誰も驚かないだろうな、この女性の向かい側に座っていて、トンボが一匹、朝食のパンの上にとまるのを見てもさ。彼女はまた、世界で有名になろうという欲望を私に喚起してくれたんだ。それにまた彼女のお陰で、それまでは嫌悪していた新生児の顔を、好奇心を持って見るようになったのさ。そして微かだけれども獰猛に脈打つ——チクタク、チクタクとね——心の鼓動は、これまでよりも雄大なリズムを刻み始めたんだ。私はオックスフォード通りをぶらぶら歩いていた。私たちは後継者、私たちは継承者、とつぶやいたのさ、息子たちや娘たちのことを考えながらね。そして、たとえその気持ちがまったくばかばかしいほど大げさなものであり、それを隠すためにバスに飛び乗ったり、夕刊を買ったりするにしてもさ、それは情熱の不思議な一要素であり、人はそんなことを考えながらブーツの紐を結び、そんなことを思いながら、私とは違う人生に身を捧げた旧友たちに話しかけるんだ。

ルイス、屋根裏部屋の住人。ローダ、いつも濡れている泉の妖精。ふたりとも、その時の私にはとても好ましかったものと相容れなかったな。ふたりとも、私にはとても明確だと思えたこと（結婚するとか、家庭的になるとかさ）と反対の生き方をしていたな。だから私はふたりを愛したし、かわいそうに思ったし、そしてまた、私と違うふたりの運命に深く嫉妬したんだ。

「かつて私には伝記作家がついていたんだ、ずいぶん前に死んだけどね、しかしもし彼が今でも私の足跡を追っていたら、相変わらず媚びるような熱心さで、彼は今こう言うだろうな、『この頃バーナードは結婚し家を買った…彼の友人たちは、彼の中に家庭を大切にしようという気持ちが膨らむのを見てとった…子供たちが生まれたので、彼が収入を増やすのは非常に望ましいことに思えた。』それが伝記的スタイルで、引き裂かれ切れぎれになった素材、縁がむきだしのままの題材を繋ぎ合わせるのに役立つんだ。結局のところ、人は伝記的スタイルに欠点を見つけることはできないのさ、もしも手紙を『拝啓』で始め、『敬具』で終えるならね。喧噪に満ちた私たちの生活にローマ街道のように敷かれたこれらの言葉を軽蔑することはできないんだ。なぜなら、それらの言葉により私たちは文明人らしく歩調を合わせて歩かなくてはならないからさ、警察官のようにゆっくりとした、慎重に注意深い足どりでね。けれども人はたぶん、声をひそめて何か無意味な鼻歌を歌っているんだ、そうやって歩きながらね——『聴け、ほら、犬が吠えているぞ』『来ておくれ、来ておくれ、死よ』『やめておくれ、真心と真心が結ばれるのに』

などなど。『彼は仕事で成功した…彼は叔父から幾ばくかの遺産を相続した…』――そんなふうに伝記作家は続けるんだ。そしてもしズボンをはいてそれをズボンつりで引き上げておくのなら、人はそう言わなければいけないのさ、時々ブラックベリーを摘みに行きたくなるし、こんな言葉は水面に投げて水切り遊びをしてみたくなるけどな。しかしそう言わなければいけないんだ。

「私は、つまり、ひとかどの人間になったのさ、私の人生行路に刻み目を付けたんだ、人が野原を横切る道を歩くようにね。私のブーツは左側が少しすり減ったな。私が入っていくと、必ず空気が変わったのさ。『ほら、バーナードだ！』なんて違うんだろう！　それぞれの人間がそう言うときの声色はさ。たくさんの部屋があると――たくさんのバーナードがいるんだ。魅力的だけど軟弱だったり、自信に満ちているけど横柄だったり、才気煥発としているけど無慈悲だったり、とてもいいやつなんだけど、間違いなく、恐ろしく退屈な男だったり、思いやりがあるけど冷淡だったり、よれよれの服を着ているけど――次の部屋に入ると――きざで世俗的、着飾りすぎていたりしたな。私の心の中にある自分自身は違っていたんだ、これらのどれでもなかったのさ。私は心からパンを味わいたいんだ、妻と一緒に朝食をとるときにはね。彼女はそのときにはすっかり私の妻になり、もうすぐ会えるわと思いながらバラか何かを挿していた女の子とはすっかり違っていたから、自分が存在しているなという感覚を与えてくれたんだ、何も考えていないときでもね。アマガエルもきっと同じように何も考えていないんだろうな、宙に浮かんだ緑の

葉の表側にうずくまっているときにはさ 75。『取って』…私は言う
だろう。『ミルク』…彼女は答えるかもしれない。それとも『メアリー
が来るわ』…――これらの単純な言葉はあらゆる時代の戦利品を
受け継いだ人びとのためのものだけど、どの時代の言葉とも違うん
だ。そして来る日も来る日も、人生の満潮時に交わされるのさ。そ
のとき人は、すべてが完全で欠けたものはないと感じるんだ、朝食
の席でね。筋肉に神経、腸、血管、これらはすべて私たちの存在に
欠かせないコイルやバネとなり、普段意識することのないエンジン
音を生み、もちろん矢のような言葉をさっと放つけど、どれも見事
に働いていたんだ。開いたり閉じたり、閉じたり開いたり、食べた
り飲んだり、ときどき話したり――体の仕組み全体が広がったり
縮んだりするように思えたのさ、時計の主ぜんまいのようにね。トー
ストにバター、コーヒーにベーコン、タイムズ紙に手紙――突然
電話がせき立てるように鳴ったので、私はゆっくりと立ち上がり、
電話口まで行ったんだ。黒い受話器を取り上げた。そしてはたと思っ
たのさ、落ち着いているなって、そのお陰で私の心はメッセージをちゃ
んと理解するよう順応できたんだ――もしかしたら(人はこんな
空想を抱くものさ)大英帝国からの指令を拝命することになるかも
しれないからな。自分の落ち着いている様を観察して気づいたんだ、
なんと素晴らしい活気に満ちて、私の注意力を形づくる原子があた
りに飛び散り、障害物のまわりに群がり、メッセージをきちんと理
解し、新しい状況を迎えた事態に適応し、そして私が受話器を戻す
までには、それまでより豊かで、強く、複雑な世界を作り上げたこ

とにさ。そこで自分の役割を果たすよう私は頼まれたんだ。そして
それができることをまったく疑っていなかったのさ。帽子をさっと
頭にのせると、私は大またで世界へと歩み入ったんだ。そこには途
方もない数の男たちが住んでいて、彼らもまた帽子を頭の上にのせ
ていたのさ。そして列車や地下鉄の中で押し合いながら目が合うと、
私たちはライバルや味方同士の、いかにも分かっていますよという
ウィンクを交わしたんだ。みんな無数の罠や策略を用意し、同じ目
的を成し遂げようと身構えていたのさ——生計を立てるというね。
「人生は楽しい。人生は良いものだ。単に過ぎていく人生だって満
足できるものさ。とても健康な普通の男を考えてごらん。彼は食べ
ることと眠ることが好きだ。新鮮な空気を吸い込むことや、ストラ
ンド通りをきびきびと歩くのも好きさ。あるいは田舎に行けば、雄
鶏が門の上で朝を知らせるんだ。子馬が一頭、野原を駆け回ってい
るぞ。何かがいつも次に続かなければいけないのさ。火曜日は月曜
日の次に来るし、水曜日は火曜日の次にね。毎日が同じように幸福
の波紋を広げ、繰り返し同じように移ろっていくんだ。つややかな
砂を冷気で覆うこともあれば、寒くもなく少しゆっくりと一日が終
わっていくこともあるのさ。そうやって人間は年輪を重ね、自意識
が確固としてくるんだ。情熱的だけど人目を忍んでやっていたこと、
例えばひとつかみの穀物を空中に放り投げると、あらゆる方向から
激しく吹きつける人生の突風によって四方八方に吹き飛ばされるだ
ろ、そんなことも今では順序だって整然とし、投げつけるときにも
目的があるのさ——そんな気がするな。

「ああ、なんと楽しいことか！　ああ、何て良いものなんだろう！
ささやかな商店主の生活は本当にまんざらでもないぞ、とよく私は
言ったものさ、列車が郊外をゆっくりと走っているとき、寝室の窓
に明かりが見えるとね。アリの群れのように活動的でエネルギッシュ
だ、と言ったな、窓際に立ち、労働者たちがかばんを手に、街に向
かって続々と歩いて行くのを見たときにはさ。何て堅固な、なんと
活発で猛々しい脚なんだ、と思ったのさ、男たちが白いパンツをは
き、所どころ雪の残る一月のグラウンドで、サッカーボールを追っ
て走り回るのを見ながらね。今では些細なことで不機嫌になるけど
──それは肉のことかも知れないな──微かにさざ波を立てるの
は贅沢なことに思えたんだ、途方もなく安定した〈そんな世界がか
すかに揺れると、ちょうど私たちの子供が生まれるころだったので、
その喜びはいっそう大きくなったのさ〉私たちの結婚生活にね。夕
食のことでがみがみ言ったんだ。分別もなく話したのさ、まるで、
自分は大富豪だから、五シリングぐらい投げ捨てても平気なように
ね。あるいは、自分は熟達した尖塔修理職人だから、足載せ台につ
まずいたのもわざとだったようにさ。寝室に上がる途中、私たちは
階段で口げんかの仲直りをしたんだ。そして窓辺に立ち、ブルーサ
ファイアの内部のように澄んだ空を眺めながら、『有り難いことに』
と言ったのさ、『私たちはこの散文を勢いよく泡立て、詩に昇華さ
せなくてもいいんだ。つまらない言葉で十分さ。』と言うのも、そ
の眺望は広々と澄み渡っていたので、障害となるものがまったく無
く、私たちの人生がどこまでも広がり、密集する屋根や煙突をこと

ごとく越え、完璧な世界の果てに達することができるように思えたからなんだ。

「つまりこの墜落死の中へとさ——パーシヴァルのね。『どちらが幸せなんだろう？』と言ったんだ（私たちには子供が生まれていたのさ）、『どちらが苦痛？』これらの問いは私の体の両面を表していて、階段を下りながら、純粋に身体的な話をしたんだ。家の様子も心に刻んだな、カーテンが風に揺れ、料理人が歌い、たんすが半ば開いたドアのすき間から見えたのさ。こうも言ったんだ、『彼に（私自身に）もうしばらくの休息を与え給え』と階段を下りていきながらね。『今からこの客間で彼は苦しむのさ。逃れられないぞ。』しかし苦痛を言い表す言葉はないな。あるべきなのは、叫び、裂け目、割れ目、更紗カバー一面に走る白い地模様、混乱した時間の、空間の感覚、さらに、過ぎ去る物体の中には究極の不変性が備わっているという感覚、そして、いろいろな音がとても遠くに聞こえるかと思えばとても近くに聞こえ、肉体が深く長く傷つけられて血が噴き出し、関節が突然ねじ曲げられるのさ——これらすべての真下には何かとても重要なものが見えるんだ、まだそれは遠くにあるけど、まさに孤独の中でこそ、それを引き付けておくことができるのさ。だから出かけたんだ。彼が死んでから最初の朝を目にしたのさ、彼が決して見ることのないね——スズメたちは、子供が糸で結んでぶら下げたおもちゃみたいだったな。直接触れることもなく、外側からものを見ること、そしてそれらの美そのものに気がつくこと——これらはなんと不思議なことか！ そしてその後で、重荷が

取り除かれたと感じるんだ。虚偽や空想の世界、虚構が消え去り、あたりが明るくなるにつれまわりのものが透明になっていくようで、自分自身が見えなくなり、まわりのものも透き通って見えてくるのさ、歩いているうちにね——なんて不思議なんだろうな。『そして今、ほかにどんな発見があるというんだ?』と声に出し、その発見をしっかり引き付けておくために、新聞広告掲示板には目もくれず、絵を見に行ったのさ。聖母たちは、円柱、アーチ、そしてオレンジの木々とともに、いまだ描かれた最初の日のようだったけど、悲しみに精通し、そこに展示されていたんだ。そして私はそれらを見つめたのさ。『ここなら』と言ったな、『僕たちは誰にも邪魔されず一緒にいられるぞ。』こんなに自由で、これほど庇護されると、そのときは苦痛を克服したような気分になり、私の感情はとても高揚したので、時々そこへ行き、〈今でもさ、〉高揚感とパーシヴァルを取り戻すんだ。しかしそれは続かなかったな。人を苦しめるのは、心の眼が恐ろしいほど活発に動くことなんだ——彼が墜落した様子、彼の容態、人びとが彼を運んだ場所。腰に布を巻いた男たちが紐を引いているぞ。そして包帯と泥。それから記憶がものすごい勢いで飛びかかってくるんだ、前ぶれもなく、避けようもなくね——それは私が彼と一緒にハンプトンコートへ行かなかったことさ。その鉤爪がひっかき傷をつけたんだ。その牙が引き裂いたのさ。私は行かなかったんだ。彼がいらいらと、気にしなくてもいいけどな、と不満を表明したにもかかわらず、なぜさえぎるんだろう、なぜ台なしにするんだろう? 誰にも邪魔されない、私たちの親交のひと時をさ——

依然として、不機嫌に繰り返していたんだ、私は行かなかったって
ね。そうするうちに、このおせっかいな悪魔たちに避難所から追い
出されたので、ジニーのところへ行ったのさ。なぜなら彼女は部屋
を用意していたからなんだ、その部屋には小さなテーブルがいくつ
か置かれ、小さな調度品が小さなテーブルの上に散らかっていたの
さ。そこで私は告白したんだ、涙を流しながら——ハンプトンコー
トへ行かなかったとね。そして彼女を見ていると、〈何かほかのこ
とを思い出していたんだろうな、それは私にはつまらないことだけ
ど、彼女には拷問を受けるようだったのさ、〉思い知ったんだ、ふ
たりで分かち合えないことがあるといかに落ち込むものかをね。す
ぐにまた、女中が手紙をもって入ってきたのさ。そして彼女がむこ
うを向いて返事を書き始め、私は私で、彼女が何を書いているのか、
誰に出すのか知りたくなり始めたとき、最初の花びらが彼の墓の上
に落ちたんだ。気がつくと私たちはこの瞬間を押しのけて先へ進み、
自分たちの後ろに永遠に置き去りにしたのさ。それからソファに並
んで座り、私たちは避けようもなく、ほかの人たちの言葉を思い出
したんだ。『百合の花は一日で落ちるからこそひときわ美しい、五
月に』私たちはパーシヴァルを百合にたとえたのさ——パーシヴァ
ル、私は彼に、はげ頭になり、政府の高官たちに衝撃を与え、私と
一緒に年老いてほしかったな。彼はすでに百合の花に覆われていた
んだ。

「そして真心から生まれた瞬間は過ぎ去ったのさ。それは象徴的な
ものになったんだ。そして私はそれに耐えられなかったのさ。笑っ

たり批判したりする冒瀆的行為を許し給え、この百合のようにかぐ
わしい膠をにじみ出させるよりは。そして彼を言葉で覆うことを許
し給え。こんなことを叫んだんだ。それで私は急に話をやめたのさ。
そしてジニーは、未来は眼中になく思索することもなかったけど、
今この瞬間を心底誠実に尊重していたので、体をむちでぴしりと打
ち、顔に粉おしろいをはたき（だから彼女を愛したんだ）、玄関前
の階段に立つと私に手を振り、風に乱されないよう自分の髪に手を
あて、〈そのしぐさゆえに彼女を尊敬したのさ〉そうすることでふ
たりの決心を固めたかのようだったな──百合を生長させまいと
するね。

「私は迷いから覚めた明晰な気持ちで観察したんだ、卑しくて有象
無象のひしめく通りをね。ポーチが並んでいるな。窓にはカーテン
がかかっているぞ。くすんだ茶色の服を着て、欲深く、満足そうだな、
買い物をする女たちはさ。年老いた男たちがマフラーを巻いて散歩
しているな。人びとが注意しながら道を渡るぞ、みんなずっと生き
ようと心に決めているのさ。しかし本当は、ばかでまぬけなお前た
ちよ、と言ったんだ、屋根板が屋根から飛んでくるかも知れないし、
自動車が急に道からそれるかも知れないぞ。というのも、酔っ払い
がこん棒を手によろめきながら歩き回ると、何が起こるか分からな
いからな──それだけのことさ。私は舞台裏に入ることを許され
た人間のようだったんだ。どうやって舞台効果が生み出されるかを
見せてもらった人間の気分さ。しかし、居心地の良いわが家へ帰っ
たんだ。すると女中に注意されたのさ、靴をぬいでそっと二階へ上

がるようにね。子供が眠っていたんだ。それで自室に入ったのさ。

「剣も何も無かったのか？　それがあればたたき壊せたんだ、こんな壁を、この守ってくれるものを、こんな風に子供たちの父親となりカーテンの後ろで生活することを、そして日に日に本や絵に夢中になり、傾倒していくことをさ。こんなことよりも良いのは、ルイスのように命を燃やし尽くし、完璧を求めること、あるいはローダのように私たちのもとを去り、私たちの向こうに広がる砂漠へ飛んでいくこと、あるいはネヴィルのように無数の人間の中からひとりを、ただひとりを選ぶことなんだ。もっと良いのはさ、スーザンのように太陽の暑熱や霜枯れた牧草を愛し、そして憎むこと、あるいはジニーのように本能のまま、獣性も露わに生きることなんだ。みんなそれぞれに心奪われる瞬間があったし、死に対する感覚はみな同じで、やがてそれぞれの役に立つ何かを持っていたのさ。だから私は友だちを一人ずつ順番に訪問し、不器用な手つきで、鍵のかかったみんなの小箱をこじ開けようとしたんだ。ひとりから別のひとりへ、私の悲しみを抱えて行ったのさ——いや、私の悲しみじゃなくて、この私たちの生にひそむ不可解な本質をだ——みんなに隅々まで調べてもらうためにね。ある人は聖職者のもとへ行き、他の人は詩に向かうけど、私は友だちのところへ行くんだ。私は自分自身の心に向かい、言葉やその切れ端の中に何か完全なものを探しに行くのさ——私にとって月や木は今ひとつ美しくなく、人間同士の触れ合いがすべてなんだ。でも私はそれさえつかみ取れず、とても不完全で、とても弱く、言葉にできないほど孤独なのさ。こんなこ

とを考えながら自室に腰を下ろしたんだ。

「これで物語が終わってしまうんだろうか？　ため息のように？　波の最後のさざめきだろうか？　一滴の水が溝に落ち、ぽちゃりと音を立てたあと、消えるようなものだろうか？　テーブルに触れてみるとしよう──こんなふうにね──こうすることで私が今この瞬間にいるという感覚を取り戻すのさ。サイドボードの上には調味料入れが並んでいるぞ、バスケットはロールパンでいっぱいだ、皿の上にはバナナが盛ってあるな──心地よい眺めだ。だがもしも物語がないのなら、どんな終わりがあるというのか、あるいはどんな始まりが？　人生は、私たちがそれを語ろうとして働きかけても、たぶんびくともしないだろうな。夜遅く起きていると、人生をもっと統べることができないのが不思議に思えてくるんだ。書類整理用の仕切り棚は、そうなるとあまり役に立たないのさ。不思議だな、活力が引き潮のようにどんどん衰え、干上がった小さな入り江が残るのはさ。一人で座っていると、みんな力を使い果たしたように思えるんだ。私たちの波は、ちょうどあの棘だらけのエリンギウムのまわりまで、かろうじて打ち寄せることができるだけさ。さらに向こうの小石まで打ち寄せ、それを濡らすことはできないんだ。終わったぞ、私たちは終わったんだ。だが待てよ──私は一晩中座って待っていたのさ──衝動がふたたび私たちの体を駆けめぐるぞ。私たちは立ち上がり、たてがみのような白い波しぶきを上げ、浜辺に激しく打ち寄せるんだ。みんな押さえつけられているはずはないのさ。つまりだ、髭を剃り、顔を洗うと、妻は起こさずに朝食を食べたの

さ。そして帽子をかぶり、生計を立てるため仕事に出かけたんだ。月曜日の次には火曜日が来るのさ。

「でも少し疑念が残ったんだ、疑問符がな。ドアを開けて驚いたのさ、人びとはこんなにも忙しくしているのかとね。ティーカップをもつと躊躇したな、こんなときはミルクと言うべきか砂糖と言うべきかとね。そこへ星々の光が降ってきたんだ、〈今降っているようにさ、〉私の手に何十億光年の彼方からね——そう思うと私は一瞬、冷え冷えとした衝撃を感じることができたんだ——でもそれはつかの間だったのさ、私の想像力は弱すぎるからな。しかしわずかに疑念が残ったんだ。影が心をよぎったのさ、夕暮れどきの部屋、蛾が椅子やテーブルのまわりを彷徨うようにね。例えば、私はあの夏、スーザンに会いにリンカンシャーへ行ったんだ。すると彼女は庭を横切って私の方へやって来たのさ。風をはらみきっていない帆のようにけだるく歩き、妊婦らしく左右に揺れていたな。その時私は思ったのさ、『このまま変わらないぞ、でもなぜなんだ？』ふたりで庭に腰を下ろすと、農用荷馬車が干し草をいっぱい積んでやって来、田舎らしくミヤマガラスやハトのうるさい鳴き声が聞こえ、果物は網ですっかり覆われ、庭師が穴を掘っていたな。蜂たちは、花々のつくった紫色のトンネルをぶんぶん飛び、ヒマワリの黄金色の盾に身を埋めていたんだ。小枝が草の上を風に飛ばされていたな。なんて周期的に移ろい、夢うつつで、霧に包まれたような世界だったことか。しかし私には本当に不愉快で、まるで網が足に絡まり、身動きできなくなったようだったのさ。彼女はパーシヴァルの求愛を拒

絶して、この世界に自分を捧げたんだ、すべてを覆い尽くすこの世界にね。

「土手に座って汽車を待ちながら、私はそのとき、いかに自分たちが降伏するか、いかに自分たちがばかげた自然に屈服するかを考えたんだ。森が緑の葉に鬱蒼と覆われ、私の前に広がっていたな。そして香りや音が感覚を不意に刺激すると、昔の情景が――掃く庭師たち、書き物をする貴婦人が――よみがえってきたんだ 76。エルヴドンでブナ林の下にいた人影たちが現れたのさ。庭師たちは掃き、貴婦人はテーブルに座って書きものをしていたな。しかし私はそのとき、子供時代の直感から脱皮したんだ――つまり人生に飽き飽きした私は運命を受け入れたのさ。そして私たちの運命には避けられないもの、すなわち死が待っていると感じたんだ。こうして限界を理解し、いかに人生が昔考えていたよりも融通の利かないものであるかを悟ったのさ。あの頃、私が子供だったとき、敵というものの存在がはっきりしたんだ。それに立ち向かわなければならないと思うと、私は奮い立ったものさ。私は飛び上がって叫んだんだ、『探検しようよ。』あのとき感じた恐怖心はもう消えたな。

「そのとき、どんな事態が終わろうとしていたのか？ 人生に退屈した私は運命を受け入れたんだ。そして何を探検しようとしていたのか？ 葉叢や森は何も隠していなかったのにさ。たとえ鳥が飛び立っても、私が詩を作ることはないだろうな――昔見たことを繰り返すだけだろうな。それゆえもしも私の持っているステッキで、自分という存在の曲面にあるくぼみを指し示したら、ここが最も活

力の乏しい場所なんだ。ここで自我は空しく渦を巻くのさ、潮の満ちてこない泥の上でね——このくぼみの中で、私は生け垣を背に座り、帽子を目深にかぶっているけど、羊たちは情け容赦なく前進していくぞ、例のぎこちない歩き方で、一歩一歩、硬く先の尖った脚でね。しかし、もし君が切れなくなった刃物を回転砥石に十分長く当てていると、何かが飛び散るだろ——ぎざぎざの形をした火花さ。そんなふうに自分という存在を、理由や目的のない、すべてがひと塊になった日常生活に当てていたら、一気に火花となって飛び散ったんだ、憎悪や軽蔑さ。私は、自分の心、自分という存在、年老いて元気がなく、ほとんど活気をなくした物体を手に取り、激しく四方八方に動かしたんだ。そのまわりには、がらくた、枯れ枝や麦わら、忌まわしく砕け散った残骸、漂流物や投げ荷、これらが油の浮いた海面を漂っていたのさ。飛び上がり、言ったんだ、『戦え！　戦え！』と繰り返しね。それは苦労、苦しい戦い、それは絶え間のない戦闘、そしてそれは粉々に砕けたものを繋ぎ合わせることさ——これが毎日の戦いだ、負けることもあれば勝つこともあるけど、夢中になって追い求めるのさ。そのとき、ばらばらに生えていた木々がひとつのまとまりある存在になり、鬱蒼と茂る緑の葉叢はまばらになり、木漏れ日が踊ったんだ。私はそれらにすっぽりと網をかけたのさ、突然連なって浮かんできた言葉でね。それらの輪郭を言葉で回復させたんだ。

「列車が入ってきた。プラットフォームの向こうまで延びて、その列車は止まったのさ。間に合ったぞ。これで夕方にはロンドンへ戻

れるな。なんて好ましいんだろう、常識とタバコの煙に満ちた空気
はさ。老婆たちがバスケットを抱えて三等車によじ登ってくるぞ。
みんなパイプを吸っているな。お休み、また明日ねと、友人たちが
沿線の駅で別れ際に話しているぞ。ようやくロンドンの光だ——
それはもう燃え上がる青春の歓喜でも、あのぼろぼろになった青紫
色の軍旗でもないけど、それにもかかわらずロンドンの光なのさ。
まぶしい電灯がオフィスに煌々と点いているぞ。街燈が乾いた歩道
に美しく並んでいるな。路上市場の上空がごうごうと燃えさかって
いるぞ。こんなものがみんな好きになるんだ、敵をほんの一瞬でも
片付けたときにはね。
「私はまた、万物が壮麗な行列をなして鳴り響くのを見いだすのも
好きさ、例えば劇場でね。粘土色をした、地上の陳腐な野生動物も
そこでは奮い立ち、限りない創意工夫と努力を重ねて挑むんだ、緑
の森や、緑の野原、慎重な足どりで歩きながら草を食む羊たちにね。
そしてもちろん、長い灰色の通りに並ぶ窓々には明かりが灯り、細
長い光の絨毯がいく筋も、暗い歩道を切り抜いていたんだ。掃除し
て飾られた部屋が並び、暖炉には火が入り、食べ物にワイン、談笑
があふれていたのさ。手の萎えた男性たちや、仏塔みたいな真珠の
イヤリングをぶら下げた女性たちが、そこに入ってきたり出ていっ
たりしたんだ。老紳士たちの顔には皺と冷笑が刻み込まれていたな、
俗世で苦労したせいでね。女性たちは美貌を大切にしてきたので、
年老いてからでさえそれが新たに湧き出すように見えたな。そして
青春は喜びに満ちているものなので、楽しいことがあるに違いない

と若者は思ったんだ。草原は青春のために起伏しているに違いないと思えたのさ。そして海が切り刻まれてさざ波立つのも、森がさごそ音を立てるとそこに鮮やかな色の鳥たちがいるのも、青春のため、何かを期待する青春のために違いないと思えたんだ。そこでジニーとハル、トムとベティに会ったのさ。そこで私たちは冗談を交わし、お互いの秘密を打ち明け合ったんだ。そして玄関で別れるときには必ず、どこか別の部屋で再会する計画を立てたのさ、その機会や季節から思い浮かぶままにね。人生は楽しい。人生は良いものだ。月曜日の次には火曜日が来て、水曜日が続くのさ。

「そう、でもしばらくすると違ってくるんだ。たぶん、ある晩の部屋の様子や椅子の配置から、なんとなくそれが分かるのさ。何だか気持ちがいいな、隅のソファに深々と座り、何かを見たり聴いたりするのはさ。するとたまたま、ふたつの人影が窓に背を向けて立ち、その向こうには枝をいっぱいに広げたヤナギの木が立っているんだ。本当にびっくりして思うのさ、『顔は分からないけど美しく着飾った人影がいるぞ。』その後しばし間があり、感情のさざ波が広がるあいだに、娘が〈男が話しかけているはずなのにな〉独り言を言うんだ、『彼は年を取っているわ。』でも彼女は間違っているのさ。年齢を重ねたんじゃなくて、滴が落ちたということなんだ、新しい一滴がさ。時が、きちんと並んだものを新たに揺さぶったんだ。私たちはスグリの葉でできたアーチ道から這い出て、もっと広い世界へ出ていくのさ。物ごとの真の秩序が——これは私たちにとって永久に幻想だけどな——いま明らかになるんだ。このようにしてた

ちまち客間で、私たちの命は、一日が蒼天^{そうてん}をわたり雄大に進行していくのに順応するのさ。

「こんな理由だったんだ、黒いエナメル革の靴を履き、まずまずのネクタイを見つける代わりに、ネヴィルを探したのはさ。最も古い友人を探したんだ、彼はバイロンだった頃の私を知っていたからさ。青年メレディスだった頃の、そしてまたドストエフスキーの本に出てくるあの主人公〈名前は忘れたな〉だった頃の私もね。彼はひとりで本を読んでいたんだ。完璧に片付けられたテーブル、きちんとまっすぐに引かれたカーテン、ペーパーナイフを挟んだままのフランス装の本——ふたりとも、と思ったな、決して変えていないぞ、ふたりでこれらのものを初めて目にしたときの姿勢や服装をさ。ここで彼はこの椅子に座り、この服を着ていたんだ、私たちが初めて会って以来ずっとね。ここには自由があったな。親密さもね。暖炉の火明かりが、カーテンに描かれた丸いリンゴをちぎり取ったのさ。そこで私たちは話をしたんだ。座って話をしたり、あの並木道をぶらぶら歩いたりしたのさ。その並木道は木々の下を、葉が鬱蒼と生い茂り、葉擦れの音が聞こえる木々の下を通っているんだ。木々には果物がたわわに実っているのさ。その道を私たちは、しょっちゅう一緒に歩いたので、今では芝地がはげているんだ、何本かの木々のまわり、あの演劇や詩の、あの私たちが大好きだったもののまわりではね——芝地が踏みつけられてはげているのさ、私たちが絶え間なく気まぐれに行ったり来たりしたせいでね。待たなければいけないとき、私は本を読むんだ。夜中に目が覚めたら、手探りで本

棚から一冊探すのさ。膨張し、絶え間なく増加しながら、まだ言葉にしていない事がらが私の頭の中におびただしく蓄積しているんだ。ときどきそこから一塊ちぎり取ると、それはシェイクスピアかも知れないし、ペックという名の老婦人かも知れないのさ。そして独り言を言うんだ、ベッドでタバコを吸いながらね、『あれはシェイクスピア。それはペック』──同時に私は、それらを認識したことを確信し、それらを認知したことにびっくりしているのさ。これは果てしなく愉快な気分なんだけど、人に伝えることはできないんだ。だから私たちは、自分たちのペック、それぞれのシェイクスピアを紹介し合い、ふたりの説明を比較したけど、最後にはお互いの洞察力を認め合い、自分たち独自のペックやシェイクスピアの方が魅力的だと思ったのさ。そしていつものように沈黙へと沈んでいったんだ。しばしばほんの数語で破られるものだけどね。それはまるで、沈黙の荒野に魚のひれが浮かび上がるようなものさ。そしてひれは、思考は、ふたたび深淵へと沈んでいき、それが見えなくなったまわりに、さざ波のような満足を、充足を広げるんだ。

「そう、しかし突然、時計の音が聞こえるのさ。この世界に浸りきっていた私たちは別の世界に気づくんだ。つらいな。私たちの時間を変えたのはネヴィルだったのさ。彼がそれまで考えていたのは、その精神を流れる果てしない時間の中でなんだ。そこではシェイクスピアから私たちまで瞬く間なのさ。その彼が暖炉の火をかき立て、あの別の時計で生き始めたんだ。その時計は特別な人間がやって来るのを示しているのさ。広々として堂々と伸びる精神が縮まったぞ。

注意し始めたな。通りの物音に耳を澄ましている気がしたんだ。クッションに触る仕草にはっとしたのさ。無数の人間、過ぎ去ったすべての時間から、彼は特別なひとりを、ひと時を選んだんだ。玄関ホールで物音がしたぞ。彼の話していることが空中で揺れたのさ、炎が揺らめくようにね。じっと見ていると、ある足音を別の足音から聞き分け、その人だと分かる特徴的な音が聞こえるのを待ち、そしてヘビのようにすばやくドアノブを一瞥したんだ。(だから彼の五感は信じがたいほど鋭敏なのさ。いつもひとりの人間に鍛えられたからね。)彼は感情を非常に昂(たか)ぶらせていたので、ほかの人間は異物のように吹き飛ばされたんだ、静かにたぎる溶岩からね。私は、漫然としてはっきりしない自分自身の性質に気づいたんだ。そこには澱(おり)がいっぱいたまり、疑念が満ち、まだ手帳に記していない言葉やことがらがあふれているのさ。カーテンのひだが動かなくなったぞ、彫像のようだ。文鎮(ぶんちん)が机の上で固まったな。糸がカーテンの上で燦めいたぞ。すべてのものが明確になり、よそよそしくなり、そこに私の居場所がなくなってしまったんだ。だから私は立ち上がり、彼のもとを去ったのさ。

「何たることだ! どんなに部屋を出て行くときの私を捉えたことか、牙をむいたあの古い痛みが! そこにいない誰かに会いたい気持ち。誰に? 最初は分からなかったな。やがてパーシヴァルを思い出したのさ。何か月も彼のことを思い浮かべなかったんだ。いま彼と笑うこと、彼と一緒にネヴィルを嘲笑すること——それを私は願ったのさ、腕を組んで一緒に笑いながら歩き去ることをね。でも彼は

そこにいなかったんだ。その場所は虚ろだったのさ。

「不思議だな、死者たちが突然私たちに襲いかかるのはさ、街角で、あるいは夢の中でね。

「こんな気まぐれな突風が本当に急に吹いてきて私を凍えさせたので、私はその夜ロンドンを横切り、別の友人たち、ローダとルイスを訪ねたんだ、仲間、確かなもの、親交を求めてね。階段を上がりながら思ったのさ、ふたりの関係はどうなっているんだろう？　ふたりだけのときは何を話しているんだろう？　彼女はやかんの扱い方もぎこちないだろうな。彼女はスレート屋根の向こうをじっと見ていたんだ――泉の妖精はいつも濡れていて、幻影にとりつかれ、夢見ているのさ。カーテンを開けて夜の闇を見ていたんだ。『消え失せて！』と言ったぞ。『ヒースの荒れ野は月の下でも暗いわ。』私はベルを鳴らし、待ったんだ。ルイスはたぶんソーサーにミルクを注ぎ、ネコに上げていたのさ。ルイス、彼が骨張った両手を閉じるしぐさは、船が運河を進むとき、前と後ろの水門がゆっくりと苦しそうに喘ぎながら、ごうごうと渦巻く大量の水を押しのけて閉じるようだったな。彼は、エジプト人やインド人、頰骨の張った男たちや硬い毛織の肌着を着た隠者たちが何を話しているか知っていたんだ。ノックをして、待ったけど、返事はなかったな。ふたたび石の階段を重い足取りで下りたんだ。私たちの友だち――なんて遠い存在で、なんて無言で、どうして彼らをほとんど訪ねもせず、ほとんど何も知らないのかな。そして私もまた、友だちにはぼやけた存在で、知られていないんだ。幽霊のようなもので、ときたま見える

けど、たいてい見えないのさ。人生は確かに夢だ。私たちの炎、数少ない瞳の中で踊る鬼火は、すぐに吹き消されてしまうだろうし、すべて消えるものなのさ。自分の友だちを思い出してみたんだ。スーザンが現れたのさ。彼女は牧草地を買ったんだ。キュウリやトマトが彼女の温室で実っていたな。去年の霜で枯れてしまったブドウの木が、葉を一、二枚つけ始めていたな。彼女はゆっくりと歩いていったんだ、息子たちと一緒に自分の牧草地をね。ゲートルを巻いた男たちを随行させて所有地を訪れ、杖で指し示したのさ、屋根や生け垣、壁が壊れているとね。ハトたちが彼女について行ったな、よちよちと歩きながら、穀粒を求めてね。彼女は、よく働く、節くれだった指からそれがこぼれ落ちるままにしていたんだ。『でも、もう夜明けには起きないわ』と言っていたな。それからジニー——もてなしているんだ、間違いなく、誰か新しい若者をね。ふたりともお決まりの会話に行き詰まったぞ。いつも部屋は暗くしてあったし、椅子もきちんと並べてあったんだ。というのも彼女は依然としてその瞬間を求めていたからさ。幻想を抱かず、水晶のように硬く透明になって、彼女は胸も露わにその一日に没頭していたんだ。棘だらけの一日が彼女を突き刺すままにしていたのさ。額のほつれ髪が白くなっていると、彼女はそれを大胆にもまわりの髪により合わせたんだ。だから人びとが彼女の埋葬にやって来ても、きちんと片付いていないものは何もないだろうな。リボンだってどれもきちんと巻いてあるだろうな。でも依然としてドアが開くぞ。誰が入ってくるのかしら？　と自問しながら、立ち上がって男に会うんだ、準備を整え、

昔初めて男たちと会った春の夜々みたいにね。そのときロンドンに建ち並ぶ邸宅から見下ろした木は〈家の中では品の良い市民たちが、まじめにベッドに入ろうとしていたな〉、彼女の逢い引きをほとんど守ってくれなかったのさ。そして路面電車の線路を軋ませる音が彼女の喜びの叫びと混ざり合い、さざめく葉叢は彼女のけだるさ、心地よい疲労を覆わなければならなかったんだ、そのとき彼女は崩れ落ち、情欲を満たした心地よさにすっかり浸りながら体のほてりを冷ましていたのさ。私たちの友だち、どうしてほとんど訪ねもせず、どうしてほとんど何も知らないのかな──それは本当さ。それでも、見知らぬ人に会い、今このテーブルで、私が『自分の人生』と呼ぶものをちぎり取ろうとするとき、私が思い出すのはひとつの人生じゃないんだ。私はひとりの人間じゃなくて、多くの人間なのさ。自分が誰なのかすっかり知っているわけじゃないんだ──私はジニー、スーザン、ネヴィル、ローダ、あるいはルイスなのさ。というか、自分の人生を彼らの人生とどうやって区別したらいいのかな。

「そんなことを考えたんだ、初秋のあの晩、私たちがハンプトンコートに集まり、もう一度食事をしたときにね。みんな初めは相当不安を感じていたな、というのも、めいめいその頃までには、自分が明言したことに専念していたけど、ほかの人間が〈待ち合わせ場所に向かい道を歩いてきたんだ、いろいろな服を着て、ステッキも持っていたりいなかったりしたな〉それを否定しているように思えたからさ。ジニーはスーザンの節くれだった指を見ると、自分の指を隠したんだ。私は、ネヴィルのことを考えると、とてもきちんとして

几帳面なので、自分自身の人生が漠然とし、ありとあらゆる言葉の
せいでぼやけていると感じたのさ。すると彼は自慢話を始めたんだ、
なぜって彼は、ひとつの部屋に住み、ひとりの人間を愛し、そして
彼自身が成功したことに引け目を感じたからさ。ルイスとローダ、
共謀者たち、食卓についたスパイたち、彼らはまわりに注意を払い、
感じたんだ、『結局、バーナードはウェイターに、みんなにロール
パンを取ってくるよう頼めるけど――そんな人との接触、ふたり
には許されていないわ。』私たちは一瞬、自分たちのまん中に横た
えられているのを見たんだ、完璧な人間の体がね。私たちがなれな
かった人間、しかし同時に、忘れられない人間さ。自分たちがなっ
たかも知れないあらゆるものを見たんだ。なり損なったあらゆるも
のさ。そして私たちは一瞬、ほかのみんなが勝ち取ったと言うもの
に嫉妬したんだ。ちょうど子供たちが、ケーキにナイフが入るとき、
それもひとつのケーキ、たったひとつのケーキにさ、彼らの分け前
が減っていくのを見つめるようにね。

「しかし、みんなでワインを飲むと、その魅力でお互いの敵意が消
え、比較し合うのをやめたんだ。そして食事の途中で、自分たちの
まわりに広がっていくのを感じたのさ、私たちの外にあるもの、自
分たちでないものという巨大な暗やみがね。風が、突進する車輪が
ごうごうと流れる時間になり、私たちも突進したのさ――でもど
こへ？ そして自分たちは誰だったのかな？ みんな一瞬圧倒され、
焼けた紙の火花のように消え、暗やみがごうごうと鳴ったんだ。時
間を通り過ぎ、歴史を通り過ぎて行ったのさ。私にとってこれはたっ

た一秒間しか続かないんだ。それは私自身の喧嘩っ早さによって終わるのさ。テーブルをスプーンで叩くんだ。羅針盤で物ごとを測れるならそうするだろうけど、私の唯一の物差しは言葉だから、言葉を編むのさ——この時はどんな言葉だったか思い出せないけどね。私たちはハンプトンコートのテーブルで、六人からなる人間になったんだ。立ち上がり、一緒に並木路を歩いていったのさ。微かで非現実的な薄明かりの中、どこかの路地を遠ざかっていく笑い声が途切れがちに反響するように、温かな気持ちが私に戻ってきたんだ、そして情欲もね。門を背に、ヒマラヤスギを背にして、きらきらと輝いていたんだ、ネヴィル、ジニー、ローダ、ルイス、スーザン、そして私、私たちの人生、私たちそのものがさ。それでも、ウィリアム王は架空の君主のように思えたし、彼の王冠も単なる安ぴかものに見えたんだ。しかし私たちは——レンガを背に、木の枝を背にして、私たち六人は、なんて気が遠くなるほど無数の人びとから選ばれ、なんと果てしなく豊かに、過去から未来へと流れる時間のつかの間、そこで輝き、勝ち誇っていたことだろう。その瞬間がすべて、その瞬間で十分だったのさ。そしてそれから、ネヴィルとジニー、スーザンと私は、波が砕けるように、さっと離ればなれになり、身を委ねたんだ——すぐ近くの葉に、まさにその鳥に、輪を持った子供に、脚を高く上げて駆ける犬に、暑い一日のあと森に蓄えられた暑熱に、さざ波立つ海面に白いリボンのように編みこまれた光に。私たちは別れ、木立の暗やみに耽溺(たんでき)したのさ、ローダとルイスを、墓の傍らの段丘に立たせたままでね。

「私たちがあの陶酔から戻り――なんと甘く、なんと深かったことか！――水面に出て、共謀者たちがまだそこに立っているのを見たとき、良心の呵責にさいなまれたんだ。私たちは彼らが守っていたものを失ってしまったのさ。邪魔をしたんだ。しかしみんな疲れていたし、良かったにせよ悪かったにせよ、何かを成し遂げたにせよ投げ出したにせよ、柔らかな色のとばりが私たちの懸命な努力を覆いつつあったのさ。光が消えていく中、私たちは一瞬、川を一望する段丘に立ち止まったんだ。汽船が日帰り観光客たちを川岸に上陸させていたな。遠くから歓声が、歌声が聞こえたのさ、まるで人びとが帽子を振りながら、何か最後の歌に加わるようなね。コーラスの歌声が川面を渡ってくると、あの懐かしい衝動が胸を突き上げてきたんだ、〈それが私をこれまでずっと突き動かしてきたのさ、〉ほかの人びとの叫び声に投げ上げられ、投げ落とされながら、同じ歌を歌いたいという衝動、ほとんど意味のない陽気さや感傷、勝利の喜び、欲望が漲った叫び声に放り上げられ、突き落とされたいという衝動がね。しかしそのときは無理だったのさ。それどころか！私は自分自身を統合できず、自分自身を認識できず、呆然と落ちていくのを見ていたんだ、一分前には私を熱くし、楽しませ、嫉妬させ、警戒させたものが、そのほか幾多のものが、水の中へとね。自分自身を取り戻すことができないまま、あのとき私は絶え間なく投げ捨てられ、追い払われ、意志に反して洪水に押し流されたのさ。そして音もなく急流を流されていったんだ、遠くへ、アーチ橋の下を、木立や島のまわりを、海鳥たちが杭の上に止まる海へ、そして

うねる外海へとね、その海で私は波になったのさ──自分自身を取り戻すことができないまま、あのとき私は追い払われたんだ。だから私たちは別れたのさ。

「それならばこれは、このようにスーザンやジニー、ネヴィル、ローダ、ルイスと一緒に流れ去っていくのは、一種の死だったのか？　それとも元素が新たに集まったのか？　やがて起こることを暗示していたのか？　ノートには落書きがしてあったし、本も閉じたままだったんだ、というのも私はたまにしか勉強しない学生だからな。決まった時間に暗誦（あんしょう）することは決してないのさ。しばらくして、ラッシュアワーのフリート通りを歩いていると、その瞬間を思い出したんだ。そして続けたのさ。『永遠に』と言ったんだ『スプーンをテーブルクロスに叩きつけなければいけないのか？　しかも、私が同意することはないのだろうか？』バスが何台も渋滞していたな。一台がもう一台の後ろにやってくると、ききっと音を立ててとまったんだ、石の鎖にもう一個通したときのようにね。そして人びとが通り過ぎていったのさ。

「ひしめき合い、アタッシュケースを手に、信じられないほど機敏に身をかわし、見え隠れしながら、彼らが通り過ぎていく光景は、氾濫した川のようだったな。彼らは通り過ぎていったんだ、トンネルの中の列車のように轟音を立てながらね。私は機会を捉えて道を渡り、駆け込んだ暗い通路をずっと進み、理髪店に入ったのさ。そこで頭を後ろに傾け、カットクロスにくるまれたんだ。鏡が私の前に立ちはだかり、その中には、羽交い締めにされた私の体や、通り

過ぎる人たちが見えたな。みんな立ち止まって中を覗くけど、素っ気なく行ってしまうのさ。床屋がはさみをあちこち動かし始めたんだ。冷たい鋼の律動を止めるには自分は無力だと感じたな。みんなこんなふうに髪を切られ、切った髪の中に横たえられるんだ、と呟いたのさ。みんなこんなふうに、湿った草地に並んで横たわるんだ、枯れ枝や花咲く枝の上にね。私たちはもはや、葉の落ちた生け垣の上で風や雪に身をさらす必要は無いのさ。もはや吹き抜ける強風に直立姿勢を保ち、持ち上げた重荷を運ぶ必要も無いんだ。あるいは不平も言わず退屈な真昼をやり過ごす必要もさ、鳥が大枝の近くまで忍び寄り、霧で葉が見えなくなるそばでね。私たちは切られ、落ちていくんだ。そしてあの思いやりに欠ける宇宙の一部になるのさ。それは私たちが最も急いでいるときには眠っているし、私たちが眠っているときには赤く燃えているんだ。私たちは社会的地位を捨て、今やあお向けに横たわり、元気をなくしているのさ。それにしてもなんとすぐに忘れ去られることだろう！ そのとき床屋の目尻に何か表情が浮かんだんだ。まるで通りの何かが彼の興味を引いたようだったな。

「何が床屋の興味を引いたんだろう？ 通りの何を床屋は見たんだろう？ 私が呼び戻されるのはこのようにしてなのさ。（というのも私は神秘主義者じゃないからなんだ。何かがいつも私をかき鳴らすのさ――好奇心、嫉妬、賞賛、床屋に対する興味、このような気持ちが私を浮上させてくれるんだ。）彼がコートの綿ぽこりをはらってくれるあいだ、私は苦労して彼の人となりを確信したのさ。その

あと、ステッキを振りながら、ストランド大通りに出たんだ。そして、私と正反対の人間に話し相手になってもらおうと、ローダの姿を呼び覚ましたのさ。いつもとても密やかで、いつも眼差しに恐怖をたたえ、いつも砂漠に立つ円柱を探していたな。そして彼女がどの道を行ったのかが分かったんだ。彼女は自殺したのさ。『待って』と言ったんだ、想像の中で（こんなふうに私たちは友だちと交わるものさ）彼女と腕を組んでね。『バスがみな行ってしまうまで待って。そんなに危なっかしく道を渡っちゃだめだよ。この人たちは君の兄弟だよ。』彼女を説得するあいだ、私はまた自分自身の魂を説得していたんだ。というのもこれは一つの人生じゃないからさ。それにときどき分からなくなるんだ、私は男なのか女なのか、バーナードなのかネヴィルなのか、ルイス、スーザン、ジニー、あるいはローダなのかとね――本当に不思議だな、ひとりの人間がもうひとりと出会うのはさ。

「ステッキを振りながら、〈髪は切り立てでうなじがちくちくしたな〉通り過ぎる傍らには、ドイツ製のブリキのおもちゃを詰めた仕切り箱が並んでいたんだ。男たちがセント・ポール大聖堂脇の通りにいつも広げているのさ――セント・ポール大聖堂、雌鶏が羽を広げ、雛を温めているようだ。この暖かな住まいから、ラッシュアワーになるとバスが何台も走ってくるし、男たちや女たちも流れてくるのさ。ルイスならどんな風にこの階段を上るだろうと思ったんだ、きちんとしたスーツを着て、ステッキを握り、彼のぎこちない、いくぶん超然とした足どりでね。オーストラリア訛りのままで（『僕の

親父、ブリスベーンの銀行家』）来るだろうな、と思ったんだ、昔から続く儀式の数々に私よりも敬意を払ってね。なぜって彼は同じ子守歌を千年もの間聞いてきたからさ。中に入るといつも感動するんだ、磨き込まれた尖塔、光沢のある真鍮装飾、羽ばたく天使たちや聖歌隊席にさ。その傍らで、ひとりの少年の声がドーム中に反響しているんだ、迷子になって彷徨うハトのようにね。安らかに横たわる死者たちが私の心を打つのさ——戦士たちが自分たちの色あせた軍旗の下で安らっているぞ。それから、装飾過剰な墓のけばけばしさ、ばかばかしさをあざ笑うんだ。それにトランペットの浮き彫りや数々の勝利、盾型紋章、復活と永遠の命を〈とても格調高く繰り返されているぞ〉確信する言葉もね。あちこち彷徨う、詮索好きな私の眼が次に捉えるのは、畏敬の念に満ちた子供、足を引きずって歩く年金生活者、あるいは疲れた女店員たちの敬虔な祈りさ。彼女たちはその貧弱で薄い胸に誰にも分からない困難を抱え、ラッシュアワーに安らぎを求めて来たんだ。私は横道にそれ、まわりを見て、驚くのさ。そしてときどき、かなりこっそりと、誰かほかの人の放つ祈りの矢に乗って飛び立とうとするんだ、ドームの中空へ、外へ、そしてその向こう、矢が飛んでいくところならどこへでもね。しかしそのとき、迷子になって嘆き悲しむハトのように、気がつくと私は衰え、震え、転落し、奇怪な彫像やぼろぼろになった尖塔、あるいはばかげた墓石の上に座っているのさ、滑稽に、驚きながらね。そしてふたたび、観光客がベデカー旅行案内書を手にのろのろ通り過ぎるのを見るんだ。その傍らで少年の声はドーム高く舞い上がり、

時々オルガンが、巨大な勝利の瞬間に耽溺するのさ。ならばどうやって、と自問したんだ、ルイスは私たちすべてを覆うんだろう？ どうやって彼は私たちを閉じ込め、私たちをひとつにするんだろう？ 彼の赤いインクで、彼のとても鋭いペン先でさ。少年の声はドームに消えていったんだ、悲しげにこだましながらね。

「だからふたたび通りに出て、ステッキを振りながら、文房具店のショーウィンドウに飾ってあるワイヤーかごを見たり、バスケットに盛られた植民地産のフルーツを見たりしたのさ、いちもつが紅臼山に腰をかけ、とか、聴け、ほら、犬が吠えているぞ、とか、世界の偉大なときが新たに始まる、とか、来ておくれ、来ておくれ、死よ、とかつぶやきながらね——戯言と詩を混ぜ合わせながら、流れに浮かんでいたのさ。何かがいつも次になされなければいけないんだ。火曜日が月曜日の次に来るだろ、水曜日は火曜日の次にさ。どの日も同じ波紋を広げるんだ。人間は年輪を刻むのさ、木のようにね。そして木のように、葉が落ちるんだ。

「ある日、野原に通じる扉から身を乗り出していると、そのリズムが止まったのさ、詩歌と鼻歌、戯言と詩のね。心の中に広々とした場所が開けたんだ。習慣という鬱蒼とした葉叢の向こうにあるものが見えたのさ。扉から身を乗り出しながら、とてもたくさんのがらくた、未だ成し遂げていないとても多くのこと、そしてとてもたくさんの友だちと会わずにいることを悔いたんだ。というのも、ロンドンを横断して友だちに会いに行けないからさ、日々の生活は本当に用事でいっぱいだからね。それに、船に乗ってインドへ行き、裸

の男が、青い海を泳ぐ魚を銛（もり）で突くのを見ることもできないからさ。人生は不完全なもので、決して完成しない詩句のようだったな、と口に出したのさ。私には無理だったんだ、〈実際私は、列車の中で会った旅商人から、誰彼かまわず嗅ぎタバコをもらって吸うからね、〉一貫性を保つことはさ——何世代にもわたる人間たちを意識するとき、たとえば赤い水瓶（みずがめ）をナイル川まで運ぶ女性たちと、征服と移住の足音の中で鳴くナイチンゲールを意識するときにね。そんなことはあまりに大変な仕事だったんだ、〈と口に出したな、〉そしてまた、どうやって足を絶え間なく上げ続け、階段を上ることができるだろう？　私は自分自身に話しかけていたのさ、まるで誰かが、北極に向かい一緒に航海している仲間に話しかけるようにね。

「私が話しかけた自分自身は、いつも私と一緒に、数々の素晴らしい冒険をしたんだ。その忠実な男は、みんなが寝静まると暖炉を覆うように座り、火かき棒で燃えかすをかき回すのさ。その男は、とても謎めいているかと思うと突然元気が漲ってきたんだ、ブナの森にいるときや、川辺のヤナギの木の傍らに座っているとき、ハンプトン宮殿の胸壁から身を乗り出しているときにね。その男は危機に直面すると勇気を奮い起こし、スプーンでテーブルを叩き、『僕は同意しないぞ』と言ったのさ。

「こんな自分自身が、〈そのとき私は扉から身を乗り出し、野原を見渡していたけど、それは色づいた波のように、なだらかに起伏しながら眼下に広がっていたな、〉返事をしてくれなかったんだ。彼は反発してこなかったし、言葉を連ねようともしなかったのさ。こ

ぶしを握りしめることもなかったな。私は待ち、耳を澄ましたけど、何も聞こえなかったんだ、何も。それから私は叫んだのさ、完全に捨て去られたことを不意に確信してね、今や何もないぞ。荒涼としたこの広大な海を破るひれは現れないんだ。人生が私を粉々にしてしまったぞ。私が話してもこだまが返ってくることはないんだ、いろいろな言葉が。これこそが真実の死だ、友だちの死よりも、青春の死よりも。私は理髪店でカットクロスにくるまれた人影、それだけの空間を占めているに過ぎないんだ。

「眼下の景色はしおれてしまったのさ。まるで日食のようだったな。そのとき太陽が消え、あとに残された大地は、夏草が今を盛りに生い茂っているにもかかわらず、衰えた、脆い、見せかけの存在になったんだ77。そしてまた、曲がりくねった道に立ちのぼる土煙の中に、付き合った仲間たちが幾組も揺れていたのさ、それらが集まったときの様子や、一緒に食事をしたときの様子、あちこちの部屋で会ったときの様子も見えたな。わたし自身の疲れを知らない多忙さも見えたんだ――あのときの私は、いろいろな仲間との集まりを大急ぎで渡り歩き、みんなを魅了して引きつけ、旅に出ては戻り、いろいろな仲間に加わり、ここではキスし、かしこではやめておいたのさ。いつも一生懸命頑張っていたんだ、何か並外れた決意に促されてね。臭跡を嗅ぐ犬のように鼻を地面につけ、ときどき頭をぐいと持ち上げ、たまには驚きや絶望の叫び声を上げ、ふたたび元のように鼻を臭跡に付けたのさ。なんという乱雑さ――なんという混乱。ここには誕生が、かしこには死があったんだ。瑞々しく甘美なこと

があれば、苦労や苦悩があったのさ。そして自分自身はいつも四方八方走り回っていたんだ。しかしそれはそのとき終わったのさ。私はもう、満腹になるまで食べたくなかったし、人を毒殺するための毒牙も潜めていなかったし、鋭い歯も、何かを握ろうとする手も持っていなかったんだ。セイヨウナシやブドウ、太陽の照りつける果樹園の壁に触ってみる気もしなかったな。

「森が消え、大地は荒涼とした幻のようだったんだ。物音一つせず、静寂につつまれた冬の風景が広がっていたのさ。雄鶏一羽鳴かず、煙一本立ちのぼらず、汽車一両走っていなかったな。自分自身を見失った男、と独りごちたんだ。扉に寄りかかる疲れた肉体。死んだ男。冷静だけれども絶望し、すっかり幻滅した気分で、塵が舞い踊るのを眺めたのさ、わたしの人生、友人たちの人生、そしてあの信じられないほど印象的な人物たちをね、箒を持った男たちや書きものをする女性たち、川べりのヤナギの木をさ──それらは塵からできた雲や幻影でもあったんだ、移ろいゆく塵からできたね。なぜって、雲は小さくなったり大きくなったり、金色や赤色に輝いたり、頂が崩れたり、あちこちに向かいもくもくと膨らんだりする、変わりやすい、空虚な存在だからさ。私は、手帳を携帯し、言葉を編むけど、単に移ろいゆくものを書き留めていたに過ぎなかったんだ。幻、私はせっせと幻を書き留めていたのさ。一体どうやって、これから前に進めるんだろう？ 〈と独りごちたんだ、〉自分自身を見失い、ふわふわと浮かび何も見えないまま、無重力の世界を、幻想も抱かずにさ。

「深い失望が、寄りかかっていた扉をぐいと押し開け、私を、初老の男、白髪の疲れた男を、押し出したんだ、色のない野原へ、虚ろな野原へとね。もはや木霊は聞こえず、もはや幻影は見えず、反発してくれる分身を呼び出すこともなく、かといって歩いても影はできず、死んだ大地に自分を刻印することはなかったんだ。そんなところにも、一歩一歩進みながら草を食む羊たちや、一羽の鳥、あるいは鋤を大地に打ち込む男が居てくれたら良かったのにな、キイチゴの茂みにつまずいたり、水路があって、濡れ落ち葉でじめじめした中に落ちたりしたら良かったのにな——しかし何もなかったんだ。もの悲しい小道が平地に沿い続いていたのさ、もっと寒々として青ざめた世界へと、平らで面白みのない、同じような風景へとね。
　「それならばどうやって、光は日食のあと世界へ戻ってくるんだろう？　奇跡のようにさ。つかの間なんだ。細い幾筋かになってね。光が、ガラスでできたかごのようにぶら下がっているぞ。ほんのわずかな衝撃で壊れてしまいそうな輪だ。コロナが見えるぞ。次の瞬間、あたりが突然、くすんだ灰褐色になるんだ。それから霧がかかるのさ、まるで大地が息を吸って吐いているかのようにね、一度、二度と、生まれて初めてさ。そしてぼんやりした光の中を、誰かが緑色の明かりをもって歩いてくるんだ。それから青ざめた幽霊が身をよじりながら離れていくのさ。木々が青色や緑色に鼓動し、次第に野原が赤色や金色、茶色を吸収するんだ。突然川が青い光を奪い取ったぞ。こうして大地は色を吸収するんだ、スポンジがゆっくりと水を吸い取るようにね。大地は重さを取り戻し、丸みを帯び、あ

たりに漂い、私たちの足もとに落ち着き、息づくんだ。

「そんなふうに景色が戻ってきたのさ。そんなふうに色づき波打つ野原が、眼下にね。でもそのときは違っていたのさ、つまり私には見えたのに、私は見えなかったんだ。歩いても影ができず、私が世界から消えたのさ。私から剥がれ落ちてしまったんだ、長いあいだ自分を覆っていたものがさ、そしておなじみの反響音もね。それは、まるでへこませた手のひらのように音をはね返すんだ。幽霊のように希薄で、歩いたところに足跡も残さず、五感だけは冴え、ひとりで新しい世界を歩いたのさ、人跡未踏のね。初めて見た花々に触れても、一音節の幼児語しか話せず、かといって詩作をやめることもできなかったんだ——とてもたくさんの詩を作った私なのにさ。連れもいなかったな、自分と同類の連中といつも出かけた私なのにさ。寂しかったな、いつも誰かと一緒に、からっぽの火床や、戸棚にぶら下がった金色の輪状取っ手を面白がった私なのにさ。

「それにしても、自分を見失ったまま眼に映る世界をどうやって描写したらいいんだろう？　そんな言葉はないんだ。青色、赤色——こんな言葉でさえ意味を失い、こんな言葉でさえ濁って見えなくなるのさ、光を通す代わりにね。どうしたらふたたび、はっきりした言葉で何かを描写したり話したりできるんだろう？——それはただ見えなくなるだけ、それは少しずつ変化して、短い散歩のあいだにさえ、ありふれたものになるだけなんだ——この景色だってそうさ。暗やみが戻ってくるんだ、歩きながら同じような景色が続くとね。でも愉快な気分が戻ってくるぞ、何かが見えるとね、そして

言葉が次々に浮かんでくるけど、どれも錯覚に過ぎないのさ。深呼吸をするんだ。谷間を見下ろすと、汽車が野原を走って行くぞ、煙を水平にたなびかせてさ。

「ほんのつかの間、わたしは芝地に座っていたんだ。それはどこか高いところで、眼下には潮が流れ、森のざわめきが聞こえ、家や庭、砕ける波が見えたな。昔懐かしい子守はいつも絵本のページをめくってくれるけど、そのページで止まり言ったんだ、『ご覧なさい。これが真実よ。』

「そんなことを考えながら、今夜シャフツベリー通りを歩いてきたのさ。絵本のそのページのことを考えていたんだ。そしてコートを掛けておくところで君に会ったとき、独りごちたのさ、『誰に会おうと構わないぞ。たったこれっぽっちの‘自分という存在’はもうおしまいだ。目の前にいる人間が誰だか知らないけど、構うものか。一緒に食事をするぞ。』それでコートを掛けると、君の肩を叩き、言ったのさ、『私と同席して下さいな。』

「さあ食事が終わったぞ。むき皮やパンくずに囲まれているな。この房をちぎり取り、それを君に渡そうとしたけど、その中に本質や真実があるのか分からないんだ。それに私たちがいる正確な場所も分からないのさ。どこの都市を、あそこに広がる空は見下ろしているんだろう？　パリかな、ロンドンかな？　私たちが座っているのはさ。それともどこか南の都市かな？　そこではピンク色に塗られた家々がイトスギ並木の下に並び、見上げれば高山が連なり、ワシが空高く舞うんだ *78*。今この瞬間には、確信が持てないな。

「今では思い出せなくなってきたし、疑い始めたのさ、テーブルの不変性や、ここに今いることが現実なのかをね。だから、どう見ても硬い物の端を、拳骨のとんがりで勢いよく叩きながら言うんだ、『お前は硬いのか？』本当にたくさんのさまざまなものを見たし、本当にたくさんのさまざまな文を作ったな。食べたり飲んだり、いろいろなものの外観を眺め回したりするうちに失ってしまったのさ、あの薄いけれど硬い殻をね。それは魂を包み、若いときには人を閉じ込めるんだ──だからみんな凶暴になり、若者たちは残酷なくちばしで、かっかっかっとつつくのさ。そして今、自問するんだ、『私は誰？』私はバーナード、ネヴィル、ジニー、スーザン、ローダ、そしてルイスのことを話してきたけどさ。自分は彼らすべてなんだろうか？　自分はひとりで、彼らとは別人なんだろうか？　分からないな。私たちはここで一緒に座っていたんだ。しかし今やパーシヴァルはこの世にいないし、ローダも死んでしまったな。みんな別れ別れになり、ここにはいないのさ。でも、私たちを隔てる障害物は見いだせないんだ。私とみんなとのあいだに境界はないのさ。話しながら感じたな、『私は君たちなんだ。』こんなふうにみんなと違うことはとても大切だと私たちは考えるし、こんな自意識を無我夢中で守り続けるけど、そんな気持ちには打ち勝ったのさ。そうそう、昔懐かしいミセス・コンスタブルがスポンジを持ち上げ、上からお湯を注いでこの肉体を目覚めさせて以来ずっと、私は感じやすくなり、鋭敏な知覚を得たんだ。この額は、パーシヴァルが墜落したときに私の受けた強打を今も感じるのさ。このうなじは、ジニーがル

イスにキスしたときの感触を今も感じるんだ。私の両眼はスーザン
の涙であふれているのさ。遙かかなたに見えるんだ、金色の筋のよ
うに震える、ローダの見た円柱が。そして感じるのさ、彼女が跳躍
したとき、飛びながら受けた風圧をね。

「だからこのテーブルの上、両手のあいだに、私の人生の物語を
形づくり、それを完全なものとして君の前に置こうとすると、過ぎ
去ったことや深く沈んでいったこと、この人生やあの人生の中に沈
みその一部となったことを思い出さなければならないんだ。それに
また、夢、私を包んでいるもの、そして親友たち、あの懐かしい、
弁舌さわやかとは言えない幻影たちもさ。あいつら、四六時中現れ
るんだ。そいつらは眠っていると寝返りを打ち、混乱した叫び声を
上げ、幻の指をぬっと突き出して、逃げようとする私をしっかりつ
かむのさ――あいつらは、自分がなったかも知れない人物たちの影、
生まれてこなかった自分自身なんだ。つき合いの長い野蛮人もいる
ぞ。土人、毛深い男さ。そいつは指でひと繋がりの腸をこね回すし、
がつがつ食べてげっぷをするし、喉を詰め、本能のおもむくままに
しゃべるんだ――そう、そいつはここにいるのさ。私の中に居座っ
ているんだ。今晩もウズラの肉にサラダ、子ウシの胸腺を楽しんだ
のさ。今は上等な年代物のブランデーを入れたグラスを手に持って
いるぞ。そいつはまだら色に染まり、満足そうに喉を鳴らし、私の
背骨を上から下まで貫く、あたたかでぞくぞくする感覚の矢を射る
んだ、私がひと口すするとね。確かにそいつは食事の前に手を洗う
けど、その手は依然として毛深いのさ。ズボンやチョッキのボタン

を留めても、それらに包まれた体はどこも変わらないんだ。食事を
待たせたままにしておくと、突然言うことを聞かなくなるのさ。絶
えず顔をしかめ、ほとんど白痴のような身ぶりで欲深さや貪欲さを
露わにして、欲しいものを指さすんだ。自信をもって言うけど、そ
いつを抑えるのはときどき本当に難しいのさ。だけどその男、毛む
くじゃらで、サルのようなやつは、そいつなりに私の人生に貢献し
たんだ。そいつは緑色のものをもっと鮮やかな緑色にしたのさ。た
いまつを掲げたんだ、それは赤々と燃え、濃くて目にしみる煙をあ
げていたな、すべての葉の後ろでね。冷え冷えとした庭さえ明るく
照らしたのさ。暗い裏通りでたいまつを振りまわすと、そこにいた
少女たちが突然輝くように見えたんだ、赤くうっとりするような半
透明になってね。あっ、たいまつを高く投げ上げたぞ！ 私を乱痴
気踊りに引き込んだな！

「しかしそんなことは二度と無いのさ。今宵私の体は、階段状に狭《せば》
まりながらそびえ立つ、どこかのひんやりした寺院のようだ。そこ
の床は絨毯が敷きつめられ、ささやき声が立ち昇り、祭壇には香煙
が立ち込めているのさ。しかし上の方、この静かで落ち着いた頭に
とどくのは、繊細な一陣のメロディーや揺らめく香の香りだけなん
だ。傍らでは迷子になったハトが彷徨い、軍旗が墓の上で揺れ、真
夜中の暗いそよ風が、開いた窓の外で木々を揺さぶるのさ。こんな
超越した境地から見下ろすと、粉々のパンくずでさえなんと美しく
見えることか！ なんと鮮やかに、セイヨウナシのむき皮が渦を巻
いていることだろう──なんて薄く、表面には海鳥の卵のような

斑点が散らばっていることか。フォークでさえまっすぐ並べて置か
れ、明晰で論理的、精密に見えるな。食べ残した角形ロールパンも、
つやつやと黄色の光沢を帯び、堅固だ。私の手でさえ賛美できるぞ。
骨が扇状に連なり、青くて神秘的な静脈がそれをレースのように覆っ
ているんだ。信じがたいほど機能的でしなやかな形だな。柔らかく
曲げたり、突然握りしめたりできるのさ——無限の感性を秘めて
いるんだ。

「果てしなく受け入れることができ、あらゆるものを抱え、いっぱ
いになって震えているけど、明晰で落ち着いている——そんなふ
うに私という存在は見えるんだ、もはや欲望が遠く離れたところへ
追い立てることはないから、もはや好奇心が無数の色に染めること
もないからさ。それは深いところで、潮流にさらされることもなく、
守られているんだ、今や彼が死んだからさ、私が『バーナード』と
呼んでいた男がね。その男はポケットに手帳を入れ、それに記して
いたんだ——月を描写した言葉や、いろいろな特徴の覚え書きをね。
人びとがどのように見つめ、振り返り、タバコの吸い殻を捨てたか
を記し、「こ」のページには「粉々になった蝶々」と、「し」のペー
ジには、死の名付け方を書き付けたんだ。でも今はドアが開いても
気にならないのさ。そのガラスドアは、ちょうつがいを支点に絶え
ず開いたり閉じたりしているんだ。女性が入ってきても、夜会服を
着て口ひげを生やした青年が座っても興味が湧かないのさ。彼らが
私に話せることはあるんだろうか？　断じて！　私もまた、そんな
ことはすべて知っているんだ。そしてもしその女性が突然立ち上が

り、出ていこうとすれば、『ねえ君』と言うのさ、『もう私に見送ら
せないのかい。』崩れ落ちる波の衝撃は、私が生まれてからずっと
響きわたり、それに目覚めた私は戸棚に金色の輪を見たけど、それ
が私の持っているものを震わせることはもうないんだ。

「だから今なら、ものごとを謎めいたままわが身に引き受け、スパ
イのように出発できるだろうな、この場所に留まったまま、椅子か
らも立たずにね。遠く最果ての砂漠地帯を訪ねることができるんだ、
そこでは野蛮人が外でかがり火のそばに座っているのさ。朝日が昇
るぞ。少女が淡い色の、火のように熱くなった宝石を額まで持ち上
げるんだ。太陽はその光線を眠っている家にまっすぐ向け、波はくっ
きりと縞模様を描き、岸に打ちつけ、波しぶきを上げ、浜辺にさっ
と広がった海水がボートやエリンギウムのまわりを洗うのさ。鳥た
ちはいっせいに歌い、深いトンネルが花々の茎のあいだを走り、家
は白く輝き、眠っているひとは体を伸ばし、次第にすべてが目を覚
ますんだ。光が部屋にあふれ、影を暗がりの向こうに追いやると、
そこで影たちは襞をなしてたれ下がり、謎めくのさ。まん中の影は
何を隠しているんだろう？　何かを？　何も？　分からないな。

「おっと、でも君の顔が見えるぞ。私を見ているな。私は、自分自
身がとても大きな存在で、寺院や教会、宇宙全体でさえあり、閉じ
込められたりせず、最果ての環境からこのレストランまで、どこに
でも行くことができると考えてきたけど、今は君の眼に映る存在に
過ぎないのさ——初老の男、かなり疲れ、こめかみには白髪が交
じり、（自分が鏡に映っているぞ）テーブルに片肘をついて、左手

に年代物のブランデーを入れたグラスを持っているんだ。あれは君が私に加えた一撃さ。歩いていて郵便ポストにどかんとぶつかったんだ。歩くとふらふらするな。頭に手をやってみよう。帽子がないぞ―― ステッキも落としたな。ひどくばかなまねをしてしまったんだから、こうして通りすがりの誰かに笑われるのも当然さ。

「ああ、なんと筆舌に尽くしがたいほど不愉快なんだろう、人生というやつは！　なんて意地の悪いいたずらを私たちにすることだろう、自由かと思えば、つぎの瞬間にはこれだ。ここで私たちはふたたび、パンくずや汚れたナプキンに囲まれているのさ。あのナイフについた脂はもう固まってきたな。混乱、不潔、そして堕落が私たちを取り囲んでいるぞ。私たちは死んだ鳥の体を口の中に放り込んでいたんだ。目の前にある脂まみれの屑、よだれで汚れたナプキン、そして小さな死骸からなのさ、私たちが何かを作り上げなければならないのはな。いつもふたたび始まるんだ。いつも敵がいるのさ。その目が私たちの目と合い、その指が私たちの指をぐいと引っぱるんだ。苦労が待っているぞ。ウェイターを呼ぶんだ。勘定を払い給え。私たちは椅子から腰を上げなければならないのさ。コートを見つけなければならない。行かなければならない。しなければ、せねば、ねば――忌まわしい言葉だ。またしても、自分は守られていると思っていたけど、『さあ、そんなものはすべて消えたぞ』と言ったこともあったけど、気がつくと波が私を倒してまっさかさまにし、私の持ち物をまき散らしたので、仕方なくそれらを集め、整理し、積み上げるのさ。そして力を奮い起こし、たち上がって敵に立ち向かう

んだ。

「不思議だな、私たちはとても大きな苦しみに耐えられるものだけど、その私たちがとても大きな苦しみを人に与えてしまうんだ。不思議だな、ある人間の顔が、〈そいつのことはほとんど知らないけど、たぶんアフリカ行きの船の艫門で一度会ったことがあるだけさ〉——眼とほおと鼻孔のぼんやりした輪郭に過ぎないものが——これほど私を侮辱することができるんだ。君は眺め、食べ、微笑み、退屈し、喜び、むっとする——それだけしか私は知らないのさ。けれども、私の傍らに一、二時間座っていたこの影が、二つの眼が覗くこの仮面が、私を過去へと追いやり、縛りつけ、そこにいた人びとの面前にさらし、暑い部屋に閉じ込め、まるで蛾のように、ろうそくからろうそくへ突進させることができるんだ。

「しかし待てよ。ついたての後ろで勘定書きができ上がるあいだ、少し待つんだ。今はもう、君の一撃によろめき、むき皮やパンくず、色あせた肉の食べ残しにとり囲まれたと君を罵ったあとなので、単純な言葉で記すとしよう、いかにまた、君の視線がそんなふうに強要する中で、これやあれ、その他いろいろなものを私が知覚しはじめるかをね。時計がかちかち鳴る。女性がくしゃみをする。ウェイターが来る——ものごとが次第に集まり、一つに混ざり合い、加速され統合されるんだ。聞き給え、警笛が響き、車輪が勢いよく流れ、ドアのちょうつがいが軋んでいるぞ。私はものごとの複雑さや現実、戦いに対する感覚を取り戻しつつあるけど、これも君のお陰さ。そしていくばくかの哀れみと嫉妬、大いなる善意を込め、君の

手をとりお休みと言うよ。

　「有り難き孤独かな！　今やひとりだ。あのほとんど面識のない人間は行ってしまったのさ、列車に乗り、タクシーを拾い、どこかへ行くか、私の知らない誰かのところへ行ったんだろうな。私を見つめる顔が行ってしまったんだ。圧迫が取り除かれたのさ。空のコーヒーカップがあるぞ。椅子の向きが変わっているけど、誰も座っていないな。空いたテーブルが並んでいるけど、今夜はもう誰も、食事に来てそこに座ることはないんだ。

　「私に今、栄光の歌を高らかに歌わせ給え。有り難き孤独かな。ひとりでいさせ給え。投げ捨てさせ給え、この見せかけの存在、この雲を、それはわずかに息を吹きかけただけで変化し、昼も夜も、一日中ずっと移ろうものなれば。ここに座っているあいだ、私は変わり続けていたんだ。空が移ろうのを見ていたのさ。雲が星々を隠し、やがて雲間から星々が現れ、そしてまた雲が星々を隠したんだ。今はもうそんな移ろいは見ないぞ。今や誰も私を見ていないから、私はもう変化しないんだ。孤独は有り難いものさ、それは視線の圧迫や肉体の誘惑を取り除いてくれたし、嘘をついたり言葉を連ねたりする必要性もことごとくなくしてくれたからね。

　「私の手帳が、〈それには言葉がぎっしり書いてあるのさ、〉床に落ちたぞ。テーブルの下だ。雑役婦が片付けるんだろうな。彼女は明け方に疲れた表情でやってきて、紙切れや古い路面電車の切符を探すのさ。そしてあちこちに落ちている走り書きもね。それはくしゃくしゃに丸めて捨ててあり、ごみと一緒に片付けられるんだ。月は

どんな言葉で描写したら良いんだろう？　そして愛を描写する言葉は？　どんな名前で死を呼ぶべきなんだろう？　分からないな。私に必要なのは、恋人たちが交わすような短い言葉、子供たちが発するような一音節の言葉、部屋に入ってきて、お母さんが縫い物をしているのを見つけ、鮮やかな色をした毛糸の切れ端や、羽根、更紗の端切れを拾ったときに発する言葉なんだ。私に必要なのはわめき声、叫び声さ。嵐が湿地帯を横切り、私の上を激しい勢いで通り過ぎるとき、私は人知れず水路に横たわっているけど、言葉はいらないんだ。的確な言葉は何も。両足で床を踏みしめやってくるものは何もね。あの反響や美しいこだまさ、それらは私たちの心に激しく打ち寄せ、神経のすみずみに響きわたり、でたらめな音楽を、うわべだけの言葉を生み出すからね。言葉とは縁を切ったんだ。

「どれほど沈黙している方が良いだろう、コーヒーカップやテーブルのようにさ。どれほど一人で座っている方が良いだろう、海鳥が一羽、杭の上で翼を広げるようにね。ここにいつまでも座らせておいてほしいな、ありのままのものと一緒に、このコーヒーカップや、このナイフ、このフォーク、ありのままのもの、ありのままの私と一緒にね。ここに来て私を困らせるなよ、そろそろ閉店の時間だから出ていってほしいとほのめかしてさ。喜んで全財産をあげるよ、君たちが私の邪魔をせず、このままずっと、静かに、ひとりで座らせておいてくれるならね。

「でもとうとうチーフウェイターが、食事を終えたところかな、やってきて眉をひそめるんだ。ポケットからマフラーを取り出し、あて

つけがましく帰る準備をしているぞ。彼らは帰らなければいけない
のさ。鎧戸を閉めなければいけないし、テーブルクロスをたたみ、
濡れたモップでテーブルの下をひと拭きしなければいけないんだ。
「ならばくたばるがいい。たとえどれほど、あらゆることに疲れ切っ
ていても、私は重い腰を上げ、他ならぬ自分のコートを見つけなけ
ればいけないのさ。そして腕を袖に押しこんで、夜気に備えて身を
包み、出ていかなければいけないんだ。私、僕、ぼく、疲れている
けど、役に立たないけど、そして、いつもこうして鼻をものの表面
にこすりつけるから、ほとんど擦り切れているけど、こんな私です
ら、かなり疲れてきて努力することのいやな初老の男ですら、ここ
を立ち去り、終電に乗らなければいけないのさ。
「ふたたび目の前にはありふれた通りだ。文明の天蓋は燃えつきた
な。空が磨いた鯨ひげのように暗いぞ。だが空には何かが灯ってい
るな、ランプの光だろうか、それとも夜明けの明かりだろうか。何
かがかすかに動いているぞ——スズメたちがどこかのプラタナス
で囀っているのかな。一日の始まる気配がするんだ。それを夜明け
とは呼ぶまい。都市の夜明けとは何だろう、通りに立ち、かなりふ
らつきながら空を見上げる初老の男にとってさ？　夜明けとは、言っ
てみれば空が白んでいくこと、再生のようなものだ。新しい一日、
新しい金曜日、三月か一月、九月の新しい二十日さ。すべてのもの
の新しい目覚めだ。星々が次第に見えなくなり、消えていくぞ。波
がくっきりと縞模様を描くんだ。深い霧が野原に立ち込めるのさ。
バラが次第に赤くなるんだ、寝室の窓辺でうなだれる青白いバラさ

えもね。鳥が一羽囀っているぞ。田舎屋に住む人びとが朝一番のろうそくを灯したな。そう、このようにして永遠に続く再生、絶え間なく繰り返す満ち潮と引き潮、引き潮と満ち潮が生まれるんだ。

「そして私の中でも波が高まる。それは盛り上がり、背が弓なりにしなる。もう一度新しい欲望が湧いてきたぞ、何かが私のすぐ下で立ち上がるんだ、誇らしげな馬のように。騎手はまず拍車をかけ、それから手綱を引く。どんな敵が、いま私たちに迫っているんだろう、私が跨がっているお前よ、この一筋の車道をお前の蹄で蹴りつづけながら？　それは死。死こそが敵なんだ。私が馬を駆って挑むのは死、槍を構え、髪を後ろになびかせながら、若者のように、パーシヴァルのように、彼が馬に跨がりインドを駆けたように79。馬に拍車をかけよう。お前に向かい突進するぞ、負けることなく断固として、おお死よ！」

波は岸に砕けた。

終

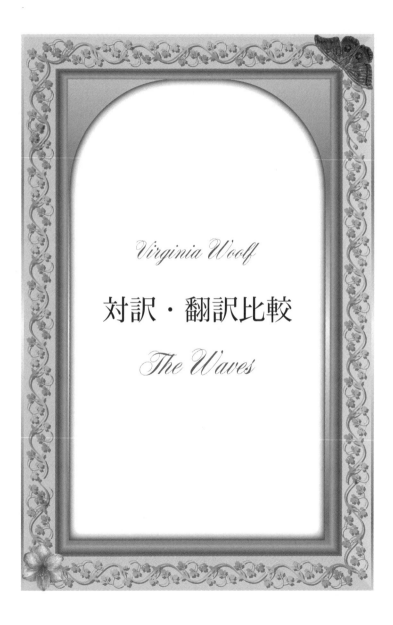

Virginia Woolf

対訳・翻訳比較

The Waves

1 (p.6) この文章の原文は以下の通りです。

Gradually as the sky whitened a dark line lay on the horizon dividing the sea from the sky and the grey cloth became barred with thick strokes moving, one after another, beneath the surface, following each other, pursuing each other, perpetually.

『波』の典型的文体がここにあります。以下に示す様に、ウルフは詩的フレーズを連ね、音楽的とも言えるイメージの連鎖を読者に喚起しながら、夜明け前の繊細な時間経過を描写しています。

1 Gradually as the sky whitened
   次第に空が白んでくると、

2 a dark line lay on the horizon
   暗い水平線が現れ、

3 dividing the sea from the sky
   海と空とを分かち、

4 and the grey cloth became barred
   灰色の布には縞模様が現れた。

5 with thick strokes moving, one after another, beneath the surface,
   それは海面のすぐ下で豊かな拍動が次々に生まれ、

6 following each other, pursuing each other, perpetually.
   絶え間なく後に続き、前を追いかけるためであった。

フレーズのまとまりを大切に、フレーズ同士の因果関係を考えながら語順に忠実に翻訳してみると、細やかな情景の移ろい、すなわちウルフの意識の流れが自然と姿を現してきます。別の言い方をすれば、ウルフはこの様な詩的文体を駆使することによって、「意識の流れ」という不安定で捉えにくい対象、さらには「人が自分ひとりとり残されているのではなくて、宇宙の中の何ものかととり残されている」というヴィジョンを文章に定着しようとしたのだと思います。（このヴィジョンに関してはあとがきで考察しました。）5行目と6行目は、夜明け前の静かな海にもかかわらず、海面下には、すでに波を生み出す豊かなエネルギーが満ちていることを表現しており、読者に一日の始まりを感じさせ、物語の始まる期待感を抱かせます。この様に、「語順に忠実に、意識の流れに寄り添いながら翻訳すること」を本翻訳の基本方針としました。

　　やがて空の白むにつれて、水平線は黒い一筋となつて横たわり、
　　海と空とを分け隔てた。銀布の海には一面に色濃い横波が立ち、
　　つぎつぎと水面を揺れ動いては、後から後からと追いすがり、
　　追いつ追われつ不断につづいた。（鈴木訳）

　　空が白むにつれ、海と空を割す一線がしだいに色濃くなると、
　　灰色の海には幾筋もの大波が湧き起こり、次から次へ、追いか
　　け追いかけ、絶えることなくうねり寄せた。（川本訳）

空がほの白むにつれ、海と空を分かつ暗い一線があらわれ、灰色の布は、ひとつ、またひとつ、あとからあとから走るいくつもの太い筋によって縞目をつけられ、水面のしたのその筋は、果てしなく、たがいの後を追い、追いかけあった。（森山訳）

2 (p.8) 'I SEE a ring,' said Bernard, 'hanging above me. It quivers and hangs in a loop of light.'

五感、特に視覚は、外界と意識を隔てる透明な膜の様なものです。普段私たちの意識は、外界の様々な刺激を受けて流れていきますが、「見ていること」や「聞いていること」そのものを意識することは稀です。本翻訳では、意識の流れに臨場感を出すため、"I SEE" など五感を直接示す言葉は、必要な場合を除き訳出しない方針としました。

　「環が見える」バーナドが言つた。「僕の上の方にかかつているのが。光の輪暈になつて、揺れながらかかつている」（鈴木訳）

　「輪が見えるぞ」、バーナードは言う、「空中にぶら下がっているのが。光の輪が揺れ動きながら、宙に浮いているぞ。」（川本訳）

　「見える、輪が」とバーナードが言った、「ぼくの頭のうえ、光の輪のなかでふるえ、吊りさがる輪が見えるよ」（森山訳）

3 (p.8) 'I see a globe,' said Neville, 'hanging down in a drop against the enormous flanks of some hill.'

さまざまな情景を喚起する文章です。『波』にはこの様な文章が数多く表れます。翻訳に当たっては、多様な解釈のなかからひとつの情景を切り取ってくるしかありません。以下に示す様に、ウルフの視点は細密な近景（水滴）から広大な遠景（丘）へと移っていきます。これらをどの様に統合し、一つの情景を感じとるのか、それは読者の詩的想像力に委ねられています。一例として、丘が水滴のなかに（逆さまになって）閉じ込められている様をイメージすると、鮮やかで驚きに満ちた情景が浮かび上がってきます。

1 I see a globe,（近景）
   球だ

2 hanging down in a drop（近景）
   ぶら下がった水滴に、

3 against the enormous flanks of some hill.（遠景）
   遠くの丘の広大な中腹が映っているぞ

「玉が見えるよ」ネヴィルが言つた。「どこかの丘の巨きな横腹に滴りになつて垂れ下つてら」（鈴木訳）

「玉が見えるよ」、ネヴィルは言う、「どこかの丘の大きな横っ

腹めがけて、滴り落ちていくぞ。」（川本訳）

「見える、球が」とネヴィルが言った、「大きな山腹を背に、し
ずくになってしたたる球が見えるよ」（森山訳）

4 (p.9) 'A caterpillar is curled in a green ring,' said Susan, 'notched
with blunt feet.'

ウルフの自然観察の精巧さを物語る表現です。ウルフの英語表現は
簡潔で的確、すべてを描写していないにもかかわらず鮮明なイメー
ジを喚起します。"notched with blunt feet"という簡潔なフレーズで、
毛虫の体節ごとに生えている、先の丸まった足が、輪の中心にぎざ
ぎざと並んでいる光景が鮮やかに目に浮かんできます。

「毛虫が緑の環に身を捲いて」スーザンが言つた。「のそのそと
跡をひいてるわ」（鈴木訳）

「毛虫が体を丸めて、緑の輪になっているわ」、スーザンは言う、
「ごつごつした足で刻み目をつけて。」（川本訳）

「毛虫がまるまって、みどり色の輪になってる」とスーザン、「ま
るい足先をさしこんでね」（森山訳）

5 (p.11) Flower after flower is specked on the depths of green. The petals are harlequins.

ウルフの精妙な自然観察と簡潔で的確な表現に驚きます。今回は
"harlequins"を、道化師（harlequin）の衣装に見られる、ひし形が
規則正しく並ぶチェック模様と解釈してみました。"Flower after
flower"と響き合い、深い緑を背景にしたデザイン画のような情景
が鮮やかに浮かび上がってきます。

> 花がつぎつぎ、点々と深い緑の中に。花弁はおどけ者だ。（鈴
> 木訳）

> 緑の海原に、花また花が点々と浮いているぞ。花びらは道化者。
> （川本訳）

> 花また花が、みどり色の海に点々と浮かんでいるな。花びらは
> 色とりどりの道化帽だ。（森山訳）

6 (p.22) Her shoulder-blades meet across her back like the wings of a small butterfly.

黒板を見つめるために背筋を伸ばしたせいで、肩甲骨が互いに近づ
き少し飛び出した様子を、小さな蝶の羽にたとえているのでしょう

か。華奢な少女を彷彿とさせる描写です。

　　ロウダの肩胛骨が背中で十字に合わさつて小さな蝶の羽根のよ
　　うだ。（鈴木訳）

　　彼女の肩胛骨は、小さな蝶の羽のように、背中でくっつき合っ
　　ているよ。（川本訳）

　　彼女の肩甲骨は、小さなチョウの羽根みたいに背中で閉じてい
　　る。（森山訳）

7 (p.25) There were the floating, pale-grey clouds; and the immitigable
tree; the implacable tree with its greaved silver bark.

この場面、リンゴの木は恐怖のメタファーでしょうか。"immitigable"、
"implacable"は、それぞれ「和らげることのできない」、「鎮めるこ
とのできない」という意味であり、木＝恐怖と考えれば理解できま
す。言葉を切り詰めた詩的表現と言えます。

　　青白い灰色の雪が浮んでいたつけ。銀色の樹皮が脛当みたいに
　　ついている、恨めしい、執念深い木が一本。（鈴木訳）

　　うすねずみ色にたなびく雲。なだめにくい木。幹を銀色の樹皮

でおおった執念深い木。〔川本訳〕

青ざめた灰色の雲が浮かんでいたな。そして微動だにしない、幹に銀色の甲_{かっ}ちゅうを当てた冷酷な木があった。〔森山訳〕

8 (p.30) Sharp stripes of shadow lay on the grass, and the dew dancing on the tips of the flowers and leaves made the garden like a mosaic of single sparks not yet formed into one whole.

朝日を浴びる庭の光景を瑞々しく描写しています。以下に示す様に、まず近景の影を描写することにより、ほぼ真横から射すさやかな光を読者に喚起します。そしてこの光が朝露を燦めかせる光景を微視的に暗示した後、庭全体の光景を俯瞰的に描写しています。最後にウルフはこの光景に解釈を与え、陽が昇ると共に消えてしまうであろう一瞬の光景を見事に定着させています。

1   Sharp stripes of shadow lay on the grass,（近景）
    鮮明な縞模様の影が草の上に落ち、
2   and the dew dancing on the tips of the flowers and leaves （微視的
    近景）
    花々や葉の先端で震える露のために、
3   made the garden like a mosaic of single sparks （俯瞰）
    庭は一つひとつ燦めく宝石を寄せ集めたように見え、

4 not yet formed into one whole. （解釈）
　庭というひとつのまとまった姿はまだ現れていなかった。

　鋭い縞をつくっている影が草葉に落ち、花々の端や葉先に踊る
　露は、庭苑を、まだ一面には及ばなかつたが、一様にきらきら
　と輝いてモザイクのような風情に見せていた。（鈴木訳）

　草の葉には鮮明な縞状の影が落ち、花や葉のふちで揺れうごく
　露は、火花の切りはめ細工にも似た、まとまりのない趣きを庭
　園に添えていた。（川本訳）

　草地には影の鋭い筋が伸び、花や葉先には朝露がきらめき踊り、
　庭をまるで一枚の絵をなすまえのモザイク片を集めたようにし
　ていた。（森山訳）

9 (p.31) As the light increased a bud here and there split asunder and
shook out flowers, green veined and quivering, as if the effort of opening
had set them rocking, and pealing a faint carillon as they beat their frail
clappers against their white walls.

百合の花でしょうか、開花の光景を見事に描写しています。ウルフ
の自然観察の真骨頂と言えましょう。花が開く時に微かに震える様
子から、百合の花弁と雌しべを鐘と舌（鐘の内側にぶら下がった分

銅）にたとえ、両者が当たって微かな音がするという幻想的なイメージを紡ぎ出しています。

1　As the light increased a bud here and there split asunder and shook
　　out flowers,

　　光が強くなるにつれそこかしこのつぼみが膨らみ、やがて花
　　開いた、

2　green veined and quivering,

　　花弁に緑色の筋を浮かべ、かすかに震えながら。

3　as if the effort of opening had set them rocking,

　　それはあたかも、開こうとしたために花が揺れうごき、

4　and pealing a faint carillon as they beat their frail clappers against
　　their white walls.

　　華奢な雌しべが白い花びらに当たり、かすかな鐘の音が鳴り
　　響くようであった。

日射しが強くなると、蕾はここかしこでそれぞれに開いて、花々
を拡げた。緑の縞をつけてふるえているのは、開花しようとす
る努力が花々を揺り動かしたようでもあり、白い花弁を蕊の繊
弱い鳴子が打つ時には、仄かな鐘楽器を鳴りひびかせた。（鈴
木訳）

陽光が降り注ぐと、あちこちで蕾が割れ、花を咲かせ、緑の筋

入りの花は、開花する努力で揺れ出したかのように顫え、脆い花舌を白い花弁に打ち当て、かすかな鐘楽曲を奏でた。(川本訳)

光がさらに増すにつれ、あちらこちらでつぼみが裂け、緑色の筋をもつ震える花たちが踊り出る。それはあたかも咲き出でようともがいて、繊細な舌を白い内壁に打ちつけ、かすかな鐘の音を響かせ揺れるかのよう。(森山訳)

10 (p.43) Now grass and trees, the travelling air blowing empty spaces in the blue which they then recover, shaking the leaves which then replace themselves, and our ring here, sitting, with our arms binding our knees, hint at some other order, and better, which makes a reason everlastingly.

『波』の中でも屈指の美しさをたたえた文章です。音楽に化身しているとさえ言えるかもしれません。以下に示す様に、この文章の主語は"grass and trees"、"the travelling air"、"our ring"、動詞は"hint at"と考えました。関係代名詞"which"の導くフレーズが三回表れますが、『波』ではほとんどの場合、直前の名詞を説明するためではなく、意識の流れや時間経過、直前のフレーズが喚起するイメージを表現するために使われていると思います。最後の"reason"は、このモノローグの最後に出てくる「詩作」の拠り所、つまり「詩作の泉」と意訳しました。

1　Now grass and trees,（主語1）

　草や木々が揺れる。

2　the travelling air blowing empty spaces in the blue（主語2）

　流れ行く風は青い虚空を渡り、

3　which they then recover,（関係代名詞節1）

　風の吹き過ぎた虚空はふたたび静けさを取り戻す。

4　shaking the leaves

　風はまた木の葉を揺らし、

5　which then replace themselves,（関係代名詞節2）

　風が通り過ぎると木の葉はふたたび動かなくなる。

6　and our ring here, sitting, with our arms binding our knees,（主語3）

　そして僕たちはここに輪になって座り、腕で両膝を抱えている。

7　hint at some other order, and better,（動詞）

　これらすべてが何か別の秩序、より良き秩序を暗示している。

8　which makes a reason everlastingly.（関係代名詞節3）

　そしてその秩序は、永遠に湧き続ける詩作の泉なんだ。

　ところで、草や木、やがては元の姿に立ち返る碧空のうつろな
空間を吹きぬけ、吹かれては揺れかえす木の葉をゆさぶつて、
流れ行く風、膝をかかえて坐つている、ここの我々の環、これ
らは或る他の秩序、しかもよりよきものを暗示し、それが永遠
に原理となるんだ。（鈴木訳）

いいかい、草や木々は、虚空を吹き渡ってはほどなくもとに戻し、木の葉を揺り動かしてはやがてもとに戻す風は、膝をかかえ車座に坐る僕らは、或る別の秩序を、永遠に道理を作り出すより良き秩序を、暗示するのだ。(川本訳)

風が草や木々を吹きわたって青空を開き、やがてまた葉叢を揺らしながらもとに還り、ふたたび空を塞ぐ。そして膝を抱えて座るぼくらのこの輪。こうしたものは理性を不滅のものとする何か別の秩序を、より良き何かをさし示しているのだ。(森山訳)

11 (p.45) Susan's head, with its fell look, with its grass-green eyes which poets will love, Bernard said, because they fall upon close white stitching, put mine out;

この文章は意識の流れの典型的表現と言えます。以下に示す様に、2行目から4行目は「スーザンの頭」が喚起した意識の支流であり、ジニーの意識は、スーザンの眼、バーナードの見解、その理由と流れていきます。今回の翻訳では、意識の本流に折り重なって流れる支流を〈 〉でくくりました。

1　Susan's head,
　　スーザンの頭が映ると、

2 with its fell look, with its grass-green eyes （意識の支流1）
〈恐ろしい表情をして、眼はグラスグリーン色だわ。

3 which poets will love, Bernard said, （意識の支流2）
バーナードが、詩人が好きになる眼だって言っていたな。

4 because they fall upon close white stitching, （意識の支流3）
その眼が細かな白い縫い目を見つめるからだとか、〉

5 put mine out;
私の頭ははみ出しちゃうの。

スーザンの頭が、獰猛な顔つきをして、草のような緑の眼をして、詩人がこんな眼を好きなんだつて、バーナドが言つてたわ。その眼が細かな白い縫いとりに落ちるからつて。それがわたしの顔を追い出してしまうの。（鈴木訳）

スーザンの顔、気性の勝った顔つきと草色の眼が——その眼がこまかい白いステッチに注がれると、詩人も恋してしまうだろうとバーナードが言ったけれど——私の顔を追い出してしまうの。（川本訳）

スーザンの顔が、その意地悪な眼つきで、若草色の瞳で、わたしの顔を追い出すのよ。バーナードが言うには、あの瞳が縫いものの白い刺し目近くに注がれるから、きっと詩人のだれもが恋するだろう、って。（森山訳）

12 (p.46) I bind my hair with a white ribbon, so that when I leap across the court the ribbon will stream out in a flash, yet curl round my neck, perfectly in its place.

ウルフの精緻な観察眼が光ります。以下に示す様に、テニスコートを駆け回るジニーの躍動感を、リボンの生き生きとした動きで表現しています。一方、髪はリボンでしっかりと束ねられているため決してなびかず、リボンの動きを一層際立たせています。

1   I bind my hair with a white ribbon,
    髪を白いリボンで束ねるの。

2   so that when I leap across the court
    それで私がコート中を駆け回る時、

3   the ribbon will stream out in a flash,
    リボンがさっとなびく

4   yet curl round my neck,
    かと思えば首に巻き付き、

5   perfectly in its place.
    やがてすっかりもとに戻るでしょう。

    髪を白いリボンで縛つて、中庭を跳んで通り過ぎる時には、このリボンがさつと靡くんだわ。それにカールも首のまわりで、そこでちやんとしているんだわ。(鈴木訳)

髪を白いリボンで結ぶと、中庭を突っ切って走るとき、リボンはたちまちなびいても、首のまわりのカールはちゃんとしてるわ。(川本訳)

髪を白いリボンで結んでおけば、コートを駆け回ったときリボンがひらり、となびいて、でも首のまわりにいい感じで絡んでくれる。(森本訳)

13 (p.53) Not a thread, not a sheet of paper lies between him and the sun, between him and the rain, between him and the moon as he lies naked, tumbled, hot, on his bed.

クリケットに没頭し、自然と一体化したパーシヴァルを描写しています。以下に示す様に、1行目と2行目はそんなパーシヴァルを説明しています。一方、1行目と3行目は、自然と一体化して眠るパーシヴァル、すなわち4行目に描かれた光景を説明しています。ウルフは多くの場合、文章の最後に意識の流れのクライマックスを置いています。4行目はネヴィルが想像した世界でしょうか。今回は、同時性を表す接続詞 "as" を「月光を浴びながら」と意訳しました。

1　Not a thread, not a sheet of paper lies
　　糸一本、紙一枚だって入り込めないぞ、

2 between him and the sun, between him and the rain,
彼と太陽、彼と雨とのあいだには、

3 between him and the moon
そして彼と月との間には。

4 as he lies naked, tumbled, hot, on his bed.
月光を浴びながら彼は暑さで裸になり、ベッドでのたうち回
るんだ。

糸一筋も薄紙一重も、彼と太陽の間には、彼と雨との間にはあ
り得ない。ベットに裸で暑さに転々して横になっている時にも
彼と月との間には、ありはしないのだ。（鈴木訳）

暑がってベッドに裸で転がりながら寝そべっているとき、彼と
太陽、彼と雨、彼と月とのあいだには、糸一筋ほどの、紙一重
ほどの、隔たりもないのだ。（川本訳）

身体をほてらせ、ベッドにゴロリと裸で寝そべる彼と太陽との
あいだには、雨とのあいだには、月とのあいだには、糸の一本、
紙の一枚、入りこむ隙はないのだ。（川本訳）

14 (p.54) The horrid little boys, who are also so beautiful, whom you
and Louis, Neville, envy so deeply, have bowled off with their heads all
turned the same way.

以下に示す1行目と4行目は、外界の光景が直接バーナードに引き起こした意識です。一方、2行目と3行目は、「嫌な少年たち」をネヴィルがどう思っているかというバーナードの想像です。この解釈を踏まえ、2行目と3行目を、「嫌な少年たち」がバーナードに引き起こした意識の支流と考えました。

1　The horrid little boys,
　　あの嫌な少年たちは、

2　who are also so beautiful,〔意識の支流1〕
　　〈彼らはまたとても美しいから、

3　whom you and Louis, Neville, envy so deeply,〔意識の支流2〕
　　君とルイスは、ねえネヴィル、彼らを非常に羨ましく思っているよね、〉

4　have bowled off with their heads all turned the same way.
　　頭をいっせいに同じ方向に向けて走り去っていったぞ。

　　ネヴィル、お前とルイスがあんなにねたみに思っている、でも又とてもきれいなあの悪戯連中がみんな同じ方へ頭を振向けて横木を落した。（鈴木訳）

　　ネヴィル、君やルイスが大いに羨んでいる、あの憎々しい、だが非常に美しい少年たちは、一斉に頭を同じ方向に向けながら馬車で行ってしまったぞ。（川本訳）

ネヴィル、きみやルイがあんなにも羨望するあの憎たらしくも美しい少年たちは、頭を同じ方向にいっせいに傾けて、行っちまったよ。(森山訳)

15 (p.55) What forces, he asks, staring at the gas-fire with his shoulders hunched up more hugely than we know them (he is in his shirt-sleeves remember), have brought me to this?

この文章では、以下に示す様に、バーナードの想像したクレイン先生の意識と、クレイン先生の姿が喚起するバーナードの意識が対位法的に折り重なっています。

1　What forces, he asks,（クレイン先生の意識）
　　一体どんな力が、と問うんだ

2　 staring at the gas-fire with his shoulders hunched up more hugely than we know them（バーナードの意識）
　　〈ガス灯を見つめながら背中を丸めているぞ、僕たちが知っている背中より大きく見えるな

3　(he is in his shirt-sleeves remember),（バーナードの意識）
　　(そういえばワイシャツ姿だ)〉、

4　have brought me to this?（クレイン先生の意識）
　　私をここまで連れてきたんだろう？

今までに知らなかつた程うんと肩をいからせて（そうそう、上着を脱いでいるんだつた）ガスの火を見つめながら自問する。どんな力がわしをこんなにしてしまつたんだ、(鈴木訳)

一体どんな力が、と彼は、今までになくぐっと弓なりに背を曲げ（なにしろ、ワイシャツ一枚になっているので）、ガス火を見つめながら自問するのだ、私のこうした境遇をもたらしたのか？(川本訳)

そしてぼくらが見たこともないくらい（なんたって、いまはシャツ一枚姿だからな）両肩を大きくいからせ、ガスストーヴの火をじっと見ながら思うのだ。いったいいかなる力が、わたしをここへと導いたのか。(森山訳)

16 (p.63) The great Doctor, whom of all men I most revere, swaying a little from side to side among the tables, the bound volumes, has dealt out Horace, Tennyson, the complete works of Keats and Matthew Arnold, suitably inscribed.

しばしば『波』の文章は、謎めいた何気ないフレーズや単語で終わります。以下に示す4行目の "suitably inscribed" もその一つで、四人の詩人たちを簡潔に評したフレーズと解釈しました。後でこのモノローグに出てくる "On these walls are <u>inscribed</u> the names of men of war, of statesmen, of some unhappy poets (mine shall be among them)." 「この壁に名前を刻まれているのは、軍人や政治家、不幸な詩人たちだ（僕の名前も刻まれるだろうな）。」という用例が手がかりとなるでしょう。

1　The great Doctor, whom of all men I most revere,
　あの偉大な先生、すべての先生の中で僕が最も尊敬する先生は、

2　swaying a little from side to side among the tables, the bound volumes,
　少し左右に体を揺らしながら、テーブルやきちんと装丁した蔵書に囲まれ、

3　has dealt out Horace, Tennyson, the complete works of Keats and Matthew Arnold,
　ホラティウスやテニソンを、キーツとマシュー・アーノルドの全集を講義して下さった。

4　suitably inscribed.
　しかるべく歴史に名を刻まれた詩人ばかりだ。

諸氏中で僕が一番崇拝している大先生はテーブルや装丁した本の間をあちこちへと些か身体をゆすりながら歩いて、適当に記された、ホレース、テニスンを、キーツやマッシュ・アーノルドの全作品を教えてくれた。（鈴木訳）

僕の最も尊敬する偉大な博士は、テーブルや装丁した書物のあ

いだで、左右に少し身体をゆさぶりながら、ホラーティウスを、テニスンを、キーツとマシュー・アーノルドの全集を、適切な献辞をそえて、わけ与えて下さった。（川本訳）

ぼくが人間のうちで最高に崇拝する偉大なる博士は、テーブルや記念の装釘本（そうてい）に囲まれ、左右に少し体を揺らしつつ、しかるべき献辞入りのホラティウス集やテニソン詩集やキーツ全詩集やマシュー・アーノルド全詩集を授与してくださるのだ。（森山訳）

17 (p.66) He will leave my letters lying about among guns and dogs unanswered.

しばしば『波』の文章はぎりぎりまで言葉を削ってあり、圧縮されたファイルのようです。それらを理解するためには解凍しなければなりません。解凍するためには、フレーズのまとまりを大切に、フレーズ同士の因果関係を考えながら語順に忠実に翻訳することが大切です。以下に示す様に、2行目で猟銃や猟犬に囲まれているのはパーシヴァルであり、そのため返事もくれないだろうと解釈しました。

1　He will leave my letters lying about
　　僕の手紙はその辺にほったらかし、

2　among guns and dogs
　　猟銃や猟犬にかまけて

3 unanswered.

返事もくれないだろうな。

僕の手紙などは鉄砲と猟犬の間あたりへ置き忘れたままで、返
事などくれやしないだろう。（鈴木訳）

僕の手紙を、返事も書かずに、鉄砲や猟犬のあいだに放ったら
かしておくだろう。（川本訳）

ぼくの手紙は、銃や猟犬たちに紛れて、返事も書かない。（森山訳）

18 (p.69) The distance closes for ever in a point; and we for ever open
the distance wide again.

鉄道の車窓から見える景色の移り変わりを、簡潔かつ的確に描写し
ています。以下に示す様に、"for ever"を二度使い、遠景、近景そ
れぞれに固有の性質を表現しています。"and"は対照的なものを結び、
"again"は本来そうであったものに戻ることを示しています。これ
らの言葉が響き合い、どんな遠景も必ず近景になることを表現して
います。また、"close"は自動詞であり、ありのままの状態を表しま
すが、"open"は"we"を主語とする他動詞であり、汽車で近づくこ
とによって初めて可能になる能動的作用を表しています。

1　The distance closes for ever in a point;（遠景）
　　どんな景色も遠くにあると点にしか見えない

2　and we for ever open the distance wide again.（近景）
　　けど、近づけば必ず、本来の広々とした景色が見えてくるものね。

遠い景色がいつまでも一点に集まつていたり、それを又いつまでも広く拡げてみたり。（鈴木訳）

遙か彼方は絶えず一点に集中し、汽車は絶えずそれをおしひろげていくわ。（川本訳）

はるか前方は絶えず一点に閉じられ、そのはるか前方をふたたび大きく押し広げて行くのよ。（森山訳）

19 (p.71) Women in the fields are surprised to be left behind there, hoeing.

一つ前の文章と共に、車窓からの景色を眺めるローダの意識を、簡潔かつ鮮やかに描写しています。以下に示す様に三つのフレーズに分けてみると、情景の一瞬の推移、すなわちローダの意識の流れが鮮やかに浮かび上がってきます。

1　Women in the fields are surprised

　　畑にいる女の人たちは驚くけど、

2　 to be left behind there,

　　過ぎ去っていく景色の中で

3　hoeing.

　　耕し続けるの。

畑にいる女の人たちはそこのうしろにとり残されて驚いている
わ、草を刈りながら、（鈴木訳）

畑で耕す女たちは、取り残されて驚いているわ。（川本訳）

麦畑の女たちは鋤で耕しながら、後に残されるのに驚いている。
（森山訳）

20 (p.74) I am the ghost of Louis, an ephemeral passer-by, in whose
mind dreams have power, and garden sounds when in the early morning
petals float on fathomless depths and the birds sing.

『波』の中でも有数の美しさをたたえた散文詩といえます。以下に
示す様に、フレーズのまとまりを大切に、フレーズ同士の因果関係
を考えながら語順に忠実に翻訳してみると、各フレーズは音楽的に
響き合い、4行目の描く情景でクライマックスを迎えます。

1　I am the ghost of Louis, an ephemeral passer-by,
　　僕はルイスの影、はかない通りすがり。

2　in whose mind dreams have power,
　　そんな心を占めるのは夢、

3　and garden sounds
　　そして庭の音、

4　when in the early morning petals float on fathomless depths and the
　　birds sing.
　　花びらが底知れぬ淵に浮かび、鳥がさえずる早朝の。

僕はルイスの幽霊、果敢ない命の路傍の人だ。その心の中では
数々の夢が力を持っている。そして早朝、花びらが底知れぬ深
みに漂い、鳥たちが歌うと、庭園がざわめいてくる。(鈴木訳)

僕はルイスの幽霊、はかない行きずり人。僕の心の中で夢は力
をふるい、朝早く、底知れぬ深い水面を花びらが漂い、鳥が囀
り鳴くとき、心の園はざわめく。(川本訳)

ぼくはルイの幻影であり、はかなくゆき過ぎる身。その心のな
かでは夢が力を持ち、朝早くに底なしの深い水に花びらが漂い、
小鳥たちが囀ると、庭が鳴り響くのだ。(森山訳)

21 (p.75) He wears a large ornament, like a double tooth torn up by the roots, made of coral, hanging at his watch-chain.

この文章は何かを説明しているのではなく、バーナードが何かに目を止め、その特徴を明らかにしていく意識の流れを描写しています。2行目、ウルフは八重歯を緻密に観察しています。

1 He wears a large ornament,
　　大きな装身具をつけているぞ、

2 like a double tooth torn up by the roots,
　　根まで見える八重歯みたいだ、

3 made of coral,
　　素材は珊瑚で、

4 hanging at his watch-chain.
　　懐中時計の鎖にぶら下げてある。

　大きな飾りをつけているな。根こそぎ引裂かれている二枚歯のような奴だ。珊瑚製で、時計の鎖にぶら下つている。(鈴木訳)

　根こそぎにした二枚歯のように大きな珊瑚の飾りを、時計の鎖にぶら下げている。(川本訳)

　懐中時計の鎖には、根から割れた八重歯のような大きな珊瑚の

<ruby>飾<rt></rt></ruby>りものが下がっているな。（森山訳）

22 (p.77) These are the things that for ever interrupt the process upon which I am eternally engaged of finding some perfect phrase that fits this very moment exactly.

以下に示す様に、この文章の因果関係、すなわちバーナードの意識の流れは、1行目→2行目→4行目の順番です。これを踏まえ、語順に忠実にフレーズごとに翻訳しました。

1 These are the things
　 こんな邪魔が入るから、

2 that for ever interrupt the process
　 意識の流れがいつも途切れてしまい、

3 upon which I am eternally engaged
　 僕が絶えずやっているように、

4 of finding some perfect phrase that fits this very moment exactly.
　 まさにこの瞬間にぴったり当てはまる完璧な言葉を見つけられなくなるのさ

　 こんなことがいつまでも僕のやっていることを邪魔ばかりしている。即座に正確に間に合うように、何か完全な文句を見つけようといついつまでも僕が努力をしているさ中をだ（鈴木訳）

こういった種類のことだな、この瞬間にぴったりあてはまる何か完全な句を見つけようとして、僕が永遠にたずさわる所業を、しょっ中邪魔立てするのは。(川本訳)

まったく、こういうあれこれなんだ。この瞬間にぴたりと正確にはまる完璧なフレーズを求めて夢中なときに、ぼくを邪魔するのは（森山訳）

23 (p.92) Let it exist, this bank, this beauty, and I, for one instant, steeped in pleasure.

このモノローグは詩人ネヴィルと世界との相克がテーマです。この文章はそれを簡潔に要約しており、以下に示す様に、「岸辺」と「美」は「僕」と対峙する関係にあります。

1　Let it exist, (詩人としての態度)
　　あるがままにさせよう、
2　this bank, this beauty, (詩人の対峙する世界)
　　この岸辺を、この美を。
3　and I, for one instant, steeped in pleasure. (詩人の喜び)
　　そうすることによって僕は、一瞬、喜びに浸る。

　世界を存在せしめよ、この堤を、この美を。そうすれば僕はす

ぐに喜びに夢中になつてしまう。（鈴木訳）

あるがままにしておこう、この土手を、この美を、一瞬のあい
だ、喜びに浸る僕を。（川本訳）

この川辺を、この美を、いま一時、喜びに身を浸すぼくを、あ
るがまま存在させるのだ。（森本訳）

24 (p.93) There is some flaw in me—some fatal hesitancy, which, if I
pass it over, turns to foam and falsity.

このモノローグのロジックが集約された文章です。以下に示す様に、
各フレーズは直前、あるいは少し前の文章のフレーズ（【　】で表
記しました）に対応しています。もしもネヴィルが積極的なら、言
葉の背に跨がり、それらと共に飛ぶことができるのでしょう。つま
り、言葉を詩に昇華させることができ、高まる彼の熱狂も、泡のよ
うにはかなく、偽りのものにはならないのでしょう。以上の考察よ
り、4行目に主語「僕の熱狂は」を補いました。

1　There is some flaw in me
　　僕にはある欠陥がある【しかし僕には欠陥があるから】
2　—some fatal hesitancy,
　　——それはどうしようもない消極性。【それらの背に跨がる

ことができない。それらと共に飛ぶことができない】

3　which, if I pass it over,
　もしこれをそのままにしておいたら、

4　turns to foam and falsity.
　僕の熱狂は泡のようにはかなく、偽りのものになる。【僕の
　熱狂はますます高まる。泡のようにはかなく、わざとらしく
　偽善的になる】

　ある欠点が僕に在るんだ――なんだか宿命的なためらいで、
　僕がそれを通り越せば、泡か虚偽になつてしまうといつたもの
　だ。（鈴木訳）

　僕には或る欠陥がある――一旦見のがしてしまうと、泡となり、
　偽りとなってしまう、致命的なためらいが。（川本訳）

　ぼくには何か欠陥があって――何か致命的なためらいがあって、
　それを放っておくと、泡となり偽りとなる。（森山訳）

25 (p.94) Now that we look at the tree together, it has a combined look,
each branch distinct, and I will tell you what I feel, under the compulsion
of your clarity.

以下に示す2行目、今回底本とした Faded Page eBook #20170834

では "a combed look" となっていますが、Oxford World's Classics 2015版では "a combined look" となっています。今回は "a combined look" を採用しました。こうすれば1行目の結果として2行目が容易に理解できますし、明晰なネヴィルの視覚と重なり合って見えているからこそ、3行目の意識が生まれます。また、このモノローグ冒頭の「なんて奇妙に柳は見えるんだ、君と一緒に見るとさ。」とも響き合います。

1 Now that we look at the tree together,
   今僕たちはその木を一緒に見ているから、

2   it has a combined look,
   それぞれの目に映った像が重なり合って見えているんだ。

3 each branch distinct,
   枝が一本一本はっきり見えるぞ。

4 and I will tell you what I feel,
   さて、今感じていることを君に話そう、

5 under the compulsion of your clarity.
   君のように明晰に話さなくちゃな。

その木を一緒に見ていると、櫛で梳いたような様子をして、一本一本の小枝がはつきりと別々に離れている。君の明朗さにひきずられて、僕の感じていることを君にお話しよう。(鈴木訳)

いま、ともにあの木を眺めていると、枝の一つ一つがはっきりして、櫛けずられたように見える。君の明快さに強いられて、感じたことを話してみるよ。（川本訳）

それがいま、君といっしょにあの木を眺めると、ほら、枝の一本一本が櫛で梳いたように明晰だ。君のその共感力につき動かされて、おれの感じるところを語るとしよう。（森山訳）

26 (p.95) I describe all this in such a way that, centred as you are upon some private sorrow (for a hooded shape presides over our encounter), you give way, you laugh and delight in me.

以下に示す2行目と3行目は、それぞれp.94でネヴィルの語る文章（【　】で表記しました）に対応しています。バーナードはこの場面で、必死に自意識を保っているネヴィルを和ませようとしているのでしょう。

1　I describe all this in such a way that,
　　こんなことをすべて面白おかしく描写して、

2　centred as you are upon some private sorrow
　　君は何か個人的な悲しみを見つめているけど【しかしなんと堪え難いことか、思い出されることは、孤独から解放される代わりに自分自身を不純に、ごちゃごちゃにされ、そしてそれが別の人間の一部になってしまうことは。】

3　(for a hooded shape presides over our encounter),

　　(それは覆面の幽霊が僕たちの出会いを取りしきっているか
　　らかな)、【何かがいま僕から離れていく。何かが離れ、こち
　　らにやってくるあの人影に会いにいく。】

4　you give way, you laugh and delight in me.

　　君には自意識をゆるめ、笑いながら僕の話を楽しんでほしい
　　んだ。

　　こんなことをすっかりこんなふうに述べると、君は或る個人的
　　な悲しみの中心に置かれていながらも、(というのは頭巾を被
　　つて隠れている物が我々の邂逅を支配しているんだから) 君は
　　負け折れ、笑い、僕を喜んでくれる。(鈴木訳)

　　こうしたことをすっかり喋りたてるものだから、何か内密の悲
　　しみに心とらわれていた君も (顔をおおったものが、僕たちの
　　出会いの場に君臨していたから)、気持をほぐし、僕の話すこ
　　とに笑ったり、面白がったりする。(川本訳)

　　そういうすべてを細々と話したら、自分の悲しみに籠もってい
　　る君も (おれたちが出会ったとき、フードを被った姿が立ちあっ
　　ていたからね) 降参して笑いだし、おれといるのが楽しくなる。
　　(森山訳)

27 (p.99) That would be a glorious life, to addict oneself to perfection;
to follow the curve of the sentence wherever it might lead, into deserts,
under drifts of sand, regardless of lures, of seductions; to be poor always
and unkempt; to be ridiculous in Piccadilly.

以下に示す1行目の"That"は、直前の文章「将来、僕が赤いサージ
のカーテンをすっかり引くといつも、自分の本が大理石の塊のよう
に横たわり、ランプの下で青ざめているのだろうか？」を受ける代
名詞、2行目から5行目の四つの不定詞"to addict"、"to follow"、"to be
poor"、"to be ridiculous"は、"a glorious life"を説明する形容詞的用法
と解釈しました。内容的に、2行目〜3行目と4行目〜5行目は原因と
結果の関係にあります。

1　That would be a glorious life,
　　それこそ輝かしい人生だろうな。

2　to addict oneself to perfection;
　　僕は完璧さをひたすら追い求めるだろう。

3　to follow the curve of the sentence wherever it might lead, into
　　deserts, under drifts of sand, regardless of lures, of seductions;
　　文章の描く曲線を追い、それが導くところならどこへでも行
　　くだろう。そこがたとえ砂漠でも、流れる砂に埋もれながら、
　　誘惑や魅力には目もくれず。

4　to be poor always and unkempt;

こんな生活を送ればいつも貧乏で、きちんとした身なりもで
きないだろうな。

5　to be ridiculous in Piccadilly.

ピカデリー通りを闊歩する人間から見れば滑稽さ。

そいつあ輝かしい生活だろうな。完全に没頭すること、文章の
回転につれて、その導くところどこへでも、たとえ砂漠の中へ
でも、堆い砂の下へでも、誘惑や魅惑などには心もかけず従い
ていくこと、いつも貧乏で、なり振りかまわず、或いは又、ピ
カデリ通りでおかしな様子でいることはだ。（鈴木訳）

輝かしい生活だろうな、完璧さをひたすら求めることは。文章
の流れが導くままに、誘惑にも誘いにも目をくれず、砂漠まで
も、砂の吹きだまりまでもついていくのは。常に貧しく、だら
しなく、ピカデリーで笑い者になるのは。（川本訳）

それは輝かしい人生だろう。完璧というものにとり憑かれ、ど
んな誘惑にも罠にも惑わされず、砂漠へでも砂嵐のなかへでも、
文章のうねりに導かれるまま従っていくのは。いつも貧しく身
なりに構わないのは。ピカデリーの笑いものになるのは。（森山訳）

28 (p.100) The desire which is loaded behind my lips, cold as lead, fell as a bullet, the thing I aim at shop-girls, women, the pretence, the vulgarity of life (because I love it) shoots at you as I throw—catch it—my poem.

『波』を代表する散文詩的文章です。ネヴィルの意識が石清水のごとく鮮烈に流れ出しています。ここで、ネヴィルの欲望とは何かを考察してみましょう。まず「詩人になること」(p.96)、「静寂と秩序の支配者、立派な伝統の継承者」になること (pp.97-98) が挙げられます。一方、これと対照的に「誰かに愛されること」(p.96) が挙げられます。これに関連してネヴィルはバーナードに、「僕の人生を君の両手で受け止めてくれないか」、「僕は愛する人びとにいつも嫌われる運命なのか教えてくれないか」と言っています (p.100)。前者と後者の願いは相反しあい、ネヴィルは「僕はむしろ愛され、有名になりたいんだ、完璧さを追求して砂漠を渡るよりは」と言っています (p.100)。ネヴィルはまた、「女店員たちがいるなんて我慢できない。彼女たちがくすくす笑ったり世間話をしたりするのを聞くと、僕は不愉快になる」と言っていますが (p.97)、これは以下の3行目と4行目に対応しています。

1 The desire which is loaded behind my lips,
  欲望は声に出すこともなく募り、

2 cold as lead, fell as a bullet,
  鉛のように冷たく、弾丸のように恐ろしい。

3　the thing I aim at shop-girls, women, the pretence, the vulgarity of life
　それを僕は女店員たちや他の女性たち、見せかけだけの下品
　な人生に向ける

4　(because I love it)
　（僕は真の人生を愛しているからさ）。

5　shoots at you
　そしてそれは君を撃つんだ、

6　as I throw—catch it—my poem.
　さあ投げるから ── 受け止めてくれよ ── 僕の詩を

　鉛のようにつめたく、弾丸のように凄まじい僕の唇の背後に積
　まれている願望、女売子共や女共を僕が狙うもの、つまり虚偽や
　俗悪な生活（というのも僕はそれが好きなんだ）が、君を射るんだ、
　僕が投げると ── それを捕まえてくれ ── 僕の詩を（鈴木訳）

　僕の唇のうしろで装填した、鉛のように冷たく、弾丸のように
　残忍な欲望、女店員や女どもを目当てとするもの、生の見せか
　けや生の俗悪さ（僕は生を愛しているから）が、これを放ると、
　君をめがけて飛んでいくぞ ── 受けとめてくれ ── 僕の詩だ。
　（川本訳）

　鉛のごとく冷たく、弾丸のごとく獰猛に、ぼくのくちびるのう
　しろに装填されている欲望。ぼくが女店員や女たちや、まやか

しの行為や、人生の俗悪さに照準を定めているもの（なぜなら
ぼくは人生を愛しているのだ）。それを君めがけて発射する。
さあ、投げるぞ——受けてくれ——ぼくの詩だ（森山訳）

29 (p.106) Supple-faced, with rippling skins, that are always twitching
with the multiplicity of their sensations, prehensile like monkeys,
greased to this particular moment, they are discussing with all the right
gestures the sale of a piano.

ウルフの情景描写、人物描写は驚くほど具体的で、生理学的に見て
も精巧を極めています。同時にこの文章には、ごく普通のロンドン
市民に対するルイスの劣等感と優越感（軽蔑する気持ち）がよく表
れています。ルイスはこのモノローグで、「でも僕は仲間はずれ。
…異邦人でよそ者なんだ。」と独白しています。一方次のモノロー
グでは、「僕はプラトンの、ウェルギリウスの仲間、…僕がお前た
ちを正常な状態に戻してあげよう。」と独白しています。

1　Supple-faced,
　　自在に表情の変わる顔だな。
2　with rippling skins, that are always twitching with the multiplicity
　　of their sensations,
　　顔面筋が絶えず動いているけど、こいつらの多彩な感覚に反
　　応していつもぴくついているのさ。

3　prehensile like monkeys,
　　猿が木につかまるようにこの場に順応しているぞ。
4　greased to this particular moment,
　　髪にポマードを塗っているのもこの特別な瞬間のためだな。
5　 they are discussing with all the right gestures the sale of a piano.
　　まったくこの場にふさわしいしぐさでピアノを売る話をして
　　いるぞ。

　　嫋やかな顔つきで、小皺を浮べ、それが又しよつ中多種多様な
　　感動でぴくぴく動き、お猿みたいにすばしつこく、この時とば
　　かり油をそそがれて、彼等は礼儀正しくピアノを売る相談をし
　　ている。(鈴木訳)

　　気骨のない顔つきで、多様な感情に応じて絶えずぴくぴくする
　　小皺の浮いた皮膚の、猿のような握力を持ち、この瞬間までも
　　脂じみた彼らは、あらゆるもっともらしい身振りで、ピアノを
　　売る話をしている。(川本訳)

　　小じわだらけの卑屈な顔、あれこれの感情とともにせわしく動
　　く顔の筋肉。まさにこの瞬間も脂まみれで、サルのように強く
　　ものを握る手。いま何から何まで正解の身ぶりで、ピアノを売
　　る話をしている。(森山訳)

30 (p.108) And I cannot translate it to you so that its binding power ropes you in, and makes it clear to you that you are aimless; and the rhythm is cheap and worthless; and so remove that degradation which, if you are unaware of your aimlessness, pervades you, making you senile, even while you are young.

難解な文章です。フレーズのまとまりを大切に、フレーズ同士の因果関係を考えながら語順に忠実に翻訳すると、文章の構造が自ずと姿を現して来ます。以下に示す1行目と5行目を、この文章の基本骨格と考えました。5行目は1行目の結果を表しています。2行目から4行目は1行目の結果を表すと共に、3行目の後半から4行目は、5行目の「堕落」を説明しています。6行目から7行目は、「堕落」をそのままにしていたらどの様な結果になるのかを説明しています。

1　And I cannot translate it to you（基本骨格：原因）
　　でも僕はそれを君たちに翻訳してあげられないから、

2　so that its binding power ropes you in,
　　その包容力で君たちを結びつけ、

3　and makes it clear to you that you are aimless;
　　悟らせてあげることができないんだ、君たちが目的もなく生きていることや、

4　and the rhythm is cheap and worthless;
　　そのリズムが安っぽくて価値が無いことを。

5　and so remove that degradation　（基本骨格：結果）

　だから僕はそんな堕落を正すことができないんだ。

6　which, if you are unaware of your aimlessness,

　自分たちが目的もなく生きていることに気づかなかったら、

7　pervades you, making you senile, even while you are young.

　君たちはすっかり堕落し、老けてしまうぞ、まだ若いうちから。

　それを君たちに翻訳して、その詩の魅力で君たちを捕えてしまつたり、君たちがこれという目的も持たない人間だということを分らせたりすることは、僕には出来やしない。それにここのリズムは安つぽくて無価値だ。諸君が自分の無目的に気づかなければ、君たちに浸み通り、まだ若いのに君たちを老衰させてしまうような、そんな退化を追払つてしまうことだ。（鈴木訳）

　しかし、それを君たちに翻訳してやり、その言葉の拘束力で君たちを縛り、君たちが目的に欠けていることを分からせることが、僕にはできないのだ。リズムは安っぽく、価値がないことを分からせることができないのだ。そうやって、目的に欠けることを悟らないと、君たちにしみ透って、まだ若いのに老衰させてしまう堕落を、追い払ってやることができないのだ。（川本訳）

　それなのにぼくは、それをわかり易く伝え、詩の持つ束ねる力で君らを引き込み、お前たちは無目的に生きている、このリズ

ムは安っぽく無価値だ、浸りきっているその堕落から脱せよ、もしお前たちが自らの無目的に気づかずにいれば、まだ若くとも老いぼれてしまう、そう解き明かすことができないのだ。(森山訳)

31 (p.109) I see this eating-shop against the packed and fluttering birds' wings, many feathered, folded, of the past.

下に示す2行目の"birds' wings"「鳥たちの翼」と4行目の"the past"「過去」は、"of"で結ばれた同格の関係にあります。そして二つ前の文章に出てきた「永遠」と響き合っています。詩人のみに関知できる豊かな時間性を「鳥たちの翼」に例えているのでしょう。鳥は着地する瞬間、羽ばたく羽を背中に返し、やがて折りたたみます。3行目の動詞"feather(ed)"には「オールを水平に返す」という意味があり、ウルフは、「羽ばたく→羽を背中に返す→折りたたむ」という動作を簡潔に描写しているのではないでしょうか。冒頭の"I see"は、翻訳方針に従い敢えて訳しませんでした。

  1　I see this eating-shop
　　この食堂の

  2　against the packed and fluttering birds' wings,
　　向こうでは、鳥たちの翼がひしめき合いながら羽ばたいているけど、

3　many feathered, folded,

　その多くは背中に返され、折りたたまれる。

4　of the past.

　あれが過去の姿だ。

　この食堂が、ふくよかな羽根のある、折り重ねた、過去の、た
　ばねた羽搏く鳥の翼を背景にして見える。(鈴木訳)

　豊かな羽を折りたたみ、押しこめられて羽ばたいている、過去
　という鳥の羽を背に、食堂が見えるぞ。(川本訳)

　羽根を折られ、押し込められ、ばたばたもがく過去という翼を
　背景に、この食堂が見える。(森山訳)

32 (p.113)　The clouds, warm now, sun-spotted, sweep over the hills,
leaving gold in the water, and gold on the necks of the swans.

以下に示す様に、ウルフの文章は時間経過を繊細に表現し、情景描
写はあくまで具体的です。1行目、視線は空に向かい、"now"(今や)
が午後の光景に臨場感を与えています。2行目、視線は一転して地
上に向かい、一瞬雲に陰った後、ふたたび輝く大地を表現していま
す。3行目で視線は近景を捉え、2行目とシンクロナイズした時間経
過を鮮やかに描写しています。

1　The clouds, warm now, sun-spotted,（空の遠景）

雲たちは今や暖かみを帯び、所どころ日に輝くの。

2　sweep over the hills,（丘の遠景）

そして丘の上をさっと通り過ぎると、

3　leaving gold in the water, and gold on the necks of the swans.（川面の近景）

水面（みなも）はふたたび金色に燦めき、白鳥の首が金色に輝くわ。

雲がいくつも、温かく、太陽の光を浴び、あちこちの岡をよぎり、金色の影を水に残し、金色の影を白鳥の頸に残していくわ。（鈴木訳）

雲は、陽の光を点々と浴びて、あたたまり、水の中に、白鳥の首に、金色の影を落とし、丘の上を流れていく。（川本訳）

雲はいまや温められ、光のまだら模様を帯び、丘をなで、水のなかに金色を残し、白鳥たちの首に金色を置いて流れてゆく。（森山訳）

33 (p.116)　They are black and white; they are grooved beneath their clothes with deep rills.

ウルフの表現は驚くほど具体的で、緻密な観察に基づいています。

以下に示す2行目と3行目は、直前の文章に現れた「男性たちの体」に対応し、若者の肉体を簡潔かつ緻密に描写していると思います。今回は、腹筋の割れている引き締まった肉体をイメージして自由に翻訳しました。

1　They are black and white;
　　彼らの装いは黒と白、

2　they are grooved beneath their clothes
　　洋服の下の肉体は引き締まり、

3　with deep rills.
　　筋肉の輪郭がはっきりと分かるわ。

みんな黒と白ずくめ。その着物の下には深い小川で溝を彫られているんだわ。（鈴木訳）

彼らの衣服は黒と白。衣服の下には深い小川がうがたれている。（川本訳）

彼らは黒と白の正装。服のしたで流れとともに楽しんでいる。（森山訳）

34 (p.119) I am thrust back to stand burning in this clumsy, this ill-fitting body, to receive the shafts of his indifference and his scorn, I who long for marble columns and pools on the other side of the world where the swallow dips her wings.

以下に示す様に、ローダの意識は現実から夢想の世界へと逃避していきます。文章の最後が「ツバメが翼を浸す」イメージで終わるところに、ローダのつかの間の安らぎを感じます。1行目、"body" はドレスの胴部を指すのでしょう。

1   I am thrust back to stand burning in this clumsy, this ill-fitting body,（現実）
　　私は押し戻され、この不格好でだぶだぶのドレスを着たままひりひりと痛み続け、

2   to receive the shafts of his indifference and his scorn,（現実）
　　この人の矢のような無関心と軽蔑を浴びるわ、

3   I who long for marble columns and pools（夢想）
　　私は大理石の円柱と小さな池に憧れているのに。

4   on the other side of the world where the swallow dips her wings.（夢想）
　　そこは世界の反対側にあり、ツバメが翼を浸すの。

　　　私は押し戻されて、この不様な、病弱な身体に虫をたぎらせつづけ、この人の冷淡と嘲笑の矢を受けるの。私、私は慕わしい、大理石の柱やお池、この世界とは異つた側の、燕が羽根を浸しに来るお池が。（鈴木訳）

私は押し戻されて、この不恰好な、不似合な肉体を燃やしながら佇み、この方の無関心と軽蔑の矢を受けるのよ。燕が羽を浸す、世界の向こう側の、池や大理石の柱を、あこがれている私は。(川本訳)

世界の反対側の大理石の円柱と、ツバメが翼を濡らす水たまりを夢見ているわたしなのに、ぐいっと引き戻されて、このみっともない、しっくりこない身体をほてらせながらじっと立って、彼の無関心と軽蔑の矢を受けているの。(森山訳)

_35_ (p.121) When I have passed through this drawing-room flickering with tongues that cut me like knives, making me stammer, making me lie, I find faces rid of features, robed in beauty.

ローダはこの時すでに客間を横切り、バルコニーに出ています。以下に示す様に、ローダは時間を追って因果関係を忠実に回想し、改めて気づいたことを独白しています。意識の流れ文学の典型的文体と言えるでしょう。

1　When I have passed through this drawing-room（回想の始まり）
　　この客間を通り過ぎたとき、

2　flickering with tongues（原因）
　　そこには舌が幾つもちらつき、

3 that cut me like knives,（原因）
　　それらがナイフのように私を切り刻むものだから、

4 making me stammer, making me lie,（結果）
　　私は言葉に詰まり嘘をついたの。

5 I find faces rid of features, robed in beauty.（回想の中の気づき）
　　そういえばどの顔も特徴が無く、みな美しく着飾っていたな。

ナイフのように私を切りきざむおしやべりをちらちらと浴びて、
口籠らせたり、嘘を言わせたりするお客間を通り抜けてきてみ
ると、美々しく装おつた、いろいろな目鼻のない顔を見出すの。
（鈴木訳）

ナイフのように私を切りきざみ、口ごもらせ、嘘をつかせる、
幾枚もの舌がちらつく客間を通り抜けるとき、私は美に包まれ
た、目鼻のない顔を見つけるの。（川本訳）

ナイフのようにわたしを切り裂く舌が閃き、口ごもらせ、嘘を
つかせる広間から抜け出ると、わたしは目鼻のない、美をまとっ
た顔をいくつも見る。（森山訳）

36 (p.125) Men clutch their newspapers a little tighter, as our wind
sweeps them, envisaging death.

車窓から見えた瞬間の情景がバーナードの意識の流れを形成しています。以下に示す様に、バーナードは眼に映った情景を意識し、ホームにいる男たちの状況を察知した後、彼らの気持ちを想像しています。

1　Men clutch their newspapers a little tighter,（情景を意識）
　　男たちは新聞を少し強くつかんでいるぞ。

2　as our wind sweeps them,（状況を察知）
　　列車の巻き起こした風が吹きつける今、

3　envisaging death.（気持ちを想像）
　　吹き飛ばされて死んでしまうことでも想像しているのかな。

　　みんなちよつと力を入れて新聞を握りしめる。列車の風が吹き
　　飛ばすからだ。死に直面するのだ。（鈴木訳）

　　列車のひき起こす風が彼らをさっとかすめるとき、男たちは、
　　死を心に描いて、新聞を握る手を少し強める。（川本訳）

　　疾風がどっと吹き過ぎるとき、男たちは死を予感して、新聞を
　　強く握りなおすのだ。（森山訳）

37 (p.131) I have heard in my moment of appeasement, in my moment of obliterating satisfaction, the sigh, as it goes in, comes out, of the tide that draws beyond this circle of bright light, this drumming of insensate fury.

難解な散文詩的文章です。以下に示す2行目は、この文章直前の「自意識の消えた、太陽の出ない場所を旅している」状態を表現していると考えました。一方、4行目の「僕の浴びる明るい光の輪や、突き上げてくる理性を欠いた怒り」は、バーナードの自意識が覚醒している状態を表現しており、行全体でそれを超越した状態を描写していると考えました。「明るい光の輪」は、p.131の「そこで僕の言葉は、何十本ものろうそくの光を浴びることだろうな。」や、本モノローグ冒頭の「僕はそれゆえ、この眠りから覚めて輝きたいんだ。友人たちの顔に照らされ、さまざまな光を放つのさ。」と響き合っています。

1　I have heard
　　そこで聞いたんだ、

2　in my moment of appeasement, in my moment of obliterating satisfaction,（自意識の消えた状態）
　　自分が和らいだとき、自分というものを消し去ることができて嬉しかったときに、

3　the sigh, as it goes in, comes out, of the tide
　　ため息のような、聞こえたり途絶えたりする潮流の音をね。

4　that draws beyond this circle of bright light, this drumming of insensate fury.（自意識を超越した状態）
　　その潮流は、僕の浴びる明るい光の輪や、突き上げてくる理性を欠いた怒りを超えてゆっくりと流れていくのさ。

慰めの瞬間に、満足忘却の瞬間に、寄せるにつれひくにつれ、この輝かしい光の環、この愚かしい憤怒の怒号を超えて打寄せる潮の嘆め息を聞いたことがある。（鈴木訳）

和らぎの瞬間に、一切をかき消していく満足の瞬間に、輝かしい光の輪の彼方に引き返す潮の、洩れては押し殺される吐息を、耳にしたことがある。（川本訳）

そこで耳にしたのだ。個が鎮められた瞬間、消し去られ満ち足りた瞬間に、この眩しい光の輪の向こうから、この冷酷な憤怒（ふんぬ）の連打音の向こうから、寄せてくる潮の、満ちては引くときのため息を聞いたのだ。（森山訳）

38 (p.137) But now, perceiving us, he waves a benevolent salute; he bears down with such benignity, with such love of mankind (crossed with humour at the futility of "loving mankind"), that, if it were not for Percival, who turns all this to vapour, one would feel, as the others already feel: Now is our festival; now we are together.

この文章は複雑な意識の流れを表現しています。以下に示す様に、意識の支流が二回顔を出すと考えると、全体の流れをすっきりと見通せると思います。最初の支流（3行目）は、バーナードの仕草に対するネヴィルの解釈を、二番目の支流（5行目）は、パーシヴァ

ルのイメージが喚起したネヴィルの見解を表現していると考えました。（　）は原文にあり、〈　〉は翻訳方針に従い挿入しました。

1　But now, perceiving us, he waves a benevolent salute;
　しかしやっと僕たちに気づくと、手を振りながら親愛のこもった挨拶をする。

2　he bears down with such benignity, with such love of mankind
　あいつの一生懸命手を振る姿には優しさ、つまり人類愛があふれているので

3　(crossed with humour at the futility of "loving mankind"), 〔意識の支流1〕
　（ユーモアを交えて『人類を愛すること』はむだじゃないと言っているみたいだ）、

4　that, if it were not for Percival,
　たとえそれがパーシヴァルへの挨拶でなくても、

5　who turns all this to vapour, 〔意識の支流2〕
　〈パーシヴァルは人類愛なんてまったくばかばかしいと片付けてしまうさ、〉

6　one would feel, as the others already feel: Now is our festival; now we are together.
　誰しも感じるだろう、すでにほかのみんなが感じているように、今日は僕たちのお祭りだ、今日僕たちは一堂に会するのだ、と。

しかし今、僕たちに気づいて、情のこもつた挨拶を送つている。彼はそうした仁慈、そうした人類愛（「人類を愛すること」が無益だという諧謔も含まれているわけだが）で圧倒する。それも、こんなものを根も葉もないものにしてしまうパーシバルがいないとすれば、他の連中がもうすでに感じているように、誰でもが感じる手合いのものだ。今は我々の祝宴だ。みんな一緒だ。(鈴木訳)

だけど、いま、僕たちに気づき、情をこめて手を振り、挨拶する。彼は非常な親切さで、たいした人類愛で（『人類を愛すること』の無益さに対するユーモアを混じえているが）、僕たちを圧倒せんばかりだから、こうしたことすべてをもやもやとさせてしまうパーシヴァルがいなかったら、すでにみんなが感じているように、感じるだろうな、さあ、僕たちの祭典だ、みんな一緒なのだ、と。(川本訳)

ああ、でもほら、ぼくらを認め、善意あふれる挨拶を送ってくる。彼があれほどの温かさ、あれほどの「人類愛」で（「愛すべき人類」というたわごとともユーモラスに交錯させて）圧倒してくるから、もしこのすべてを霞（かす）ませるパーシヴァルのことがなければ、ほかの皆と同じように感じただろうよ。つまり、さあ、ぼくらの祝祭の時だ、ぼくらはともにいるのだ、とね。(森山訳)

39 (p.139) and shuffling closer on our perch in this restaurant where everybody's interests are at variance, and the incessant passage of traffic chafes us with distractions, and the door opening perpetually its glass cage solicits us with myriad temptations and offers insults and wounds to our confidence—sitting together here we love each other and believe in our own endurance.

この文章も複雑な意識の流れを表現しています。以下に示す様に、1行目と3行目が意識の本流（主旋律）であり、2行目は、レストランが喚起した意識の支流（副旋律）と解釈しました。2行目の"glass cage"は、通りからのドアと連続して店内に突き出した、小さなガラス張りの部屋で、内側のドアを開けて店内に入るのでしょう。3行目の「無数の誘惑に駆られ」、「自信が傷つき、痛手を負う」は、それぞれ4行目の「お互いに愛し合い」、「忍耐力にすがっている」に対応しており、4行目は3行目のエコーと言えます。

1 and shuffling closer on our perch in this restaurant （意識の本流1）
   そしてこのレストランで止まり木の上を少しずつ移動しながら互いに近づくと

2 where everybody's interests are at variance, and the incessant passage of traffic chafes us with distractions, and the door opening perpetually its glass cage （意識の支流）
   〈ここでは皆の関心が折り合わず、通りをひっきりなしに行

き交う車でいらいらと気が散り、ガラスを張った玄関ホール
のドアが絶えず開くのさ〉、

3　solicits us with myriad temptations and offers insults and wounds
to our confidence（意識の本流2）
僕たちは無数の誘惑に駆られ、同時に自信が傷つき、痛手を
負うんだ

4　—sitting together here we love each other and believe in our own
endurance.（本流2のエコー）
——ここに一緒に座りながら、お互いに愛し合い、同時に
自分自身の忍耐力にすがっているのさ

みんなそれぞれの関心がかけ違っているこの料理店で、我々の
棲木の上でそろりそろりと寄り添い合い、絶え間なく人の行き
来で気が散つて焦ら焦らし、扉が絶えず開いては鏡の枠が数知
れぬ誘惑を投げ、我々の自信を侮辱し傷ける——此処に坐り
合つていて、我慢しながら、僕たちはお互いを愛し信頼する（鈴
木訳）

そこで、めいめいの興味が一致していないこのレストランで、
絶え間のない車馬の往来が僕らの気をそらせては苛立たせ、ガ
ラスの檻を絶えず開けるドアが無数の誘惑で誘いの手をのべ、
僕らの自信を侮辱し傷つけているこのレストランで、止まり木
に止まったままさらに寄りそい、一緒にここに坐って、互いに

愛し合い、自己の忍耐力を信頼するのだ。(川本訳)

だれもが異なる関心事を持ち、表通りの絶え間ない往来に気を散らし、苛立ち、ガラスの檻のドアがひっきりなしに開いては無数の誘惑でそそのかし、われわれの自信に侮辱と傷を与えるこのレストランの、この止まり木で、身を寄せ合う──ともに座り、互いに愛し合い、われわれは生き続ける、と信じるのだ (森山訳)

40 (p.143) A single flower as we sat here waiting, but now a seven-sided flower, many-petalled, red, puce, purple-shaded, stiff with silver-tinted leaves —a whole flower to which every eye brings its own contribution.

第IV章を象徴する美しい文章です。名詞節のみからなり、多様な解釈が可能です。3行目の"shaded"は「〈色・感情などが〉徐々に変化する」という意味に、4行目の"stiff"は、花全体が「ぴんと張った」様を表現していると解釈しました。5行目の「みんなの眼が独自の光を注いでいるのさ」は、この文章の直前、「多くの眼が同時に見守るのさ」と響き合っています。

1　A single flower as we sat here waiting,
　　そのたったひとつの花しか、僕たちがここに座って待ってい

るときにはなかった

2　but now a seven-sided flower, many-petalled,

けど、今は七面の花が、多くの花びらを付け、

3　red, puce, purple-shaded,

赤から赤紫、紫のグラデーションに染まり、

4　stiff with silver-tinted leaves

銀色がかった葉をつけ凛と咲いているんだ

5　—a whole flower to which every eye brings its own contribution.

　　──すべてがひとつになったこの花に、みんなの眼が独自
　　の光を注いでいるのさ

僕たちがここに坐つて待つていた時には単一な花だつたが、今
では七面で、沢山花弁をつけて、赤い、暗褐色の、深紅の蔭を
おとし、銀色の葉をつけて硬ばつたような花だ。──眼とい
う眼がおのおのの寄与をもたらす、一つの一体の花だ（鈴木訳）

僕たちがここに坐って待っているときは、一つの花だった。が、
いまは、七つの面を持った花だ。たくさんの花びらをつけ、赤
く、暗褐色で、紫色にかげり、銀色に染まった葉をぴんと張っ
ている──見る眼によって何かしらが加えられる、全なる花だ。
（川本訳）

ここに座って待つあいだは一輪だったものが、いまは七つの面

を持つ花となり、幾重もの花びらを、赤、赤紫、紫の翳（かげ）りと、銀色を帯びた硬い葉を持つ――それぞれの目が何かを捧げ尽くす、完全なる花となったのだ（森山訳）

41 (p.148) Because you have an end in view—one person, is it, to sit beside, an idea is it, your beauty is it? I do not know—your days and hours pass like the boughs of forest trees and the smooth green of forest rides to a hound running on the scent.

ウルフは意識の流れを、言葉の喚起するイメージの連鎖で表現しています。以下に示す様に、1行目と3行目に描写された意識の本流は、4行目以下の直喩により、豊かで広がりのあるイメージを獲得しています。この文章のクライマックスは、直喩の喚起するイメージではないかと思います。

1 Because you have an end in view（意識の本流1）
   あなたたちには目標が見えているから

2 —one person, is it, to sit beside, an idea is it, your beauty is it? I do not know—（ローダの想像）
   ――それはある人の横に座ること？ ある計画？ 美しくなること？ 私には分からないわ――

3 your days and hours pass（意識の本流2）
   あなたたちの日々、ひと時ひと時は過ぎていくの、

4   like the boughs of forest trees（直喩によるイメージの広がり1）
　　ちょうど森の木々の大枝を見上げながら、

5   and the smooth green of forest rides（直喩によるイメージの広
　　がり2）
　　滑らかな草に覆われた森の乗馬道を、

6   to a hound running on the scent.（直喩によるイメージの広がり3）
　　猟犬が臭跡を追って走るように。

　というのも、あなたたちはちやんと目的を持つて目論みを立て
ているのだもの――横に坐る人かしら、何かの考えかしら、
あなたの美しさのことかしら。わからない。――あなたたち
の日日や時間時間は、嗅跡を追う犬の眼に映る、森の樹枝や、
滑めらかな緑の馬道のように過ぎていくのだもの。（鈴木訳）

　あなたがたには目的があるから――寄りそって坐りたい人か
しら、何かの思いかしら、自分の美しさかしら？私には分から
ないけれど――あなたたちの日々とか時間とかは、臭いの跡
をつける猟犬にとっての、森の木々の枝のように、滑らかな緑
の森の乗馬道のように、過ぎていくのね。（川本訳）

　みなには目ざすものがあるから――わからないけれど、たと
えば隣に座りたい人とか、何かの考えとか、それとも自分の美
しさといったもの？――一日一日、一時間一時間が、臭いを追っ

て走る猟犬にとっての森の枝のように、森の緑の道のように、
滑らかに過ぎてゆく。（森山訳）

42 (p.156) 'It is Percival,' said Louis, 'sitting silent as he sat among
the tickling grasses when the breeze parted the clouds and they formed
again, who makes us aware that these attempts to say, "I am this, I am
that," which we make, coming together, like separated parts of one body
and soul, are false.

ここでルイスの意識は、以下に示す3行目と6行目に二本の支流を伴
い、滑らかに流れていきます。『波』の典型的文体と言えます。ル
イスは先ず、目の前に静かに座っているパーシヴァルを意識します（2
行目）。次いでこの光景に喚起され、ネヴィルのモノローグ（p.41）
に描かれた情景を回想します（意識の支流1）。この様に私たちの意
識は、あちこちで渦を巻き、寄り道をしながら流れていくものでしょう。

1 'It is Percival,' said Louis,
   「パーシヴァルこそが」ルイスは言った

2 'sitting silent
   「静かに座っていても

3 as he sat among the tickling grasses when the breeze parted the
   clouds and they formed again, （意識の支流1）
   〈彼がくすぐったい草の中に座っていると、そよ風で雲が切

れ切れになり、ふたたび一塊になったな〉

4　who makes us aware that
　　僕たちに分からせてくれるのだ、

5　these attempts to say, "I am this, I am that",
　　『僕はこれ、私はあれ』と言おうとすることは、

6　which we make, coming together, like separated parts of one body
　　and soul,（意識の支流2）
　　〈僕たちはこうして集まり、ひとつの肉体や魂の別々の部分
　　であるかのようにそう言うけど〉

7　are false.
　　見せかけに過ぎないと。

「パーシバルだ」ルイスが言った。「そよ風が雲を分ち、かと見
れば重なりあったりした時に擽ったい草の中に坐っていた時の
ように、黙って坐りこんでいて、《僕はこれだ。僕はあれだ》
というような、まるで一つの肉体と魂の別々の部分みたいに一
緒に集り合ってできている、こうした企てが偽りのものだ、と
気づかせるのは彼だ。（鈴木訳）

「それはパーシヴァルだよ」、ルイスは言う、「雲がそよ風に切
り離されては、またもとに戻るとき、身をくすぐる草むらに坐っ
ていたあの時のように、黙って坐りながら、僕たちが、一つの
身体と魂のばらばらの部分であるかのように、寄り集まって、『僕

はこれだ、私はあれよ』と主張する試みが偽りであることを悟らせるのは。（川本訳）

「パーシヴァルなのだ」とルイ、「かつて微風が雲をちぎり、それがまた寄り集まる雲のもと、くすぐる草のうえに腰を下ろしていたあのときと同じように、黙って座るいま、こうしてばらばらだったひとつの身体の、ひとつの魂の欠片のように集《つど》っているいま、「ぼくはこれだ、わたしはあれよ」と言おうとするなど、実際言っているのだが、それは欺瞞《ぎまん》だ、とぼくらに思い知らせるのは、パーシヴァルなのだ。（森山訳）

43 (p.164) 'Now once more,' said Louis, 'as we are about to part, having paid our bill, the circle in our blood, broken so often, so sharply, for we are so different, closes in a ring.

『波』のテーマを象徴する美しい文章です。ここでもルイスの意識は、以下に示す3行目と5行目に二本の支流を伴い、滑らかに流れていきます。3行目は、2行目から生じた小さな渦のようなものでしょう。5行目は6行目の対立概念ですが、私たちが何かを意識するとき、しばしばこの様な対立概念が同時に流れていきます。

1　'Now once more,' said Louis,
　　「ほらもう一度」ルイスは言った

2 'as we are about to part,

　　「別れようとしている今、

3 　having paid our bill, 〔意識の支流1〕

　　〈勘定は済ませたね、〉

4 the circle in our blood,

　　僕たちの血の中にある輪が、

5 broken so often, so sharply, for we are so different, 〔意識の支流2〕

　　〈本当にしばしば、鋭く裂けるな。というのも僕たちがそれ
　　ぞれとても違っているからさ、〉

6 closes in a ring.

　　丸く閉じるぞ。

「ところで今一度」ルイスが言った。「勘定も払つてこれから別
れるばかりの時に、みんな違つているもんだから、度々、しか
もとても鋭く破ける僕たちの血液の中の環が、輪になつて集り
寄る。（鈴木訳）

「さあ、いま一度」、ルイスは言う、「勘定を支払って、別れよ
うとするとき、お互い余りにも相異なるので、あんなにもしば
しば、あれほどすっぱりとちぎれた血の中の環が、円く繋がる。
（川本訳）

「いま、会計を済ませ、別れようといういまこのとき」とルイ、

「ぼくらが互いにこれほど異なっているためにあれほど幾度も、
あれほど鋭くたち切られたぼくらの血の中にある円環が、いま
ふたたび一つの輪(リング)に閉じ合わさる。(森山訳)

44 (p.165) 'Let us hold it for one moment,' said Jinny; 'love, hatred, by
whatever name we call it, this globe whose walls are made of Percival,
of youth and beauty, and something so deep sunk within us that we shall
perhaps never make this moment out of one man again.'

ルイスのモノローグに続き、この文章も『波』のテーマを象徴する
美しいモノローグです。ルイスが「輪」と呼んでいたものが、ここ
では「球状のもの」と表現されています。そして「私たちのとても
深いところに沈んでいる何か」が、六人の意識の深部を常に流れて
いるのです。

1   'Let us hold it for one moment,' said Jinny;
    「ほんのつかの間、抱きしめていましょう」ジニーは言った

2   'love, hatred, by whatever name we call it,
    「愛、憎しみ、どんな名前で呼ぼうと構わないけど、

3   this globe
    この球状のものを。

4   whose walls are made of Percival, of youth and beauty,
    その壁はパーシヴァルから、若さと美しさからできているの。

5 and something so deep sunk within us

そして私たちのとても深いところに沈んでいる何かからもできているので、

6 that we shall perhaps never make this moment out of one man again.'

私たちはたぶん二度とこの瞬間をひとりの男性から作ることはないわ」

「それをちょつとその儘にして置きましよう」ジニイが言つた。「愛、憎しみ、私たちがなんと名づけてもいいこの球を。その球の周囲はパーシバル、青春と美、私たちの内部にとても深く沈んでいるのでおそらく二度とこれから先はこんな瞬間など、一人の男の人からとても作れないような何かでできているのだわ」（鈴木訳）

「ちょっとの間、握っていましょうよ」、ジニイは言う。「愛、憎しみ、それを何と呼ぶにせよ、パーシヴァルと青春と美とでとり囲んだ、この球状のものを。一人の男から、おそらく二度と、こうした瞬間を作れないであろうほどに、私たちの体内深く滲みこんでいるものを。」（川本訳）

「あとほんの一瞬、握っていましょう」とジニー、「愛、憎しみ、それを何と名づけるにせよ、この球形のものを。殻はパーシヴァ

ルと、若さと美で作られていて、そして何かがわたしたちのな
かにこれほど深く埋めこまれたから、二度とこの瞬間をとり去
ることはできないのよ」（森山訳）

45 (p.166) That is the last drop and the brightest that we let fall like
some supernal quicksilver into the swelling and splendid moment
created by us from Percival.

第Ⅳ章のクライマックスを飾る文章です。以下に示す様に、文章
はフレーズごとに高揚していき、4行目、5行目で最高潮に達します。
『波』の典型的文体であり、ウルフは多くの場合、連鎖するイメー
ジのクライマックスを最後に置いています。

1　That is the last drop and the brightest
　　それは最後の、最も輝かしい滴りで、

2　that we let fall
　　僕たちはそれが落ちるにまかせるのさ。

3　like some supernal quicksilver
　　その滴りは天上の水銀のように、

4　into the swelling and splendid moment
　　高まりゆく壮麗な瞬間へと、

5　created by us from Percival.
　　パーシヴァルから僕たちの創造した瞬間へと落ちるんだ。

それは最後の一滴で、我々が天上の水銀のように、パーシバルから創り出した此の高まるすばらしい瞬間の中へ落下させる最も輝かしいものだ。（鈴木訳）

それは、パーシヴァルから僕たちが創り出した、ふくらみゆく素晴らしい瞬間の中に、天上の水銀のように滴らせた、最後の、かつ、最も輝かしい水滴(しずく)だ。（川本訳）

それは最後の、最もまばゆいひと滴で、われらが波立つ、輝かしいこの瞬間のなかへ、天上の水銀のようにしたたらせたもの、われらがパーシヴァルから創造したものだ。（森山訳）

46 (p.166) We too, as we put on our hats and push open the door, stride not into chaos, but into a world that our own force can subjugate and make part of the illumined and everlasting road.

青春の覇気、エリートの誇りに満ちた文章です。以下に示す様に、文章はフレーズごとに輝きを増し、4行目の"the illumined and everlasting road"「煌々(こうこう)と永遠に続く道」で最高潮に達します。3行目以下は、これからパーシヴァルが出発するインドのイメージでしょう。さらに4行目は、「地球を貫く道をその世界にも敷いて文明化する」という意味を込めており、大英帝国の栄光を象徴していると思います。ここでは自由に意訳しました。

1　We too, as we put on our hats and push open the door,
　僕たちはまた、帽子をかぶってドアを押し開け、

2　stride not into chaos, but into a world
　混沌の中へではなく、ある世界へと踏み出すんだ。

3　that our own force can subjugate
　そしてその世界を自分たち自身の力で征服し、

4　and make part of the illumined and everlasting road.
　それを貫き煌々と永遠に続く道を敷くことができるのさ。

　それに又、帽子を被り扉を押し開けると、大跨に歩み出もする
が、混沌の中へではない、我々の自力が征服し、照らし出され
た果しない道路の一部となし得る一つの世界の中へだ。(鈴木訳)

　僕たちもまた、帽子をかぶりドアを押し開けながら、混沌の中
へではなく、世界の中へ、足を踏み出す。僕たち自らの力が征
服し、煌々と輝く、果てしない道の一部となし得る世界の中へ。
(川本訳)

　帽子をかぶり、ドアを押し開け、大きく踏み出す。混沌へでは
なく、世界へ、自力で制御できる世界へ。そして輝ける、永遠
なる道に加わるのだ。(森山訳)

47 (p.170) The birds sang passionate songs addressed to one ear only
and then stopped.

以下に示す2行目、"one ear"はさまざまな解釈が可能です。ウルフ
は敢えてすべてを描写せず、イメージの完成を読者の想像力に委ね
ています。動物の耳は一対あるので、"one ear"を動物の耳と解釈す
るのには無理があるかも知れません。この段落は庭を描写しており、
"one ear"をラムズイヤー（lamb's ear 羊の耳）の葉っぱ一枚と訳し
ました。ウルフの自然観察眼が光ります。

1 The birds sang passionate songs
   鳥たちは情熱的に囀ったが、

2 addressed to one ear only
   聴いているのはラムズイヤーの葉っぱ一枚だけで、

3 and then stopped.
   そのうち囀るのをやめた。

   小鳥たちは只一つの耳に呼びかけて激しい歌を歌い、やがて歌
   声を止めた。（鈴木訳）

   小鳥たちは、ただ一つの耳にだけ捧げた情熱的な歌を囀り、や
   がて歌い止んだ。（川本訳）

小鳥たちは、たったひとつの耳へと情熱的に歌いかけ、やがて
歌い止んだ。(森山訳)

48 (p.172) The flashing trees and white rails went up in a shower.
There was a surge; a drumming in his ears.

ここでウルフは、振り落とされてから強く打ちつけられるまでのパー
シヴァルの知覚を、見事に描写しています。以下に示す1行目、落
ちている間、眼に映る情景は空に向かって流れるでしょう。"flashing"
と "in a shower" が響き合っており、前者を「残像を引きながら」、
後者を「ざーっと」と訳しました。2行目、"surge" は内耳で感じた
大波、つまりめまいと解釈しました。3行目、"drumming" は心臓の
鼓動と解釈しました。危機に瀕して交感神経が興奮する様子を生き
生きと表現しています。

1   The flashing trees and white rails went up in a shower.
     木々や白い柵が残像を引きながら、空に向かってざーっと流
     れた。
2   There was a surge;
     彼は目が回り、
3   a drumming in his ears.
     心臓の鼓動を聞いた。

雨除けの樹木も白い欄干も驟雨には役に立たなかつた。波濤がうねつた。彼の耳に騒がしい太鼓のような音が聞えた。(鈴木訳)

きらりと光る木々と白い手すりが、驟雨のようにさあっと飛び上がった。大波が立った。彼の耳もとで太鼓を打ち鳴らす音がした。(川本訳)

閃光を放つ木々と白い柵が、粉々に吹き飛んだ。大きなうねり。彼の耳のなかでどくどく鳴る、(森山訳)

49 (p.176) "You are well out of it", I said, while the doves descended over the roofs and my son was born, as if it were a fact.

以下に示す1行目、"You"はパーシヴァルに対する呼びかけでしょう。2行目でバーナードは、パーシヴァルの死(を受け入れること)により息子が生まれたと考えているのではないでしょうか。そして3行目では、(息子がパーシヴァルの生まれ変わりであることが)事実であるかのようだ、と独白しているような気がします。

1　"You are well out of it", I said,
　　『君はもう苦しまなくても良いね』と言ったんだ。

2　while the doves descended over the roofs and my son was born,
　　するとハトたちが屋根に舞い降りて息子が生まれたのさ、

3 as if it were a fact.
　まるでパーシヴァルの生まれ変わりであるかのように。

　《君はうまく縁を切つた》と僕は言つた。それにしても鳩はあ
　ちこちの屋根に下り立ち、僕の息子が産れた。まるで一つの事
　実のように。（鈴木訳）

　『君はうまくそれを逃れたな』と、確信あり気に僕は言った、
　鳩たちが屋根に舞い下り、僕の息子が生まれたというとき。（川
　本訳）

　「君はうまいこと逃れた」。と、ハトが屋根を越えて舞い降り、
　息子が誕生し、おれはそう言ったのだ。まるでそれが事実であ
　るかのように。（森山訳）

50 (p.176) I say, addressing what is abstract, facing me eyeless at the
end of the avenue, in the sky, "Is this the utmost you can do?"

以下に示す2行目、「得体の知れないもの」は、死んだ後まだ天国に
も行けず、中空を漂うパーシヴァルの魂と解釈しました。次の文章
に登場する「あの無表情で冷酷な顔」も同じものを表現しているの
でしょう。2行目と3行目は意識の支流と考え、〈　〉でくくりました。
4行目、"this"はパーシヴァルの人生、"you"はパーシヴァルへの呼

びかけと解釈しました。

1　I say,
　　僕は言うのさ、

2　addressing what is abstract,（意識の支流1）
　　〈得体の知れないものに話しかけているんだけど、

3　facing me eyeless at the end of the avenue, in the sky,（意識の支流2）
　　その顔には眼がなく、大通りの向こう、中空に浮かんでいるぞ、〉

4　"Is this the utmost you can do?"
　　『これが君の実現できる最高の人生だったのかい？』

並木路のはずれで、空の中で、見る眼も持たずに、僕に顔を向けている抽象物に僕は物言いかける、《これがお前のなし得る最上のことなのか》。（鈴木訳）

大通りのはずれで盲いた眼を僕に向ける、天上の抽象なるものに向かって言うのだ、『これが汝のなし得る最大限なのか？』と。（川本訳）

おれはこの表通りのはるか先の空で、目のない顔をおれに向ける観念的なものに向かって語り掛ける。「お前ができるのは、せいぜいこんなことなのか？」（森山訳）

51 (p.184) And then, she speaks; her voice wakes me. I shoot to the bottom among the weeds and see envy, jealousy, hatred and spite scuttle like crabs over the sand as she speaks.

『波』には回文的構造を持った文章がしばしば登場します。この二つの文章も"she speaks"で始まり、"she speaks"で終わっています。以下に示す様に、ローダの外で起きている事象とローダの中で起きている事象が対位法的に展開しています。3行目は、p.183の「荒々しい海に乗り出し、そして沈むの。」と響き合っています。また4行目は、次のモノローグ冒頭の「ここはオックスフォード通り。ここには憎しみや嫉妬、慌ただしさや無関心が泡立っているから、生きることが狂気じみて見えるの。」と響き合っています。

1 And then, she speaks;（ローダの外で起きている事象1）
  するとその時、彼女が話しかけるの。

2 her voice wakes me.（ローダの中で起きている事象1）
  その声で目が覚めるわ。

3 I shoot to the bottom among the weeds（ローダの中で起きている事象2）
  海の底、海藻のただ中へ真っ逆さまに落ちるの。

4 and see envy, jealousy, hatred and spite scuttle（ローダの中で起きている事象3）
  羨望や嫉妬、憎悪や妬みが慌てて逃げていくわ。

5　like crabs over the sand（ローダの中で起きている事象4)
　　砂浜の蟹みたいね。
6　as she speaks.（ローダの外で起きている事象2)
　　まだ話しかけてくるわ。

　それから少女が物を言う。その声に私は目を覚ます。くだらぬ
物の中を底まで探し、少女が物言うたびに羨み、妬み、憎しみ、
さては敵意が砂の上の蟹のように走るのがわかるわ。（鈴木訳)

　彼女がものを言うと、その声で私ははっとするの。草をかき分
け、野の果てに駆けつけると、彼女が口を開くたびに、羨望や
嫉妬や憎しみや恨みが、砂浜を走る蟹のように、あたふたと逃
げるのが見えるわ。（川本訳)

　それから彼女が何か言う。その声でわたしは覚醒する。わたし
は水底へと、水草のあいだをすっと潜っていく。と、彼女が何
か言うたびに、羨望、嫉妬、憎しみ、恨みが、砂のうえのカニ
のように逃げていくのが見える。（森山訳)

52 (p.187) The structure is now visible; what is inchoate is here stated;
we are not so various or so mean; we have made oblongs and stood them
upon squares.

以下に示す1行目は、直前の「奏者たちは正方形を取り、それを長方形の上に置くの。とても正確に置くわ。そうして完璧な家を建てるの。」を受けています。2行目から4行目は客席と聴衆を描写していると解釈しました。奏者たちの置いた正方形の上に、聴衆が長方形を置くことにより初めて、音楽という創造行為が完成することを表現していると思います。

1 The structure is now visible;（ステージ）
　　目の前に整然とした構造物が見えるの。

2 what is inchoate is here stated;（客席）
　　客席では、完璧ではないけど何かが提示されるわ。

3 we are not so various or so mean;（聴衆）
　　私たち、それほど才能が豊かではないけど、無いわけでもないの。

4 we have made oblongs and stood them upon squares.（聴衆）
　　みんな長方形を作り、正方形の上に立てたわ。

構造がはつきり見える。未熟なものがここで述べられる。私たちはそんなに多様でも卑俗でもない。私たちは長方形を造つてそれらを正方形の上に立たせたの。（鈴木訳）

構造は明らかだし、未完成のものははっきりと示されているのよ。私たちは、それほど種々様々でもなく、それほど卑しくも

ないわ。長方形を作って、正方形の上にそれをのせたの。(川本訳)

いまや骨組みがよく見えるわね。混乱していたものが、ここに収まる。わたしたちはそれほど多様でもなければ、それほど凡庸でもないわけね。わたしたちは長方形を作り、正方形に載せたんだわ。(森山訳)

53 (p.190) Here it caught on the edge of a cloud and burnt it into a slice of light, a blazing island on which no foot could rest.

ウルフの精緻な自然観察を物語る美しい文章です。以下に示す様に、フレーズごとに時間が経過し、因果関係をたどることができます。

1 Here it caught on the edge of a cloud
   今、太陽がひとひらの流れる雲の縁と重なると、

2 and burnt it into a slice of light,
   雲は燃え立ちひとひらの光になった。

3 a blazing island
   光の島は熱く燃え立ち、

4 on which no foot could rest.
   そこに足を置くことができなかった。

雲片に射しかかると見れば、燃え立つて、雲は薄く燦めきわたり、何ものも足を得入れぬ燃えさかる島ともなつた。（鈴木訳）

陽は、雲のはじに絡みつき、それを燃え上がらせて光の薄片に、足も踏み入れられぬ燃え立つ島に、変えた。（川本訳）

それは雲の隅を捉え、薄く切りとり、そこを足も乗せられぬ輝く小島へと燃え立たせた。（森山訳）

54 (p.190) The dragon-fly poised motionless over a reed, then shot its blue stitch further through the air. The far hum in the distance seemed made of the broken tremor of fine wings dancing up and down on the horizon.

この二つの文章は、『波』の中でも指折りの美しさをたたえています。ウルフの詩的文体の典型と言え、細密な自然観察と繊細な幻想が見事に融合しています。以下に示す様に、ウルフの意識は近景、飛翔、音の遠景、幻想と流れていきます。3行目も幻聴なのかも知れません。4行目と5行目は、トンボの飛翔を見事に描写しています。トンボはときどき羽ばたくだけで、あとは滑空して空を飛びます。

  1　The dragon-fly poised motionless over a reed,（細密な近景）
　　　トンボが葦の先にじっと止まっていたが、

2   then shot its blue stitch further through the air.（飛翔）
    やがて宙に青い軌跡を描き、遠くへと飛び去った。

3   The far hum in the distance（音の遠景）
    遠くにかすかな物音がしたが、

4   seemed made of the broken tremor of fine wings（細密な近景の幻想）
    美しい羽根をときどき震わせ、

5   dancing up and down on the horizon.（広がりのある遠景の幻想）
    地平線上を上へ下へと飛び回っていたのであろう。

蜻蛉が葦の上にたたずみ、やがてその青い糸をひいて遠く空に
飛び立つた。遙か遠くの羽音は地平線上を上へ下へと跳ね躍る
繊細な羽根のきれぎれの顫動の捲き起すものらしかつた。（鈴木訳）

蜻蛉が葦にじっと止まっていたが、やがて青い線を描いて空遠
く飛び去った。はるか遠くの低くうなる音は、地平線上を揺れ
動く薄い羽根のかなでる切れ切れの顫音が惹き起こすかに思わ
れた。（川本訳）

イトトンボが身じろぎもせず葦のうえに止まり、それからさら
に遠くへ、宙を切り、青の一閃を放っていった。はるか向こう
のざわめきは、地平線を上へ、下へと舞う繊細な羽根が、ちり
ぢりにふるえてたてる羽音のよう。（森山訳）

55 (p.199) I am glutted with natural happiness; and wish sometimes that the fullness would pass from me and the weight of the sleeping house rise, when we sit reading, and I stay the thread at the eye of my needle.

ここでスーザンは、肯定的な生の充足感を独白しているのでしょう。以下に示す3行目の「この充足感」は、このモノローグ冒頭の「あら、やかんが沸騰している。ぐらぐらという音がどんどん大きくなり、とうとう注ぎ口から蒸気が噴出したわ。」や「こんな風に人生が私の血管を満たすの。こんな風に人生が私の手足を通って流れ出すわ。」と響き合っています。

1　I am glutted with natural happiness;
　　ありのままの幸せに十分満足しているの。

2　and wish sometimes that
　　だからときどきお願いするわ、

3　the fullness would pass from me and the weight of the sleeping house rise,
　　この充足感が私から移り、静寂につつまれたこの家がもっとどっしりと豊かになりますように。

4　when we sit reading, and I stay the thread at the eye of my needle.
　　こんなお願いをしながら皆で座って本を読んだり、手に持った針の穴に糸を通そうとしたりするの。

素朴な幸福に倦き倦き。坐つて本を読んだり、針の目に糸を止めたりしながら、この飽満がかき消えて眠つている家の重さが増えていくといいと思つたりすることがあるわ。(鈴木訳)

平凡な幸せには飽き飽きしたの。皆が坐って本を読むとき、針の孔[めど]に糸をあてなから、私は時折り望むのよ、充満が消え去り、重い眠れる家が蘇ればよいと。(川本訳)

自然な幸福はもうたくさんよ。それで時折、わたしたちが座って読書するとき、わたしが糸を針穴に当てているときなどに、ああ、わたしからこの充足感が消え去り、眠れる家の重みが軽くなってほしい、と願ったりするの。(森山訳)

56 (p.200) Let us sit here under the cut flowers, on the sofa by the picture.

直前のモノローグでジニーは「さあお話ししましょう、物語を紡ぎましょうよ。」と言っています。ジニーの関心はその男性に集中し、興奮で顔が上気していることでしょう。この様な情景を想像すると、まず座ってからあたりを見回し、見えたものを認識していくのが自然な意識の流れでしょう。ウルフは、いかにもジニーらしい刹那的な意識の流れを、短いフレーズの連なりに込めている様な気がします。

1　Let us sit here

　　さあここに座りましょう、

2　under the cut flowers,

　　切り花の下ね、

3　on the sofa by the picture.

　　ソファの脇に絵が掛かっているわ。

此の生花の下に、絵のそばの長椅子に、さあ坐りましょう。（鈴木訳）

この切り花の下に、絵のかたわらのソファに、坐りましょう。（川本訳）

飾り花の陰、絵の横のソファに腰かけましょう。（森山訳）

57 (p.204) I smell roses; I smell violets; I see red and blue just hidden.

いかにも二十世紀文学らしい、嗅覚（きゅうかく）の特性を見事に描写した文章です。ウルフやプルーストなど二十世紀のモダニズム作家たちは、五感と意識の流れや、五感と心の奥底に堆積した記憶との密接な関係に、私たち人間存在の本質を見出しました（注76参照）。ここでも花々の香りが、実際には見えていない花々の色彩を鮮やかに喚起し、ジニーの意識を形づくっています。

1 I smell roses;
　バラの香りがするわ。

2 I smell violets;
　スミレの香りも。

3 I see red and blue just hidden.
　夜が隠したばかりの赤色と青紫色が目に見えるようね。

　薔薇が匂う。菫が匂う。姿を隠したばかりの赤と青が見える。
　(鈴木訳)

　薔薇の匂いがする。菫の匂いがする。赤いものと青いものがたっ
　たいま姿を消したの。(川本訳)

　薔薇の香りがする、スミレの香りがする。赤と青紫がいま闇に
　沈むのを見る。(森山訳)

58 (p.209) Yes, but I love to slip the virtue and severity of the noble
Romans under the grey light of your eyes, and dancing grasses and
summer breezes and the laughter and shouts of boys at play — of naked
cabin-boys squirting each other with hose-pipes on the decks of ships.
Hence I am not a disinterested seeker, like Louis, after perfection through
the sand. Colours always stain the page; clouds pass over it.

これら三つの文章は、詩人ネヴィルの基本姿勢、詩作の対象を要約しています。以下に示す様に10行のフレーズに分解し、考察してみましょう。直前でネヴィルは「古代ローマの厳格さと美徳…完璧さを追求して砂漠を渡ろうよ。」と独白しています。まさにこれが詩人ネヴィルの基本姿勢であり、1行目と8行目に繰り返されています。特に8行目の独白は、ネヴィルのモノローグに繰り返し登場します（p.100、p.146）しかしネヴィルの詩作の対象は、パーシヴァルのいる何気ない光景であり（2行目から5行目）、これらをローマ的な詩に昇華させることがネヴィルの愛すること（1行目）なのでしょう。6行目と7行目では、自分の生き方がルイスとは違うことを表明しています。9行目と10行目は、さまざまな詩作の対象が、次々とネヴィルの心に映るイメージを表現しているのでしょう。

1　Yes, but I love to slip the virtue and severity of the noble Romans
　　そう、でも僕が愛するのは、高貴なローマ人たちの美徳と厳格さをそっと織り込むことなんだ、

2　under the grey light of your eyes,
　　灰色に輝く君の瞳や、

3　and dancing grasses and summer breezes
　　揺れる草や夏のそよ風、

4　and the laughter and shouts of boys at play
　　そして笑い、叫びながら遊ぶ少年たちに

5 —of naked cabin-boys squirting each other with hose-pipes on the
   decks of ships.
   ──船のデッキでホースの水を掛け合う裸のボーイたちにね。

6 Hence I am not a disinterested seeker,
   だから僕は、冷めた目の探求者じゃないのさ、

7 like Louis,
   ルイスのようなね、

8 after perfection through the sand.
   完璧さを追求して砂漠を渡るからにはさ。

9 Colours always stain the page;
   さまざまな色が常にページを染め、

10 clouds pass over it.
   雲が次々にその上を通り過ぎるぞ。

それはそうとして、僕はまた、君の目の灰色の輝きをあびて、
高貴なローマ人の美徳と威厳から逃れ去るのを、踊る草叢、夏
の微風、遊び戯れる少年たち──船のデッキで蛇管の水を掛
け合う裸のケビン附ボーイの笑いさざめく叫喚を愛する。それ
故僕はルイスのように砂をくぐつて完成を追う私心なき探求者
ではない。色どりはつねに頁を汚し、雲はその上を過ぎ去るの
だ。(鈴木訳)

そうだ、だが僕は、君の瞳の灰色の光や、揺れ動く草や、夏の

微風や、遊んでいる少年たちの——船の甲板でホースの水を
かけ合っている裸の船室付きのボーイたちの——笑い声や叫
び声の下に隠れて、高貴なローマ人たちの徳と厳格さを振りほ
どきたい。それだから、ルイスのように、砂をかき分けて完璧
さを追い求める、冷淡な探求者にはなれないのだ。さまざまな
色が書物の頁をいつも汚し、雲が頁の上を漂う。（川本訳）

いや、でもそうだ、ぼくは高貴なるローマ人の厳格さと美徳
を、喜んでかなぐり捨てる。君の瞳の灰色の光のもとで。踊る
野の草や夏のそよ風や、笑い声や歓声をあげてはしゃぐ少年た
ち——甲板でホースの水を浴びせ合う裸の少年たちのもとで。
それゆえぼくは、砂漠へと踏み入って完璧を追うルイのような、
私欲のない探求者ではないのだ。色彩がいつもページを染める。
雲がそのうえをゆき過ぎる。（森山訳）

59 (p.215) Time, which is a sunny pasture covered with a dancing
light, time, which is widespread as a field at midday, becomes pendant.
Time tapers to a point. As a drop falls from a glass heavy with some
sediment, time falls.

これら三つの文章は、『波』の中でも一、二を争う詩的リズムにあ
ふれています。以下に示す様にフレーズに分解してみると、1行目、
3行目、6行目、8行目が "Time (time)" で始まり、韻律を整えています。

ここでウルフは独自の「時間観」を表明していますが、"Time (time)" の繰り返しが時計の音のようで、「時間」を語るのにふさわしい詩的リズムを生み出しています。7行目の"a glass"はガラスの漏斗でしょう。ワインのデカンティングに使うものでしょうか。

1　Time,

　　時間、

2　which is a sunny pasture covered with a dancing light,

　　それは晴れた日の躍動する光に覆われた牧草地、

3　time,

　　時間、

4　which is widespread as a field at midday,

　　それは真昼の野原のように広大なもの、

5　becomes pendant.

　　でもそれはやがて垂れ下がるんだ。

6　Time tapers to a point.

　　時間はだんだん細くなって点になるのさ。

7　As a drop falls from a glass heavy with some sediment,

　　澱がいっぱい溜まったガラスの漏斗から滴が落ちるように、

8　time falls.

　　時間も落ちるんだ。

　　ゆらめく光にとり囲まれたあたたかな牧草地の時、真昼どきの

野の面のようにひろがつた時が、宙ぶらりんになる。時の尖が細つて点になる。澱がたまつて重たくなつた洋盃から滴が落ちるように、時が落ちる。(鈴木訳)

ゆらめく光に包まれた照り輝く牧場である時間は、真昼の野原のように一面にひろがる時間は、垂れ下がっている。時間は細まり一点となる。澱がよどみ重くなったコップから滴が垂れ落ちるように、時間はしたたり落ちる。(川本訳)

眩しい陽光を燦々と浴びる牧草地のような時間、真昼どきの草原のように、水平に伸び広がる時間。それが垂れさがるものとなっていく。時間が先へと細っていく。水滴がなんらかの沈殿物で重くなってガラスから落ちるように、時はしたたり落ちる。(森山訳)

60 (p.223) I remember how the sun rose, and the swallows skimmed the grass, and phrases that Bernard made when we were children, and the leaves shook over us, many-folded, very light, breaking the blue of the sky, scattering wandering lights upon the skeleton roots of the beech trees where I sat, sobbing.

スーザンはこのモノローグと次のモノローグで、春が来て家事に精を出すふとした瞬間に、p.58、pp.13-18を回想しています。1行目で

は女学校時代に帰省したときの記憶が、2行目以降では幼稚園時代にエルヴドンを探検したときの記憶が甦っています。以下に示す様にフレーズに分解してみると、2行目以降、バーナードの言葉→幼い自分たち→揺れる葉っぱ→葉叢の細密な光景→地面の細密な光景→泣きじゃくる自分と、イメージが連鎖し合い、次のイメージを喚起しながら、意識の流れていく様子が鮮明に浮かび上がってきます。

1 I remember how the sun rose, and the swallows skimmed the grass,
  思い出すわ、太陽が昇り、ツバメたちが草すれすれに飛び交っていた様子や、

2 and phrases that Bernard made
  バーナードが口にした言葉をね。

3 when we were children,
  あの時、私たちはまだ子供で、

4 and the leaves shook over us,
  私たちの上で葉っぱが揺れていたな。

5 many-folded, very light, breaking the blue of the sky,
  幾重にも重なり合い、日差しを漉して透き通るように明るく、
  すき間から青空がちらちらと見え、

6 scattering wandering lights upon the skeleton roots of the beech trees
  骸骨のようなブナの根に木漏れ日を幾筋も揺らめかせていたわ。

7 where I sat, sobbing.
  そこに座り、泣きじゃくったの。

回想に耽るのはそのとき。陽が昇り、燕が草の上を掠めて飛んだ様子、子供だつた時分バーナドが作つた詩の語句、わたしが啜り泣きしながら坐つていた、地に浮いた樅の木の根元に、揺り動く光を投げ散らしながら、空の青さを搔乱して、二人の上で震えていたきらきら光る、一杯に繁り合つた木の葉。(鈴木訳)

私が思い出すのは。陽が昇り、燕が草むらを掠め過ぎていったことを。子供の頃にバーナードが作った文句を。葉っぱが、何層にも重なって、とても軽やかに、頭上で揺れていたわ。空の青さをうち砕いて、私が泣きながら坐っていたぶなの木の痩せこけた根の上に、ゆらゆらと動く光をまき散らしながら。(川本訳)

ふと思い出す。太陽が昇る姿を、ツバメが草をかすめ飛ぶ姿を。わたしたちが幼かったころに、バーナードが作ったいくつものフレーズを。いく重にも重なり、軽やかにわたしたちの頭上で揺れ、空の青を砕き、わたしが座ってすすり泣いていた骸骨みたいなブナの根に、木漏れ日をまき散らしていた木々の葉を。(森山訳)

61 (p.226) I admit, for one moment the soundless flight of upright bodies down the moving stairs like the pinioned and terrible descent of some army of the dead downwards and the churning of the great engines remorselessly forwarding us, all of us, onwards, made me cower and run for shelter.

以下に示す様にフレーズに分解してみると、因果関係に沿い、滑らかに意識の流れていく様子が浮かび上がってきます。

1　I admit,（前置き）
　　本当はね、

2　for one moment（現実の光景1の導入）
　　一瞬だったけど、

3　the soundless flight of upright bodies down the moving stairs（現実の光景1）
　　直立した人びとの体が音もなく、宙に浮くようにエスカレーターを下りていくのが、

4　like the pinioned and terrible descent of some army of the dead downwards（光景1の直喩）
　　縛り上げられ、身の毛もよだつ姿で、死人の群れが下りていくように見えたの。

5　and the churning of the great engines remorselessly forwarding us, all of us, onwards,（現実の光景2）
　　それに大きなエンジンがあたりをかき回し、情け容赦なく私たちを、私たちすべてを先へ先へとせき立てるから、

6　made me cower and run for shelter.（転帰）
　　こうして身をかがめ、避難所に逃げ込んだのよ。

死人の行列が羽交締めにされた怖ろしい奈落に落ちていくみたいに、反り返つた人々の身体が音もなくふわつとエスカレーターで降りてゆく姿やら、容赦もなくわたしたちをわたしたち皆を前へ駆り立てる大きなエンジンの激動に、ちよつと怖くなつて隠れ場処を探したのは本当のこと。（鈴木訳）

直立した肉体が、縛られた死人の大群の恐ろしい下降のように、動く階段を音もなく降りていく様や、容赦なく私たちを、私たち皆を、前へ駆り立てる大きなエンジンの激しい動きに、一瞬だけすくみ、隠れ場所を探したことは認めるわ。（川本訳）

認めましょう、たしかに一瞬、翼を縛られた鳥のように、直立したいくつもの身体がエスカレーターを音もなく降りていくのが、一連隊の死者が地下へと向かう恐しい下降が、そして巨大なエンジンの攪拌（かくはん）がわたしたちを一人残らず無慈悲に前へ前へと送り出していくのが、わたしをすくませ、隠れ場所へ逃げこませた。（森山訳）

62 (p.231) To read this poem one must have myriad eyes, like one of those lamps that turn on slabs of racing water at midnight in the Atlantic, when perhaps only a spray of seaweed pricks the surface, or suddenly the waves gape and up shoulders a monster.

以下に示す様に、この文章はアイディアの表明に始まり、アイディアの直喩を経て、直喩の喚起する二つの幻想に至ります。この文章のクライマックスは4行目の奇怪な幻想でしょう。2行目、"like one of those lamps that turn on slabs of racing water"のthat以下を直訳すると、「疾走する海の厚切りに急に襲いかかる」となります。"slabs"（厚切り）は、ランプ一つひとつが照らす海面を指していると解釈しました。

1 To read this poem one must have myriad eyes,（アイディア）
　　この詩を読むには無数の眼が必要さ。

2 like one of those lamps that turn on slabs of racing water at midnight in the Atlantic,（直喩）
　　たとえば真夜中の大西洋で、船上の明かりの一つひとつが、疾走する海面を突然照らし出すようにね。

3 when perhaps only a spray of seaweed pricks the surface,（直喩の喚起する幻想1）
　　でも、そこにはひとひらの海藻が漂っているだけだろうな。

4 or suddenly the waves gape and up shoulders a monster.（直喩の喚起する幻想2）
　　あるいは突然波が裂け、怪物がむっくと立ち上がるかも知れないぞ。

　　この詩を読もうとするには百万の眼が必要だ。真夜の大西洋に

いくつもの板型の水をほとばしらせるあのランプの一つのように——時に海面をつつくものとてはおそらく海草の飛沫だけ、さては突然波が大きく口を開け怪物が肩をつき上げる。(鈴木訳)

この詩を読むには、無数の眼がなくてはならぬ。大西洋で、海草の小枝ばかりが水面を突きさしているか、或は、波が突然大きく割れて、怪物をかつぎ上げるかする真夜中に、疾走する厚板のごとく、海水の上でのたうちまわる幾多の眼のような。(川本訳)

この詩を読むには、数限りない目が要るのだ。真夜中の大西洋で、海草のほんの一茎が水面につき出たり、あるいは波が突然がばりと裂けて怪物が押し上げられてきたり。そんなときに、逆巻くぶ厚い波に向かって光を放つランプのような目が要るのだ。(森山訳)

63 (p.237) Percival was flowering with green leaves and was laid in the earth with all his branches still sighing in the summer wind.

以下に示す様に、この文章はパーシヴァルの回想に始まり、現実の認識を経て、幻想の世界で終わっています。この文章のクライマックスは4行目であり、心のなかに生き続けるパーシヴァルを生き生きと描写しています。

1 Percival was flowering （回想）
　　パーシヴァルは花盛りで、

2 with green leaves （回想）
　　葉も青々としていたな。

3 and was laid in the earth （現実）
　　今はもう大地に横たわっているけど、

4 with all his branches still sighing in the summer wind. （幻想）
　　彼から伸びた枝という枝が今でも夏の風にそよいでいるのさ。

　　パーシバルは緑の葉をつけた花を咲かせ、夏の風になおその枝
　　をそよがせながら地上に横たえられた。（鈴木訳）

　　パーシヴァルは緑の葉をつけ、花盛りだったが、夏の風の中で
　　なおもそよぐ枝ごと、地中に埋められた。（川本訳）

　　パーシヴァルは青葉とともに花開き、なおも夏の風に吐息をつ
　　いていたその若葉の枝ごと、土に横たえられたのだ。（森山訳）

64 (p.240) I have sliced the waters of beauty in the evening when the
hills close themselves like birds' wings folded.

以下に示す様に、ローダは直前の行為を回想した後、夕方に固有の
光景を発見し、それを直喩で描写しています。1行目を直訳すると

「夕方の美の海を（船の様に）切って進んだ」となります。ここでは "waters" を「大気」と意訳し、「海」のイメージは「静かに波を切るように」というフレーズに込めました。

1 　I have sliced the waters of beauty in the evening（行為の回想）
　　夕暮れの美しい大気の中、静かに波を切る様に進んだわ。

2 　when the hills close themselves（発見）
　　夕方って、遠くの丘が互いに迫り、

3 　like birds' wings folded.（発見の直喩）
　　鳥が翼をたたんだ様に見えるものね。

　　わたしは翼を摺んだ鳥のように丘と丘が寄り添つて来る夕暮、
　　美しい河水を切り取つた。（鈴木訳）

　　翼をたたんだ鳥のように丘々が寄りそう夕暮れに、美しい河水
　　を切り進んでいったわ。（川本訳）

　　鳥が翼をたたむように山が暮れていく夕べに、わたしは美の水
　　面を薄く切ってきた。（森山訳）

65 (p.253) I throw my mind out in the air as a man throws seeds in great fan-flights, falling through the purple sunset, falling on the pressed and shining ploughland which is bare.

この文章は、バーナードのモノローグ (p.133) にある「話すことは、ワインについてウェイターと話すときでさえ、爆発を引き起こすことなのさ。打ち上げ花火が上がる。金色の種が落ちてきて穀物を実らせる、僕の想像力の豊かな土壌に。」と響き合っています。以下に示す様に、直喩の喚起するイメージにより、豊かで広がりのあるクライマックスを迎えています。

1　I throw my mind out in the air（意志）
　　僕は自分の心を空中に放り投げるんだ。

2　as a man throws seeds in great fan-flights,（直喩）
　　男が扇形にさっと種を蒔くようにね。

3　falling through the purple sunset,（直喩の喚起するイメージ）
　　それは紫色の夕焼け空を落ちていき、

4　falling on the pressed and shining ploughland which is bare.（直喩の喚起するイメージ）
　　平らかに輝く、むき出しの耕作地に落ちるのさ。

　　人が種子を大きな扇形にまき飛ばすように、僕は自分の心を宙に抛り投げ、紫色の入日をくぐつて落ち、今は土ばかりの、圧された、きらきらする耕地に落ちる。(鈴木訳)

　　真っ赤な夕日の中に、ならされた、むき出しの、輝く耕地の上に、大きな扇形を描いて種子をばらまく人のように、僕は自分

の心を宙に放り上げるのだ。(川本訳)

自分の心を空中に投げ上げる。高々と、大きな扇状に種をまき、それが紫色の夕映えを通って、均され、照り輝く耕地に落ちてくるように投げ上げる。(森山訳)

66 (p.256) This moment of reconciliation, when we meet together united, this evening moment, with its wine and shaking leaves, and youth coming up from the river in white flannels, carrying cushions, is to me black with the shadows of dungeons and the tortures and infamies practised by man upon man.

この文章は音楽に例えることができます。1、3、5行目がこの文章の主旋律(意識の本流)で、ルイスの内面に渦巻く絶望を謳っています。一方、2、4行目は副旋律(意識の支流)として主旋律と絡み合い、ルイスの外界に広がる楽しく平和な光景を描写しています。そして6行目、ぞっとするような幻想的和音でクライマックスを迎えます。

1 This moment of reconciliation, (意識の本流1)
   この和解の瞬間が、

2 when we meet together united, (意識の支流1)
   〈僕たちは一堂に会しているんだ、〉

3　this evening moment,（意識の本流2）

　　この夕方の一瞬が、

4　with its wine and shaking leaves, and youth coming up from the
　　river in white flannels, carrying cushions,（意識の支流2）

　　〈ワインを飲む傍らで葉が揺れ、若者たちが白いフランネル
　　を着てクッションを持ち、川から上がって来るぞ、〉

5　is to me black（意識の本流3）

　　僕には悲惨に見えるんだ。

6　with the shadows of dungeons and the tortures and infamies
　　practised by man upon man.（幻想）

　　それは地下牢のように暗く、人間が人間に拷問や悪逆非道の
　　限りを尽くすのさ。

わたしたちが相会うて一つに結ばれた、この和解の瞬間、葡萄
酒と揺れ動く木の葉の、この宵の一とき、そしてクッションを
携えて川から上つて来る白いフランネルを着た青年たちも、こ
の僕には、牢獄の影と人間が人間に加える拷問と非行のために、
暗く見える。（鈴木訳）

われわれが集い、結ばれたこの和解の瞬間は、葡萄酒を汲み交
し、葉っぱが揺れ、白いフランネル姿の青年がクッションを手
に川から上がってくる、この夕暮れの瞬間は、牢獄の影と、人
間が人間に加える拷問と非行で、僕にはどす黒く見える。（川

本訳）

ぼくらが集い、結び合う、この和解の瞬間。ワインとさやぐ木々
の葉と、白いフラノズボンの若者たちがクッションを手に川か
ら上がってくる夕暮れのこの瞬間。いやだが、ぼくにとっては
城の地下牢の暗がりや、人間が人間に犯してきた拷問や非道な
行いで、真っ暗闇なのだ。（森山訳）

67 (p.261) Coming up from the station, refusing to accept the shadow
of the trees and the pillar-boxes, I perceived, from your coats and
umbrellas, even at a distance, how you stand embedded in a substance
made of repeated moments run together; are committed, have an attitude,
with children, authority, fame, love, society; where I have nothing.

以下に示す4行目と5行目は、ローダのモノローグ（p.147）「分から
ないわ、一分一分、一時間一時間をどうやって過ごし、どうやっ
て苦もなくそれらに意味を与え、やがてそれらが一つの分かちが
たい塊、つまりあなたたちが人生と呼ぶものになるのをどうやっ
て待てば良いのかが。」と響き合い、ローダという存在の本質を解
き明かしています。4行目の"a substance"は「一つの分かちがたい塊、
つまりあなたたちが人生と呼ぶもの」に対応し、「時間」と訳しま
した。

1   Coming up from the station,
    駅からの途中、

2   refusing to accept the shadow of the trees and the pillar-boxes,
    木々や郵便ポストの影に入ろうとはしないでいるとき、

3   I perceived, from your coats and umbrellas, even at a distance,
    遠くからでさえ、あなたたちのコートや傘を見て気づいたことがあるわ、

4   how you stand embedded in a substance made of repeated moments
    run together;
    みんななんてしっかりと、一瞬一瞬がひとつに統合された時間に埋め込まれて存在しているんでしょう、

5   are committed, have an attitude, with children, authority, fame,
    love, society;
    そして何かに専念し、しっかりした考え方を持ち、子供たちに囲まれ、その道の権威として名声を獲得し、愛に包まれ、交友関係も広いんでしょう。

6   where I have nothing.
    でも私には何もないの。

    木立や郵便箱の影を拒けて、わたしは停車場からの道を歩いて来ながら、遠方からでも、あなたたちの外套や雨傘から知り得たのは、交り合わさった繰り返しの瞬間瞬間から造られた一つの実体に身を深々と埋めて立っている様子、子供、権威、名声、

恋、社交などにつつまれて、一つの態度を身につけたあなたた
ち。それだのに、わたしは何も持つてはいない。（鈴木訳）

木々や郵便箱の影を受けつけずに、停車場からやってきたとき、
遠くからでも、あなたがたの外套や傘から分かったのよ、入り
混じった反復する瞬間から成る実体に埋もれて、あなたがたが
立っているのが。子供たちや権威や名声や恋や社交やらに囲ま
れ、人生に身を委ねて、一つの態度をものにしているのが。だ
のに、私には何もないの。（川本訳）

木や円柱形のポストの影に入るのを拒絶しつつ駅から歩いてき
たとき、遠くからでさえ、あなたたちのコートから、傘から、
すぐ感じとったのよ。ともに過ごす瞬間を重ねて出来上がる物
質に、あなたたちがいかに深く根ざしているかを。子どもたち
や、権威や、名声、愛、社交に対していかに熱心かを、どんな
態度を取っているかを。そこではわたしには何もない。（森山訳）

68 (p.263) Yet there are moments when the walls of the mind grow

thin; when nothing is unabsorbed, and I could fancy that we might blow

so vast a bubble that the sun might set and rise in it and we might take the

blue of midday and the black of midnight and be cast off and escape from

here and now.

ローダの幻想の中でも指折りの美しさを放っています。以下に示す様に、フレーズ一つひとつのイメージが連鎖し、滑らかな意識の流れを描写しています。

1 Yet there are moments when the walls of the mind grow thin; （敵意の氷解）

　でも、心の壁が薄くなる瞬間があるわ。

2 when nothing is unabsorbed, （恐怖からの解放）

　その瞬間すべてが和らぎ、

3 and I could fancy that （幻想の始まり）

　私はひょっとしたらこんなことを想像してみるかも知れないの、

4 we might blow so vast a bubble that the sun might set and rise in it （幻想の光景）

　私たちがとても大きなシャボン玉を膨らまし、太陽がそれに沈み、それから昇るようになるんじゃないかって、

5 and we might take the blue of midday and the black of midnight and be cast off （幻想のクライマックス）

　そして私たちは真昼の青と真夜中の漆黒を連れて解き放たれ、

6 and escape from here and now. （幻想に込めた願望）

　今ここから逃れられるんじゃないかって

　それでも、心の壁が薄れて来るといつた瞬間もあることはある。そうしたときは、なんでもかんでも吸いこまれ、大きなシャボ

ン玉を吹くことも空想出来るわ。太陽もそこに登つては沈み、わたしたちが真昼の青さも真夜の闇をわがものとして此処と今から身を逃れて漂泊することの出来るような（鈴木訳）

だけど、心の壁が薄くなる瞬間があるわ。いかなるものも吸い込まれずにはおかない瞬間が。私たちが、太陽も昇り沈みできるほどの、大きなしゃぼん玉をふくらませ、真昼の青さと真夜中の漆黒を身に帯びて、投げ放たれ、この場から、現在（いま）から、逃れていけそうに思える瞬間が。（川本訳）

それでも心の壁が薄くなっていく瞬間がある。溶け合わぬものはない瞬間がある。そして巨大な泡を、そのなかで太陽が沈みまた昇ることができるほど巨大な泡を、膨らませられるかもしれない、真昼の青も真夜の闇も携え、舫（もやい）を解いて、いま、ここ、から逃れられるかもしれない、そう夢想できる瞬間があるのよ（森山訳）

69 (p.273) And sadness tinges our content, that we should have left you, torn the fabric; yielded to the desire to press out, alone, some bitterer, some blacker juice, which was sweet too.

ネヴィルが最後に独白する謎めいた文章です。以下に示す2行目、"that"は"content"に掛かる関係代名詞で、"left"の直接目的語でしょ

う。"you"はパーシヴァルではないでしょうか。p.247でネヴィルは
「それは悲しみ。ドアは開かないし、彼は来ないんだ。」と独白して
います。3行目と4行目、"torn"と"yielded"の主語は"we"と解釈し
ました。5行目、"alone"は"juice"にかかると解釈しました。"bitterer"
と"blacker"は、"juice"を"sadness"と比較していると解釈しました。
"juice"は人生そのものを象徴しているのでしょう。

1　And sadness tinges our content,
　　そして悲しみに染まるのはこの充足感、

2　that we should have left you,
　　それを僕たちは君に取っておくべきだったけど、

3　torn the fabric;
　　布地を引き裂いてしまったんだ。

4　yielded to the desire to press out,
　　衝動に負けて絞り出したのは、

5　alone, some bitterer, some blacker juice,
　　ただ、悲しみよりも苦くて暗い色の果汁だけさ、

6　which was sweet too.
　　それは甘美でもあったけど。

それにまた、君たちを取り残し、織地を引き裂いたとは、悲し
みの色合いに中身も染まる──何かしら、更に苦い、一しお
に黒い、それでまた甘美な味を持つている液汁を、ただ一人、

絞り出そうという欲求に屈服して。(鈴木訳)

われわれの中身は悲しみに染まっているよ、君たちを置き去りにし、織物を引き破ったとは。ただ一人、甘美でもあるが、より苦く、より黒い液汁を絞り出す欲求に屈したとは。(川本訳)

ぼくらの満ち足りた思いに悲しみが忍び入る。君たちをそっとしておくべきだったのに、織物をひき裂いてしまった。たったひとりでより苦い、より黒い汁を絞り出したいという、甘美でもある欲望に屈してしまった。(森山訳)

70 (p.278) At the cliff's edge there was an equal murmur of air that had been brushed through forests, of water that had been cooled in a thousand glassy hollows of mid-ocean.

以下に示す2行目と3行目で、ウルフは聴覚と温度覚を繊細に描き分けています。

1　At the cliff's edge
　　断崖の端では、

2　there was an equal murmur of air that had been brushed through forests, of water（音の情景）
　　森を通り抜けてきた風のざわめきと海鳴りが一緒に聞こえた。

3   that had been cooled in a thousand glassy hollows of mid-ocean.（海水温の描写）

打ち寄せる海水は、絶海を渡るとき何千という滑らかな波の谷間で冷やされ、冷たかった。

断崖の端のあたりで、森の中を吹き抜けて来た風と、沖の海の鏡のように静かな無数の窪みの中でつめたくなつて来た水とが、同じような囁きを交していた。（鈴木訳）

崖っぷちでは、森をかすめ通ってきた風と、大洋の真中の透き通った無数のくぼみで冷やされてきた水とが、ひとしくざわめいていた。（川本訳）

切り立った崖にあるのは森を吹き抜けた風音、大海原の真っただ中で無数のガラスのような虚（うろ）で冷やされていた、水と同じようなざわめき。（森山訳）

71 (p.291) She was born to be the adored of poets, since poets require safety; someone who sits sewing, who says, "I hate, I love", who is neither comfortable nor prosperous, but has some quality in accordance with the high but unemphatic beauty of pure style which those who create poetry so particularly admire.

第IX章は全体の20％を超えるバーナードのモノローグで、『波』の総決算であり最も難解です。この文章はバーナードのモノローグの中でも屈指の優雅さをたたえ、スーザンの性格を見事に描写しています。以下に示す1行目と3行目は、p.45のジニーのモノローグ「スーザンの頭が映ると、〈恐ろしい表情をして、眼はグラスグリーン色だわ。バーナードが、詩人が好きになる眼だって言っていたな。その眼が細かな白い縫い目を見つめるからだとか、〉私の頭ははみ出しちゃうの。」と響き合っています。また4行目は、p.15のスーザンのモノローグと響き合っています。7行目の"pure style"は2行目の"safety"と響き合っており、「気取りのない優雅さ」と訳しました（いずれも辞書にその意味があり、意訳ではありません）。『波』では、7行目の"the high but unemphatic beauty of …"の様なフレーズに、「際立っているのに慎ましやかな美しさをたたえた」という形容詞的な意味を込めている場合が多いと思います。

1　She was born to be the adored of poets,
　　彼女は生まれつき詩人に崇拝される人間だったんだ、

2　since poets require safety;
　　なぜって詩人は安らぎを求めるものだからね。

3　someone who sits sewing,
　　座って縫い物をしながら

4　who says, "I hate, I love",
　　『大嫌い、でも大好き』と言う女性をな。

5　who is neither comfortable nor prosperous,
　　そんな女性は楽に生活しているわけでも裕福でもない

6　but has some quality in accordance with
　　けど、その性格を形づくっているのは、

7　the high but unemphatic beauty of pure style
　　際立っているのに慎ましやかな美しさをたたえた、気取りの
　　ない優雅さなんだ。

8　which those who create poetry so particularly admire.
　　そんな優雅さを、詩を作る人間たちはことのほか崇拝するのさ。

彼女は詩人に崇められるために生れて来たのだつた。詩人は安
らぎを、坐つて縫物をしている誰か、《わたし好きよ、嫌いよ》
と口に出して言う誰かを求めるものだ。快適でも幸福でもない
が、詩人が特に讃美する、あの純粋な様式の、高貴な落ち着い
た美としつくり調和する或る特質を備えている者を。(鈴木訳)

彼女は、詩人たちに崇められるべく生まれてきた人だった。詩
人とは安全さを必要とするから。坐って縫物をしながら、『私
は嫌いよ、好きよ』と言う誰かを。気楽な身分でも、隆々とし
た身の上でもないが、詩人が特に崇める純粋な様式の、高尚だ
が控え目な美に調和する特質を具えた誰かを。(川本訳)

彼女は詩人に崇められるべく生まれたひとでしたよ。詩人は安

息を求めますからね。だれか座って縫いものをする人、だれか
「私は憎む、私は愛する」と言う人。贅沢な身でも裕福でもな
い、けれど高邁ながら力まぬ純粋な様式美と調和する資質を持
つ人。それを詩人らは殊に賞賛するのですから。(森山訳)

72 (p.293) I buried match after match in the turf decidedly to mark
this or that stage in the process of understanding (it might be philosophy;
science; it might be myself) while the fringe of my intelligence floating
unattached caught those distant sensations which after a time the mind
draws in and works upon; the chime of bells; general murmurs; vanishing
figures; one girl on a bicycle who, as she rode, seemed to lift the corner
of a curtain concealing the populous undifferentiated chaos of life which
surged behind the outlines of my friends and the willow tree.

以下に示す様にフレーズに分解してみると、バーナードの意識はよ
どみなく流れていきます。そして8行目から幻想の翼を羽ばたかせ、
10行目でクライマックスを迎えます。

1 I buried match after match in the turf
　　マッチを一本一本芝生に突き刺したな、
2 decidedly to mark this or that stage in the process of understanding
　　物ごとの理解が一段また一段と進んだことをはっきり印すた
　　めにね

3   (it might be philosophy; science; it might be myself)
    （それは哲学だったかも知れないし、科学だったかも、自分
    自身だったかも知れないな）。

4   while the fringe of my intelligence floating unattached
    その一方で、私の知性を縁取るふさ飾りは空中を漂い、

5   caught those distant sensations
    遠くの感覚を捉えたんだ、

6   which after a time the mind draws in and works upon;
    それらをやがて精神が吸い込み、吟味するのさ。

7   the chime of bells; general murmurs; vanishing figures; one girl on
    a bicycle
    鐘の音、さまざまなざわめき、消えていく人影、自転車に乗っ
    た女の子。

8   who, as she rode, seemed to lift the corner of a curtain
    その子が自転車に乗ったままカーテンの隅を持ち上げたよう
    に見えたんだ。

9   concealing the populous undifferentiated chaos of life
    カーテンが隠していたのは、ごちゃごちゃして見分けのつか
    ない生の混沌、

10 which surged behind the outlines of my friends and the willow tree.
    それがシルエットになった友人たちや柳の木の向こうで荒れ
    狂っていたのさ。

わたしが理解の一つ一つの課程を（それは哲学だつたかもしれ
ぬ。科学かもしれない。また私自身だつたかもしれぬ）はつき
り跡づけるために、マッチを芝生に次々と埋めていつた。その
間に、どれと着かず漂白するわたしの知性の端は遠い彼方の感
動を捉え、それを心が吸収し、それに作用を開始するのだ。調
律ある鐘の音、あたり一帯のざわめき、薄れる人影、自転車に
乗つた少女、走りながら、わたしの仲間や柳の木の陰に波立つ
無差別雑多な生の混沌をおし隠す、あの垂れ幕の端をめくつて
いくような少女の姿。（鈴木訳）

理解の過程のあれこれの段階を（それは哲学であったかも知れ
ない。科学であったかも、わたし自身であったかも知れない）
明確に跡づけるために、わたしは、次々とマッチ棒を、芝生の
中に埋めていった。その間も、自在に漂っているわたしの知性
のはしに、かすかな感覚が捉えられ、やがて、精神がそれを吸
収し、働きかける。鐘の響き。あたり一面のざわめき。消えゆ
く人影。自転車にのった少女が、走りながら、カーテンのはし
を持ち上げるかのようだった。わたしの友人たちや柳の木の背
後で波打っている、ごたごたした生の混沌をひた隠すカーテン
を。（川本訳）

理解のプロセスの各段階に目印をつけようと（それは哲学だっ
たり、科学だったり、私自身のことだったりしたわけですが）、

私は芝生に、思い切り良く、次々とマッチ棒を刺し始め、また
その一方で、どこにも固定されずに漂う私の知性の縁（へり）は、彼方
の感覚を捉え、しばらくの後、精神がそれをたぐり寄せ、働き
かけていました。それは鐘の音（ね）、あたりのざわめき、消えゆく
人影、あるいは自転車の娘です。自転車で駆け抜ける彼女は、
友人たちや柳が作る輪郭の向こうで波打っては、人生の雑多で
未分化な混沌を覆い隠すカーテンの端を、ひらりと捲（めく）りあげる
かのようでした。（森山訳）

73 (p.296) She was like a crinkled poppy, febrile, thirsty with the
desire to drink dry dust.

以下に示す1行目、ウルフはケシの花の特徴を精巧に描写しています。
2行目はジニーの性的衝動を、3行目の「花粉」は精子を暗示し、この
モノローグ最後の「あるのはただ光の輪の形をしたこの瞬間、そし
て私たちの肉体。やがてお決まりの絶頂、恍惚。」と響き合っています。

1　She was like a crinkled poppy,
　　彼女は、花びらにしわのあるケシみたいだったな、

2　febrile, thirsty
　　熱があって飢えていたから、

3　with the desire to drink dry dust.
　　花粉を吸い込みたがっていたのさ。

彼女は熱にうなされ、ひからびた埃を飲みたがっている、しわくちゃの罌粟のようだ。(鈴木訳)

彼女は、熱病にかかって、乾いた花粉を飲みたがっている、しわくちゃの罌粟の花のようだ。(川本訳)

彼女は真っ赤に波打つポピーに似て、熱を持ち、乾いた土を求めて渇いていました。(森山訳)

74 (p.298) But I, pausing, looked at the tree, and as I looked in autumn at the fiery and yellow branches, some sediment formed; I formed; a drop fell; I fell—that is, from some completed experience I had emerged.

以下に示す3行目と4行目は、p.215でバーナードが独白する「澱がいっぱい溜まったガラスの漏斗から滴が落ちるように、時間も落ちるんだ。」と響き合っています。ウルフ独自の「時間観」に関しては注59で考察しました。

1　But I, pausing, looked at the tree,
　　しかし私は、立ち止まってヤナギの木を見たんだ。

2　and as I looked in autumn at the fiery and yellow branches,
　　そして秋になり火のように黄色くなった枝を見たとき、

3   some sediment formed;

何かが沈殿したのさ。

4   I formed; a drop fell; I fell

私が沈殿し、やがて雫が一滴落ち、私が落ちた

5   —that is, from some completed experience I had emerged.

——つまり、経験し終わったことの中から私が生まれたんだ。

けれどもわたしだけは止つて木を眺めた。燃えるような黄色の秋の木の葉を眺めていると何か澱ができた。わたしも形になつた。ぽたりと滴が落ちた。わたしは落ちた——つまり、或る完成された経験からわたしは抜け出していたのだつた。(鈴木訳)

だが、わたしは立ち止まり、木を見つめた。秋の赤や黄の枝々を眺めていると、いくばくかの澱がたまった。わたしは形をなした。雫が一滴落ち、わたしは倒れた——つまり、ある完成した経験から逃れたのだ。(川本訳)

けれど私は足を止めてその木を眺めていたのですが、秋の燃えるような赤や黄色の葉を見ていると、何か沈殿物が形づくられました。私が形づくられました。滴がひとつ落ち、私は倒れました——つまり、あるひとつの経験が完結し、そこから私は抜け出たのです。(森山訳)

75 (p.307) I am inclined to pin myself down most firmly there before the loaf at breakfast with my wife, who being now entirely my wife and not at all the girl who wore when she hoped to meet me a certain rose, gave me that feeling of existing in the midst of unconsciousness such as the tree-frog must have couched on the right shade of green leaf.

以下に示す様にフレーズに分解してみると、バーナードの意識はよどみなく流れていきます。7行目は6行目の比喩表現であり、のどかなアマガエルのイメージで終わることにより、バーナードの静かな幸福感を見事に描写しています。

1　I am inclined to pin myself down most firmly there before the loaf
　　私は心からパンを味わいたいんだ、

2　at breakfast with my wife,
　　妻と一緒に朝食をとるときにはね。

3　who being now entirely my wife
　　彼女はそのときにはすっかり私の妻になり、

4　and not at all the girl who wore when she hoped to meet me a certain rose,
　　もうすぐ会えるわと思いながらバラか何かを挿していた女の子とはすっかり違っていたから、

5　gave me that feeling of existing
　　自分が存在しているなという感覚を与えてくれたんだ、

6　in the midst of unconsciousness

何も考えていないときでもね。

7　such as the tree-frog must have couched on the right shade of green
leaf.

アマガエルもきっと同じように何も考えていないんだろうな、宙に浮かんだ緑の葉の表側にうずくまっているときにはさ。

　わたしは妻と共にする朝食のパンの前では自分というものをきちんとピンでとめてしまいたく思う。彼女はいまではわたしの妻になりきってしまって、あの頃の、わたしに会おうとするとき薔薇の花か何かをつけていた、お誂え向きの緑の葉かげにうずくまる雨蛙のように、無意識のさ中に住んでいる感じを与えた、あの頃の少女ではなくなっている。（鈴木訳）

　わたしは妻とともに坐る朝の食卓のパンの前に、しっかりと自分を釘付けにしたい。彼女はすっかり妻になりきって、わたしに会いたい時には、或る薔薇の花をつけ、ぴったりした緑の色合の葉の上で雨蛙が感じたに違いないような存在感を、無意識の最中に、わたしに味わわせてくれた少女ではなくなった。（川本訳）

　私としては何より、妻とともに朝食のパンを前に座ったところに、自分をピンで固定したいものです。妻はいまではすっかり

私の妻。もはや私に会うのを待ち侘びて薔薇の花を身につけた
あの娘ではなく、私をまるで保護色の葉のうえにうずくまるア
マガエルのような無意識状態にしてくれる人。（森山訳）

76 (p.317) And by some flick of a scent or a sound on a nerve, the old
image—the gardeners sweeping, the lady writing—returned.

五感は記憶や意識と深く関わり合っています。これは二十世紀文学
にとって重要なテーマのひとつでした（注57参照）。この文章は、
以下に引用するプルーストのマドレーヌ挿話を思い出させ、いかに
も二十世紀文学らしい表現だと思います。

やがて私は、陰鬱だった一日の出来事と明日も悲しい思いをするだ
ろうという見通しに打ちひしがれて、何の気なしに、マドレーヌの
ひと切れを柔らかくするために浸しておいた紅茶を一杯スプーンに
すくって口に運んだ。とまさに、お菓子のかけらのまじったひと口
の紅茶が口蓋に触れた瞬間、私のなかで尋常でないことが起こって
いることに気がつき、私は思わず身震いをした。…そのとき突然、
思い出が姿を現した。これは日曜の朝、コンブレーで（というのも、
日曜日はミサの前には外出しなかったからだが）、レオニ叔母の部
屋へおはようを言いに行ったときに、叔母がいつも飲んでいる紅茶
か菩提樹のハーブティー（ティユール）に浸して私に差し出してくれたマドレーヌ
の味だった。（『失われた時を求めて』第一篇「スワン家の方へ」高

遠弘美訳）

1　And by some flick of a scent or a sound on a nerve,
　　そして香りや音が感覚を不意に刺激すると、

2　the old image—the gardeners sweeping, the lady writing—returned.
　　昔の情景が――掃く庭師たち、書き物をする貴婦人が――よ
　　みがえってきたんだ。

　　すると神経をかすめるような香りか物音によつて、むかしの映
　　像が――箒で掃いている園丁たちと書きものをする婦人とが
　　――立ち帰つてきた。（鈴木訳）

　　つんと鼻を打つ或る匂い、或は、神経にひびく或る音によって、
　　古いイメージが――箒で掃いている庭師たち、書きものをし
　　ている婦人が――たち返ってきた。（川本訳）

　　ふと、何かの匂いか、はっとさせる物音が、なつかしいイメー
　　ジを――掃除する庭師たち、書きものをするレディを――甦
　　らせたのです。（森山訳）

77 (p.336) It was like the eclipse when the sun went out and left the
earth, flourishing in full summer foliage, withered, brittle, false.

この文章の魅力は、以下に示す3行目と4行目のコントラストにあります。3行目で「夏草が今を盛りに生い茂っている」大地が、4行目では「衰えた、脆い、見せかけの存在」に成り果て、日食の不気味さを強く読者に印象づけています。なお、ウルフは1927年 六月三〇日（木）の日記に、「さて私は日食をスケッチしておかなくてはならない。」という書き出しで、自ら体験した日食を詳細に記しています。

1　It was like the eclipse
　　まるで日食のようだったな。

2　when the sun went out
　　そのとき太陽が消え、

3　and left the earth, flourishing in full summer foliage,
　　あとに残された大地は、夏草が今を盛りに生い茂っているにもかかわらず、

4　withered, brittle, false.
　　衰えた、脆い、見せかけの存在になったんだ。

それは太陽の姿がかき消えて、夏の群葉に飾られた大地を、凋落ともろさと虚妄のうちにとり残す、あの日蝕現象にも似ていた。（鈴木訳）

陽が消え去り、夏の葉を繁らす大地をしぼませ、はかない、偽りのものにする日食のようなものだ。（川本訳）

それはまるで太陽が隠れて真夏の鬱蒼たる地表を萎れさせ、すべてを冷え冷えとした、仮象のものとする日蝕のようでした。（森山訳）

78 (p.340) Is it Paris, is it London where we sit, or some southern city of pink-washed houses lying under cypresses, under high mountains, where eagles soar?

ウルフの情景描写は、簡潔でありながら豊かなイメージを喚起します。以下に示す様にフレーズに分解してみると、3行目に提示された「どこか南の都市」の情景が、近景から遠景へと広がりながら見事に描写されています。アンデス地方の山岳都市でしょうか。

1　Is it Paris, is it London
　　パリかな、ロンドンかな？

2　where we sit,
　　私たちが座っているのはさ。

3　or some southern city
　　それともどこか南の都市かな？

4　of pink-washed houses lying under cypresses,（近景）
　　そこではピンク色に塗られた家々がイトスギ並木の下に並び、

5　under high mountains,（中景）
　　見上げれば高山が連なり、

6　where eagles soar?（遠景）
　　ワシが空高く舞うんだ。

　パリか、わたしたちが坐っているロンドンなのか。それともい
　とすぎと鷲が空翔ける高い山の下に赤い家々の並んだどこか南
　の国の都市だろうか。（鈴木訳）

　わたしたちが坐っているのは、パリなのか、ロンドンなのか、
　それとも、鷲がかけ上がる高い山々のふもとで、ピンク色に塗
　られた家々が糸杉の木陰にたちならぶ、どこか南国の都市だろ
　うか？（川本訳）

　パリか、我々のいるロンドンか。はたまたどこかタカが空高く
　舞う山脈の麓、イトスギの木々のもとピンク色の家が並ぶ南方
　の街か。（森山訳）

79（p.351）It is death against whom I ride with my spear couched and
my hair flying back like a young man's, like Percival's, when he galloped
in India.

この文章は、ルイスの独白「パーシヴァルは花盛りで、葉も青々と
していたな。今はもう大地に横たわっているけど、彼から伸びた枝
という枝が今でも夏の風にそよいでいるのさ。」（p.237）と美しく響

き合っています。バーナードたち六人にとってパーシヴァルは青春の象徴であり、遙かなるインドで永遠に生き続けているのでしょう。以下に示す様にフレーズに分解してみると、迫り来る死のイメージから始まった意識の流れは、馬で疾駆するイメージを経て、青春の象徴であるパーシヴァルへと至り、パーシヴァルが永遠に生き続けるインドを想像してクライマックスを迎えます。文章は明るく生命力にあふれ、パーシヴァルへの生まれ変わりを暗示しているようです。

1　It is death against whom I ride（迫り来る死）
　　私が馬を駆って挑むのは死、

2　with my spear couched and my hair flying back（疾駆）
　　槍を構え、髪を後ろになびかせながら、

3　like a young man's, like Percival's,（パーシヴァル＝青春の象徴）
　　若者のように、パーシヴァルのように、

4　when he galloped in India.（インド＝永遠のパーシヴァル）
　　彼が馬に跨がりインドを駆けたように。

　　槍を構えて、若者のように髪を後ろになびかせ、印度を疾駆したパーシバルのように、わたしは死に向つて馬を乗り入れるのだ。（鈴木訳）

　　わたしは槍を低く構え、若者のように、インドで馬を走らせた時のパーシヴァルのように、髪をうしろになびかせ、死に向かっ

て馬を突き進める。（川本訳）

私は槍を低く構え、若者のごとく、インドで馬を疾駆させたパー
シヴァルのごとく、髪をなびかせ、馬を駆る。それは死に向かっ
てなのだ。（森山訳）

あとがき

　ここに翻訳した『波』は、ヴァージニア・ウルフ（1882-1941）が1931年に発表した長編小説です。この作品は、バーナード、ルイス、ネヴィル、スーザン、ジニー、ローダ六人のモノローグ、すなわち「意識の流れ」だけで構成された、きわめて実験的な小説です。難解をもって知られますが、ジェームス・ジョイス（1882-1941）の『ユリシーズ』、マルセル・プルースト（1871-1922）の『失われた時を求めて』と共に、20世紀モダニズム文学の白眉として、後生の文学に計り知れない影響を及ぼしました。ウルフ自身も日記の中でジョイスとプルーストに繰り返し言及し、同時代人の二人から大きな影響を受けたようです。

*

　これから『波』のテーマについて、ウルフの日記を辿りながら、彼女自身が考えていたことを明らかにしてみたいと思います。日記はすべてヴァージニア・ウルフ著『ある作家の日記』（神谷美恵子訳　みすず書房）から引用しました。

　1930年四月二九日（火）、ウルフは以下の様に記しました。

　　ペン先一杯のこのインクで『波』の最後のセンテンスを今ちょうど書き終えたところ。…そしてこれは私のあのヴィジョンへの探求なのだ。『燈台』を終えたあと、ロッドメルですごした

あの不幸な夏——それとも三週間のあいだ——に経験したあのヴィジョン。

　そのロッドメルですごした夏、1926年九月三〇日（木）には以下の記述があります。

　　人が自分ひとりとり残されているのではなくて、宇宙の中の何ものかととり残されているということ。私の深い憂愁、デプレッション、退屈、または何であろうと、それのただ中で私を恐れさせ、また興奮させるのはこれなのだ。…私がしようと思うことは奇妙な精神状態の記録をつけておくことだけなのだ。それがもう一つの本の背後にある衝動なのかも知れない、とちょっと推量しておく。

　ここに記された「宇宙の中の何ものかととり残されているということ」こそ、ウルフがロッドメルで経験したヴィジョンであり、『波』のテーマではないでしょうか。この直感を以下に考察していきたいと思います。また、「もう一つの本」は『波』であり、編者のレナード・ウルフも〔たぶん『波』または「蛾」（一九二九年一〇月）〕と脚注しています。この脚注や以下の引用から分かるとおり、ウルフは当初『蛾』というタイトルを考えていました。
　上記引用から九ヶ月後の1927年六月一八日（土）、ウルフは以下の様に記しています。

ゆっくりといろいろなアイディアがしたたり落ちはじめ、それからとつぜん私は熱狂的になった（…）、そして「蛾」の話をくりかえした。…さて「蛾」はここにあらっぽく書いた輪郭をすっかり肉づけするだろう。劇―詩というアイディア。何か連続的な流れというアイディア。ただ人間の考えについてだけでなく、船とか、夜などがみな共に流れるのだ。輝かしい蛾の到着と交差して。一人の男と一人の女がテーブルに向かって腰かけて話をしている。それとも二人を黙っていさせることにしようか。それは恋物語になる予定。彼女は最終的には最後の大きな蛾を受け入れることになる。

　ウルフはここで『波』の構想を萌芽的な形で記述しています。ここから「劇―詩というアイディア」、「何か連続的な流れというアイディア」、「輝かしい蛾の到着」という三つの論点を抽出し、以下に考察していきます。ただしこれらの論点は相互に分かちがたく融合しており、引用する日記にもしばしば同時に表れます。そしてこれらの考察を通じ、「蛾はウルフにとって"宇宙の中の何ものか"を象徴する存在、すなわち『波』のシンボルではないか」という私の直感を検証してみたいと思います。

　第一に「劇―詩というアイディア」を考察してみましょう。上記引用から少し前の1927年二月二一日（月）に以下の記述があります。

　　新しい種類の劇を発明したらどうだろう。…事実から脱出する

こと。自由で、しかも集中しているもの。散文ではあるが詩で
あるもの。小説にして劇であるもの。

ウルフはこの様に「劇―詩」を定義しました。また、1928年―一
月七日（水）、ウルフは以下の様に記しています。

そう、でも「蛾」は？　あれは抽象的な、神秘的な、目を欠い
た本になるはずであった。つまり一つの劇詩 playpoem である。
あまりにも神秘的で、あまりにも抽象的である点には気どりが
あるかも知れない。

ここでウルフは劇詩の抽象性、神秘性を強調しています。このこ
とは以下の記述からも明らかです。

また、正確な場所や時もお払い箱にしよう。窓の外には何があっ
てもよい―船―砂漠―ロンドン。（1929年五月二八日（火））

あれは次のような工合に始まるだろう。あけぼの。なぎさの
貝。さあ、よくわからないが――おんどりと夜鳴うぐいすの
声。それから子どもたち全部が長い机に向っている――授業。
始まり。そう、いろいろな人物がそこにいる。それから机にい
る人がどんな時にでも人物たちの中のだれにでも呼びかけてよ
い。…非現実の世界がこれらすべてのまわりになくてはならな

い──まぼろしの波。蛾が入って来なくてはならない。美し
いただ一匹の蛾。波の音がずっと聞こえつづけるようにできる
だろうか。(1929年六月二三日(日))

　さらに以下の記述からは、創作過程の中で劇詩が独白劇の形を取っ
ていったことが分かります。

　話す声というものを私はまだマスターしていない。でも何かが
そこにあると思う。だから私は苦労しながらしごとをつづけ、
多くの部分を詩のように声を出しながら書き直して行くつもり
だ。(1930年三月二八日(金))

　『波』は一連の演劇的なひとりごとになってきているようだ(…)。
大切なことは、それらの独語を波のリズムに乗せて、しっくり
と出没させ、連続させることだ。(1930年八月二〇日(水))

　第二に「何か連続的な流れというアイディア」を考察してみましょ
う。これに続く「ただ人間の考えについてだけでなく、船とか、夜
などがみな共に流れるのだ。」と共に、『波』の作品世界や文体の核
心を表していると思います。1929年五月二八日(火)、ウルフは以
下の様に記しました。

　考えつつある一つの精神。いくつかの光の島があってもよいか

も知れない——私が伝えようとしている流れの中の島々。人生そのものが進行しているありさま。蛾たちの流れが強く或る方向へと飛んで行く。

　ウルフは「人生そのものが進行しているありさま」を描こうとしました。同時にその流れの中には「いくつかの光の島」があるのです。これを表現する文体を確立するため、ウルフは苦しみぬきました。以下の記述がそれを端的に伝えています。

　その一つとして、たとえばこれから数ヶ月間、ある尼僧院に入って、私の心の奥底に沈潜しようという考えだ。もうブルームズベリは卒業したのだから、私はある種の事柄と対話しようと思う。それは冒険と攻撃の季節になるだろう。かなり孤独で苦しいときだと思う。(1929年三月二八日（木))

　木々はみなしっかりと立っている——どうして私の眼が木々をとらえたのだろうか。ものの外観は私に対して大きな力を持っている。今でさえ、私は烈しい風にさからってとびあがって行くミヤマガラスたちを眺めなくてはいられない。そして今なお私は本能的に自問する、「あれを表現することばは何か」、と。そして空気の流れの荒さをもっともっとあざやかに描き、まるで空気がうねやさざなみや荒々しさにみちみちているかのように、ミヤマガラスの翼がふるえながら空気を切って行くのをさ

らに生きいきと表現しようと試みるのだ。…でも眼にこんなに生きいきとみえるもののうちの、なんと少しばかりしかペンで表現できないのだろう。(1928年八月一二日（土）)

　ウルフが1928年に記した「あれを表現することばは何か」という鋭い問いの結果、『波』の文体が生まれました。その文体により、以下に引用する「一つの瞬間の中に何が入っていようとも、その瞬間の全体、考え、感覚、海の音の組み合わせを描き出すこと」が可能になったのです。

　　私が今やりたいのは、あらゆる原子を生きいきさせることだ。つまりすべての廃物、生気のない物、よけいな物をとり除くこと。一つの瞬間の中に何が入っていようとも、その瞬間の全体を描き出すこと。例えばその瞬間が、考え、感覚、海の音の組み合わせだとする。…詩でないものをなぜ文学に入れるか——詩というのはつまり、いきいきしたもので満たされ切っているものだ。(1928年一一月二八日（水）)

　私が対訳・翻訳比較で紹介し、分析しようと試みたのは、そのような文体の具体的姿なのです。ウルフはその様な文体を確立することにより初めて、「意識の流れ」を生きいきと表現することが可能になりました。
　『波』は九つの章からなり、それぞれの章は間奏曲^{インターリュード}で始まり、

続いて各登場人物の「意識の流れ」がモノローグとして展開していきます。ウルフはインターリュードについて以下の様に記しています。

　合　間はみなとてもむずかしいが、本質にかかわるものだと
（インタリュード）
　思う。橋わたしをするためにも、また背景をつくるためにも
　――海。非情な自然――よくわからないけれど。（1930年一月
　二六日（日））

また次の文章も、インターリュードの意味を良く表しています。

　最後の段階で興味があったのは、用意していたイメージやシン
　ボルをぜんぶ私の想像力が拾いあげ、使い、そして投げすてた、
　あの自由と大胆さだ。…首尾一貫して、固定した組み合わせと
　してでなく、ただイメージとして使うのであって、決してそれ
　らを展開させず、ただ暗示するにとどめるのだ。こういうふう
　にして海と鳥たちの音と、あけぼのと庭とを無意識の中に存在
　させ、地下で働かせておくことができたと思う。（1931年二月
　七日（土））

　この様に「海と鳥たちの音と、あけぼのと庭とを無意識の中に存
在させ、地下で働かせておくこと」により、各登場人物の意識の流
れ＝モノローグに深みと生命感が宿ったのだと思います。
　最後に「輝かしい蛾の到着」を考察してみましょう。1928年九月

一〇日（月）、ウルフは以下の様に記しました。

　　それほどひとは孤独を、器の底まで見てしまうことを恐れるものだ。…そしてそういうとき私が「現実」とよんでいるものの意識にまで到達したものだ。それは私の前に見える或るもの。何か抽象的なもの。しかし丘や空にあるもの。それとくらべれば何一つ重要なものはない。そのものの中で私はやすらい、存在しつづけるだろう。

　この「私の前に見える或るもの。何か抽象的なもの。しかし丘や空にあるもの。…そのものの中で私はやすらい、存在しつづけるだろう。」こそ、1926年九月三〇日（木）にウルフがロッドメルで経験した「人が自分ひとりとり残されているのではなくて、宇宙の中の何ものかととり残されている」というヴィジョンではないでしょうか。

　このアイディアを基に、すでに引用した日記の中から「蛾」を含む文章を解釈してみましょう。

　　人生そのものが進行しているありさま。蛾たちの流れが強く或る方向へと飛んで行く。（1929年五月二八日（火））

　この「蛾たちの流れ」を「宇宙の中の何ものか」、「私の前に見える或るもの。何か抽象的なもの。しかし丘や空にあるもの。」と

考えてみると、「人生そのものが進行しているありさま。」という言葉は、「そのものの中で私はやすらい、存在しつづけるだろう。」という言葉と良く響き合います。

　　　非現実の世界がこれらすべてのまわりになくてはならない――まぼろしの波。蛾が入って来なくてはならない。美しいただ一匹の蛾。波の音がずっと聞こえつづけるようにできるだろうか。
　　　(1929年六月二三日 (日))

　この文章の中で「蛾が入って来なくてはならない。」という言葉は、「非現実の世界がこれらすべてのまわりになくてはならない」や「波の音がずっと聞こえつづける」という言葉と響き合い、上に引用した「宇宙の中の何ものか」や「私の前に見える或るもの。何か抽象的なもの。しかし丘や空にあるもの。」とも響き合っています。
　以上の考察により、「蛾はウルフにとって"宇宙の中の何ものか"を象徴する存在、すなわち『波』のシンボルではないか」という私の直感を、不十分ではありますが根拠づけることができたのではないかと思います。

＊

　ここで六人の登場人物とウルフ自身との関係について、日記を読みながら気のついたことを少しだけ記しておきます。
　バーナードのモノローグの中には、日記に書かれたウルフ自身の

気持ちが何度も登場します。バーナードは（少なくともその一部は）ウルフの分身と言えます。

　　ともかく、私が読みかけのバイロンを読みつづけるのは大へん楽しかった。少なくとも彼は男性の美徳をもっている。(1918年 八月七日 (水))

　　一気呵成の勢い、熱く溶けた雰囲気、溶岩流のように文章が繋がっていくことなんだ、僕に必要なのはさ。僕は誰のことを考えているんだろう？　もちろんバイロン。僕はある種バイロンみたいだ。たぶんバイロンを少し読めば、僕の文章にもバイロンらしさが出てくるだろうな。(pp.88-89)

　　リットンについて何か言うべきだ。…彼の本と私の本について私たちは語り合った。…
　　「それから君の小説は？」
　　「私は宝探しの桶の中に手をつっこんでかきまわしているのよ。」
　　「それがとてもすばらしいところなんだ。それにみんなちがっていてね。」
　　「そう、私は二〇人の人間なの。」(1921年四月二九日 (金))

　　ここでの生活は慌ただしさと緊張感が群を抜いているし、生きているだけで感じる興奮が日に日に強く僕をせき立てるんだ。

毎時間、何か新しい物が、プレゼントのいっぱい埋まった大き
なぬか桶から掘り出されるのさ。僕は何？　自問してみるんだ。
これ？　いや、僕はそれ。…本当に分かってくれないんだ、僕
がさまざまな人間に替わらなきゃならないってことを、数人の
異なる男たちへの入口と出口を用意しなきゃならないってこと
をさ。その男たちが代わる代わるさまざまなバーナードを演じ
るんだ。(p.85)

私の心の中でいろいろなものが泡立ち、絶え間ない劇をつくる。
それが私のしあわせなのだ。(1924 年九月七日（日）)

そして動きながら、世間にとり囲まれ、巻き込まれ、関わって
いると、いつものように言葉が泡立ち始めるんだ。そしてこの
泡を、僕の頭に付いているはね上げ戸から解き放ちたくなるの
さ。(p.220)

　またローダも、ウルフにとってかけがえのない分身でした。ロッ
ドメルで経験したヴィジョンを記したのと同じ日の日記に、ウルフ
は以下の様に記しています。

　人生は冷静に、正確に言って、この上もなく奇妙なものだ。そ
の中に現実の本質がある。私はこのことを子供のときいつも感
じたものだ——水たまりの上を歩いてわたることができなかっ

たことがある。なんてふしぎだろう——私は何なのか、など
と考えてわたれなかったことを思い出す。(1926 年九月三〇日
(木))

これは、以下に示すローダのモノローグにそのまま反映しています。

　そしてある時、中庭のまん中に、死人の様に青ざめて、恐ろし
　げに、灰色の水たまりが横たわっていたわ。その時私は、封筒
　を手に持ってメッセージを運んでいたの。水たまりに来た、で
　も渡れなかったわ。自我が喪失してしまったの。私たちは無よ、
　と言いながら落ちていったわ。羽根の様に吹き飛ばされ、トン
　ネルの奥へとふわふわ運ばれていったの。(p.71)

＊

　表装は、「六枚の花びらを持つ花と蛾」です。六枚の花びらを持
つ花は、六人の登場人物、バーナード、ルイス、ネヴィル、スーザ
ン、ジニー、ローダを象徴しています。

　「花が」バーナードは言った「赤いカーネーションがレストラ
　ンのテーブルに置いてある花瓶に挿してあったな、パーシヴァ
　ルと一緒にみんなで食事したときにさ、あの花が六面の花になっ
　たんだ、六つの人生からできている花さ」(p.268)

私たちはハンプトンコートのテーブルで、六人からなる人間に
なったんだ。(p.328)

　しかし私たちは──レンガを背に、木の枝を背にして、私た
ち六人は、なんて気が遠くなるほど無数の人びとから選ばれ、
なんと果てしなく豊かに、過去から未来へと流れる時間のつか
の間、そこで輝き、勝ち誇っていたことだろう。(p.328)

「蛾」に関してはすでに詳しく考察しました。『波』の中に「蛾」
という言葉は十一回登場します。隠れたモチーフとして、『波』の
幻想性を醸成するのに貢献しています。

　「大好き」スーザンは言った「でも大嫌い。私が欲しいものは
ただ一つ。私の眼差しは冷たいわ。ジニーの眼差しは千々の光
彩を放つの。ローダのは、夕暮れになると蛾のやってくる淡色
の花みたい。(p.15)

　しかしわずかに疑念が残ったんだ。影が心をよぎったのさ、夕
暮れどきの部屋、蛾が椅子やテーブルのまわりを彷徨(さまよ)うように
ね。(p.316)

*

　本　翻　訳　は Faded Page eBook 版 (https://www.fadedpage.com/

showbook.php?pid=20170834）を底本とし、必要に応じてOxford World's Classics 2015版を参照しました。また、幻冬舎ルネッサンス深澤京花さんの深い理解と緻密な編集作業がなければ、本書の出版は叶いませんでした。心より感謝申し上げます。

〈訳・著者紹介〉

内木宏延（ないき ひろのぶ）

1985 年 京都大学医学部医学科卒業。現在 福井大学副学長、医学部教授。専門は病理学。日本アミロイドーシス学会代表理事、Board of Directors, International Society of Amyloidosis。2018 年 日本病理学会宿題報告（日本病理学賞）。共同研究のため、これまでにロンドンを 8 回訪問。

波
対訳・翻訳比較で味わう『劇詩Playpoem』の旋律

2023年9月22日　第1刷発行

訳・著者　　内木宏延
発行人　　　久保田貴幸

発行元　　　株式会社 幻冬舎メディアコンサルティング
　　　　　　〒151-0051　東京都渋谷区千駄ヶ谷4-9-7
　　　　　　電話　03-5411-6440（編集）

発売元　　　株式会社 幻冬舎
　　　　　　〒151-0051　東京都渋谷区千駄ヶ谷4-9-7
　　　　　　電話　03-5411-6222（営業）

印刷・製本　中央精版印刷株式会社
装　丁　　　堀 稚菜
装　画　　　石塚奈央

検印廃止